Destrozar la noche

DESTROZAR LA NOCHE

Pelea por
la luz...

KATHERINE
QUINN

Planeta

Título original: *To Shatter the Night*

Traducido por: Gloria Padilla Sierra
Ilustraciones de interiores: Pixabay y Freepik
Diseño de interiores: Intidrinero S.A. de C.V.
Mapa de interiores: Andrés Aguirre Jurado

Bajo el sello editorial PLANETA M.R.
Avenida Presidente Masarik núm. 111,
Piso 2, Polanco V Sección, Miguel Hidalgo
C.P. 11560, Ciudad de México
www.planetadelibros.com.mx

Primera edición en formato epub: julio de 2025
ISBN: 978-607-39-2928-8

Primera edición impresa en México: julio de 2025
ISBN: 978-607-39-2801-4

Impreso en los talleres de Impresora Tauro, S.A. de C.V.
Av. Año de Juárez 343, Col. Granjas San Antonio,
Iztapalapa, C.P. 09070, Ciudad de México
Impreso y hecho en México / *Printed in Mexico*

Nunca dejes de remontar tu camino
para salir de la oscuridad.
El amanecer es inevitable
y eres más fuerte de lo que crees.

Y para Daniel, que todos los días
me recuerda que la alegría se encuentra
en cada precioso momento.

Destrozar la noche es una aventura romántica épica
que trata sobre encontrar el amor en la oscuridad
y devolver la luz a un reino agonizante.
Sin embargo, la historia incluye elementos que quizá
no sean adecuados para todos los lectores,
como el maltrato y muerte de animales, sangre,
muerte de seres queridos, tortura, azotes, ahogamiento,
fracturas y pérdida de extremidades.
Tómenlo en cuenta aquellos lectores
que puedan ser sensibles a esas situaciones.

LA NIEBLA
LAGOS DE CANDOR
BOSQUE DE PASTORIA
CILA
SCIONA
TEMPLO DE ARLO
PANTANOS DEL SUR
N
O
E
S

FORTUNA
LA NIEBLA
TEMPLO DEL DIOS DE LA LUNA
TEMPLO DE RAINA
LA NIEBLA
REINO DE ASIDIA

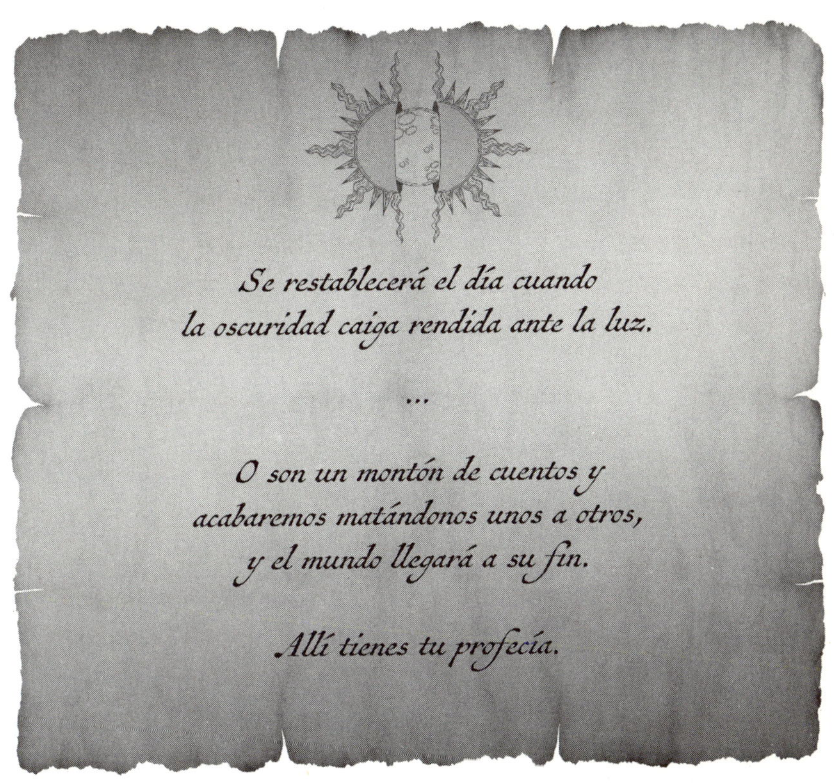

Se restablecerá el día cuando
la oscuridad caiga rendida ante la luz.

...

O son un montón de cuentos y
acabaremos matándonos unos a otros,
y el mundo llegará a su fin.

Allí tienes tu profecía.

Encontrado en el diario de Aurora Adair,
sacerdotisa del sol.

CAPÍTULO UNO

Kiara

Hoy vino a vernos una mujer. Algo en ella provocó que una llamarada me recorriera las venas, y sus ojos…, de un color ámbar brillante, me recordaron al sol que acabamos de perder. Me tendió la mano y me dijo que se llamaba Rae, aunque no pude evitar pensar que mentía.

Encontrado en el diario de Juniper Marchant, sacerdotisa del Sol, Año 1 de la maldición

Jude Maddox, comandante de los Caballeros de la Estrella Eterna, pensó que podría hacer el papel de héroe sacrificial y abandonarme en la Niebla. Pensó que podía huir de mí.

Como si no me gustara la cacería.

Jake y yo le seguimos el rastro hasta que desapareció por completo y sus huellas fueron borradas por el viento.

Este era un sitio silencioso, inquietantemente silencioso. Ningún hombre enmascarado saltó para atacarnos ni ninguno de los monstruosos lobos de Lorian se abalanzaron sobre nuestra garganta; ningún ser viviente, fuera alado o terrestre, se atrevía a acercarse.

Continuamos entre la bruma que iba desapareciendo a medida que nos acercábamos a la frontera de Asidia, pero eso no significaba que hubiera pasado el peligro.

Nuestra confianza disminuía, pero no soy de las que se dan por vencidas cuando las situaciones pintan mal, y menos cuando sentía el dolor de un corazón roto y la furia me impulsaba. Ya me habían rechazado antes como un ser anormal y maldito del que había que alejarse..., pero eso fue antes de él.

La ausencia de Jude provocaba que el hueco que sentía en el pecho se volviera más profundo, incluso si sabía que se había ido porque pensó que usaría la daga asesina de dioses en mí misma para darle el último trozo de una diosa, no importaba; debió conocerme mejor, debió confiar en mí.

Ahora, lo único que ansiaba era gritarle en la cara. Era una pena que nos llevara ventaja; yo no era una persona paciente.

Algo había cambiado desde que salimos del claro donde maté a Patrick. La Niebla no era tan... dócil. Tal vez Jake también percibía ese cambio antinatural. A menudo viajábamos en un silencio incómodo entre la espesa neblina, apenas capaces de respirar bien.

Hace días nos topamos con huellas de cascos que se encaminaban al noreste y una leve esperanza subió a la superficie; podían ser de Jude. Quizá se encontró por casualidad con una de nuestras yeguas perdidas y pudo salir de este desdichado lugar.

Como sabíamos que teníamos el tiempo en contra solo parábamos a descansar o comer. Me encontré con un trozo de tierra poco común donde crecían moras sombrías, que si bien no eran venenosas, sabían como si lo fueran.

En cualquier momento, quizá incluso en unas cuantas horas, llegaríamos a la frontera del reino que Cirian gobernaba con mano dura. No sabía qué era peor: regresar bajo el control de Cirian o estar varados en las tierras malditas habitadas por pesadillas.

—Más le vale no haber perdido a la asesina de dioses —refunfuñó Jake a mi lado, con los hombros caídos por el agotamiento.

Había hecho mi mejor esfuerzo por no mirarlo con demasiada atención, porque cada vez que lo hacía, el estómago me gruñía por la culpa y no podía evitar desviar la mirada. Yo era la razón por la que estaba en ese lío—. Con la suerte que tenemos, seguro que el rey ya lo capturó.

—Siempre tan optimista —respondí, fingiendo una actitud divertida que sabía que aplacaría los nervios de Jake—. Si Jude se dejó capturar con tanta facilidad, no es el hombre que pensé que era.

Jude era demasiado terco como para dejarse atrapar con tanta rapidez. Aparte, eso le desinflaría el ego de una manera terrible. Después de todo era el tremendo y ruin asesino al servicio del rey.

Miré al cielo con los ojos entrecerrados y percibí un leve asomo de la estrella polar que reposaba a un lado de la luna azulada. Aquí, a kilómetros de la frontera, la luna tenía el doble de su tamaño y se esforzaba por ser vista entre el gris melancólico y los árboles esqueléticos. Odiaba lo bello que me parecía. Cada vez que Jake se acostaba a descansar, yo me ponía de guardia y miraba la superficie lechosa de la luna. En esos momentos, me preguntaba si Jude también la miraba y si se arrepentía de habernos abandonado. De abandonarme a *mí*.

Mi cicatriz más reciente pulsaba de dolor. A menudo, el recuerdo del día en que me la infligieron provocaba que mi pecho se calentara con la más extraña sensación punzante. A unos centímetros de donde latía mi corazón, la herida que Jude me había curado estaba hinchada y en carne viva, como un recordatorio de lo que habíamos sufrido.

Pasé los dedos enguantados sobre la piel desgarrada y una débil sonrisa vino a mis labios. A pesar de que despreciaba lo que Patrick hizo, mi cicatriz se conectaba con el comandante de un modo que no podía descifrar. Yo también le dejé mi marca: enredaderas negras y retorcidas sobre su pecho en el sitio donde había colocado mi poder.

Esa era mi marca, que hacía juego con las cicatrices de mis manos que había dejado la bestia de las sombras.

—Si Jude hubiera sido listo, te habría matado y juntado las tres llaves de Raina cuando tuvo la oportunidad —dijo Jake después de un rato—. Pero… supongo que eres demasiado encantadora como para morir. Qué pena.

Jake me sacó de ese maldito claro donde maté a Patrick, el inmortal que maldijo a Asidia con su codicia. Alguna vez fue mi amigo, pero los amigos no se apuñalan en el pecho.

Desde entonces, Jake se mantuvo a mi lado, dedicado a la causa y sin dudar en seguirme. No se quejaba ni se detenía. Aunque su devoción difícilmente significaba que en ocasiones no tuviera la ganas de plantarle una cachetada.

—Por más que no quiera morir, esa sería la opción fácil —admití en voz baja, avanzando con dificultad. Lo único que tenía que hacer el comandante era encajar una daga en mi corazón con una hoja especial creada por los dioses y sacar de mi pecho la divinidad perdida de Raina.

—Pero las opciones fáciles rara vez son correctas —afirmó Jake también en voz baja y evitando mi mirada.

Fruncí las cejas.

—¿Cuándo te volviste tan poético?

—Las experiencias cercanas a la muerte cambian a un hombre, Ki —respondió—, y siempre he tenido un don con las palabras.

—Solo cuando quieres atraer a alguien a tu cama.

Se encogió de hombros.

—No está de sobra…

Me detuve en seco y sostuve la mano en alto cuando sentí que se me erizaban los pelos de la nuca.

—Silencio —le advertí.

Unas volutas de niebla me envolvieron como un amante y viajaron desde mis botas hasta rodearme los muslos. Apreté los dientes cuando un súbito resplandor de luz blanca cruzó mis ojos. Parpadeé para deshacerme de él, forzándome a expulsar mi nuevo *poder*. Esa ráfaga era terrible a la vez que estimulante, pero temía más que nada su fuerza desconocida.

Estaba sucediendo de nuevo.

El paisaje sombrío se volvió más claro, iluminado como si hubiera arrastrado un fuego resplandeciente por encima de las copas de los árboles. Uno de los dones de Raina: ver en la oscuridad.

Sus poderes se presentaron unas cuantas veces en el último par de días y no pensé que pudiera acostumbrarme a ellos, a la peculiar sensación de calor en mi pecho que los acompañaba o a la manera en que mis sombras parecían apagarse cuando aparecía su magia. Casi como si mi oscuridad librara una batalla contra la luz dentro de los confines de mi propio cuerpo.

No era agradable.

Me dejé caer de cuclillas y a hurtadillas me oculté junto al árbol más cercano, donde los juncos atravesaban mis pantalones como agujas. Unos dedos fantasmales me recorrieron la columna vertebral y sentí escalofríos.

La Niebla estaba inquietantemente silenciosa, lo cual me facilitaba oír… voces.

El pelo de mi nuca se erizó. Algo, o más bien alguien, estaba cerca. Mis sombras brotaron por mis poros sin que me diera cuenta, enrollándose alrededor de mi cuerpo como si quisieran formar un escudo.

—Ahora sí estoy asustado —dijo Jake con una mueca burlona al percatarse de mis sombras—. Siempre aparecen cuando estamos a punto de que nos ataquen o nos maten.

No estaba equivocado.

Al mirar al frente vislumbré un destello de movimiento. El vuelo de una túnica. Cabello largo y rizado.

—¿Ves eso? —Incliné la barbilla. Parecían ser dos figuras paradas cerca una de la otra, pero la maleza me dificultaba distinguirlas con claridad. Indiqué que avanzáramos, con la esperanza de encontrar un lugar con mejor vista. A medida que acortaba distancia, mis sombras se apretaban con mayor fuerza alrededor de mi pecho.

Pude detectar a una mujer de piel cobriza, con ropa ajustada de cuero. Por instinto, agarré a Jake y lo jalé junto a mí, detrás de un árbol cuyo amplio tronco nos protegía.

—¡Cirian no es nada! —declaró la mujer—. Del que debemos preocuparnos es del dios de la luna. Está fuera de control. Si no lo detenemos, destruirá el día; si mata a esos dos, todo estará perdido.

«Destruir el día». Sofoqué un gemido. Si era cierto que el dios de la luna quería dominar al mundo, eso eliminaba cualquier esperanza de que el sol volviera algún día.

—Primero tratará de encontrar a Maddox —una voz masculina, profunda como un rugido, respondió—. Ahora está en Fortuna.

—Pero *debería* estar tratando de irrumpir en el templo del dios de la luna, no deambulando sin rumbo fijo en Fortuna como un tonto —agregó la mujer entre dientes.

—Antes de que Kiara matara a esa sabandija, él me dijo que sí existe la piedra de luna y que no solo se puede usar para convocar a ese malnacido ancestral, sino también para atraparlo. Entonces Jude podrá usar la daga para volverlo mortal.

Si eso era cierto…, lo cambiaba todo.

Hice una mueca antes de asomarme al otro lado del árbol. El hombre llevaba una capucha de piel que le cubría la mayor parte del rostro, pero tenía un fuerte mentón y su figura era semejante a la de un oso.

—Escucha, Lorian —dijo la mujer con un suspiro—: estoy reacia a involucrarme tanto como tú, pero se está robando nuestros poderes; apenas puedo arreglármelas para viajar, mucho menos para controlar a un solo maldito soldado. Tenemos que advertirles a los elegidos que Cirian no es el único tras ellos.

Lorian, dios de las bestias y las presas.

Volteé hacia Jake y solo con el movimiento de los labios me dijo: «Carajo».

Lorian mascculló una grosería.

—Entonces hazlo tú —dijo—. Yo ya estoy involucrado y casi maté al nieto de Raina. Yo digo que dejemos que lo averigüen por sí mismos.

—¿No podrías mostrar más disposición, testarudo? —exclamó la mujer en tono cortante y se llevó una mano a la cadera. Entrecerré los ojos y observé su físico ágil. Parecía ser toda una guerrera, cubierta con una armadura de cuero y con el brillo del metal que resplandecía en la luz tenue.

—En general tengo disposición. Lo que pasa es que me lo dificultas.

—Te juro que si pudiera matarte, lo haría —lo amenazó y sacudió la cabeza—. Yo…

Detrás de mí se quebró una ramita y el sonido pareció resonar por todo el bosque. La pareja que discutía levantó la mirada y yo volteé hacia Jake con mirada asesina. Él solo volteó la cabeza evitando mis ojos.

—Hay alguien aquí. —La mujer desenvainó una espada que llevaba al cinto y lentamente volteó a todas partes.

Mierda. Sin importar quién fuera, hablaba con un dios y cabía la posibilidad de que ella misma lo fuera.

Lorian olfateó el aire como un animal y entonces cedió la tensión de sus hombros.

—Solo son ellos, Maliah. Kiara y el hablador.

—Qué grosero —susurró Jake entre dientes.

Maliah, diosa de la venganza y la redención. Mi ídolo desde que era niña. En ese instante sentí un desagradable revoloteo de mariposas en el estómago.

—¡Salgan! —gritó y envainó la espada—. Sabemos que están aquí y de verdad que ahora no me siento con ánimo de perseguirlos.

Jake y yo nos miramos.

—Ya estamos tocando a las puertas de la muerte. ¿Por qué no charlar un minuto con un par de dioses enfurecidos? —exclamó él con el sarcasmo reflejado en cada sílaba.

Exasperada, volteé los ojos al cielo, pero salí de atrás del árbol con las manos en alto.

Maliah y Lorian se quedaron congelados cuando me acerqué, con las rodillas temblorosas por la idea de estar frente a dos poderosos inmortales.

—¿Saben que escuchar a escondidas es de mala educación? —Maliah cruzó los brazos.

Así de cerca, su belleza estaba más allá de cualquier cosa que perteneciera a este plano de existencia; su piel como caoba que casi fulguraba bajo la luz de la luna y su cabello, una lustrosa corona de rizos deslumbrantes. Cubierta de cuero de pies a cabeza, con una diversidad de armas relucientes sujetadas alrededor de su fornido cuerpo, la mujer solo podía representar una amenaza. Bajo su ropa pude distinguir cada borde de sus músculos tonificados. Enarcó una ceja, lo cual atrajo la atención a sus deslumbrantes ojos verdes que tenían destellos traviesos. Dioses, incluso la luna parecía brillar solo para iluminarla.

Mierda, me estaba enfocando por completo en las cosas incorrectas.

Los pasos de Jake resonaron tras de mí. En secreto había esperado que se mantuviera oculto.

—No era mi intención espiar su conversación —protesté—. Por casualidad oímos unas voces y...

—¿Decidieron quedarse a escuchar? —Maliah bajó la mano hacia su cadera—. Por supuesto, eres tú. —Volteó hacia Lorian dirigiéndole una mirada penetrante, pero él seguía reacio a quitarse la capucha. Lo único que podía ver de él era su prominente barbilla.

En mi interior, una voz me gritaba que corriera. Cualquier persona sensata lo haría, pero la bestia que llevaba dentro clavó sus garras en mis entrañas, ansiosa de liberarse. Sentí un hormigueo dispararse a través de mis manos enguantadas; desde las yemas de mis dedos, unos hilillos de humo negro bailaban con timidez, pulsando al ritmo de los latidos enfurecidos de mi corazón.

Era mucho más fácil sucumbir a la oscuridad que a la luz. Se sentía más segura.

«Destrúyela» susurró la noche dentro de mi cabeza con una voz que era tanto mía como ajena.

Me puse tensa. Siempre había creído que la noche era la que hablaba, pero nunca con tanta claridad.

La diosa inclinó la cabeza, evaluándome de una manera que me hizo sentir insuficiente. Cuando se acercó, moviéndose como serpiente por el césped, por instinto levanté la daga como advertencia. Esa acción solo provocó una risotada estruendosa de su parte.

—¿Sí te das cuenta de que ese patético cuchillo no me hará daño? Solo puede hacerlo la daga asesina de dioses de Arlo. —La oscuridad estalló en sus verdes ojos cuando mencionó el nombre del dios de la tierra y del suelo; el hombre que alguna vez pensé que era mi tío.

Arlo no fue de gran ayuda en la Niebla y menos después del abandono de Jude. Si alguna vez lo veía de nuevo, tendríamos varias cosas que decirnos o, para ser más precisa, hablaríamos con nuestras espadas.

—Me disculpo —me mordí la lengua y rápidamente guardé mi daga en su funda antes de fruncir el ceño—. ¿Por qué están en este bosque?

Parecía demasiada coincidencia para mi gusto. Después de tantas traiciones, sería difícil volver a confiar.

—Estamos cerca de Fortuna —respondió Lorian por ambos—. Allí está el descendiente de Raina.

Maliah le dio un empujón en el pecho, pero él no retrocedió ni un milímetro.

—¡No le digas eso! Entonces irá allí. Si están en el mismo lugar, será más fácil que Cirian y su amo los capturen, y esa daga no puede caer en sus manos.

—En cualquier caso, iremos por Jude. —Hable sin pensarlo, como siempre. Ese era un rasgo que de verdad necesitaba mejorar, pero me negaba a abandonar a Jude como él lo hizo conmigo. Porque así era como se sentía: me había abandonado. Quería abrazarlo y darle una cachetada al mismo tiempo.

Maliah me señaló con un dedo acusador.

—Te dije que haría algo impulsivo, Lorian. Ella es imprevisible. —Volteó hacia mí con mirada tensa por la frustración—. Tienes que ir al templo del dios de la luna, no encontrar al muchacho. Eso lo puedes hacer después.

—No. No voy a esperar. —¿Por qué no podía cerrar mi bocota?

—Deja que lo intente —aportó Lorian a favor nuestro—. Podría llegar a tiempo antes de que Cirian mande a sus hombres.

Sentía latir el pulso en mi garganta. Los guardias irían a buscar en Fortuna y Lorian insinuó que sería pronto. Tenía que encontrar a Jude antes que ellos. Lo capturarían y lo torturarían, y ya había pasado por demasiadas cosas. Tal vez estaba furiosa con él, pero haría cualquier cosa en mi poder para impedir que sufriera más dolor.

—Está bien. —Maliah agitó las manos en el aire—. Pero después de que encuentres a tu comandante, ve al templo. Lorian se enteró de algo que podría interesarte.

El dios suspiró con evidente exasperación.

—Hay una piedra de luna que puede atrapar al dios. Si la encuentras, debes apuntarle con la asesina de dioses para volverlo mortal. Sé de buena fuente que la piedra de luna no solo lo atraerá, sino que también atrapará su divinidad. Lo único que tiene que suceder después es que alguien reclame los trozos de divinidad y que ocupe su puesto.

No podía ver sus ojos, pero sentí como si me quemaran la piel.

Volteé a mirar la conmoción que se reflejaba en el rostro de Jake. Ambos sabíamos que esto era más grande de lo que habíamos imaginado: confinar su poder y evitar que el reino sucumbiera a la noche eterna.

—¿Les importaría echarnos una mano? —dije bromista, mientras las sombras giraban alrededor de mi cuerpo, obedientes a mis órdenes, y las frágiles ramas de los árboles se sacudían. La atención de la diosa se desvió a las hojas temblorosas sobre mi cabeza y frunció el ceño. Entonces sus ojos detectaron mi magia y torció los labios en respuesta.

—Lo acabo de hacer —dijo con la mandíbula tensa como si la hubiera ofendido—. ¿De verdad nos crees así de indiferentes?

En efecto, con frecuencia pensaba que eran indiferentes. Me parecía injusto que todo esto fuera nuestra responsabilidad. Con un demonio, ni siquiera tenía idea de quién era nuestro verdadero enemigo hasta que la nota de Jude me advirtió que había otros, aparte de Patrick, que nos buscaban. Que me buscaban a *mí.*

—Lorian no puede cambiar de forma, de igual manera que yo no puedo retener la misma influencia que tuve alguna vez sobre los guerreros. No puedo comandar ejércitos con un solo pensamiento o guiar las mentes de los vengativos y despiadados. —Maliah volteó por un instante a las numerosas dagas pulidas de su cinturón, evitando mi mirada. Tuve la sospecha de que lo que intentaba ocultar era vergüenza y me abrumó una oleada de compasión; era tan diferente de la infame diosa que había puesto en un pedestal—. Si encuentras una forma de liberar nuestros poderes de cualquiera que sea el hechizo que esté lanzándonos el dios de la luna, entonces yo misma y las otras deidades estaremos en libertad de ayudarte a traer de regreso al sol. De preferencia sin que tú mueras.

Oh, eso me gustaría mucho.

Lorian alzó la barbilla y emitió un silbido penetrante. El ruido desgarró mis tímpanos y me obligo a cubrirme los oidos. Cuando terminó su llamado, bajé los brazos y lo miré con curiosidad. Él se limitó a devolverme la mirada.

Un minuto más tarde, un jaguar moteado ingresó con largos pasos dentro del claro.

—Viendo que lo estás arriesgando todo, decidí asignarte un protector hasta que llegues a la ciudad —me indicó el dios con su profunda voz—. Este es Brax y será un excelente guardia en tu viaje.

La enorme bestia merodeó hasta acercarse y requerí de todas mis fuerzas para no salir corriendo. Tan solo sus garras podían arrancarme la carne de los huesos. Tras de mí, Jake soltó un gemido y me sorprendió que no hubiera dicho nada en todo este tiempo.

—¿Gracias? —respondí como pregunta, dudosa de qué más decir.

—Debemos irnos —dijo Lorian y asintió hacia Maliah—. Si permanecemos demasiado tiempo en un solo sitio, nos encontrará.

Abrí la boca para preguntar otra cosa, pero una brillante neblina azul cobalto y rojo encendido empezó a girar, produciendo un baile de colores que envolvió a los inmortales, rodeando sus cuerpos y cubriéndolos de pies a cabeza.

Jake me tomó de la mano y la apretó mientras veíamos cómo los dos dioses más fuertes, incluso con sus poderes reducidos, se desvanecían frente a nuestros ojos, dejándonos con… Brax.

—Demonios. Ahora tenemos un maldito jaguar pegado a nosotros —se quejó Jake y el animal sacó la lengua mientras observaba a mi compañero—. Será mejor que deje de mirarme así.

—No te haría daño —respondí al mismo tiempo que mis sombras se enroscaban, listas para saltar a la acción si mi dudosa promesa se rompía. De pronto, sentí un estallido de energía que casi me hizo flotar, de nuevo con esa comezón que me recorría la piel y la tensaba—. No se suponía que escucháramos esa conversación, pero así fue —continué mientras volteaba hacia mi amigo—. Estamos cerca de Fortuna, cerca de Jude, y cuando le digamos de qué nos enteramos, será mejor que sea sensato y nos acompañe.

—Ese tipo nunca ha sido sensato, en especial cuando se trata de ti —aportó Jake y no me quedó más remedio que coincidir. El pesar que sentí antes volvió a mí.

Tanto mi magia de sombras como la de luz reaccionaron a mis emociones; las sombras respondían con demasiada facilidad cuando estaba angustiada. Estaban tan implantadas en lo profundo de mi ser que temía que responderían ante el menor asomo de enojo antes de que pudiera someterlas. Cerré los ojos y exhalé de manera lenta y uniforme. Tenía que tranquilizarme, centrarme y aprender cómo dominar ambas fuerzas antes de que a la larga me destruyeran. Pensar en Jude no era útil para manejar la situación.

—Ruego que ese talismán haga lo que afirma Lorian. Nosotros solos no podremos matar al dios, y menos cuando se necesitó tanto de Jude como de mí para matar a Patrick. —sacudí la cabeza para liberar algo de mi frustración acumulada—. Y él ni de cerca era una amenaza así de grande.

Una parte de mí quería correr, encontrar a Jude y no mirar atrás, dejar en el olvido esta tortura de misión. Quizá podíamos tener una buena vida, escondidos en algún pueblo pequeño, y convertirnos en nuevas personas sin llevar a cuestas la carga de salvar a Asidia.

Deseaba poder ser egoísta. Eso era lo que quería con todas mis fuerzas.

Jake me miró a los ojos y una muda conversación cruzó entre nosotros. Gradualmente, la incertidumbre desapareció de sus ojos y regresó el semblante confiado que con frecuencia le servía como escudo.

Vamos a lograrlo. Juntos.

—Nunca en mi vida esperé esto —afirmó mientras señalaba con la mano el sitio donde estuvieron los dioses—, pero me alegro de experimentarlo contigo.

Desvíe la mirada.

—Detente. Estás provocando que quiera abrazarte —respondí al sentir esa fuerte necesidad.

Jake rio.

—Oh, no. Todo menos un abrazo. Aunque sí me lo he ganado…

—Qué dramático —me burlé mientras le daba un empujoncito juguetón en el pecho. Él sonrió y me revolvió el pelo, ya de por sí enredado.

—Bueno, vamos, encontremos a tu comandante —declaró Jake—. Una vez que tengamos a Jude con nosotros, nos armaremos lo mejor posible. Tal vez no seamos el grupo ideal de héroes, pero Jude, tú y yo somos lo único que tiene este pobre reino.

—Cuanta elocuencia —contesté con un resoplido divertido, pero la imagen de luchar al lado de ellos dos cruzó por mi mente. Las sombras se enroscaron en la punta de mis dedos, pero dentro de mi pecho una pequeña chispa de calidez se encendió al pensar en Jude. El don de Raina tendía a hacer eso cada vez que el rostro de Jude pasaba por mi cabeza. Su poder estaba hecho de fuego, esperanza y pasión, y me pregunté cuál de mis magias aparecería al encontrarlo. Jude no debería temer al jaguar que caminaba detrás de mí o al dios que se había propuesto destruirnos.

Debería temerme a mí, porque iba en camino a Fortuna e iba en su búsqueda.

CAPÍTULO DOS

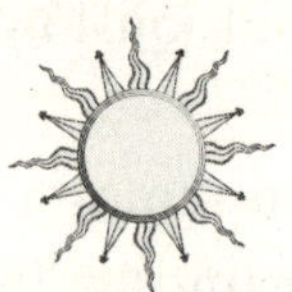

Jude

Es un misterio la razón por la cual los dioses se ocultaron luego de la desaparición de la diosa del sol. Algunos dicen que están malditos, al igual que nuestras tierras, en tanto que otros creen que tienen miedo. Aunque no se sabe de qué.

FRAGMENTO DE *TRADICIONES DE ASIDIA: UN CUENTO DE LOS DIOSES*

El Zorro Astuto estaba tan ruidoso como siempre.

Un grupo musical tocaba una melodía alegre en el escenario central y los clientes se mecían al ritmo de la música, con sus tarros llenos de cerveza aferrados en la mano. El sitio apestaba a sudor, alcohol y malas decisiones.

—¡Ah, no, no hoy! —rezongó Finn cuando me vio acercarme.

Me vi obligado a venir aquí todos los días desde que llegué a la ciudad y, día tras día, me prohibían la entrada. Ver a esa mujer era la única solución que me quedaba en ese momento. Ella tenía el conocimiento y se negaba a verme.

Resultaba temerario aparecerme en una taberna llena de gente cuando mi rostro estaba impreso en los carteles de «se busca» esparcidos por toda Fortuna. Había vivido en un relativo anonimato cuando era el asesino contratado por el Rey Cirian, sin embargo, ahora mi retrato estaba por todas partes. Lo detestaba.

Era un misterio cómo fue que el rey se enteró de que estaba vivo y no había muerto en la Niebla.

El enorme guardaespaldas estaba frente a la puerta roja que llevaba al estudio de Zorro. La mujer no se había aparecido en su propia taberna desde que vine en busca de su ayuda y, si no la conociera tan bien, diría que me consideraba una amenaza.

—Ya te he dicho las últimas cinco veces que la señora no te va a recibir y con toda seguridad no tiene lo que quieres. —Finn cruzó ambos brazos, sus antebrazos eran grandes como troncos—. Como una honorable ciudadana de Fortuna, ella...

Agité la mano en el aire para callarlo antes de que siguiera. Había usado ese mismo discurso muchas veces, pero todos en el reino entero sabían lo honorable que era en verdad la infame ladrona.

—Los dos sabemos lo que guarda detrás de esa puerta cerrada y fuertemente protegida, y si alguien tiene lo que necesito, es ella.

Había saqueado cada ciudad de Asidia, vendiendo secretos, textos antiguos e información clasificada con tanta facilidad como si fueran joyas. Después de cada atraco dejaba la marca de una garra, lo cual no era precisamente sutil. Sin embargo, a lo que yo venía era a buscar información... y también una pequeña conversación que aún nos faltaba tener. Una plática que se había ido gestando a lo largo de diecinueve años.

Fulminé con la mirada a Finn, el guardaespaldas de más de dos metros de estatura y ciento treinta y seis kilos de peso, que me sonreía burlón como si fuera un soberano que dominaba un reino de ladrones y asesinos despiadados.

—Sin importar lo que creas —Finn se inclinó hacia mí con una voz gutural y áspera—, no obtendrás ayuda de ella. Ya ha pasado por suficientes cosas y tú eres un inconveniente que no necesita. Uno que no permitiré que le haga más daño.

¿Yo hacerle daño a *ella*?

Estábamos a centímetros de distancia, su aliento caliente se paseaba sobre mis mejillas y tenía los labios tensos en un gruñido. Reconocí ese aspecto en su rostro, la actitud defensiva. Qué rápido se le había caído la máscara.

Podría ser que Zorro le importara mucho, pero yo no iba a retroceder, porque también tenía alguien que me importaba.

—Dile a Zorro que no me iré de Fortuna —le advertí, profundizando mi voz hasta convertirla en un gruñido amenazante. Isiah me enseñó que no necesitas levantar la voz para transmitir una amenaza—. O accede a recibirme o… —me acerqué un paso más, dándole tiempo a Finn para que estudiara las tristemente célebres cicatrices que ahora me cruzaban el rostro—, me veré forzado a compartir cierta información que Zorro preferiría mantener en secreto.

«Yo».

Los ojos de Finn se desviaron un instante a la daga que llevaba en el cinto cuando retrocedí.

No era la daga asesina de dioses, ya que no era lo bastante descuidado como para llevarla conmigo y, como el buen comandante que me entrenaron para ser, tenía preparado un plan de respaldo… aunque su éxito no era muy probable. Aún así, el brillo del sudor cubrió su oscura piel. Tal vez no era tan inmune a mí como yo creía.

Las fosas nasales de Finn se dilataron.

—Transmitiré el mensaje de nuevo, pero si te pasas de la raya y haces cualquier intento por causarle daño a mi señora, quiero que sepas que primero te las verás conmigo.

Era leal al extremo, lo cual era algo muy poco común en este sitio. Me pregunté cómo fue que Zorro se ganó tal devoción.

Me le quedé mirando fijamente un minuto más, observando cómo rodaba por su sien otra gota de sudor que se deslizó sobre el tatuaje muy realista de una garra que teñía el lado derecho de su rostro. La marca de Zorro. De mi madre.

Incliné la barbilla como indicación de que entendía, aunque ambos sabíamos que esto estaba lejos de haber terminado. Giré sobre mis talones y me sumergí en las profundidades de la taberna, hasta llegar al extremo de la barra. Cuando Finn desvió su atención hacia un hombre que llevaba un desagradable abrigo naranja, saqué mi daga. El mostrador estaba lleno de raspaduras y manchas, así que cuando grabé mis iniciales en el costado de la barra —junto con una luna creciente irregular— dudé que alguien le prestaría atención.

Kiara la reconocería. Si en algún momento me capturaban, ella sabría que estuve aquí y tal vez para ese momento habría convencido a Zorro de que me ayudara.

Enfundé mi daga y me levanté antes de que el tabernero pudiera arrastrar los pies hacia mí. Empujé las puertas y me preparé a recibir el golpe del frío que me caló en las mejillas después de haber estado en el ambiente cálido de la taberna.

Con una mueca, me puse la capucha sobre los ojos y me paseé por las corruptas entrañas de Fortuna. Odiaba esta ciudad, apestaba a todas las cosas que detestaba de la humanidad, aunque de inicio nunca me habían agradado en particular muchos humanos.

Los estruendosos gritos de los animados vendedores ambulantes que promocionaban sus productos hacían eco en todas direcciones de la plaza principal. Algunos promovían remedios falsos para enfermedades incurables, otros ofrecían drogas o bebidas ilegales capaces de transportarte a un nuevo mundo donde la realidad era incapaz de tocarte.

Por primera vez me vi tentado, pero necesitaba mantenerme alerta.

Estaba agradecido de que los ceñudos clientes me ignoraran mientras se apresuraban a pasar, envueltos en sus voluminosas capas de lana, con el cuello protegido por gruesas bufandas de intrincados patrones tejidos que les ocultaban la mitad inferior del rostro.

A diferencia de la mayoría de las ciudades en Asidia, cuando los habitantes de Fortuna se despojaban de sus capas, llevaban puestos vestidos y trajes a la medida de colores y diseños vívidos, confeccionados con suntuosos brocados y terciopelos. Se cubrían la cabeza con elaborados sombreros de copa cubiertos de satín. Cuellos escotados y dobladillos más cortos. La gente exhibía gran cantidad de piel, deleitándose en el pecado de la carne. Sus ojos delineados con kohl y labios pintados eran descarados y seductores.

Aunque este era un sitio donde no deseaba permanecer, no podía negar que había una emocionante libertad en el ambiente que estaba ausente en cualquier otra región del reino, quizás porque a Cirian aún le faltaba reclamar sus derechos sobre ella.

Hacia la izquierda vi el establo que renté para Estrella y, sin pensarlo dos veces, mis pies se encaminaron en su dirección.

Orion, el joven caballerango que vigilaba la entrada, inclinó hacia mí su gorra roja a cuadros cuando me vio llegar. Mantuve mi capucha sobre los ojos, ya que no confiaba en que el chico mantuviera la boca cerrada, tentado por cobrar la recompensa por entregarnos.

—Ha estado de mal humor todo el día —se quejó mientras se pasaba una mano lodosa sobre la cara y dejaba rastros de suciedad a su paso—. Ninguno de los muchachos puede calmarla.

Probablemente porque extraña a Kiara.

«Tú también la extrañas, imbécil», me dije. El pulso golpeteaba en mi garganta con solo pensar en ella, pero ahora no era el momento de darle vueltas al asunto.

Orion me condujo al interior y abrió el establo más grande. Agitó una mano impaciente hacia la última caballeriza y yo le lancé una moneda robada como agradecimiento. No había querido robarles los monederos a aquellos hombres, pero estaba desesperado y algunos de esos bastardos se lo merecían; no tenía gran afecto por aquellos que trataban mal a quienes consideraban sus inferiores.

Escuché la agitación de la yegua desde su corral y me asomé. Estrella levantaba los cuartos traseros, evidentemente no muy feliz de estar encerrada en un sitio tan estrecho.

—Calma, pequeña —murmuré, levantando las manos con actitud tranquilizadora—. Solo soy yo, «vieja». —Usé el apodo que empleaba Kiara para su animal y, al escucharlo, Estrella se asentó en sus cuatro patas, aunque sus ojos se entrecerraron como si me mirara con desdén.

Esta no era una yegua común; mis sospechas habían ido aumentando desde que me encontró en la Niebla, sin heridas en el vientre de cuando los hombres enmascarados —o mejor dicho los muertos vivientes— la hirieron con una flecha. Debería haber muerto.

Coloqué la mano sobre su nariz y dejé que me olfateara antes de acariciarle el costado con la mano.

—No falta mucho —susurré—. En cuanto tenga las respuestas que necesito, la encontraremos.

Estrella relinchó.

—¿No me crees? —le pregunté mientras retrocedía para mirarla a los ojos—. Sabes que yo también la extraño —esto último lo dije en voz baja. Admitirlo en voz alta hacía que se fracturara la máscara que me había oligado a llevar.

Con un resoplido, la yegua avanzó y posó la cabeza sobre mi hombro. Seguí tranquilizándola y frotándole el pelo.

La conexión entre los dos crecía con cada caricia. Se sentía natural montarla, familiar de algún modo imposible. Pero, de nuevo, nada era imposible: yo era el descendiente de Raina, carajo.

—Odio dejarte, pero no puedo quedarme mucho tiempo —murmuré después de transcurridos quince minutos—. Espero que la siguiente vez que te vea sea cuando nos vayamos de este lugar.

Estrella refunfuñó una vez más cuando rompí el contacto visual.

Me detuve en la puerta de la caballeriza. Antes de pensarlo dos veces, arrojé una cajetilla roja de cerillos al lado de su recinto. En los costados de la caja había el símbolo de una garra y cerveza, grabado en letras doradas, como representación del sello de la taberna del Zorro Astuto. No era la primera vez que le dejaba una pista a Kiara para encontrarme en caso de que llegaran a capturarme y ella necesitara ayuda. Esa misma ayuda que ojalá Zorro ofreciera pronto.

Ahora mis iniciales estaban grabadas en la barra del Zorro Astuto, ya que sospechaba que Kiara exploraría todas las tabernas para preguntar por mí. En el antro de juego conocido como el Dado Rodante, un cuadro que representaba un campo verde y florido colgaba en la sala principal y cuyas flores se asemejaban a aquellas de nuestro valle. Si lo veías suficientemente de cerca, era posible detectar el sitio donde el lienzo estaba doblado, lo cual dejaba apenas el espacio suficiente para deslizar una nota entre la pintura y el marco, una nota que simplemente decía «Taberna del Zorro Astuto».

No la firmé, pero Kiara reconocería mi caligrafía. Le susurré mi despedida a Estrella y sentí un nudo en el estómago cuando salí de los establos.

Si hace un par de meses alguien me hubiera dicho que me sentiría culpable de abandonar a un caballo, me habría reído en su cara. Pero también me habría reído si me hubieran dicho que conocería a una mujer vulgar, sarcástica, violenta y deslumbrante que me robaría el corazón.

Es probable que Isiah se estuviera carcajeando desde el reino de los muertos. Pasé los dedos por mi viejo alfiler de caballero; no era el mismo que Kiara tomó del cadáver de Isiah, pero simbolizaba nuestra hermandad. El frío metal era un peso reconfortante en mi bolsillo. No me di cuenta que era mi mejor amigo hasta que lo perdí.

De regreso al frenesí de la avenida principal, avancé con sigilo junto a unos cuantos mendigos y unos chicos que jugaban con un mazo desgastado de cartas. Un grupo de personas se había reunido a mirar y algunos de los espectadores incluso lanzaban apuestas.

Como si la gente percibiera quién caminaba entre ellos, la multitud se abrió, dándome espacio para deslizarme entre la maraña de cuerpos hacia una avenida vacía, iluminada por débiles fuegos solares.

Una librería y un salón de té con la cortina baja tenían anuncios de «abierto», aunque este último vendía cualquier cosa excepto té. Tenía una idea bastante aproximada de las cosas que vendían adentro, a juzgar por el hombre que acababa de salir, con los botones del pantalón abiertos y una expresión aturdida, aunque exuberante, en su rostro enrojecido.

Las campanillas sonaron cuando abrí la puerta de la librería y la única respuesta del corpulento dueño, que estaba sentado en su escritorio, fue un único gruñido de indignación. Se le pagó generosamente para mantener la boca cerrada; en lo que a él concernía, yo era un fantasma. Me deslicé entre las estanterías de libros y los anaqueles polvorientos hacia la parte trasera de la tienda, donde una escalera de madera conducía a las habitaciones del propietario.

No había un fuego solar a la vista, pero yo me había criado en la oscuridad y era tan amiga mía como lo era mi daga. Aún así, estar solo ahora, enfundado en la sombra eterna de la noche, se sentía… más pesado que antes.

Más allá del sucio cuarto de baño con su bañera de porcelana despostillada estaba mi humilde morada. Deslicé la larga llave de cobre en la cerradura de la puerta y entré, cerrándola y asegurándola detras de mí.

A pesar de que no había vivido una vida opulenta en el palacio, cuando menos se me había concedido una cama decente. Aquí había un catre contra una esquina en el piso, con mantas de algodón apolilladas y manchadas de algo que solo los dioses sabían qué era. Además del colchón, el lugar solo tenía espacio para un modesto armario, del que una de las puertas apenas se mantenía en sus bisagras.

Todavía nadie me descubría, pero cualquier sentido de seguridad era una ilusión; sin importar a dónde fuera, Cirian trataría de encontrarme. Los carteles de «Se busca» eran prueba de ello.

Para este momento, nuestro grupo original de reclutas y caballeros deberían haber regresado a Sciona y si Cirian no creía que había muerto en la Niebla, sospecharía que había desertado…, lo cual era cierto. El castigo para la deserción era la muerte, pero imaginaba que tendría otros planes para mí que eran mucho peores que cortarme la garganta. De algún modo él sabía que yo estaba vivo.

Nunca conseguiría la asesina de dioses y eso me daba esperanza.

Me dejé caer sobre el colchón con un gemido, y me quité la capa y la chaqueta antes de apoyar las manos sobre las rodillas. El silencio me provocaba más que los gritos que resonaban en mis pesadillas. Cada vez que cerraba los ojos, escuchaba su voz y veía su rostro contorsionado por el dolor cuando la daga de Patrick atravesó su carne.

Kiara. Era tanto un regalo como una maldición, y todos los pensamientos que no dedicaba a mi plan estaban dirigidos a su imagen etérea. No podía evitarlo y hace mucho que dejé de intentarlo. Al instante sentí un calor que me envolvía.

Un dolor de cabeza se formó en mi entrecejo y dejé caer la cabeza en el colchón manchado. Afuera, una suave lluvia golpeaba contra el delgado vidrio de la ventana y su melodía constante me persuadía de dejarme llevar por el sueño que tanto necesitaba. Habían pasado días desde que verdaderamente había cerrado los ojos y descansado.

Antes de que el agotamiento me venciera, me permití imaginar su voluptuosa cabellera rojiza y sus ojos ambarinos llenos de fuego. En este entresueño, rodeé su cuerpo con mis brazos y la atraje hacia mí para inhalar su aroma distintivo, pero el problema con imaginar las cosas era que eso nunca estaba a la altura de la realidad.

Me despertó el sonido de unos golpes furiosos contra la puerta de la habitación.

Al instante estaba de pie y con la daga desenvainada. El dueño del local sabía que no debía acercarse a mi habitación, por lo que no podía ser él, lo que significaba que…

«Mierda». Tomé mi chaqueta y mi capa, y corrí a la ventana que daba al callejón trasero. Un instante después, se detuvieron los golpes. En cuanto salté del borde metálico afuera de mi habitación, la puerta se abrió de golpe, destrozando y astillando la madera. Pude ver a tres hombres armados que portaban el color carmesí de la guardia real, con cascos de plata sobre la cabeza.

«Los hombres de Cirian».

—¡Detente! —me gritó uno de ellos, pero yo ya me había dejado caer desde el segundo piso hacia la calle. Mis botas apenas hicieron ruido cuando aterricé en cuclillas.

Me asomé por encima del hombro mientras empezaba a correr y descubrí a uno de ellos que agitaba la mano con gran furia desde la ventana. Era probable que sus torpes camaradas estuvieran bajando a toda velocidad las escaleras para perseguirme.

Toda señal de sueño había desaparecido, reemplazada por la adrenalina que tanto agradecía.

El fracaso no era una opción.

Si mi vida fuera la única que estuviera en riesgo, los habría enfrentado a todos y, con suerte, habría dejado una carnicería a mi paso. Pero ahora había otras personas que dependían de mí, gente a la que le importaba si vivía o moría. Su amor se había convertido en una carga pesada y, sin embargo, la llevaba muy cerca de mí.

Por no mencionar las vidas de todo el reino.

Saqué el reloj del bolsillo de mi chaqueta y vi que eran las tres de la mañana. Incluso a esas horas, la ciudad estaba atestada de parranderos borrachos y no fue difícil asegurar bien mi capucha, mezclarme entre la multitud y pasar deapercibido.

Reduje la marcha e intenté caminar con tranquilidad, mientras el corazón me latía con fuerza y el sudor mojaba mi frente. Me habían localizado antes de lo que esperaba y sin indicios de cómo salvar a Kiara de un final prematuro, ambos estábamos jodidos.

La verdad era que debería haber sido más sensato y no debí haberme quedado tanto tiempo aquí, pero mi orgullo se había entrometido, mi necesidad de demostrarle a mi madre que no era un niño del que podía deshacerse de nuevo. No era como si al final yo le importara a ella. La gente no cambia, sin importar cuantas de sus acciones te arranquen trozos del corazón.

Al ver que no podía regresar al Zorro Astuto, continué por una de las calles más extensas y pasé junto a un par de los sitios de juego más modestos que estaban repletos de clientes.

Escuché gritos a mis espaldas, pero no corrí. En lugar de ello, me arriesgué a entrar al Dado Rodante, pasando entre las mesas cubiertas de terciopelo rojo y a través de la muchedumbre de cuerpos que las rodeaban.

Mi hombro chocó con una mujer vestida con una chaqueta carmesí y el golpe provocó que soltara la bandeja que llevaba. Las copas llenas salieron volando antes de caer sobre los clientes, que maldijeron mientras se limpiaban frenéticamente la ropa mojada. Para el momento en que la mesera exploró la habitación buscando al causante, yo ya estaba en la entrada de la cocina.

Los cocineros agitaron las manos con enojo cuando pasé a toda prisa junto a los puestos donde preparaban los alimentos y unos cuantos de los meseros voltearon hacia mí con miradas curiosas, aunque ninguno de ellos me detuvo mientras corría hacia la puerta que daba al callejón.

El aire fresco del norte me golpeó el rostro con una fuerza sorprendente y el viento me tiró la capucha, exponiendo mi rostro fácilmente identificable. La jalé hasta colocarla en su lugar, agradecido de que no hubiera muchas personas por allí. La mayoría estaban ocultos dentro de las tiendas de campaña ubicadas a los costados del callejón. Estiré el cuello y fijé la vista en una de color verde que había adquirido recientemente. Se la compré al chico después de que accedió a mis condiciones. Tal vez simplemente no me había gustado ver a un pequeño que temblaba de frío mientras otros disfrutaban de excesos mezquinos.

Llegó el momento de usar mi plan de respaldo.

Kiara sería lo bastante lista como para localizarme y no se detendría hasta acorralarme y tener el placer de gritonearme en la cara. Tenía la esperanza de que estuviera en camino para acá, si no es que ya estaba en la ciudad.

Abrí la solapa de la tienda de campaña y me agaché.

Como lo esperaba, el pequeño bastardo se incorporó al instante de su sueño intranquilo con un cuchillo torcido en su manita y sus verdes ojos adormilados.

Buen chico. Tenía habilidades decentes de supervivencia.

—Llegó la hora —rugí y le arrojé la bolsa que colgaba en mi cintura—. Cuando ella llegue, le entregas el paquete.

Antes de que el niño pudiera discutirme, ya iba corriendo a la mitad del callejón, mezclándome con la multitud. No podía perder ni un valioso segundo.

El pequeño rufián callejero que había encontrado mi tercer día en Fortuna tenía mi futuro —y todos nuestros futuros— en sus manos, junto con el resto de mi dinero. Rogué haber estado en lo correcto en cuanto a él y que cumpliera con su promesa, en lugar de simplemente robarse mi dinero.

Tenía que creer que lo haría.

Aunque su ropa estaba desgarrada y en harapos, poseía una cosa de valor: un reluciente dije de Raina. Cuando lo vi entre la muchedumbre, levantó la barbilla y me devolvió la mirada con audacia. Ese calor antinatural que se estaba volviendo cada vez más familiar corrió por mis venas en aquel instante precioso en que cruzamos miradas. Allí fue cuando puse mi vida en las resbalosas manos del destino. Me pareció… correcto. Como si los mismos cielos me guiaran.

Iba pensando en el niño al mismo tiempo que me encaminaba hacia las carretas que se preparaban para salir de la ciudad. Tenía que alejarme de Fortuna, hacia la seguridad de los bosques circundantes.

Los mercaderes cargaban sus mercancías, gritando órdenes a sus aprendices para que se apresuraran antes de que llegara el nuevo día. Observé una carreta abierta que transportaba barriles de cerveza, con un grueso faldón de tela azul atado a los costados para ocultar la mercancía. «Allí». Esa sería mi salida y, una vez que cruzáramos las puertas, me ocultaría sigilosamente entre la noche.

Mientras el dueño estaba ocupado atendiendo a su caballo, me arrastré bajo la lona y detrás de los contenedores de cerveza, con cuidado de no poner todo mi peso en un solo lugar; cualquier sonido me delataría. Me metí apresuradamente detrás de un barril y me centré en mantener mi respiración uniforme.

La carreta emprendió el viaje cinco minutos después y la tensión de mis hombros se redujo. Estaba funcionando; estaba escapando de Fortuna y de camino fuera de la ciudad. Mi siguiente plan era localizar a una de las antiguas sacerdotisas del sol que quizá tuvieran información.

El carromato se sacudía y sus ruedas de madera chocaban con cada bache en el camino empedrado. Me recliné, apretado e incómodo.

—¡Alto!

Me quedé helado, cada músculo de mi cuerpo rígido. Para ese momento, ya deberíamos haber llegado a las puertas de la ciudad.

Unas botas golpearon el piso y sentí que se me cerraba la garganta cuando el sonido se fue acercando. Iban hacia mí.

Se escuchó un chirrido y la lona se levantó rápidamente.

—Bueno, mira nada más qué tenemos aquí.

Unas manos rodearon mis tobillos y fui arrastrado entre los barriles, con un grito atrapado en la garganta. Esas mismas manos me pusieron contra el piso y antes de que siquiera pudiera levantar mi daga o ver el rostro de mis atacantes, una bota con punta de acero se elevó sobre mi cabeza.

CAPÍTULO TRES

Kiara

Sé que te enviaron a la Niebla hace semanas, pero no he oído ni una palabra de tu regreso. Si alguien puede entrar en las tierras malditas y vivir para contarlo, esa eres tú. Eso quiere decir que estás viva y ocultándote en algún lugar porque desertaste. No soy tan tonto como para esperar que te comuniques conmigo, pero tampoco me voy a quedar sentado.

CARTA NO ENVIADA DE LIAM FREY A SU HERMANA,
KIARA FREY, AÑO 50 DE LA MALDICIÓN

Unas horas más tarde nos colamos a las afueras de Fortuna. Escabullirnos más allá de la Patrulla fue fácil, ya que la mayoría de ellos estaban absortos en un vaso de cerveza. No puedo culparlos; si me hubieran sentenciado a sus rangos inferiores, también estaría borracha hasta la coronilla.

Brax nos siguió sigilosamente como una sombra entre los árboles, provocando que Jake se asomara nervioso una y otra vez por encima del hombro, estirando al máximo los músculos de su cuello.

—Te vas a lastimar si sigues haciendo eso —le advertí.

Jake volteó hacia mí, incrédulo.

—¿Me estás diciendo que estás completamente a gusto con esa cosa a tus espaldas?

En eso tenía razón.

—No lo estoy, pero Maliah y Lorian parecían estar diciendo la verdad. Por más que odie admitirlo —dije obligándome a usar un tono confiado—, diría que los dioses nos necesitan más a nosotros que nosotros a ellos.

Jake bufó.

—Te diré que cuando fui reclutado para los Caballeros, nunca me imaginé relacionarme con lo divino y te culpo a ti.

—Me parece justo —respondí y le sonreí con ironía—. Pero tenemos suerte de que Fortuna no esté tan bien protegida; tenemos eso a nuestro favor. —Era un pequeño alivio.

Con un movimiento de la mano le indiqué a Jake que se detuviera cuando vi que nos aproximábamos a las altísimas puertas de madera de la ciudad. Fortuna titilaba como una vela errática en la tormenta, reposando al pie de la colina que acabábamos de ascender.

—Oye, ya que estamos por aquí, supongo que no te opondrías a que me dé una vuelta por las mesas. —Jake levantó una ceja a manera de pregunta, con un pícaro destello en los ojos. Extrañaba esa chispa en él—. No es por presumir, pero soy bastante excepcional con los dados, y ya que hemos viajado tanto...

Quería apostar mientras nuestras cabezas tenían precio. Por supuesto que sí.

—Nunca mencionaste esa habilidad, lo cual me sorprende por cómo presumes de cualquier otra cosa en la que seas medianamente competente. —Me estremecí al recordar los muchísimos detalles privados que me había contado.

Jake se encogió de hombros, pero el orgullo le hinchaba el pecho.

—Tengo montones de habilidades que no conoces y no todas se relacionan con llevar a la cama a chicos guapos.

Sí. Otra vez con eso.

—Eres tan humilde. Compadezco a los pobres chicos que has atraído con esos ojos azules como el cristal —le dije burlona—. Quizá algún día encuentres a alguien que te haga abandonar tus costumbres de conquistador.

Los rasgos de Jake se arrugaron en señal de asco.

—Lo dudo, Ki, pero sigue soñando. Ese chico tendría que cumplir con todas y cada una de las características de mi lista.

—Estoy segura de que es extensa —respondí, aunque, según sabía, Jake no parecía tener un requisito aparte de «respirar».

—Te sorprendería —exclamó, sin reparo a mi comentario irónico—. Lindo, pero inteligente. Audaz, pero gentil. Y no puede ser más gracioso que yo.

—Entonces… ¿sin sentido del humor?

Jake me dio un fuerte codazo.

—La mezquindad no va contigo, Ki.

—Solo estoy siendo franca. —Le di un golpecito en la nariz y él frunció el ceño—. Cuando menos eres guapo.

Eso pareció calmarlo y sus labios se crisparon en una sonrisa contenida. Los elogios eran el camino más fácil a su corazón.

Jake y yo nos dejamos llevar por un silencio cómodo mientras vigilábamos las puertas. Nos habíamos sintonizado, permitiéndonos percibir cuando el otro necesitaba distraerse de los pensamientos que corrían descontrolados en nuestras cabezas. Él tenía cuidado de no mencionar a Jude y, en lugar de ello, me contaba historias —demasiadas— de su vida en su aldea de Tulia.

Mi favorita era aquella en la que él y Nic vistieron la estatua de Arlo que estaba en su pueblo con prendas brillantes y sombreros ridículamente grandes durante un mes completo, para fastidio de los oficiales. Aparentemente, Arlo se veía bastante galante con un conjunto violeta hecho con tul y plumas teñidas de amarillo.

—Yo digo que simplemente improvisemos y entremos —comentó Jake.

Las imágenes de Arlo —ni lo permitan los dioses— vestido con brillantes colores desaparecieron de mi mente.

Jake cruzó los brazos.

—Digo, si Cirian y sus guardias no han venido para acá, entonces…

—Espera, ¿qué es eso? —Apunté hacia los bosques, donde el sonido del golpeteo de los cascos iba aumentando con cada segundo. Las llamas iluminaron las hojas a medida que una horda de hombres brotó de los bosques con antorchas que portaban en sus manos cubiertas con guantes negros. Todos estaban cuidadosamente ocultos bajo gruesas capuchas, pero pude detectar un resplandor rojo bajo una de las capas abiertas. Hice una mueca cuando escuché que su líder les gritaba órdenes y los jinetes se apuraban a cumplirlas.

«La Guardia Real»

—Cuento dos docenas de guardias —añadió Jake de manera apresurada agachándose en un cañaveral, yo lo imité. No servía mucho de cobertura; si cualquiera de los soldados miraba con suficiente atención, era probable que nos detectaran.

—Necesitamos encontrarlo ahora, antes de que ellos lo hagan. Sé que está allí. —Como si me lo confirmara, mi cicatriz se puso caliente. De vez en cuando, el lugar donde la daga asesina de dioses había dejado para siempre su marca me dolía—. Si el rey secuestra a Jude, y Cirian es el peón del dios de la luna, perderemos antes de siquiera comenzar a pelear.

—Como si no estuviéramos ya en desventaja.

—Jodidos o no, tenemos que apresurarnos —lo alenté al mismo tiempo que entraba en acción y corría hasta el extremo de la colina, lejos de la torre de la puerta principal. Rogué que los guardias no voltearan, pero estaba cubierta con suficientes capas de mugre y quizá no me detectarían. Me asomé por encima del hombro por un instante y descubrí dos ojos azules que centelleaban en la noche. Brax seguía en las afueras, montando guardia.

Empecé a temblar mientras me colocaba la capucha sobre la cabeza y rápidamente metía mi pelo rojo dentro para que no se viera. Jake corrió a toda velocidad para seguirme el paso hasta que llegamos a los muros de madera, sin aliento y jadeando.

A nuestro lado izquierdo, la guardia real entró a todo galope por las puertas, recibiendo apenas alguna breve mirada de los vigilantes semidormidos que estaban apostados en lo alto de los muros.

Cirian no tenía muchos amigos en el norte. Fortuna y las ciudades circundantes actuaban como reinos por derecho propio, capaces de cuidar de sí mismos sin ayuda del rey.

Me aferré a Jake, rodeando su cintura con mi brazo, y lo jalé hacia la entrada. Bien podríamos ser dos amantes en busca de descanso o de ir a los juegos de azar para pasar la noche. Los guardias no se darían cuenta, a menos de que les hubieran instruido para que nos buscaran y tuvieran nuestras descripciones. Solo podía confiar en la posibilidad de que no fuera así.

Jake se puso tieso cuando llegamos cerca de las puertas, pero cuando hice la exhibición teatral de frotarme contra su pecho, los vigilantes a los que nos estábamos acercando nos prestaron poca atención.

Como había rogado a los dioses, no nos vieron más que como una pareja inofensiva en busca de un poco de bebida y diversión. Nadie volteó a mirarnos dos veces; estaban demasiado ocupados enfocándose en los guardias, que atravesaban las calles llenas de gente como una plaga carmesí.

Cruzamos las puertas y llegamos a la plaza principal de la ciudad, que era diez veces más grande que la de Cila. Estaba llena hasta el tope de carretillas de coloridos productos a la venta, así como magos y contorsionistas vestidos de manera exuberante, hubiera sido una escena encantadora, si no fuera por el temor reflejado en los rostros de la multitud al ver a los soldados que avanzaban en tropel.

La gente, que antes había estado deambulando alegremente por la avenida, salió corriendo, tropezándose unos con otros en su prisa por alejarse. En un abrir y cerrar de ojos, Fortuna cayó en un horripilante caos.

Los guardias gritaban y algunos de ellos desmontaban y de inmediato apresaban a los ciudadanos, tirando de ellos para acercárselos a la cara y gritarles. No podía distinguir las palabras, pero supuse que tenía que ver de Jude, y mis sospechas se volvieron más reales cuando volteé a la derecha.

Le di un codazo a Jake y apunté a un cartel pegado en un poste. Era un rudimentario retrato de Jude; el artista había transformado sus labios generosos en una expresión desagradable. Abajo decía: «Recompensa por su captura. Vivo».

—Por lo menos Cirian lo quiere vivo —dijo Jake con una mueca.

En cualquier caso, ahora su rostro era conocido y cualquiera que lo viera por aquí fácilmente podría entregarlo por el precio correcto.

Alguien chocó contra el hombro de Jake, haciéndolo tropezar, pero pudo enderezarse y, aun sujetándome del brazo, me jaló hacia el callejón más cercano mientras el caos se desataba.

Un hombre lanzó un alarido cuando la multitud lo derribó de rodillas, apenas había logrado girarse cuando uno de los caballos lo pisó y los golpes de los cascos lo mataron al instante. El guardia que iba montado en el caballo rio con disimulo y le escupió a un sorprendido desconocido que había presenciado la escena antes de que tirar de las riendas y dirigirse hacia el interior de la ciudad.

Otro soldado le silbó a una mujer que pasaba por allí, gritándole palabras soeces que la hicieron apresurarse con un temor que iba más allá del miedo a perder la vida. Cuando la mujer desapareció, el soldado reanudó sus agresiones contra otras víctimas, lanzando insultos a sus espaldas cuando ignoraban su lenguaje vil.

—Es asqueroso —espetó Jake, que me detenía de salir corriendo a las calles y tirar del caballo al ofensivo guardia. Me encajé las uñas en las palmas con tanta fuerza como para sacarme sangre.

La ira ardía en mi interior mientras abrían a patadas las puertas decoradas con pinturas y arruinaban los complejos labrados de los marcos con sus botas metálicas. La guardia real se precipitaba dentro de las casas y tiendas, destrozando los hogares y el sustento de los habitantes como si tuvieran todo el derecho de hacerlo.

Hombres, mujeres y niños se arrastraban por las calles sin más que su ropa interior, frotándose los ojos muy abiertos para quitarse el sueño. Uno de los desgraciados vestidos de rojo incluso golpeó a un pequeño no mayor de diez años cuando intentaba aferrarse a su madre, que protestaba a gritos, con lágrimas que corrían por sus rubicundas mejillas.

Jake me contuvo con más fuerza. No me había dado cuenta de que luchaba entre sus brazos, demasiado enfocada en tratar de alcanzar a los criminales que portaban los colores de los supuestos protectores del reino.

—Algún día —me juró al oído—, tendrás oportunidad de acabar con esos malditos y, cuando lo hagas, espero que no tengas compasión.

Asentí, sintiendo como los ojos me ardían por las lágrimas. Si sobrevivíamos a este viaje, quería tener como misión de vida destronar a esos cobardes de un sitio de poder que no merecían.

Levantaría mi espada y le cortaría la mano a cualquiera que le pegara a un niño atemorizado, que acorralara a mujeres aterrorizadas y que golpeara a los indefensos.

Es posible que no fuera la guerrera más hábil ni la más altruista, pero nunca fue parte de mi naturaleza sentarme a mirar cuando podía hacer algo al respecto. Ahora, ver tales abusos causaba que la bilis me subiera a la garganta. Odiaba que lo único que podía hacer fuera tragármela. El destino del reino estaba en juego.

Ahogué los gritos, los llantos de pánico y la injusticia que ocurría a nuestro alrededor y señalé hacia donde los guardias avanzaban en grupos, cada uno en diferentes direcciones.

—Se están dividiendo —murmuré con voz entrecortada por el enojo—. Tratan de encontrar al comandante; tenemos que hallarlo primero.

Lo sentí. Mi magia lo sintió. Mi herida palpitaba al ritmo de mi corazón, mis sombras se combinaban con el delgado rayo de luz cálida de Raina y mi cuerpo se enardecía con más que inquietud e ira.

¿En dónde se escondería Jude en este sitio?

Sin el lujo del tiempo para explorar la ciudad, tendría que hacer suposiciones, lo cual me parecía casi imposible, ya que nunca había puesto pie en este lugar.

—No se quedaría en uno de los antros de juego, ya que su rostro sería demasiado fácil de reconocer —afirmé—. Diría que eligió alguna posada lejos de las calles principales, en una parte tranquila del pueblo, o que hizo un trato con alguien para tener una habitación privada en su casa. —Por lo menos eso es lo que yo haría; era mejor no dejar rastros de su presencia.

—Entonces esta área sería el sitio ideal para buscar. Aquí están todos los antros y tabernas. —Jake exploró con la mirada las estrechas avenidas antes de tensar la quijada—. Espera. Ven conmigo.

No le discutí mientras nos sacaba de la plaza congestionada hacia una sucia calle lateral llena de casas adosadas en estado de deterioro.

Los fuegos solares apenas brillaban aquí y nos tropezábamos con el empedrado irregular. Por un momento pensé que me gustaría que tuviéramos una antorcha, pero eso nos haría llamar la atención todavía más. Aquí nadie llevaba antorchas, ya que aparentemente estaban adaptados a la poca iluminación. Hubiera sido obvio que éramos forasteros.

—Una vez vine con… Nic, cuando sus padres vendían su famosa ginebra —dijo Jake con una voz llena de dolor.

Mi corazón dio varios vuelcos al escuchar la forma en que pronunciaba su nombre como una oración familiar. Nic había sido una hermosa figura desdibujada, llena de sonrisas y palabras melódicas, y aunque no lo conocí mucho antes de que muriera en la Niebla, sentí que un dolor se instalaba en mi pecho.

—Recuerdo que esta parte del pueblo ofrecía unas cuantas posadas. Esa sección por allá también tenía algunos comercios que definitivamente no eran… respetables. —Se asomó hacia atrás y seguí su mirada hacia un río caudaloso con un puente descolorido que lo cruzaba—. Allá es donde viven los ricos. Los pocos afortunados que salieron de los barrios bajos. Jude no iría allí, llamaría mucho la atención.

—Me atrevería a decir que la gente que vive al otro lado del río lo delataría sin pensarlo. —Me asomé al otro lado de las aguas y vi las casas plateadas, construidas en filas uniformes, demasiado organizadas para mi gusto. No se escuchaban sonidos de vida que emanaran de sus márgenes, incluso los guardias cruzaban hacia ese lado con voces quedas y con pisadas silenciosas como si mostraran respeto.

Yo prefería el caos del lado norte de la ciudad, donde las calles se curvaban sin razón y todas las tiendas y tabernas tenían brillantes colores y perfiles desiguales.

Jake sacudió la cabeza.

—Todo tiene un precio en este lugar, Ki.

Eso lo sabía muy bien.

Nos apuramos por el amplio bulevar, cuidadosos de mantener la cabeza gacha. Nos habíamos alejado una buena distancia del violento ataque inicial de los soldados y aproveché para observar la ciudad y sus muchas excentricidades mientras avanzábamos de prisa.

Pasamos junto a una taberna cubierta de paneles de madera llamada Las Puertas de la Muerte; sus muros estaban pintados de negro y sus clientes se reclinaban encorvados sobre la barra, con sus rostros prácticamente metidos en sus bebidas.

Muchas otras tabernas se confundían entre sí, pero la cuarta atrajo mi atención por un instante.

Las brillantes puertas rojas estaban abiertas de par en par y unas bases de cobre sostenían fuegos solares recién encendidos que iluminaban su nombre: «El Zorro Astuto». Las risotadas estridentes llegaron a mis oídos, flotando más allá de sus puertas, mientras que los cantos se mezclaban con la música bulliciosa.

Jake me jaló para que siguiéramos, pero algo acerca de esa taberna específica me atrajo. Podrían ser las figuras que se mecían en la pista de baile o la forma en que cada centímetro del espacio estaba cubierto con brillantes tapices.

Con seguridad ya habrían escuchado los gritos y, sin embargo, todos bebían, bailaban y sonreían como si el mundo exterior no pudiera afectarlos.

Al observar más de cerca el lugar, me di cuenta de que era una de las pocas tabernas que los guardias no habían asaltado; no había ventanas rotas ni enormes guardias interrogando a los clientes. Me pregunté por qué. Tal vez el propietario ya les había pagado para que lo dejaran en paz.

—Ya casi llegamos —me susurró Jake al oído y rápidamente alejé la vista del Zorro Astuto. Nos condujo por unas cuantas calles silenciosas, donde las cortinas de las tiendas y las casas estaban cerradas a cal y canto.

Acabábamos de dar vuelta en otra esquina más cercana a las afueras de la ciudad cuando nos topamos con varios mercaderes que cargaban sus productos en carretas.

Los vehículos con la renombrada cerveza de Fortuna hacían fila con lonas atadas sobre la mercancía. Los conductores gruñían, más molestos por la posible demora que por la situación que amenazaba la vida de la gente.

Me estremecí al sentir un fuego invisible que me corría por la espalda; mi magia despertaba. Algo me dijo que estábamos en el sitio correcto, que Jude estaba cerca. La magia de Raina lo llamaba.

Empujé a Jake detrás de una hilera de cajas apiladas y me llevé un dedo enguantado a los labios. Él abrió la boca, pero negué con la cabeza y, con solo el movimiento de mis labios, le dije: «espera».

Tanto la luz como la oscuridad entraban en combate de nuevo, una encendía en llamas mi cuerpo y la otra lo congelaba con cada respiro. Me apreté el pecho y apreté los dientes, el dolor era punzante e intenso.

Resonó un grito, seguido del golpeteo de botas. El corazón me dio un vuelco cuando me asomé al otro lado de las cajas, cuidadosa de mantenerme oculta bajo la luz tenue.

Tres miembros de la Guardia Real jalaban un cuerpo inmóvil detrás de ellos y las piernas de prisionero se arrastraban por la tierra. Mientras más los miraba, más fuerte era el temor que se agitaba en mi pecho como un enjambre de insectos que mordían y punzaban mis adentros.

«El prisionero»... Entrecerré los ojos y un escalofrío acompañó el zumbido que sentía en la piel.

Los límites de mi visión cambiaron a medida que unas nubes negras se enroscaban a mi alrededor. Danzaron antes de dispersarse y una luz amarillo pálido reemplazó la oscuridad y agudizó mi vista.

Recordé lo que sucedió en el Bosque de Pastoria con los dos guardias y también aquella vez en el santuario de los Caballeros, cuando conduje a nuestro grupo por los túneles subterráneos. Podía ver mejor que los demás reclutas, aunque las figuras que tenía enfrente estaban teñidas de ese mismo resplandor amarillo pálido.

La cálida sensación dominó el hielo de mis venas y la magia de Raina encendió cada uno de mis poros. Enfoqué más la mirada y deseé que todo se aclarara. Mi voluntad impulsaba mi poder, siendo capaz de darle órdenes solo con mi pensamiento. Tal fácil como respirar.

Sacudían sin ningún cuidado el cuerpo que cargaban mientras uno de los hombres claramente luchaba por sostener su lado. Esa pausa me permitió ver el rostro el preso.

Ya sospechaba a quién habían capturado, pero ver sus rasgos desmayados me rompió el alma de modos que no había anticipado.

«Jude».

Su cabeza osciló hacia un costado cuando los hombres lo transportaron hacia una marejada de sus compañeros.

No había duda alguna. Tenían a Jude, mi Jude.

El pelo negro como el carbón, las dos cicatrices gemelas sobre su ojo izquierdo, la reciente herida que Patrick le había causado sobre el ojo derecho; no era tan profunda y a la larga sanaría, pero verla me hizo querer matar a Patrick otra vez. De verdad debí tomarme más tiempo para acabar con él.

Incluso después de pasar una semana imaginando todas las cosas que le diría a Jude —o más probablemente todas las cosas que le gritaría—, mi único deseo era correr a su lado.

Quería abrazarlo, protegerlo de los desgraciados que le hacían daño. El comandante ya había pasado por suficiente tortura a lo largo de su vida y esos guardias estaban tocando lo que ahora consideraba mío.

Las piernas de Jude derraparon sobre un trozo desigual del camino empedrado cuando uno de los hombres perdió el equilibrio, pero eran despiadados y lo jalaron de los brazos.

Un siseo escapó de mis labios y Jake me dio un codazo discreto para obligarme a callar. En mi interior sentía una caldera de llamas abrasadoras, dispuesto a prenderle fuego a toda la ciudad con tal de rescatar a Jude.

La divinidad que nos conectaba a ambos se volvía más fuerte mientras más cerca estaba de él.

Cuando los guardias cargaron a Jude debajo de una gema parpadeante de fuego solar, su brillo dorado iluminó el rostro del comandante y Jake ahogó un suspiro de asombro.

—Mierda. ¿Qué hacemos? —preguntó apenas un poco más fuerte que un susurro.

Estaba a punto mandar todo al demonio y salir corriendo para atacar sin un plan cuando una horda de soldados salió de entre las sombras. Más de una docena rodearon a Jude, cada uno de ellos con la mano en la empuñadura de sus dagas.

—Tenemos que llegar a él antes de que lo lleven a la capital. —Sciona no estaba muy lejos, quizá a tres días de distancia si cabalgabas de prisa y durante la noche, pero ese era un tiempo muy valioso que podría ser que no tuviéramos.

—Ki, nos superan en número y con creces.

Escuché sus palabras y estaba consciente de ello, pero eso no impidió que una completa frustración y el anhelo se desbordaran.

Mi herida se puso caliente, demasiado caliente, y la rodeé con las manos, colocando mi mano enguantada sobre la cicatriz irregular.

Unos remolinos de oscuridad viajaron hacia mis ojos y la mano que rodeaba mi corazón quedó envuelta en sombras. No luchaban por la supremacía, sino que se encendían junto con el fuego de un dios a medida que se arremolinaban y salían de mi cuerpo como extensiones de mí misma, ansiosas por actuar, de ir más allá de los confines que les había impuesto.

Tanto la noche como el día trabajaban a la par, ambos furiosos, y cada uno poderoso por sí solo.

Letales.

—Necesitas calmarte —me advirtió Jake, pero escuchaba su voz apagada, lejana, poco importante.

Lo que ansiaba era actuar.

Impulsada por la imprudencia y la magia que inundaba mis venas, me aferré la esquina de una caja. Estaba a punto de salir del refugio que esta me proveía y lanzarme hacia los guardias con la daga desenfundada cuando el olor a madera quemada arremetió contra mi nariz.

—¡Ki! —gritó Jake y yo quité mi mano de la caja.

Un resplandor dorado y chisporroteante se encendió en la palma de mi mano desde el sitio donde las sombras se enroscaban en mis dedos, un resplandor que prendió fuego a la caja que estaba tocando.

Las llamas envolvieron la madera y se dispersaron con rapidez.

Maldiciendo, Jake tiró de mí, jalándome por la cintura.

—Tenemos que salir de aquí antes de que también te encuentren —insistió mientras los gritos de alarma inundaban del aire.

Luché con él, pero Jake me tomó con fuerza y me jaló hacia atrás, lejos de mi objetivo.

Debería haber sido capaz de liberarme, pero no sentía que mis extremidades me pertenecieran completamente y tuve la sensación de que mi mente se nublaba de un modo insoportable. No sabía si mi debilidad se debía a la conmoción de ver a Jude capturado o al hecho de que acababa de iniciar un incendio utilizando mi maldita mano, pero me sentía inútil. Jake casi tuvo que cargarme por el callejón trasero.

La acre humareda nos alcanzó y me pregunté si las llamas se habían esparcido a otras mercancías y carretas.

En un arranque de rabia, había perdido mi oportunidad de salvar a mi taciturno comandante. A mi Jude.

El calor que emanaba de mi herida era mi mundo entero, y el hielo que corrió por mi columna vertebral y por mis brazos se convirtió en algo secundario.

—Necesitamos llegar a un lugar seguro —murmuró Jake. Giró bruscamente a la izquierda y me ayudó a llegar a una calle lateral. Una posada en ruinas estaba frente a nosotros, con un anuncio astillado colgado de un gancho que decía «El Dos de Espadas».

—Espera aquí. —Jake me apoyó contra la pared mientras él entraba.

Inhalé a medida que mi visión se aclaraba y las manchas negras empezaron a dispersarse.

Una parte de mí quería gritar, desmoronarse y sucumbir a la culpa, pero otra, la mayor parte, quería arrasar la tierra y destrozarles el cráneo a todos los guardias que le pusieron una mano encima a mi Jude.

Al final, me incorporé con firmeza y detuve las lágrimas…, porque si permitía que salieran, no tendrían final.

Por Jude podía ser fuerte solo un poco más.

CAPÍTULO CUATRO

Jude

Nuestro pequeño no pertenece a mi mundo. Está destinado a cosas más grandes. Es posible que no sea capaz de ser una madre para él, pero lo protegeré manteniéndome lejos. No eres un buen hombre, pero esta es tu oportunidad de convertirte en uno.

CARTA DE UN REMITENTE DESCONOCIDO A JACK MADDOX, AÑO 32 DE LA MALDICIÓN

—Despierte, comandante.

Un zumbido chasqueó un segundo antes de que el cuero me azotara la espalda desnuda y el ardor corriera hasta los dedos de mis pies. El golpeteo de metal sonó arriba de mí mientras me arqueaba, intentando escapar de la sensación de miles de pequeñas cortaduras que me quemaban la piel. Sentía que ardía en llamas, quemándome desde adentro e incapaz de moverme.

Abrí los ojos y estiré el cuello para ver que mis manos estaban aprisionadas con grilletes de metal, fijos a una cadena que pendía del techo. Unos grabados negros y ondulantes marcaban el acero y una sola gema azul yacía incrustada al centro de cada grillete.

Me habían robado las botas y la camisa pero, por fortuna, seguía teniendo los pantalones, aunque estaban enlodados y llenos de manchas rojas.

Gemí, incapaz de contenerme. El suplicio del azote había aminorado, pero el dolor que me recorría toda la espalda era de algún modo peor que el golpe inicial.

—¡Allí está! —La voz exageradamente alegre pertenecía a una figura encapuchada que estaba en la esquina más lejana de la celda. Ya había oído esa voz antes en alguna parte…

Las sienes me retumbaban con intensidad abrumadora, pero me obligué a enderezarme y voltear para localizar al musculoso guardia real detrás de mí en cuyas manos descansaba el látigo.

El hombre que habló, y que evidentemente estaba a cargo, permaneció en la esquina, ocultando su identidad. «Cobarde». Conocía bien este juego porque lo había jugado incontables veces en el pasado.

Primero causar dolor y luego, cuando estuviera realmente hecho pedazos, exigirían cualquiera de las respuestas que buscaran. Si eso no funcionaba, lo intentarían de nuevo con un método diferente, más desagradable. Me desmayaría y el ciclo se repetiría.

—M-mátame de una vez —dije con voz quebrada. Sentía la garganta rasposa como papel de lija. Si me mataban ahora, no tendría que sufrir por la deshidratación.

La privación de agua estaba destinada a debilitarme y estaba más que consciente de las otras formas de causar sufrimiento. Tal vez era adecuado que me tocara experimentar lo que alguna vez causé.

El encapuchado se acercó y un fuego solar distante arrojó una luz macabra sobre los rasgos de su máscara plateada. Retrocedí al instante y los grilletes rasparon mi piel ya lacerada. El dolor quedó en segundo plano.

La capucha cayó hacia su espalda y cada músculo de mi cuerpo se tensó.

«Cirian».

Quería esconderme y a la vez lanzarme a su garganta. Me embargaron los recuerdos del día en que me obligó a matar a mi padre para salvarme. Ese ser frente a mí no era un hombre, era mi captor, mi torturador y el demonio que siempre me acosaría en mis pesadillas.

—Ten cuidado de no moverte demasiado. Estas cadenas son especiales, igual que tú. —Su tono era más afilado que la hoja de una espada—. Si intentaras usar tus... dones, por desgracia descubrirías que son inútiles. Aunque pueda dolerte, odiaría que experimentes cualquier molestia innecesaria.

Casi sonaba genuino.

Lo fulminé con la mirada y por instinto jalé la cadena. La punzada de una corriente eléctrica me recorrió todo el cuerpo hasta mis pies desnudos.

Cirian suspiró pesadamente.

—¿Cuántos hombres has torturado en estas mismas celdas, Maddox? —reflexionó mientras agarraba su mandíbula entre el dedo gordo y el índice de la mano—. Probablemente demasiados como para contarlos, ¿no es cierto? —Dio la vuelta alrededor de mí, deteniéndose un instante a mirar mi espalda descubierta. Dejó pasar un segundo y luego continuó—: Te hiciste este tatuaje sin saber lo que representa. Siempre pensé que era interesante.

—¿De qué estás hablando? —le pregunte y sentí que mis brazos adoloridos temblaban—. No significa nada. —Era solo un tonto diseño que dibujaba de vez en cuando.

—Tres círculos entrelazados, unidos. Vamos, Maddox. Sé que entiendes cual es mi intención al decirte eso. ¿Y esas enredaderas? ¿Te resultan conocidas?

«Mierda». Sí entendí.

Las tres llaves y las tres esferas perdidas de la divinidad de Raina. El delicado patrón de las enredaderas me recordaba...

las cicatrices de Kiara. Espinosas y toscas, al mismo tiempo que evocadoramente deslumbrantes.

—No te culpo —prosiguió Cirian, caminando con languidez hasta colocarse a unos centímetros de mi cara. Mi reflejo brillaba en la helada plata de su máscara y pude ver mi pelo apelmazado con la sangre que también había manchado mi mejilla. Quien me hubiera noqueado hizo un buen trabajo—. Últimamente has tenido muchas cosas en mente. Me refiero a una joven recluta, Kiara; así se llama, ¿no?

Le mostré los dientes. Escuchar su nombre pronunciado por esos labios agitó las llamas de mi furia. Todo mi cuerpo se calentó y unas gotas de sudor se formaron en mi frente. Estaba provocando mi poder para demostrarme que no me podría salvar.

Simplemente ardía dentro de los confines de mi piel, mi poder cobrando vida de una manera que no había ocurrido desde que luché con Patrick. El mismo día en que despertó. Si continuaba así, me quemaría vivo antes de que Cirian tuviera oportunidad de matarme.

—Tan enojado y por tan poco. —Cirian sacudió la cabeza—. Desde el asunto de la plaza, cuando protegió al debilucho de su hermano, estás perdidamente enamorado, pero deberías haber escuchado a tu viejo amigo y mantener tu distancia.

Isiah. Estaba hablando de Isiah.

Deseaba tener las manos libres para arrancarle de una cachetada esa expresión de satisfacción. Sabía cuáles eran mis puntos débiles y yo no estaba de ánimo para luchar con él. Además, ¿qué importaba si conocía mi furia? Quería que la viera; eso haría que su futura muerte fuera mucho más dulce y no me dignaría siquiera a usar la magia con él.

No, lo haría con una simple daga desafilada. Prolongaría su muerte, hundiendo la hoja a través de su delgada piel hasta llegar al hueso. Si tan solo supiera el final que imaginaba para él, tal vez no estaría parado allí, mirándome desdeñoso como si ya hubiera triunfado.

Todo buen general sabe que una sola batalla no determina una guerra.

—Es una pena que no hayas hecho caso a su consejo —exclamó Cirian con desdén—. Tenías que enamorarte de la única persona que nunca podrías tener. Sería incluso más desgarrador si no estuvieras programado para morir.

Ignoré el comentario sobre mi muerte y me enfoqué en los pequeños detalles.

El rey no estuvo presente durante el Día del Llamado y me pregunté quién había sido el espía que le había contado. ¿Carter? ¿Harlow?

Cirian inclinó la cabeza.

—Parece que la profecía podría tener algo de verdad después de todo —reflexionó.

Como si las hubieran convocado, las palabras resonaron en mi mente, claras como el tañido de una campana: «Se restablecerá el día cuando la oscuridad caiga rendida ante la luz».

El libro de leyendas de mi madre contenía un pasaje acerca de las sacerdotisas de la luz y su desesperada profecía, pero nunca antes la había tomado en serio.

—Ah, ya veo que la conoces —recalcó Cirian con indiferencia cuando caí en cuenta de eso.

Si Kiara, un ser de la noche, se enamoraba de mí —un descendiente de Raina—, la luz... ¿En realidad el remedio podía ser tan sencillo? ¿Juntos podíamos arreglar el mundo?

Como si me leyera la mente, Cirian continuó con voz pausada.

—No es tan simple como piensas, muchacho. Además, te juro que al final solo habría terminado en sufrimiento. El amor es totalmente inútil en nuestro mundo.

Amor era una palabra tan simple para una emoción que contenía más poder que cualquier magia en el reino. Podía iniciar guerras. Terminarlas. El amor era la única emoción que me había convencido que nunca experimentaría..., pero ¿era amor la presión tangible que sentía en el pecho? ¿Era amor lo que sentía por ella cada vez que la imaginaba en mis brazos y sus labios formaban una sonrisa retorcida cuando se le ocurría algún plan ingenioso o una réplica sagaz?

Las cadenas chocaron entre sí mientras levantaba la cabeza, que bien podría haber estado cargada de piedras. Un hormigueo agudo corrió por mi columna vertebral, pero mantuve la barbilla en alto, orgulloso.

—No dejará que la atrapes —respondí—. Kiara es demasiado inteligente para eso.

—No. Está desesperada y te quiere a ti —gritó Cirian furioso—. Saldrá de su escondite para salvarte de mí. —El lazo invisible que me rodeaba el cuello se apretó—. Cuando la capture, tendré las tres piezas completas y las destruiré para siempre.

Destruirlas, no tomarlas, no usarlas para sí mismo.

Destruirlas.

—¿Qué te sucede? —Una sonrisa tensa se extendió por mis labios y sentí la sangre caliente que bañaba mis dientes—. ¿Por qué te esfuerzas tanto en destruir el día?

—Me esfuerzo por Asidia y su gente —murmuró—. Es posible que quieran que regrese el sol, pero piensa en la paz que ha experimentado el reino. La noche alivia y tranquiliza su estado de ánimo. Conectó a los mortales y los hizo unirse.

Hablaba de los «mortales» como si no fuera uno de ellos. Entrecerré los ojos en la luz tenue, observando la tersura de su piel expuesta. Había reinado en el trono desde hacía décadas y, sin embargo, tenía una apariencia juvenil. No tenía una sola arruga alrededor de los labios y su cuello estaba demasiado firme para un hombre que supuestamente pasaba de los cincuenta. Algo en él no cuadraba y nunca lo había hecho.

—¿Quién eres en realidad? —Tal vez trabajaba para una entidad poderosa, quizá un dios. Cirian no era lo bastante listo como para obtener el poder por sí solo. Tal vez fuera cruel, pero la crueldad no es equivalente a la astucia.

—Cumplo con un propósito mucho más grande de lo que jamás podrías comprender. —De pronto, el gris de sus ojos se llenó de espirales negras como el carbón y me sobresalte ante la escena antinatural que tenía frente a mí.

«¿Qué demonios?».

Cirian parpadeó y sus ojos regresaron a la normalidad, pero sabía que lo había visto. El brillo de la perversión retorcida. Al fin me estaba mostrando un asomo del monstruo que yacía detrás de su máscara.

Se acercó tanto a mí como se atrevió. Un par de centímetros más y le habría hecho un horrible moretón, a costa de un dolor de cabeza solamente.

—Serás mi carnada —dijo simplemente.

—Primero muerto.

—No sabes nada, Maddox, y tu ignorancia será tu fin. —La sonrisa vengativa desapareció de sus labios y volvió a caminar alrededor; el golpeteo de sus botas resonaba dentro de mi cráneo como un tambor de muerte.

—No vas a ganar —jadeé, sabiendo que la verdadera tortura estaba por comenzar. El látigo chasqueó al golpear el piso, haciendo evidente el enorme deseo del guardia real de aplicar el castigo.

—Siempre te has enfocado demasiado en los detalles en lugar de ver el panorama completo —agregó Cirian al cerrar de golpe la puerta de la celda—. Mientras tanto, disfruta por favor del entretenimiento. Espero que te haga cambiar de opinión y cooperes. Al final, verás que todo esto fue necesario.

El látigo me azotó antes de que Cirian pudiera terminar de decir la última palabra, aunque casi podría jurar que escuché que el rey respiraba con dificultad antes de que sus pasos resonaran contra las piedras y me dejara para enfrentar mi muerte. Me mordí el labio inferior y el fuerte sabor a cobre de la sangre me llenó la boca. Una sensación de calor bajó por mi columna, deslizándose hacia mis heridas abiertas y provocando que siseara de dolor.

Otro latigazo me golpeó, pero no le di al guardia la satisfacción de estremecerme.

El rey y sus hombres me habían lastimado por el tiempo suficiente y mi voz solo me pertenecía a mí. En lugar de enfocarme en el azote del látigo, imaginé mis manos alrededor de la garganta del rey, apretándola hasta que la vida se esfumara de sus ojos desalmados.

Me imaginé cortándole el cuello al mismo guardia que ahora me torturaba y luego imaginé que blandía mi daga contra los hombres que me capturaron en Fortuna, propinándoles el mismo destino horripilante. Pensar en su muerte me llenó de valor, permitiéndome recibir cada golpe con un renovado sentido de propósito.

Ya fuera una fantasía o el futuro que aún estaba por venir, mi lado más oscuro se imponía y, esta vez, se lo permití.

«Haz tu mejor esfuerzo», pensé y cerré los ojos a medida que recibía más azotes que me desgarraban la carne.

O moría en esta celda o, de alguna manera, encontraría la libertad. Sin embargo, sin importar lo que pasara, me negaba a permitir que el rey quebrantara mi espíritu y menos cuando tenía algo por lo que luchar.

Por Asidia, por Kiara y por mí mismo, viviría para luchar un día más.

Y mi plan era derramar sangre.

CAPÍTULO CINCO

Kiara

No he oído nada en días, pero sé que estás viva. Es posible que mamá y papá estén enojados conmigo, pero por vez primera en mi vida, me voy a arriesgar. Voy a seguir tu ejemplo.

CARTA NO ENVIADA DE LIAM FREY A SU HERMANA,
KIARA FREY, AÑO 50 DE LA MALDICIÓN

Al despertar me encontré con los brillantes ojos azules de Jake.

—Buenos días —me dijo con una sonrisa ansiosa en los labios.

Una única lámpara prendida en la mesita de noche de la posada hacía que el sórdido espacio se cubriera de sombras. Debo haberme desmayado en cuanto entré tambaleante a la habitación, pues seguía con las botas puestas.

—Dime que lo de ayer fue un sueño.

Con actitud solemne Jake negó con la cabeza.

—Lo siento, Ki. Desearía que así fuera.

Maldije mientras me incorporaba sobre los codos y exploraba la pequeña habitación, con sus paredes verdes y descascaradas.

—Perdimos nuestra oportunidad. Cirian ahora está en posición de matar a Jude y quedarse con la asesina de dioses, o usarlo como cebo para atraernos hacia él. —Al menos eso es lo que yo haría si fuera un desgraciado malévolo con una corona. Además, si Maliah estaba en lo correcto y estaba dominado por el dios de la luna, entonces Cirian no era el único enemigo de Jude.

Jake fue hacia la mesita y regresó con un par de guantes negros desgastados.

—Quemaste el otro par —me informó, encogiéndose de hombros como si su regalo no significara lo más importante del mundo para mí—. Me robé estos de la oficina del posadero, así que no los andes exhibiendo por todas partes. Ese maldito seguramente ya nos cobró de más.

—¿Llevas un día en Fortuna y ya te convertiste en ladrón? —Intenté sonreír, pero me dolió. Presioné los guantes con afecto contra mi pecho.

Jake se recorrió en la cama hacia la cabecera y yo hice lo mismo, permitiéndome reclinarme contra su hombro para disfrutar de su sólido consuelo. Buscó mi mano descubierta y la tomó con la suya sin importarle mis cicatrices.

Nos quedamos sentados por largos minutos hasta que me dijo:

—Lo encontraremos Ki, pero no antes de que tengamos preparado un plan. Dioses, de entrada me sorprende que lo hayan atrapado. Es muy decepcionante.

Me levanté de la cama, ignorando una oleada de mareo. Algo me incomodaba en los límites borrosos de mi pensamiento, pero no podía descifrarlo del todo.

—Ki… —me advirtió Jake, mientras se incorporaba junto conmigo.

—Tienes razón. No deberían haber capturado a Jude con tanta facilidad. —Aunque también era cierto que había un buen número de soldados invadiendo la ciudad y es probable que lo hayan tomado por sorpresa. Cirian quería tenerlo en sus garras y mandó todo un ejército para lograrlo.

—¿Y ahora qué? —me preguntó Jake con labios temblorosos mientras se esforzaba por no fruncirlos. Dioses, estaba haciendo un esfuerzo titánico por ser valiente y eso me hizo querer esforzarme tanto como él. Reafirmé mi determinación y le sostuve la mirada.

—Vamos a necesitar unos caballos.

La mitad de la gente que deambulaba por las calles de Fortuna parecía seguir ebria de la noche anterior, mientras que la otra mitad caminaba apresurada entre la multitud, probablemente de camino al trabajo.

Más de una puerta colgaba de sus bisagras y muchas otras habían sido arrancadas por completo. Los soldados carmesí habían convertido la ciudad en un desastre y los hogares estaban sellados con tablas de contrachapado y hojalata.

Rechiné los dientes cuando mis botas chapotearon en lo que parecía ser un charco de sangre.

Esos tipos habían disfrutado de la violencia, decorando de rojo la ciudad y dejándola en ruinas sin pensarlo dos veces. Sin embargo, los ciudadanos continuaban con su vida sin detenerse.

—Allá. —Tomé a Jake de la mano y nos obligué a detenernos. Había un establo al otro lado de la avenida y, por suerte para nosotros, la única persona que hacía guardia a esas horas de la mañana estaba dormida y con una gorra de cuadritos puesta sobre los ojos.

El pulso se me aceleró en la garganta cuando rodeamos al hombre que roncaba suavemente y que tenía unas llaves de hierro en las manos. Le hice una señal silenciosa a Jake.

—No —me susurró, pero yo ya había extendido mi mano hacia las llaves. El tipo no las estaba apretando mucho, como si simplemente…

Los ronquidos se detuvieron, al igual que mi mano. Contuve el aliento y esperé, sintiendo el sudor correr por mi frente. Un momento después, continuaron los ronquidos sibilantes y suspiré aliviada.

Metí los dedos dentro del aro y, con mucho cuidado, saqué las llaves de entre sus dedos. Una de ellas chocó contra otra y tintineó; de nuevo los ronquidos cesaron. Podía sentir la mirada de Jake puesta sobre mí y mis músculos tensarse, preparados para salir corriendo, pero el hombre, profundamente dormido, solo se acomodó en la silla y se reclinó de espaldas.

Gracias a los dioses.

Le indiqué a Jake que avanzáramos y me deslicé en los establos para examinar las cuadras cerradas.

Un distintivo hormigueo me recorrió la columna y fruncí el ceño al sentir la extraña sensación de familiaridad que lo acompañaba. Como si ya hubiera estado aquí…, pero eso era imposible.

—Revisa los establos —le susurré a Jake. Los primeros dos con los que nos topamos estaban vacíos, mientras que el tercero tenía una yegua que parecía apropiada. Seguí adelante, atraída de manera inexplicable hacia el último cubículo.

Bajo la piel sentí que el calor hervía cuando me encontré con…

—Estrella —exclamé con voz entrecortada al asomarme entre los barrotes de su establo cerrado. Debería estar muerta, pero…

Metí el brazo entre los barrotes con las manos temblorosas y sentí el escozor de las lágrimas que amenazaban con brotar por el alivio. Sus ojos negros, semejantes a los de un ser humano, me devolvieron la mirada y brillaron al reconocerme. Inclinó la cabeza en una leve reverencia; siempre tan majestuosa.

Dioses, quise correr adentro, pasar mis manos entre su melena siempre enmarañada y besarle la nariz mientras ella resoplaba, sintiéndose agraviada. Sentí que mi corazón se aligeraba por solo un momento.

—Está viva —murmuró Jake a mi espalda, tan sorprendido como yo—. Imposible.

—Aparentemente no tanto —le respondí y parpadeé para contener las lágrimas que amenazaban con salir.

Antes de la Niebla y de todas sus ilusiones, me habría obligado a creer que la mente me estaba jugando una mala pasada, pero sabía que este no era el caso.

Estrella era otro misterio que aún me faltaba resolver.

Tomé firmemente el candado de hierro e hice una mueca, mientras que Jake probaba diferentes llaves.

—¿Encontró a Jude y lo trajo aquí? Vimos pisadas de caballo en la Niebla —juraría que la yegua sonrió como respuesta.

—Creo que exageras —me respondió Jake, que finalmente había encontrado la llave correcta y giró el cerrojo—. Pero, por otro lado, no está muerta como se suponía, así que es una posibilidad. Esta yegua siempre me ha puesto los pelos de punta.

Podría jurar que Estrella lo fulminó con la mirada.

—Te vamos a sacar de aquí —le dije mientras abría el compartimiento. Traté de recorrerle la pata con la mano, pero ella se echó hacia atrás y levantó las patas delanteras unos cuantos centímetros del piso.

—Calma, ya nos vamos —intenté tranquilizarla—. Todo está bien, nena. —De nuevo retrocedió, asentando las patas con fuerza y sacudiendo el heno de su corral.

Avancé hacia ella y, entre la paja que había movido, un resplandor rojo captó mi mirada.

—¿Qué pasa, vieja? —Los fuegos solares que iluminaban el establo parpadearon y luego se volvieron mortecinos, pero vi claramente el símbolo: una caja de cerillos con lo que parecía la marca de una garra que decoraba un tarro de cerveza.

La recogí y la volteé de un lado a otro. Era una simple caja de cerillos.

Estrella golpeó con las patas como si estuviera frustrada.

—¿Qué es? —le pregunté, sintiéndome tonta por hablarle a un caballo.

Estrella se acercó lanzando resoplidos y tocó la cajita con la nariz antes de levantar la cabeza y posar esos ojos poco comunes en mí.

—¿Esto significa algo? —Sostuve la caja en alto y fruncí el ceño.

Estrella relinchó y sacudió la cabeza. Su agitación era algo que conocía bien.

—¿No crees… —Jake dejó la idea en suspenso—, que pueda ser una pista?

Estrella volteó hacia él con su clásica actitud despectiva. No creo haber visto que ningún otro caballo hiciera ese gesto. Apreté los labios pensativa.

—Si Jude la encontró en la Niebla y montó en ella hasta aquí, entonces existe la posibilidad de que haya dejado esto aquí. Como dijiste, a manera de pista.

Era una pequeña posibilidad, pero un recuerdo me vino a la mente.

—Dioses, ¿qué significa esa cara? —se quejó Jake.

—Reconozco el nombre —murmuré—. Ese símbolo… Es de una taberna en la avenida principal. Esa que tiene todos los tapices brillantes.

—No estaba prestando mucha atención, aunque, en mi defensa, la ciudad estaba en medio de un ataque —respondió Jake, que mordisqueaba el lado interno de una de sus mejillas—.

¿Crees que deberíamos ir a revisar antes de lanzarnos a la capital, solo para estar seguros?

Estrella pareció calmarse e incluso trotó hacia mí. Puso la cabeza contra mi pecho y le pasé la mano por el cuello.

—Yo digo que vayamos. Si es una pista, después nos estaremos lamentando por no prestarle atención.

—Será mejor que la yegua tenga razón. —Jake sacudió la cabeza y su pelo se agitó sobre su frente. Miró con desdén a Estrella y entrecerró los ojos.

—Regresaremos muy pronto —le prometí a la yegua, que se apoyó con vigor contra mi pecho. Odiaba dejarla allí un segundo más, pero no podía ignorar el posible regalo que nos cayó por sorpresa.

Me alejé y rápidamente le di la espalda a Estrella antes de dudarlo un momento más. Jake cerró el candado, pero sacó la llave del aro antes de devolverlo al mozo de cuadra.

—El Zorro Astuto —le dije a Jake una vez que nos conduje más allá de la avenida principal por una calle lateral—. Tenía una marca de garra como insignia. Es un posibilidad remota, pero...

Sentí que el dolor me perforaba el torso; mi cicatriz se encendía en llamas. La herida resplandeció a través de la delgada tela de mi túnica y solo perdió brillo cuando Jake me envolvió en la capa, en un intento de opacar su fulgor antinatural. Trastabillé y casi me tropecé hacia el callejón más cercano.

—¿Qué está pasando? —me preguntó, sosteniéndome de pie; una profunda arruga cruzaba por su frente—. Tienes la piel ardiendo como la otra noche.

El dolor era abrumador, como si miles de abejas me picaran al mismo tiempo.

Me llevé la mano a la cicatriz, rogando por que la agonía se detuviera, que me permitiera la posibilidad de inhalar el aire que con tanta desesperación necesitaba.

Jake empezó a fastidiarme pidiéndome respuestas, pero era físicamente incapaz de hablar. Me estaba asfixiando, ahogándome en esa magia que no tenía idea de cómo detener, o de cómo controlarla.

Tanto la luz como la oscuridad trabajaban al mismo tiempo, pero esta vez se sentía diferente, como si no tuviera ningún control sobre mis actos. Me derrumbé contra el muro de piedra a mis espaldas y aterricé de nalgas, tomando bocanadas de aire mientras que el calor bajaba por mis mejillas. El sabor de la sal se metió entre mis labios. Eran lágrimas.

El rostro de Jake se desvanecía y volvía a aclararse, mientras una serie de puntos negros flotaban en mi campo visual y el calor me encendía el pecho a un grado insoportable. ¿Así se sentía la muerte? Entonces fue cuando lo escuché.

Mi nombre.

—Kiara.

Todo se quedó quieto. Podía reconocer esa voz en cualquier sitio y su profundo timbre alejó parte del pánico, apenas lo suficiente como para que pudiera tomar aire tan profundamente como pude.

Mis dedos se aferraron a los bordes irregulares e inflamados de la herida que corría sin ton ni son por debajo de mi corazón: mi conexión con el comandante. Nuestras heridas gemelas de la muerte.

—Kiara —la voz de Jude me llamaba de nuevo, pequeña y ahogada.

No podía escuchar nada más que su voz y las manchas negras de antes se hincharon hasta eclipsar por completo tanto el callejón como a Jake. Percibí como la bestia de las sombras dentro de mí salía de su escondite, luchando por dominar la luz de Raina. Saltó al frente y sentí que el cuerpo me hormigueaba antes de quedar entumecido.

Una figura ondulante saltó frente a mi vista. Era un hombre solitario, hecho un ovillo en el piso, inmóvil.

Unas nubes cenizas serpenteantes lo envolvían por todas partes, pero ese olor… Podía oler algo metálico, putrefacto y mohoso.

—¿Jude?

El hombre cambió de posición con un gemido.

En este sitio intermedio en el que una película negra cubría mis ojos, no podía ver claramente gran cosa. Aún así, el ritmo de mi corazón aumentó al doble y una retorcida sensación de alivio corrió por mis venas. Era él.

Jude volvió a moverse y esta vez obtuve la recompensa de mirar su rostro. Su cabello negro como el ónix caía sobre su ojo derecho, cuyo turbulento azul pálido era casi incandescente en la luz tenue. Noté que su mano reposaba en el pecho, justo encima de su cicatriz.

—Jude, ¿dónde estás? —Intenté moverme hacia él, pero no pude. Las extremidades no me funcionaban, inertes como si estuviera atrapada en lodo.

No entendía cómo había llegado allí ni si todo esto era un sueño, pero se sentía demasiado real como para provocarme a hacer cualquier cosa que no fuera arrastrarme hacia él.

—Ahora estoy oyendo tu voz —susurró Jude y un quejido de angustia brotó de su garganta. Se rodó de lado, mostrando su espalda… Casi podía jurar que los muros temblaron ante el gruñido iracundo que reverberó en mi garganta.

Tenía la espalda cubierta de un rojo atroz que se encostraba en los bordes de una docena o más de cortes profundos. Cada que exhalaba se abrían y sangre fresca burbujeaba hacia la superficie. Nunca había visto un salvajismo de esa magnitud.

—¿Qué mierda te hicieron? —grité furiosa. Rechiné los dientes mientras luchaba contra la barrera invisible—. ¿Quién te dio esos azotes?

«Los mataré y extenderé su suplicio por horas, quizá días. Me tomaré mi tiempo para matarlos».

Una brisa fría rozó mi frente mientras las sombras se retorcían sobre mis hombros. La bestia dentro de mí exigía sangre.

Lentamente, volví a tener sensación en mis manos, aunque cada partícula de aire punzaba.

—Solía ser capaz de tolerar horas de estos juegos; ahora mírame: estoy oyendo voces —se rio, aunque su risa era entrecortada.

—¡Soy yo! —grité, golpeando contra la barrera y apretando los dientes mientras trataba de moverme—. ¡Voltea y mírame!

Mi exigencia debe haberlo sacado de su aturdimiento, porque entonces volteó, aunque gruñó de dolor. Una profunda arruga se marcó en su entrecejo.

—¿Kiara?

—¡Sí, idiota! —grité eufórica, a pesar de las circunstancias. También me podía oír y ver—. Ahora dime dónde estás para que pueda retorcerte el cuello por abandonarme.

Observé con cuidado las paredes rocosas a medida que la oscuridad se iba disipando, sin embargo, no me daban ningún indicio de su localización. Esas piedras tan comunes podían pertenecer a cualquiera de las fortalezas cerca de Fortuna que Cirian les había regalado a sus señores feudales. Si ya lo habían aprisionado, entonces no podía estar en Sciona, lo que significaba que todavía podíamos alcanzarlo.

Con torpeza, Jude se impulsó sobre los codos y vi que sus manos tenían grilletes de plata gruesa.

—Dioses, eres tú —exclamó con una mirada de profundo asombro en sus ojos muy abiertos—. Solo tú me amenazarías en el estado en que me encuentro.

—Esperaré hasta que sanes antes de cumplir con mis amenazas, pero dime, antes de que desaparezca lo que sea que es esto… Los vimos capturarte en la ciudad, pero te perdimos la pista.

«Porque causé un maldito incendio y arruiné nuestra oportunidad de luchar contra ellos». No, no iba a decirle eso.

Jude abrió la boca, pero la cerró casi inmediatamente. En lugar de ello, volteó a ver su pecho. La marca que le dejé brillaba, contrastando con su piel pálida, y las venas azules y negras brotaban como enredaderas retorcidas.

—Se puso caliente justo antes de que llegaras —dijo casi para sí mismo. Me toqué el pecho y fijé mi atención en su calor. Jude irguió la cabeza—. ¿Cómo es posible?

Definitivamente voy a estrangularlo.

—Dime dónde estás.

Jude se puso tieso, pero negó con la cabeza.

—Cirian… Yo… No sé dónde estoy.

Entendía su expresión lo bastante bien como para saber cuando mentía.

—Voy a encontrarte —le prometí—. Más te vale que no te des por vencido hasta que lo haga…

—Es una trampa —me interrumpió rápidamente—. Cirian quiere usarme para llegar a ti. —Gimió al tratar de ponerse de pie y su voz se volvió más firme—. No vengas, Kiara. No le permitas atraparte. Si en alguna vez hubo un momento para hacerme caso, es este.

Maliah nos advirtió que Cirian está bajo el control del dios de la luna y si Cirian tenía en su poder a Jude, nuestro enemigo sin rostro también lo tenía.

Jude se tambaleó, enderezándose un momento después. Dio otro paso hacia mí y lo único que deseaba era alcanzarlo para abrazarlo. Levantó la mano y su ojo café brilló por el asombro. Cuando la movió para tocarme, para acariciar mi mejilla con ella, chocó contra la barrera de una nada impenetrable

Soltó una maldición.

—Por supuesto. Eso sería demasiado fácil.

Levanté la mano hacia donde la suya flotaba y nuestras palmas quedaron a unos centímetros de distancia, separadas por la magia y la derrota.

—No fuimos hechos para las cosas fáciles, comandante —respondí con voz áspera. El ardor de las lágrimas en mis ojos aumentó; esa era una sensación a la que no estaba acostumbrada.

—Nunca debí elegirte —declaró con voz entrecortada y sus labios se adelgazaron.

—Ya basta con eso —protesté—. Soy tu reflejo, Jude, ¿lo recuerdas? Nuestros destinos siempre estuvieron entrelazados. —Lo único era que, por casualidad, me enamoré de él… y mucho.

La habitación se ladeó violentamente. No teníamos mucho tiempo.

—Escucha —comenzó a decir con una actitud de urgencia que reemplazó la adoración que irradiaba segundos antes—. El niño en la tienda de campaña verde… —Sus palabras se entrecortaban y su voz sonaba débil—. En el callejón del Dado Rodante. Tiene…

Entonces ya no pude escucharlo en absoluto.

Sus labios formaron mi nombre, pero el fuego en mi interior se estaba disipando y ese mundo intermedio se desintegraba poco a poco, como granos de arena dispersados por el viento de una tormenta.

—¡Jude! —grité y vi los hilos de las sombras azabache que rodeaban su figura y lo devoraban.

Mis sombras.

Grité su nombre hasta quedarme ronca, incapaz de ver nada. Grité hasta que sentí un tirón que provocó que mi cuerpo cayera y cayera y cayera…

Unas manos sólidas y firmes me aferraban por los hombros. Entonces el mugriento empedrado del callejón apareció ante mis ojos, al igual que un Jake notablemente preocupado.

Me quedé sin aliento, inhalando el pútrido aire de Fortuna.

—Jude —exclamé sin poder respirar y volteé para ver la mirada desconcertada de mi compañero—. Lo vi.

—¿De qué hablas? —me preguntó confundido mientras me ayudaba a levantarme. Se pasó una mano agitada por el pelo; su cuerpo temblaba visiblemente—. ¿Qué pasó? Estabas bien y luego entraste en este espeluznante estado catatónico. Estabas prácticamente gris. Podría jurar que hubo un momento en que tu imagen parpadeó hasta casi desaparecer por completo, y entonces pensé...

Me percaté de que sus mejillas estaban húmedas y tenía los párpados enrojecidos.

«Mierda».

—Estoy bien —le juré, aunque era mentira. Los efectos residuales me dejaron mareada, pero me tragué el pánico para abrazarlo. Envolví su cintura con los brazos y apoyé con fuerza la cabeza contra su pecho, que subía y bajaba con rapidez—. Todo está bien, Jake. Aquí estoy.

Pensó que me había perdido como perdió a Nic. Se aferró más a mí, al grado de que no me dejaba respirar, pero no me importaba. Era un recordatorio de que seguíamos aquí, aún luchando y aún juntos.

Me eché hacia atrás para mirarlo a los ojos y otra lágrima se deslizó por su mejilla hasta la barba incipiente. La atrapé con un dedo y proseguí a limpiar el resto de la humedad de su rostro, frotando su piel con gentiles movimientos circulares de mi pulgar.

—Ya te explicaré —le prometí—, pero ahora tenemos una pista real, Jake. Se había plantado otra traicionera semilla de esperanza. Solo teníamos que seguir el rastro de indicios que Jude dejó antes de que Cirian lo asesinara.

Lo cual significaba que tal vez ya era demasiado tarde.

CAPÍTULO SEIS

Jude

Temer a la oscuridad es temer a la propia mente.

Proverbio asidiano

Mi celda apestaba a putrefacción y moho, y cada inhalación exigía gran esfuerzo.

Seguramente tenía las costillas rotas o cuando menos magulladas. Una aguda sensación punzante me recorría la columna vertebral y cada vez que me movía, aunque fuera un centímetro, la frágil piel de mi espalda se abría; la sangre brotaba de las heridas y sentía su calor sobre mi carne atormentada.

Aun así, incluso doblado y con los ojos llenos de lágrimas por el intenso dolor, no me enfoqué en mi espalda, sino en ella.

«Vi a Kiara». O mejor dicho, su imagen nebulosa, apenas un parpadeo de su figura, pero la había visto.

«Fue eso o quebrantaron mi espíritu con mucha facilidad», pensé, aunque esa idea no parecía cierta.

Tenía que estar implicada la magia, incluso con los peculiares grilletes que rodeaban mis muñecas. No reconocía el metal azulado, pero la gema central me recordó cómo se veía la luna en la Niebla, cuando estaba rodeada por un círculo azul.

Por fortuna, no estaban vinculados en ese momento, aunque eso no me servía de nada.

Sin importar cuánto intentara quitarme los grilletes, permanecían firmes en su sitio. No sabía de qué estaban hechos, pero parecían sofocar la mayoría del poder divino que flotaba en mi alma, haciéndome imposible escapar. Giré la mano para estudiar uno de los grilletes.

Allí estaban, apenas notorias, como si las hubieran grabado como una ocurrencia de último minuto. Formaban una luna en cuarto creciente tan minúscula que la había pasado por alto. Si la miraba con la suficiente atención, incluso podía detectar un triángulo alrededor.

Todo dios y diosa poseía sus símbolos y marcas individuales, casi como si fueran firmas. Este era del dios de la luna. Sin duda, estaba hechizado.

No obstante, Kiara fue capaz de ponerse en contacto conmigo. ¿Por qué? Si los grilletes debilitaban la magia, ¿cómo había podido...?

En ese momento me di cuenta.

«Nuestras cicatrices». Nos unían; ambos habíamos sido tocados ya fuera por una daga creada por un dios o por la magia de uno de ellos. La había sanado utilizando un poder divino y ella había hecho lo mismo por mí.

Sin importar la razón, su presencia me dejó pensando en lo que Cirian había dicho: la profecía. Cerré los ojos con fuerza y me llevé las manos al rostro. Quizá eran más que un montón palabras tontas pronunciadas por los sacerdotes del sol. El amor había sido la ruina de Raina y, quizá, esa era la herramienta que necesitábamos para arreglar este desastre.

En ese momento, mi única esperanza estaba en manos de aquel chico de Fortuna que no tenía ni la menor idea del tesoro que tenía en sus manos.

Si hubiera tenido la energía para hacerlo, me habría recriminado al pensar en que le había confiado a un niño el arma más poderosa conocida por el hombre. Era lo más arriesgado que había hecho en la vida y que no iba para nada con mi personalidad pero desde que conocí a Kiara, había ido aumentando mi esperanza, incluso si seguía luchando contra esa emoción tan desconocida.

Dioses, cómo extrañaba los tiempos en que no sentía nada. Ahora sentía demasiado y era sofocante.

Tirado de costado, cerré los ojos y por instinto, mi mano se dirigió hacia la herida inflamada junto a mi corazón. En ese silencio insaciable, teniendo como amarga compañía solo mi mente, me percaté exactamente de cómo me sentía acerca de la mujer que puso mi mundo de cabeza.

Esa comprensión fue más atemorizante que cualquier maldición o cura..., pues tenía el poder tanto de salvar como de destruir al mundo.

CAPÍTULO SIETE

Kiara

El dios de la luna se sentía solo en los cielos, ignorado por los humanos durmientes que protegía. Una melancólica noche de invierno, decidió crear fieles compañeros. Estas fueron las primeras bestias de sombra, entes creados inicialmente para alejar las pesadillas, no provocarlas. Cuando fracasó en su propósito, sus creaciones malévolas arrasaron con el mundo y Raina se vio obligada a darles cacería.

FRAGMENTO DE *TRADICIONES DE ASIDIA: UN CUENTO DE LOS DIOSES*

El Dado Rodante era el típico tugurio de juego en Fortuna, lleno de borrachos, derrochadores y tarros de cerveza llenos hasta el tope. Hombres y mujeres semidesnudos se paseaban por la habitación, llevaban charolas sobre sus hombros descubiertos y largos cinturones a la cadera con cuentas que se balanceaban al ritmo de la música en vivo proveniente del escenario.

Una mujer despampanante con la piel dorada y brillantes ojos verdes cantaba una tonada alegre que sonaba imposiblemente esperanzadora y melancólica al mismo tiempo. Le arrojaban monedas al escenario, a lo que ella respondía lanzándoles un beso pícaro a los comensales y agitando su rutilante vestido con movimientos rápidos mientras caminaba con destreza por el tablado.

Si no lo hubiera presenciado, nunca habría sospechado que esa mañana ocurrió un brutal ataque sobre la ciudad.

Jake aceptó mi visión de Jude sin inmutarse. Escuchó cada una de mis palabras sin mostrar emoción alguna en el rostro. Supongo que después de todo lo que hemos pasado, esta no era la cosa más extraña que nos ha ocurrido. Lo único que dijo después de que terminé de contarle fue:

—La próxima vez avísame. —Me jaló para darme un abrazo a medias y se quejó de que mis payasadas casi le causan un infarto prematuro.

Nos acurrucamos mientras yo observaba las posibles rutas de escape si llegara a ser necesario huir con rapidez. Junto a una puerta al otro lado del salón, había una pintura que atrajo mi mirada. Era una representación de un claro con vibrantes hojas verdes y flores tenues.

—¿Ki? —me llamó Jake y eso me volvió a enfocar en la misión.

La pintura me recordó a aquel valle en la Niebla, que era uno de los momentos más felices de mi corta vida. Tendría otro día así, aunque eso acabara conmigo; sin embargo, fruncí el ceño al notar que estaba ligeramente torcida.

—Jude nos dijo que encontráramos a un chico con una tienda de campaña verde. Mencionó un callejón y este lugar. —Exploré atentamente el lugar atestado de gente. No habíamos encontrado ningún un callejón a los costados del edificio. ¿Tal vez estaba atrás?

A mi lado, Jake miraba las mesas con un hambre casi palpable. Recordé que mencionó su suerte con los dados y pensé que tal vez debería jugar una partida, ya que solo nos habíamos llenado la panza con un pan quemado que habíamos sacado de una pila de basura detrás de la panadería.

—Enfócate —le dije en lugar de mencionárselo—. ¿Deberíamos ver si hay otra salida?

—Ki, puedo ganar mucho dinero aquí. —Sus ojos brillaron—. Para comida, para montones de comida. Dioses, mataría por un sándwich. Pienso mejor con el estómago lleno.

—Obvio —le dije burlona—, pero necesitamos enfocarnos. Nada de seguir hablando de sándwiches. —En mi propia mente apareció un pan recién hecho con queso derretido y carne. Como para demostrar un punto, mi estómago gruñó sonoramente.

Jake alzó una ceja.

—Bueno. Vamos a ver atrás, pero en algún momento necesito comer.

Asentí para mostrar que estaba de acuerdo y, satisfecho, Jake me siguió voluntariamente más allá de las mesas circulares y de los hombres y mujeres que gritaban con alegría. Los meseros se paseaban de un lado a otro, con los ojos pintados con gruesas líneas de kohl y sonrisas brillantes e invitadoras.

—Pasemos por las cocinas. —Jake asintió hacia una puerta giratoria por donde acababa de salir un mesero con un platillo frito de aspecto divino—. Por lo general, las cocinas tienen una puerta trasera por donde salen los cocineros a tomarse un descanso.

Cuando volteé hacia él con mirada inquisitiva, añadió:

—Trabajé durante años en una cocina de mi pueblo. Nic también. —Avanzó con los hombros más tensos que antes.

Tuvimos que esperar unos minutos junto a la puerta para que quedara libre y, en cuanto se presentó la oportunidad, nos filtramos a través de la puerta giratoria hacia la cocina.

Los cocineros nos gritaron insultos cuando pasamos junto, pero ninguno nos bloqueó el paso; estaban demasiado ocupados con los montones de pedidos que colgaban encima de sus cabezas.

—Por allí —me dijo Jake entre dientes, dirigiendo mi atención hacia la puerta trasera apenas entreabierta. El aire helado se coló hacia el calor infernal de las cocinas.

Empujamos la puerta y yo hice una mueca cuando la puerta se cerró de golpe inmediatamente detrás de nosotros.

Jake tenía razón; había otro callejón detrás del tugurio.

—Bien pensado —le dije a Jake y él me regaló sonrisa fugaz.

En el estrecho callejón había unas cuantas tiendas de campaña donde los menos bienaventurados de Fortuna buscaban refugio del frío de cualquier modo posible. Me dolió el corazón, pero seguí adelante, asomándome en cada una de ellas mientras que Jake vigilaba diligentemente el área para detectar señales de peligro.

Una familia de cuatro personas estaba acurrucada dentro de una de las tiendas; la madre mecía a su hijo para dormirlo, con indicios de llanto, ya seco, ensuciando sus mejillas. En otra de las tiendas había tres niños mayores, con un surtido de comida robada amontonada en una pila entre ellos.

El estómago me gruñó. Esos niños merecían mucho más que eso. A veces, una simple muestra de amabilidad era lo único que se requería para cambiar una vida, pero la amabilidad, como el sol, parecía estar ausente en Asidia.

A regañadientes, me obligué a salir del refugio que ya habíamos revisado y me dirigí a la tienda más pequeña, escondida en la esquina. A medida que me acercaba, noté que tenía un tono verde pálido.

«El niño en la tienda de campaña verde… En el callejón del Dado Rodante», me había dicho Jude antes de que la visión se desmoronara.

Esta tenía que ser. Me puse en cuclillas frente a las solapas.

—¿Hola?

Al no obtener respuesta, giré hacia Jake, que simplemente se encogió de hombros y agitó la mano frente a sí, como diciendo: «Tú entra primero». Así de caballeroso era.

Desaté los cordeles y abrí las solapas, encontrándome con un par de vibrantes ojos color avellana.

Un chico frágil se asomó de la parte trasera de la tienda, con un cuchillo romo de cocina aferrado con fuerza en su mano. Un pequeño fuego ardía en un cuenco astillado de porcelana, con trocitos de basura amontonados a un lado para mantenerlo encendido. Daba la suficiente luz como para poder observar el temor en el rostro del niño.

Levanté las manos de manera tranquilizadora.

—No vinimos a hacerte daño —le dije.

Sus espesas cejas se fruncieron en un gesto de incredulidad. Chico listo.

—Un amigo nuestro nos dijo donde encontrarte —afirmé, haciendo mi mejor intento de sonreír con alegría, esperanzada en que eso le transmitiera que era amistosa.

—Déjame ver tu pelo —exigió el chico, que luego tragó saliva. Señaló con el cuchillo hacia mi capucha e inclinó la barbilla con actitud desafiante.

Me tragué la sonrisa y obedecí su petición, permitiendo que mi capa cayera. Tenía razón en ser desconfiado. Cuando mi cabello rojo se esparció sobre mis hombros, el chico se mostró visiblemente más relajado y una exhalación audible brotó de sus labios.

—Dijo que tu pelo era del color del fuego más cálido. —Una débil sonrisa hizo que las comisuras de sus labios se levantaran—. No mintió.

Jude. Siempre tan poético. Sentí una punzada en el corazón cuando su nombre me transportó de vuelta a la pútrida celda en la que lo tenían atrapado. Sin importar lo furiosa que me sentía, no podía luchar contra mi propio corazón, por mucho que a veces quisiera hacerlo.

—¿Tienes algo para nosotros? —le pregunté, apretando los dientes y con el pulso acelerado por la anticipación.

Eso quería decir que mi visión era cierta. De algún modo encontré a Jude y no podía esperar para intentarlo de nuevo, a pesar de no tener idea de cómo convocar tales poderes; lo único que pude concluir fue que nuestras cicatrices tuvieron algo que ver. Sin embargo, aquella visión no me había revelado su localización. Fuera una trampa o no, descubrir ese misterioso talismán debajo del templo del dios de la luna era algo que podía esperar.

El niño gateó para buscar algo detrás e hizo a un lado dos gruesas mantas, debajo de las cuales había un fardo atado con una correa de cuero desgastado.

—Me regaló esta tienda de campaña —dijo el niño, asintiendo hacia su humilde entorno—. Nunca nadie me había dado nada. —Sus ojos se posaron en el paquete que tenía en las manos—. No lo abrí, aunque quería, pero… no pude. Ese hombre fue demasiado amable como para engañarlo y m-me dijo que el reino estaba en riesgo. Que yo sería su protector. —Por primera vez la inocencia apareció en su mirada y sentí una opresión en el pecho al darme cuenta de que a este niño le habían robado una verdadera infancia.

Jude le había dado una pequeña muestra de bondad y, a cambio, el chico le dio su lealtad.

—Aquí tienes —dijo, entregándome el objeto con manos temblorosas—. Lo protegí, exactamente como me lo pidió. —La forma en que inclinaba su barbilla con orgullo alivió parte del peso de la aflicción que pesaba en mi estómago.

Tomé el paquete y con cuidado desaté las correas. Al retirar el papel áspero detecté un asomo del brillante metal negro como el ónix. Jake respiró con fuerza detrás de mí. La daga asesina de dioses. Jude fue lo bastante inteligente para guardar la daga en un sitio seguro y lejos de su persona por si llegaban a capturarlo. Se había arriesgado mucho dejándosela a este niño, pero admiré su fe.

—Gracias por protegerla. —Le sonreí e incliné la cabeza en muestra de agradecimiento—. No tienes idea de lo que hiciste para ayudarnos...

—Grey —terminó la oración por mí—. Me llamo Grey.

—Bueno, Grey, si tuviera una moneda, seguramente te la daría, pero en este momento lo único que te puedo ofrecer es esto. —Escarbé en mi bolsillo y saqué el pin que me dejó Jude en la Niebla; el emblema de los Caballeros de la Estrella Eterna.

El color oro del sol resplandecía en la tenue luz de la fogata del chico y este se quedó con la boca abierta cuando miró la espada que cruzaba el orbe reluciente.

—Kiara, ¿estás segura? —preguntó Jake a mi lado, poniéndose en cuclillas.

Asentí. Jude me dio ese alfiler como un adiós, un adiós que nunca acepté. Además, su corazón no estaba con los Caballeros y nunca lo estuvo.

—Esto pertenece a un hombre que algún día salvará a nuestro reino —afirmé mientras pasaba el pulgar sobre el metal—. Él querría que lo tuvieras, Grey. —Sostuve la ofrenda frente a mí.

Con lentitud, Grey la tomó y su pecho se elevó con rapidez. Sus ojos color avellana brillaban maravillados.

—¿Era él? ¿El hombre que me pidió ayuda?

—Sí.

Cerró sus dedos manchados de suciedad alrededor del símbolo de agradecimiento antes de aferrarlo contra su pecho, como si fuera el mayor regalo que hubiera recibido.

—Y tuvo una razón por la que te eligió para proteger la esperanza de Asidia. —Grey le quitó la vista al emblema y levantó los ojos hacia los míos—. Cuando al fin regrese el día, recuerda que formaste parte de ello.

Antes de cerrar la solapa, vi que Grey se llevaba el alfiler a la cara y, por primera vez desde que puse los ojos en él, una sonrisa genuina se formó en sus labios. Con todo el cuidado del mundo, metió su nuevo tesoro en el bolsillo sobre su pecho, justo encima del corazón.

Pero eso no fue lo único que vi. Junto a él, en un montón de papeles que usaba para encender el fuego, había una cajita de cerillos. Era una cajita roja con el símbolo de una garra y un tarro de cerveza grabados en oro.

No creía en las coincidencias, así que busqué dentro de mi propio bolsillo y saqué la cajita de cerillos que encontré en el establo de Estrella para sostenerla ante mis ojos.

Volteé hacia mi amigo.

—¿Se te antoja una cerveza, Jake?

El Zorro Astuto no estaba tan concurrido como el otro día, lo cual nos resultaba muy útil.

Vibrantes tapices rojos y naranjas, tejidos con diseños complejos, colgaban sin ton ni son por todo el espacio. Pinturas y esculturas con el símbolo de la taberna estaban dispuestas con orgullo, así como zorros de metal que brotaban de las paredes, con garras de plata que sostenían varias antorchas.

—Si tuviera la edad de Grey, habría vendido la daga —murmuró Jake cuando entramos a la taberna. Un hombre joven de cabello oscuro con una guitarra azul estaba en una esquina, cantando algunas canciones folclóricas mientras una pareja abrazada bailaba torpemente sobre la pista.

—Entonces, qué bueno que no fuiste tú —afirmé con malicia—. Habrías vendido a la asesina de dioses a cambio de un sándwich.

Jake refunfuñó.

—¿Por qué demonios tenías que mencionar un sándwich? Me estás matando, Ki.

De nuevo, mi estómago decidió rugir como un animal.

Ignoré las punzadas del hambre y caminé hacia la barra, donde me dejé caer en un asiento vacío. Jake se sentó a mi lado.

—Dos cervezas y lo que sea que esté sirviendo tu cocinero —le ordené al encargado, un hombre fornido que no había sonreído en toda su vida. El tipo rezongó antes de caminar a paso lento.

—Esperemos que al dueño, que es a quien probablemente estamos buscando, no le importe que no tengamos monedas para pagar esas cervezas —susurró Jake y recargó ambos codos sobre la barra de madera. Hizo una mueca cuando la tela de su camisa tocó la superficie pegajosa y regresó los brazos a sus costados, limpiando sutilmente la tela. Un esfuerzo inútil, tomando en cuenta que su camisa ya era un caso perdido.

—Tienes que trabajar en tus susurros —dije con un suspiro—. Y sí, si alguien sabe de la presencia de Jude, ese sería el dueño. Este lugar… es la única taberna que no fue afectada por el ataque de la Guardia; quien quiera que sea el dueño tiene algún poder.

Exploré rápidamente la habitación con la mirada. Al lado de la barra, un hombre de rostro imperturbable y cabeza rapada estaba parado junto a una puerta roja y volteaba hacia nosotros. Una de sus cejas espesas se elevó cuando nuestros ojos se cruzaron y yo rápidamente desvié la vista.

No llevábamos más de un minuto en este lugar y ya habíamos fallado en nuestro intento de pasar desapercibidos.

Intenté convencerme de que su interés se debía simplemente a mi presencia encantadora y atractiva, pero sabía que mi aspecto era de basura vieja. Necesitaba un baño de manera desesperada y no podía ni siquiera fingir seguridad en mi presente estado.

—¿Qué? En todo caso, te están mirando a ti. —Jake le dio un golpecito a la punta de la capucha que tenía sobre la cabeza—. Prácticamente tienes un letrero que dice «estoy aquí en una misión secreta».

Solté un gruñido mientras me bajaba la capucha. Tal vez era mejor así. Mis dedos bailaban con nerviosismo sobre la superficie de la barra y mis uñas se atoraban de vez en cuando con los grabados irregulares que habían dejado los clientes. Algunos eran ofensivos, mientras que otros eran pares de iniciales rodeadas por corazones mal hechos.

Mis dedos se detuvieron en seco cuando una idea apareció por un instante en mi mente. Me paré del asiento e ignoré el susurro mezclado con un gruñido de Jake diciendo mi nombre. La gente había dejado su marca grabada en la madera. Debían ser cientos.

—¿Qué estás haciendo? —Mi compañero hacía su mejor esfuerzo por tomarme del brazo, pero me deslicé hacia el otro lado de la barra.

Si Jude estuvo aquí, y si dejó la cajita de cerillos como pista, algo me decía que me encontraría otra sorpresa. Tal vez eran ilusiones mías, pero…

Al final de la barra, casi oculto entre las sombras, vi el indicio de una media luna. Me acerqué y mis ojos se abrieron al ver las rudimentarias iniciales «J» y «M» labradas debajo de la luna.

Caminé lentamente hacia Jake y volví a sentarme.

—Estuvo aquí —le informé—. Vi sus iniciales y una luna. —Jake inclinó el cuerpo hacia donde yo había estado, pero se encontraba demasiado lejos—. Créeme, reconocería su escritura en cualquier parte.

Supe que era suya porque guardé su carta de advertencia que me dejó en la Niebla. La misma *J* larga, la misma *M* curvada.

Antes de que Jake pudiera decirme algo, el guitarrista que vimos antes terminó su pieza. De pronto, la taberna se quedó demasiado silenciosa. El escuálido músico deambuló hacia la barra y tomó un asiento. Levantó un dedo hacia el cantinero y sus rizos oscuros cayeron sobre sus ojos aún más oscuros.

Llevaba ropa colorida, igual que la mayoría de la gente de la ciudad, aunque había combinado una camisa estampada amarilla y un pañuelo rojo de seda que debía valer una cuantiosa suma y en el dedo índice de la mano derecha, llevaba un anillo con un brillante rubí.

Basada en su profesión, tuve la vaga sospecha de que no había obtenido el pañuelo ni el anillo por medios legítimos.

—¡Más te vale que no escatimes conmigo, viejo! —gritó y el cantinero le respondió extendiendo el dedo medio—. Tacaños —se quejó el músico.

Una idea me vino a la mente y le di un codazo a Jake en las costillas, al tiempo que miraba con toda intención al músico.

—Dioses, Ki —rezongó Jake—, ¿por qué hiciste eso?

—Te apuesto que un músico reconocería a un forastero si lo viera.

—¿Y?... —Jake frunció el ceño.

Señalé con la mirada hacia la izquierda, hacia donde estaba sentado el músico, y lo miré furiosa. «Vamos Jake. Usa ese molesto encanto para algo bueno».

—¿Cómo...? ¡Ah! —Todo su rostro se iluminó. Carraspeó y con una sonrisa retorcida en los labios, giró en su silla.

Se transformó en un hombre diferente ante mis ojos; su postura se relajó y su pecho se hinchó de manera apenas perceptible.

Se pasó la mano por el pelo enmarañado y enfocó su atención en su objetivo.

—Disculpa, lamento molestarte. —El músico se quedó quieto, mirando a Jake con un asomo de interés y un cierto brillo en la mirada.

—¿Sí? —preguntó.

—No podía quitarte los ojos de encima cuando estabas tocando —murmuró Jake con admiración y vi maravillada cómo el músico imitaba su sonrisa—. Eres demasiado guapo como para estar tocando aquí… —Las mejillas del tipo se sonrojaron.

—Cam —respondió la pregunta que Jake aún no había formulado—. ¿Tú crees?

—Oh, sí —Jake se inclinó hacia él—. ¿Talentoso *y* guapo? Eres el sueño de cualquiera. Por cierto, yo me llamo Jakob y soy una de las personas que no puede resistirse a ti.

El nombre de pila de Jake sonaba raro cuando lo decía en voz alta.

El hombre agitó la mano en el aire y su rubor se volvió todavía más profundo.

—Estoy lejos de serlo. Eres demasiado amable.

—Rara vez soy amable —respondió Jake con una sonrisita de satisfacción y hasta yo sentí el efecto de su encanto—. Tú simplemente lo hiciste brotar en mí.

Me recargué en mi asiento y sacudí la cabeza. Dejé que Jake usara su magia con Cam, y cada vez que los miraba de reojo, atestiguaba cómo intercambiaban miradas intensas.

Cuando el cantinero volvió con nuestro pedido —cerveza y una especie de sopa que, de nuevo, no podríamos pagar—, disfruté del espectáculo que presentaba Jake, encantando al artista hasta casi matarlo.

Cinco minutos después, soltó una risotada escandalosa y ambos chocaron hombros como si se hubieran conocido de toda la vida. A lo largo de todo ese tiempo, las mejillas del joven conservaron ese rojo profundo, denotando el encanto producido por lo que fuera que Jake le murmuraba al oído.

Para cuando me terminé la sopa, con la panza llena y caliente, Jake sacó el tema de la taberna, haciendo preguntas sobre el dueño y cómo era que el chico había llegado a tocar allí. Una buena elección de tema para sacarle información. Cam lanzó una rápida mirada a la puerta roja antes de voltear de nuevo hacia Jake.

—Le simpatizo —respondió Cam con un guiño taimado.

—¿Y cómo no le agradarías a ese tipo? —dijo Jake con una gran sonrisa y una luminosidad en los ojos que hasta a mí me robó el aliento; aunque nunca lo admitiría. Maldito él y todo su encanto. Si hubiera sabido que era así de bueno, habría hecho uso de sus habilidades antes.

—A ella, es mujer —lo corrigió el músico—. Y no es fácil de complacer, aunque seguramente querrías hacerlo.

¿Sería ella a quien visitó Jude? Primero la cajita de cerillos y ahora las iniciales de Jude…

—Me encanta el chisme —comentó Jake en un susurro y se inclinó con actitud conspiradora—. ¿Quién es esta misteriosa dueña?

El músico miró a todas partes del salón antes de responder.

—Zorro es la mayor ladrona de Asidia. Puede robar cualquier cosa. Si tienes el dinero suficiente, ella puede lograrlo. —Cam tronó los dedos—. La mujer es legendaria en esta área. Nadie se mete con ella.

Vaya, había escuchado de unos cuantos delincuentes famosos en Asidia. Estaba Tommy Dos Caras, el infame maestro del disfraz que le robó a la mitad del sur de Asidia. La Daga Carmesí: un guerrero del norte convertido en mercenario que mataba a cambio de que se le pagara. Ah, y la siempre entretenida

Annibel *Amorcito* Fields, una mujer que había matado a cualquier hombre que tuviera el infortunio de llamarla «amorcito». Los carteles de se busca con sus nombres estuvieron pegados en la plaza de Cila, pero mi interés estaba más en las armas y el entrenamiento. Aparte, nunca me imaginé que estaría en búsqueda de alguno de ellos.

—Caray. —Jake tomó un sorbo de su cerveza «prestada»—. Zorro suena increíble. Me gustaría conocerla.

—Y claro lo harás.

La voz no le pertenecía a Cam, cuyo rostro se puso pálido al asomarse por encima de la cabeza de Jake.

Mi compañero y yo volteamos al mismo tiempo.

El hombre que protegía la puerta roja estaba parado frente a nosotros con sus musculosos brazos cruzados. Tatuajes llenaban de arriba a abajo sus impresionantes antebrazos: representaciones de criaturas, monstruos y símbolos celestiales por igual. Me percaté de un zorro a medio salto que ocupaba casi todo el espacio de su brazo derecho.

Lentamente volví mi atención a sus cálidos ojos cafés que contradecían su apariencia intimidante.

—Parece que conseguirás tu deseo —dijo con una cruel sonrisa—. La señora quiere verlos. Ahora.

CAPÍTULO OCHO

Jude

Más te vale que gastes el dinero en el chico. Si descubro que te lo gastaste todo en cerveza, te las verás con mis hombres y ellos no son tan amables como yo.

CARTA DE LA TABERNA DEL ZORRO ASTUTO, ENVIADA A JAKE MADDOX, AÑO 32 DE LA MALDICIÓN

—¿Cuánto tiempo ha estado dormido?

—Cinco horas, señor.

—Dile al rey que estoy aquí y que pronto le informaré.

Gemí y abrí los ojos. Las botas golpeaban contra el empedrado. Pude contar solo un par.

Desengancharon mis grilletes de la pared y eso me permitió moverme, aunque no muy lejos. Mis manos seguían atrapadas por las esposas; aquel metal peculiar se me enterraba dolorosamente en las muñecas.

Me incorporé con dificultad del diván manchado y me obligué a pararme bien erguido, aunque las punzadas me recorrieron la espalda y el mareo súbito casi hizo que me desmayara. Si no limpiaba pronto mis nuevas heridas, se infectarían.

Los ominosos pasos se detuvieron. Entrecerré los ojos y pude ver que una figura cubierta por una capa se alzaba imponente al otro lado de los barrotes, pero no era Cirian. Este hombre medía cerca de dos metros y unos mechones castaños rojizos asomaban de su…

El latido de mi corazón golpeteó en mis oídos, más fuerte que cualquiera de los pasos de este hombre. Me puse tieso.

—¿Harlow?

Una llave giró en la cerradura y un segundo después la puerta se abrió con un crujido, mostrándome el rostro ceñudo del teniente. Nunca fuimos amigos, no como Isiah y yo, e intentar tener una conversación con él era semejante a hablar con una pared.

Sin embargo, si ahora estaba aquí… Lo habían enviado a interrogarme.

El dolor de la traición se instaló en mis intestinos.

—Qué bajo has caído, Maddox. —exclamó Harlow, su voz era más áspera que las piedras e igual de hiriente. Avanzó con paso tranquilo hacia la celda apenas iluminada y se bajó la capucha. Su mirada se dirigió hacia atrás y luego empezó a dar vueltas en derredor mío. El blanco de sus ojos resplandecía—. Entonces, veo que no obtuviste la cura.

Cuando no me digné a responderle, prosiguió.

—La mayoría de la gente con un poco de sensatez no se resistiría a Cirian. Está obsesionado con esa daga y está muy decepcionado de que no mataras a la chica. —Harlow suspiró profundamente, estudiándome como si fuera un rompecabezas al que le faltaba una pieza—. Sabes que me ordenará buscarla por todo el reino. Aún está ahí afuera, huyendo, viva.

Una oleada de furia pura y animal luchaba en mi interior.

—Si tocas a Kiara, te voy a despellejar muy lentamente —lo amenacé apretando los dientes. La magia ardió en mi pecho a medida que su imagen apareció por un segundo en mis pensamientos, su cuerpo quebrantado y en una celda igual a la mía.

Harlow o cualquiera de los sádicos a las órdenes de Cirian no la atraparían; no mientras el aire siguiera llenándome los pulmones. Por lo menos, no habían encontrado su rastro.

Avancé cojeando hacia donde estaba parado Harlow y fruncí el labio superior mientras añadía:

—Me decepcionas. Todo este tiempo pensé que estabas entre los buenos, tan poco comunes en palacio; que no eras uno de los peones sin voluntad de Cirian, pero claramente me has demostrado lo contrario.

Tal vez no podía confiar en mi instinto tanto como pensé. Harlow sacudió la cabeza y una expresión de agotamiento hizo que sus rasgos angulares se contorsionaran.

—No sabes nada, Jude —susurró—, y no tienes idea de lo que estaría dispuesto a hacer para defender mi reino. —Se arriesgó a asomarse por encima del hombro antes de voltear hacia mí—. Tienes que escucharme. Nada es lo que parece, pero creo que ya lo sabías.

Fruncí el ceño al escucharlo.

—Tu destino no es que mueras aquí —dijo con voz firme—. Has confiado por demasiado tiempo en la gente incorrecta; ahora es momento de que creas en mí.

Simplemente estaba tratando de ganarse mi confianza, pero yo conocía bien ese truco.

Le escupí en la cara y las espesas gotas resbalaron con lentitud por su barbilla. Se limpió el insulto con la manga e hizo una mueca desdeñosa. Dioses, eso me hizo sentir bien.

—Límpiese, comandante —me ordenó en voz un poco demasiado fuerte al mismo tiempo que buscaba algo en su bolsillo. Me lo lanzó y yo lo atrapé, soltando un gemido al sentir el dolor punzante de las heridas abriéndose cuando estiré mi espalda. Era un frasco del ungüento curativo, del mismo tipo del que una vez le di a Kiara.

Harlow me dirigió una prolongada mirada llena de compasión.

Me mordí la mejilla hasta sentir el sabor de la sangre. No quería absolutamente nada de él, y menos su piedad.

La nota que el rey me dio antes de salir hacia la Niebla cruzó por mi mente. Cirian quería a Kiara muerta para destruir el poder que tenía atrapado dentro de su cuerpo mortal. Como un líder de los caballeros, no podía imaginar a Harlow estando de acuerdo con el plan, aunque... el rey lo tenía en muy alta estima. Harlow acataba las órdenes del rey sin pensarlo, quizá sabiendo incluso sus verdaderas ambiciones.

Volteó cuando aferré su capa para detenerlo. Tenía que apelar una última vez.

—Harlow.

Se estremeció y volteó para dirigirme una mirada penetrante. Pensé haber detectado un asomo de remordimiento, por pequeño que fuera.

—Afirmas que lo único que deseas es defender nuestro reino, pero si capturas a Kiara, te convertirás en su ruina. Si acaso Cirian te ha dicho la verdad.

Si la mataban con cualquier arma mortal, el poder de Raina moriría con ella, aunque no permitiría que nadie se le acercara con la asesina de dioses. Mataría a cualquiera que lo intentase.

Quería que Harlow negara mi petición, que su rostro se arrugara confuso, pero no fue así. Se desprendió de mí y, de nuevo, su expresión se volvió ilegible.

—Mantente con vida, Maddox y, cuando nos veamos de nuevo, quizá las cosas te queden más claras. No soy tu enemigo. Nunca lo fui.

Entonces, ¿por qué no me decía lo que sabía? Afirmaba que no había conspirado en mi contra, pero aun así, se marchó de la celda y la cerró con llave, encerrándome como un prisionero.

Harlow no era mi amigo ni mi aliado. El ungüento tenía que ser un truco.

Con él al mando, sería cuestión de tiempo antes de que encontraran a Kiara. El dolor en mi pecho se agudizó hasta volverse una tortura, tanto que apenas me percaté de cómo se me abrían las heridas en la espalda mientras caminaba de un lado a otro.

Tenía que salir de aquí. Tenía que advertirle a Kiara.

Antes ya había estado en peores situaciones y, aunque estaba exhausto y herido, no me detendría hasta escapar de esta prisión. Tomé el frasco de ungüento curativo y estuve a punto de romperlo por la fuerza de mi agarre. Desenrosqué la tapa y saqué un poco del bálsamo con los dedos; hice una mueca de dolor al frotarlo sobre las llagas ardientes.

Cirian y sus hombres me habían tomado desprevenido en Fortuna, pero en uno o dos días estaría listo para salir de aquí luchando. Bueno, eso si no me mataban antes de sanar.

Mi mano topó con la cicatriz que me unía a Kiara. Contra cualquier posibilidad, seguía buscándola en la oscuridad como un barco perdido que busca un faro que lo guíe a casa. La magia nos había salvado a ambos y no sería fácil desestimarla.

CAPÍTULO NUEVE

Kiara

No se sabe mucho acerca de Zorro, pero su capacidad para robar los objetos raros se ha vuelto legendaria. Una vez se coló en el palacio mismo y le robó al rey los textos que atesoraba, todos supuestamente tomos antiguos con hechizos y secretos pertenecientes a los dioses. Se rumora que Zorro tenía en su poder más conocimiento que cualquier mortal en el reino.

FRAGMENTO DE *TRADICIONES DE ASIDIA:*
LEYENDAS Y MITOS DEL REINO

—Me dicen que están buscándome.

Zorro subió las botas sobre su escritorio de caoba y cruzó sus delgados brazos. Era de estatura pequeña y supuse que una ráfaga de viento podría tirarla de espaldas. Cambié de posición en mi asiento, con Jake a mi lado en una silla de cuero igual a la mía.

El estudio se parecía más a un museo lleno de chucherías, estatuas y obras de arte que creaban un espacio ecléctico y extrañamente acogedor que contradecía los rumores acerca de la ladrona despiadada.

De hecho, apenas podía creer que la mujer que tenía enfrente fuera la afamada malhechora de la que se expresó con tanta admiración el músico. Si no fuera por todos los guardaespaldas fornidos en el pasillo, habría imaginado que se trataba de un error.

—¿Entonces? —insistió la mujer con un rostro pétreo—. ¿Vinieron a quedárseme viendo embobados o solo a hacerme perder el tiempo?

Apreté los dientes y me tragué la tentación de recurrir a la violencia. Tenía que esperar hasta obtener las respuestas que había venido a buscar; una verdadera lástima.

—Jude Maddox —dije, y su nombre hizo eco en el estudio. Uno de sus ojos se crispó y apretó la mandíbula con fuerza antes de enderezarse. Reconocía el nombre.

Se me aceleró el pulso mientras la observaba con renovado interés.

—Vino a verla.

—¿Alguna vez te han dicho que tienes que trabajar en tus modales? —me preguntó inclinando la cabeza. El cabello negro que le llegaba hasta la quijada se sacudió, con su borde cortado en una línea filosa como una navaja. Todos sus rasgos eran así: afilados y severos, como si hubiera tenido una vida carente de paz. Solo sus ojos cafés resplandecían con chispas doradas, sus iris eran cálidos y seductores.

—Incontables veces, aunque estoy segura de que no está en posición de darme lecciones —respondí, dirigiendo una mueca hacia al bruto que nos acompañaba y que había ejercido una violencia excesiva cuando nos condujo a su oficina. Nos miraba desde una esquina de la habitación, con las fosas nasales dilatadas y reclinado contra una mesa auxiliar llena de papeles sueltos.

—¿Quieres que los escolte «amablemente» fuera de aquí? —preguntó el hombre sin disimular su mirada amenazadora.

—Déjanos, Finn.

—Pero…

—Déjanos —repitió y sacudió la mano con indiferencia.

El descomunal guardia murmuró entre dientes algo que sonaba como «deberías haber escuchado al chico».

Cuando cerró la puerta con mayor fuerza de la necesaria, se sacudieron los libreros polvosos que rodeaban la habitación.

—No le hagan caso a Finn —dijo con un suspiro exagerado—. Lo que pasa es que es demasiado sobreprotector. Como tu perro guardián. —Su mirada se desvió un instante hacia Jake y este gruñó, lo cual no ayudaba a desmentir su afirmación—. Lo menos que podemos hacer es hablar como adultos civilizados. Me gusta ir al grano. No hay necesidad de que anden preguntándole a mis clientes acerca de mí, aunque me halaga.

—No es halago —rebatí—. Usted reconoció el nombre. Lo vi en su cara. —Toda su postura cambió cuando mencioné a Jude. Había tenido razón acerca de la caja de cerillos después de todo.

Su máscara de tranquilidad desapareció y fue reemplazada por algo siniestro. Bajó las piernas del escritorio y se inclinó hacia el frente, golpeando las palmas contra la madera.

—¿Qué carajos quieres con Jude Maddox?

—¿Qué quería Jude con usted? —le devolví la pregunta al tiempo que examinaba el contenido del escritorio con el rabillo del ojo. Mientras Zorro estaba que echaba humo, pude notar una daga envainada proveniente de las montañas de Rine, un mapa desgastado de Sciona y… una brújula de plata increíblemente parecida a la que Jude había usado en la Niebla.

—Es una bonita baratija —comentó secamente. Levanté la cabeza y descubrí que su mirada estaba fija en el objeto en cuestión—. Le podría sacar unas cuantas monedas de cobre.

—Entonces, ¿por qué Jude Maddox se lo dio a usted?

Zorro se enderezó en su asiento y vi la mano de Jake posarse en su daga.

—Te lo preguntaré otra vez y será la última —comenzó, su tono era cada vez más semejante a un susurro—. ¿De dónde conoces a Jude? Dime la verdad, si fueras tan amable..., Kiara.

Conocía mi nombre y probablemente también el de Jake. Si en realidad era una infame criminal, sería lo bastante inteligente como para tener espías en todas partes de la ciudad vigilando a los recién llegados.

La observé y nuestras miradas lucharon por obtener el dominio una de la otra. Tenía la capacidad de incomodarme y a la vez atizar las llamas de mi temperamento. Los dioses sabían que no debería hacerlo, menos después de que incendié esos contenedores con solo tocarlos.

—Yo... Jude es... —¿Qué? ¿Mi comandante? ¿Mi amigo? Sí, ambas eran ciertas y, sin embargo...— Es importante para mí.

Las palabras flotaron pesadamente en el aire, sofocándome hasta mucho después de que salieran de mis labios. La magia de Raina nos había unido..., sin embargo, en el instante en que vi su ardiente mirada y solo un indicio de mi propio fuego se reflejó en sus ojos, se estableció un tipo diferente de hechizo que no tenía nada que ver con la diosa.

Zorro me observó con una mirada intensa, tan quieta que no estaba segura de si estaba respirando.

Pasaron unos instantes antes de que asintiera, satisfecha con lo que fuera que hubiera visto en mi rostro.

—Jude vino a buscar ayuda —dijo en voz baja—. Por información, para ser más precisa.

—¿Sobre qué? —insistió Jake, quien finalmente quitó la mano de la empuñadura.

Zorro lo miró y arrugó la nariz. Al instante, Jake se enderezó en el asiento como si lo hubiera reprendido un superior. Reprimí una sonrisa.

—Eso no importa. Le dije que no lo ayudaría. Aunque los textos antiguos de Cirian que estaba buscando podrían o no estar en mi poder, no le servirían de nada. Habría sido inútil decirle que los libros solo apuntan a un lugar específico y que entrar en dicho lugar sin que lo atrapen, o lo maten, requeriría de mis servicios expertos, los cuales no puedo proporcionarle.

¿Textos antiguos? ¿Qué podría necesitar con…?

Ah. La única explicación factible era que el comandante pensaba que las respuestas que necesitábamos estaban en algún libro viejo y polvoriento. Y el lugar del que habló la ladrona… tenía que ser el templo del dios de la luna, ¿cierto?

—¿Por qué rechazó su petición? —pregunté.

—No tenía bastante dinero —respondió simplemente—. No puedo poner en peligro a mis hombres sin ninguna ganancia. Rompe con todas las normas que guían mi vida

Una ladrona con normas. Aun así, su excusa no me convencía. Estaba blofeando, haciendo su mejor esfuerzo aparentar que no le afectaba.

Eso, justo allí, era una señal de advertencia.

—Está mintiendo. —La acusación brotó de mis labios de manera precipitada. Estaba harta de los jueguitos; agotada de los obstáculos que me impedían llegar a la verdad de mi vida y Jude se había convertido en una gran parte de ella.

En un instante, metió la mano en el bolsillo de su chaqueta y sacó una daga cuya punta clavó en la madera pulida. El mango se quedó temblando y el tañido del metal resonó en el aire.

—Nunca me acuses de mentir, a menos de que quieras perder la lengua.

Su amenaza aceleró mi pulso y mi magia respondió; la necesidad de arremeter en su contra estaba latente en mi pecho. Un violento escalofrío como agujas clavándose en mi piel me recorrió los brazos hasta llegar a mis manos enguantadas. Bajé los ojos sintiendo que la frustración literalmente me brotaba por los poros…

Unos hilillos grises salieron enroscados, dejando apenas un rastro de humo a su paso. Maldije en silencio y guardé las manos en mi regazo fuera de su vista.

Si no me calmaba, Zorro me mataría justo ahora. Exhalé con lentitud y traté de controlar mis emociones, pensar en cosas alegres como lanzar espadas con Micah —o, más bien, con Arlo—. La neblina rojiza que cubría mi vista se apaciguó y, afortunadamente, el pequeño rastro de sombras regresó a mis adentros, aunque a regañadientes.

Audacia. Necesitaba tranquilizarme y ser audaz para jugar su juego. Para provocarla.

Alcancé la daga que astillaba su escritorio y jugueteé con el mango, agradecida de que mis manos no temblaran.

Sin levantar la vista de la daga, dije:

—Jude fue capturado. Los hombres del rey se lo llevaron esta mañana y temo lo que le harán si esperamos más tiempo. Usted tiene algo que ver con él y apuesto que no le gusta la idea de que esté cautivo.

Levanté la barbilla y me encontré con los ojos de Zorro que lanzaban fuego. Todo el juego de apariencias desapareció y su furia se volvió palpable. Esa ira resonaba con mi poder y me hablaba de un modo que era muy familiar.

—¿Lo capturaron? —preguntó en voz tan baja que apenas pude entender las palabras. Mostró su juego y ambas lo sabíamos: Jude era la clave.

—Es probable que lo estén torturando en este preciso momento. —Esta vez rechiné los dientes, tratando de mantener una voz tranquila. Pensar en él en esa celda me turbaba. Cada vez que parpadeaba, lo veía allí, acostado en posición fetal sobre el suelo de piedra y cubierto de sangre.

Al otro lado del escritorio, Zorro se puso pálida, aunque su mirada se volvió más penetrante.

—Es obvio que él también le importa o no estaría tan consternada —musitó Jake, verbalizando mis pensamientos—. Casi está zumbando de rabia. —Se asomó hacia la puerta y volteó de nuevo hacia la mujer—. Estamos solos. No necesita fingir sin su matón a sueldo aquí.

Zorro sacudió la cabeza y sus labios se adelgazaron hasta formar una línea recta.

—Tenemos que salvar a Jude antes de que el rey lo mate. —Me levanté y apreté los puños—. Solo está vivo porque quieren sacarme de mi escondite. Aunque preferiría no caer en esa trampa, eso no significa que me vaya a quedar aquí y permitir que muera. —Si la ladrona no quería ayudarnos, estábamos perdiendo el tiempo aquí.

—No sabes cómo sacar a alguien de una celda, recluta. Apuesto que te atraparían en cinco minutos.

—Entonces, ayúdenos —repliqué.

Apretó los dientes, pero no desvió la mirada.

—Si logramos sacarlo, querrá ir al templo.

—Mira nada más, Jake. Sabe del templo —alardeé fijando la mirada en Zorro. Jake se incorporó y me siguió la corriente.

—Eso parece, Ki.

—¿Entonces? —le hice un ademán a Zorro para que continuara.

—No es cualquier templo. Es donde muchos cazadores de tesoros han encontrado su final. Trampas, seres bestiales y todo tipo de cosas te esperan allí. —Volteó hacia su librero, una fila de libros empastados en cuero, algunos cubiertos de polvo, descansaban en él—. Solo los inteligentes han intentado encontrar el talismán. —Su mirada hacia mí estaba cargada de significado. Zorro sabía del talismán, lo que quería decir que Jude tuvo razón en buscarla—. Y sus huesos descansarán para siempre bajo tierra.

Bueno, Maliah no nos dijo eso.

—Le estamos pidiendo que ayude a Jude, no que irrumpa en el templo. Eso depende de usted —añadí con cautela.

—No podrían encontrar la verdadera entrada aunque lo intentaran. He estudiado ese maldito lugar durante años.

—¿Entonces no lo hará? —arqueé una ceja—. ¿Ayudar a Jude ni ayudarnos a entrar al templo?

En algún punto de la conversación nos habíamos acercado una a la otra de manera inadvertida. Ella, del otro lado del escritorio, se inclinó al frente y yo imité sus acciones.

—Los dioses son demonios —espetó—. Igual que el maldito rey. —Se frotó la frente—. Si Jude está… vivo, entonces…

—¿Entonces? —insistí, sabiendo que la tenía en mis manos. Zorro respiraba con dificultad y el sudor corría por su frente.

Ante su renuencia, las volutas de mis sombras cruzaron sobre la madera, deslizándose hacia la ladrona. Ella las vio moverse y sus labios se separaron cuando las sombras rodearon sus muñecas y empezaron a juguetear con las yemas de sus dedos. Se estremeció, pero no las retiró.

En todo caso, suavizaron su irritable exterior. No hice ningún esfuerzo por retirarlas.

—Ya veo —dijo tranquila y sin inmutarse—. Sospeché que eras la misma Kiara de las historias. La que fue atacada por una bestia de las sombras y vivió para contarlo. —Inclinó la cabeza—. Solo que nunca esperé que entraras a mi estudio como si nada. Qué sorpresa tan divertida.

—¿No está asustada? —pregunté; las palabras salieron antes de que pudiera contenerlas. Habían sonado tan débiles que deseé poder devolverlas a mi boca.

Zorro sonrió con sus blancos dientes.

—Por el contrario. He experimentado más de lo divino de lo que uno pensaría. —Fruncí el ceño ante sus palabras crípticas, sorprendida de su apatía. Esperaba una mejor reacción que esa—. Siempre y cuando no uses esa mierda contra mí, no tendré que matarte —añadió sombría.

Mmm. Tal vez podría agradarme.

—En vista de que no tienen ninguna posibilidad por sí solos, les ofreceré mis servicios… por un precio —enunció—. Sin embargo, si él…, si Jude está muerto, se acabó el trato.

—No lo está —respondí obstinada. Lo sabría. No tenía idea cómo, pero mis sombras sentirían su ausencia…; yo la sentiría—. ¿Nos ayudará a recuperar al comandante y nos guiará en el templo? —aclaré, sabiendo ya su respuesta. Resistí el impulso de sonreír.

Zorro apretó los puños antes de bajarlos a sus costados, ocultándolos.

—Siempre y cuando pueda reclamar cualquier tesoro que encontremos. Después de todo, necesito pagarles a mis hombres. En vista de que el chico se dejó capturar, me veo forzada a actuar.

Hacía su máximo esfuerzo por no parecer afectada por él, pero no podía engañarme; reconocía esa mirada en el espejo. Le sostuve de nuevo la mirada, fingiendo que lo estaba considerando.

—Hecho —afirmé—. Puede quedarse con todo, excepto por el talismán, porque lo necesitamos.

—Regresen mañana al atardecer —dijo la ladrona con toda su atención puesta en mí—. No hagan que lo lamente.

Esa noche no pude dormir.

Jake roncaba ruidosamente a mi lado; ambos compartíamos la única cama que ofrecía la posada. Además de los ronquidos, se movía en sueños.

Estaba a punto de ceder a la tentación de darle un codazo en las costillas cuando mi cicatriz empezó a darme unas punzadas desagradables. Me sobresalté en la cama cuando las náuseas me revolvieron el estómago y la habitación tenuemente iluminada se puso borrosa. Me deslicé para salir de la cama, tambaleándome al momento en que los muros de piedra y las cadenas oxidadas pasaron frente a mis ojos por un instante.

Con cada segundo, la escena frente a mí se transformaba: de la celda a la sucia habitación de la posada y viceversa.

Me sentía entre dos mundos, atrapada en un lugar que no era ni aquí ni allá. A la deriva sin una balsa salvavidas. El temor se deslizó como una serpiente por mis venas y un sudor frío recorrió mi espalda.

No recordaba haberme llevado la mano al pecho, pero mis dedos enguantados estaban posados sobre la cicatriz. La herida latía bajo mi mano.

«Jude».

La última vez que tuve una visión suya no fue ni de cerca tan intensa, pero reconocí que el vínculo que nos unía se tensaba; exigía que lo encontrara.

Quise gritar, pero las palabras no brotaron de mis labios. Los ronquidos de Jake fueron reemplazados por el rugido de la sangre en mis oídos a medida que me tambaleaba hacia la puerta para buscar el aire fresco que necesitaba.

Un millar de agujas me picoteaban las manos al abrir la puerta y deslizarme por el pasillo más allá del área de recepción, que estaba vacía. Sentí que flotaba por las escaleras hasta que me encontré con una calle lateral estrecha.

Apenas había gente deambulando por allí, aunque, incluso si hubiera más, dudo que habrían acudido en mi ayuda si me vieran tambalearme por la avenida, tratando de respirar mientras mis pulmones se cerraban.

Mi situación empeoraba y no podía ver lo suficiente como para encontrar la forma de regresar a mi cuarto.

Mis manos buscaron la solidez de una pared cercana y mis dedos corrieron sobre los ásperos ladrillos hasta que una rendija se abrió entre edificios. Era un espacio estrecho, apenas lo bastante grande para pasar por él.

Oculta y a salvo, pegué la espalda contra el muro antes de caer de rodillas. El polvo que levanté al caer flotó hasta mi nariz.

Jadeando, volteé a ver mis brazos y noté que parecían difuminados. Ahora podía ver el calabozo con más claridad que el callejón, pero las sombras rodeaban todo mi cuerpo, llegando hasta mi cara, y hacían mi visión del mundo borrosa. Puede que haya soltado un grito, pero los oídos empezaron a zumbarme y las manchas negras, que antes habían amenazado con aparecer, se volvieron más grandes en ese momento. Todo ese tiempo mi cicatriz no dejó de palpitar.

Mi magia, atraída por Jude, me llevaba todavía más lejos de Fortuna. Cedí con facilidad mientras un delicioso hormigueo corría de un lado a otro de mis brazos, mis piernas, mi torso. Era una sensación de caída libre y el estómago se me subió hasta el pecho. De pronto, todo se quedó quieto.

Abrí los ojos y Fortuna había desaparecido; el callejón no era más que un recuerdo. Ahora estaba de pie en la misma prisión donde vi a Jude la primera vez, pero en esta ocasión mi comandante flotaba ante mí, encadenado a la pared y con la espalda desnuda. Un líquido rojo goteaba libremente de las heridas abiertas y su tatuaje estaba completamente destruido, dejando solo algunos rastros visibles de la tinta negra.

Por un segundo me quedé demasiado atónita como para reaccionar, moverme o hacer gran cosa. Tenía que ser una pesadilla, un sueño enfermizo y retorcido.

Un látigo partió el aire y le abrió la espalda a Jude, provocando que la sangre se derramara. Jude gritó y ese alarido fue mi perdición.

—Todo esto se acabará si hablas —le prometió el hosco guardia que sostenía el látigo. Se frotó la frente bañada en sudor, resoplando de frustración—. Solo dime lo que quiero y libérate del dolor.

Jude no respondió.

Sentí que un fuego me quemaba por dentro y, por primera vez, sabía si se trataba de la magia o simplemente de mi propia furia. Apreté los puños y avancé un paso, lo cual me devolvió la sensación al cuerpo.

Quería lanzarme hacia Jude, proteger su cuerpo con el mío para borrar de mi memoria ese grito perturbador que había lanzado. Sin embargo, no estaba completamente en control y cada uno de mis pasos se topaba con resistencia.

No me importaba. Nada me podría detener. Ninguna magia extraterrenal ni de alguno de los reinos intermedios.

No entendía cómo funcionaba nada de esto, pero verlo torturado volvía trivial lo imposible. Estaba entrando en contacto con él.

El guardia no se percató de mi presencia, nadie se me lanzó encima ni se escucharon gritos. Era invisible y lo odiaba, pues estaba deseosa de poner mis manos en la garganta de aquel fornido guardia y hacer que me viera a los ojos mientras lo ahorcaba hasta que en los suyos se apagara el último rescoldo de vida. Solo Jude impidió que me le fuera encima.

El olor metálico pesaba en el aire. Estaba a unos treinta centímetros de distancia, lo bastante cerca como para ver la sangre líquida brotando como ríos desde sus heridas. Estiré las manos de manera tentativa, pero empezaron a sacudirse. Todo se sacudía.

El látigo chasqueó antes de azotar a través de mi cuerpo, haciendo que mis sombras se deslizaran como las ondas del agua. Invisible e incorpórea, era un fantasma que no podía hacer más que mirar ese horror.

A pesar de eso, extendí la mano hacia la mejilla de Jude con la necesidad de tocarlo, mi único pensamiento era protegerlo.

Cuando estaba a unos centímetros de su rostro pálido, me topé con un horrible muro de resistencia, llenando de desesperación mi cuerpo, una sensación salvaje y desenfrenada.

Arremetí contra la barrera de aire compacto, las lágrimas se agolpaban en mis ojos con cada golpe en vano. Después de mi inútil combate, lo que quedaba de mi armadura se desmoronó y la realidad se impuso para devorarme. La furia se transformó en tristeza y esa pena consumió todo lo que era y había sido alguna vez. Bajé los brazos, apenas capaz de mantenerme en pie.

—Jude —dije con voz ronca, mientras que las lágrimas me quemaban las mejillas. Sin la voluntad de controlarlas, una a una se derramaban en silencio por mis mejillas hasta mis labios—. Aquí estoy, Jude. Por favor, mírame.

Mi voz era la única arma que poseía y odiaba lo débil que eso me hacía sentir. Esta vez no podía usar mis puños o una daga… solo a mí, y a veces no sentía que fuera ni de cerca lo bastante buena. Sin embargo, mientras más observaba con detenimiento a Jude, enfocándome en sus espantosas heridas, más clara se volvía la celda y más me pesaba la sensación en las extremidades. Empecé a sentir como si en verdad estuviera allí, en esa celda y, a pesar de ello, nadie escuchaba mis gritos, hasta que…

—¿Kiara? —murmuró, su voz era apenas un poco más fuerte que un suspiro. Parpadeó para quitarse el sudor que goteaba de su frente hacia sus ojos, parecía que estaba a punto de perder la conciencia—. Regresaste.

El guardia detuvo su ataque, pero un segundo después volvió a azotarlo. Grité mientras que Jude permanecía en silencio. Mi alarido de rabia me estremeció hasta los huesos y pareció sacudir hasta las mismas paredes de la celda.

Sentí que me subía la bilis, amenazando con derramarse, y me quemé la garganta cuando la tragué. Sus heridas eran demasiado y su martirio más que evidente. Desvié la vista de su espalda como una cobarde.

—Jude, escucha mi voz —le rogué sin poder controlar las lágrimas, sabiendo que no podía hacer nada. Qué inútil me sentí. Qué despreciable. No me importaba haber llorado. Las lágrimas no eran más que trozos de nuestras almas que escapaban y sollocé como si mi propia espalda estuviera recibiendo los azotes, como si mi piel estuviera siendo destrozada.

En cierto sentido, mirar la tortura era peor.

—Aquí estoy. Estoy a tu lado. Voy a rescatarte.

Las sombras se enroscaron en las yemas de mis dedos cuando otro azote implacable chocó contra su piel. Mis sombras resplandecieron con una feroz luz plateada antes de chisporrotear, recordándome un rayo durante una tormenta. Mi dolor se volvió más intenso y mi voluntad de luchar contra lo imposible brotó como una yerba mala entre las piedras.

Toda su vida, la gente lo había abandonado, pero yo nunca lo haría.

—¿Jude? —exclamé sollozando y ahogándome al mismo tiempo—. ¿Me escuchas?

Su cuerpo se estremeció como si lo hubiera acariciado.

—Te extraño —murmuró con la cabeza caída entre los hombros. Ni siquiera podía levantarla y mirarme a los ojos—. Nunca creí que pudiera extrañar a alguien; hace que todo esto sea mucho peor.

El corazón se me partió en dos. Me sentía exactamente igual y tenía razón, eso hacía que todo esto fuera mucho peor, mucho más difícil.

—No te atrevas a darte por vencido —le grité, deseando poder tomarlo de la barbilla y forzarlo a levantar la cabeza—. Porque cuando te salve el pellejo y termine de quemar vivo a todo aquel que se atrevió a lastimarte, vas a dejar que finalmente cuide de ti. Nunca he conocido a un hombre tan necio como tú.

No podía respirar por la fuerza con la que las lágrimas escapaban de mis ojos.

—Jude, yo… Lo que siento por ti… Ver esto me está matando. —De verdad, me dolían partes de mí misma cuya existencia no conocía y sentía un enorme hueco que me carcomía por dentro, dejando un vacío que consumía hambriento todo pensamiento racional. Nunca sentí algo parecido; sentirme tan hueca, tan vacía al grado de que era doloroso.

Jude gimió al levantar la cabeza e inclinó su barbilla. Pude ver su ojo derecho, que ya no poseía la misma calidez que había llegado a conocer. Ver eso provocó que un ardiente fuego recorriera toda mi espina dorsal.

—Kiara, es posible que esté alucinando y no me importa. Solo necesito que sepas… —Tosió y escupió saliva cuando una sacudida agitó todo su cuerpo. Yo bufé entre dientes y apreté los puños con fuerza. Jude continuó, con una voz que no era más que un suspiro—: sé que no te gustan los discursos emocionales, pero si muero, necesito decirte esto.

«Con una mierda».

—No te vas a morir…

—Creo que empecé a enamorarme de ti en cuanto te puse los ojos encima cuando estábamos en Cila, y creo que me enamoré por completo cuando besaste mis cicatrices en aquel valle y me dejarse ver todo de ti. Vi una mujer que luchó contra la muerte y se levantó de las cenizas. V-vi... Te vi tan claramente como tú me viste a mí, y p-por primera vez, mi reflejo no me provocó miedo.

Aquel día en que besé sus cicatrices y él besó las mías me derrumbé, hundiéndome hasta un punto sin retorno. Por todos los dioses, no quería irme jamás de allí. Ese fue el momento en que Jude comenzó a sentirse como mi hogar.

Pero mi hogar estaba siendo destrozado lentamente, pieza por pieza.

—No te a-atrevas —tartamudeé, ahogada en lágrimas—. No me vas a dar un discurso de despedida. No te lo voy a permitir. —Jude hizo un ruido de protesta, pero yo lo corté en seco—: no, no voy a detenerme hasta que estés peleando a mi lado. Íntegro y *mío* —le juré y el dorado de su ojo café lanzó una llamarada. Entonces le dije lo que había sentido desde hacía algún tiempo, palabras que me habrían dado miedo antes, pero que ahora salían con facilidad—. Yo también me estoy enamorando, Jude Maddox.

En el instante en que esa confesión dejó mis labios, la penumbra gris que enturbiaba mi visión despareció.

La sorpresa me hizo retroceder dando traspiés y Jude se torció, obligándome a mirar los macabros latigazos que mancillaban su espalda.

La luz se filtró por la ventana alta de la celda, desde donde los rayos dorados se proyectaron sobre el sucio empedrado y danzaron sobre la piel brutalmente maltratada de Jude. Fue como si alguien hubiera encendido mil antorchas y las hubiera sostenido en alto, envolviendo al mundo en una brillante claridad dorada.

No podía ser... Tenía que estar alucinando, porque esa luz... Solo podía haber una explicación. Me quedé sin aliento al igual que el guardia, que dejó caer el látigo y soltó un agudo grito de alarma. Su boca se abrió de manera cómica y su mirada se posó en mí por vez primera. Parpadeó y se frotó los ojos con violencia.

Lo ignoré y me enfoqué en la luz, que era suave, aunque tabién resplandeciente. Me recordó más al gentil brillo del valle, pero su presencia tenía un enorme peso y solo se fortalecía...

—¡Jude, mira! —Apunté hacia la ventana, que apenas tenía unos treinta centímetros de altura.

Me lancé hacia él, a punto de obligarlo a levantar la cabeza, cuando recordé que no podía tocarlo en este lugar imposible. Algo seguía impidiéndomelo; una pared que aún tenía que derribar.

El comandante gimió y cerró los ojos. El líquido carmesí goteaba de su espalda y salpicaba las piedras. Cada una de sus inhalaciones era más irregular que la anterior.

—¡Despierta! —le exigí al borde del delirio, temblando tanto que mis dientes chocaban—. Jude, por favor. —Tenía que verlo, tenía que percatarse de la luz que brillaba claramente sobre la celda. Tenía que recibir este pequeño gramo de esperanza. En algún lugar, apenas afuera de esa celda, estaba ocurriendo un cambio en todo el reino. No todo estaba perdido.

Pero Jude solo susurró mi nombre una vez más antes de cerrar los ojos por completo.

—¡No! —clamé—. No me dejes. Por favor. No te atrevas a...

No se movió y vi que su pecho estaba dolorosamente quieto.

No podía estar muerto. Solo se había desmayado. Despertaría y yo lo encontraría, y entonces salvaríamos nuestro reino. Y entonces..., entonces quién sabe qué podría suceder. Sin importar lo que fuera, lo imaginaba a mi lado. Él viviría. No, ambos lo haríamos.

Porque, con un demonio, nos lo habíamos ganado.

Seguía diciendo su nombre entre lágrimas cuando fui expulsada de mi visión, arrancada de Jude y de la celda donde ambos acabábamos de abrir nuestros corazones.

Una colección de gritos de alarma me perforó los oídos al mismo tiempo. Cuando abrí los ojos, ya no estaba en esa celda, ya no estaba con Jude. Tenía la cara cubierta de humedad por la abundancia de lágrimas que manchaban mi piel. Seguían brotando, lo cual me dificultaba la vista y nublaba el sórdido callejón de Fortuna.

Estaba de regreso.

La gente gritaba alarmada, pero pude distinguir el sonido del nombre de Raina. Me sequé las lágrimas con la mano y me puse de pie, tambaleándome hacia la avenida, atraída por los gritos.

Unas cuantas personas estaban de rodillas con las cabezas levantadas hacia el cielo, que estaba oscuro y sin rastros de la luz que vimos, pero aún así maldecían, rezaban y murmuraban el nombre de Raina como si fuera una oración.

—¡Ella vino! —murmuró una mujer que se levantó del piso—. ¡Está regresando!

Me aferré al manto del hombre más cercano y lo jalé hacia mi lado.

—¿Qué pasó? —pregunté con voz ronca y con las lágrimas que se secaban en mis ardientes mejillas. El agotamiento hizo que perdiera el equilibrio.

El hombre de piel curtida del doble de mi estatura parecía alguien que probablemente rompería en dos a cualquiera con un giro de su muñeca y, sin embargo, al voltear hacia mí, sus ojos brillaban como los de un niño.

—Luz —murmuró—. Solo por un momento hubo luz.

CAPÍTULO DIEZ

Jude

Se dice que Lorian y Maliah nunca se han llevado bien. Los rumores dicen que son demasiado parecidos. Ambos tienen firmes convicciones, aunque, con frecuencia, Maliah ha llevado sus desafíos más allá de lo que es justo.

FRAGMENTO DE *TRADICIONES DE ASIDIA: LEYENDAS Y MITOS DEL REINO*

—Santos dioses, lo lograste.

Desperté con una suave voz femenina susurrándome al oído. Podría haber jurado que algo húmedo y abrasivo me lamió la espalda, pero estaba demasiado exhausto como para lograr la simple proeza de abrir los ojos.

—Despierta, antes de que ese soso guardia regrese. Odiaría mancharme las manos con su muerte. —Se hizo una pausa—. Bueno, de hecho puede que se lo merezca; tómate tu tiempo.

Cada uno de mis músculos estaba tenso. La voz sonaba real, no como el etéreo sonido de la voz de Kiara cuando venía a mí en un sueño o alucinación. La última vez que me visitó, encontrándome en la retorcida red de mi propia mente, me dijo que se estaba enamorando de mí…

Yo era demasiado pesimista como para creer que fuera real.

—Despierta —me exigió de nuevo la voz ya impaciente.

Obligué a mis ojos a abrirse, aunque la habitación estaba borrosa mientras buscaba a la recién llegada.

—¿Q-quién eres?

Las cadenas que me aprisionaban tintinearon al chocar entre sí a la vez que un cerrojo se abría. La gravedad era mi enemigo más reciente y caí al piso hecho un ovillo, sintiendo que el dolor atravesaba como un cuchillo todo mi cuerpo.

Me asomé a ver a mi supuesta salvadora, parpadeando para eliminar las manchas negras que oscurecían mi visión.

—Hola, comandante. —Una mujer de no más de metro y medio de estatura agitó la mano. Estaba completamente vestida de cuero, cuchillos y armas adicionales decoraban su grueso cinturón.

—¿Quién eres? —repetí, esforzándome para ponerme de pie. Eché los hombros hacia atrás e hice una mueca; mi espalda era un desastre de agonía y heridas reabiertas. Nunca había visto a esa mujer en toda mi vida.

Si ahora decidiera pelear conmigo, era probable que ganara. Simplemente no me sentía con fuerzas para defenderme. La falta de alimento y agua le causan eso a una persona.

Parpadeé y bajé la mirada a… mis muñecas. Los grilletes que ataban mi poder yacían en el suelo con marcas de dedos, como si el metal hubiera sido arrancado por manos hechas de fuego.

Ella me liberó.

Como si lo hubiera convocado, el calor se agitó en mi pecho y sentí que mi magia emergía a la superficie ahora que ya no tenía puestos los grilletes. Me sentí íntegro de nuevo; la estabilizadora presencia de mi poder pareció abrazar con afecto todo mi interior.

La mujer sonrió de una manera retorcida que insinuaba malicia y engaño.

—Te diré quién soy cuando estés a salvo fuera de estos muros. El tiempo es oro, comandante. Ah, y de nada —añadió, dirigiendo su mirada a los grilletes—. Esos desgraciados no fueron fáciles de quitar.

—¿Por qué confiaría…?

Un movimiento atrajo mi mirada y, por instinto, estiré mi mano hacia la empuñadura de mi daga inexistente. Me quedé sin aliento cuando un maldito jaguar salió sigilosamente de la oscura esquina de la habitación, con su pelaje suave y moteado que brillaba bajo la luz titilante del fuego solar.

—¿Eso es un…?

—Sí, lo es —respondió con actitud aburrida—. Estoy segura de que es una verdadera sorpresa, pero apúrate y controla tu emoción. Puedes acariciarlo cuando salgamos de aquí.

No tocaría a esa cosa ni una vez en mil vidas. Nunca había visto uno de carne y hueso; solo había escuchado las leyendas de lo agudos que eran sus colmillos y la facilidad con la que sus garras podían atravesar los huesos.

De pronto, la presencia de la mujer me pareció menos una bendición.

—Bueno, vamos —insistió y me dio la espalda como si estuviera esperando a que la siguiera.

Dudé un momento. Cabía la posibilidad de que su intención no fuera ayudarme, pero también era cierto que me había quitado las esposas. No podía desperdiciar esta oportunidad, y si quería traicionarme más tarde, no le gustaría mi reacción.

Sentí que la cicatriz debajo del corazón me punzaba mientras seguía a la mujer y al depredador que la acompañaba. Mi cuerpo zumbaba con el poder divino que se volvía cada vez más fuerte, incluso mientras mis heridas se abrían a cada paso que daba.

Esta magia era un ser sintiente. Requería de aire para respirar, igual que yo, y ahora que no tenía los grilletes, parecía que estaba hiperventilando.

—¡Apresúrate! —susurró furiosa la mujer. Abrió la puerta de la celda, que no tenía cerrojo, y las bisagras rechinaron en señal de protesta. Hice una mueca, esperando que llegaran los guardias, pero nadie llegó.

Atravesó la puerta con paso firme y me hizo señas para que la siguiera por un pasillo iluminado por antorchas que daba a una escalera circular.

Ahora no era el momento de dudar. Si llegaban los guardias, estaríamos atrapados en la escalera y mi posibilidad de encontrar a Kiara y advertirle se habría perdido. Me apuré a subir los escalones.

En la parte superior había una puerta que, como aquella que llevaba al calabozo, no estaba cerrada.

—¿Qué hiciste con todos los guardias? —le pregunté entre dientes.

—No los maté, si eso es lo que estás preguntando, aunque no es algo que dabería importarte. —Los escasos fuegos solares lanzaban macabras ojeras bajo sus ojos entrecerrados.

«Primero sal y luego la interrogas», me recordé. Además, ella tenía razón. No me importaban mucho los guardias que se habían turnado para azotarme.

Nos deslizamos por el corredor, manteniéndonos pegados al muro para evitar los fuegos solares más brillantes.

Todas estas fortalezas eran iguales: frías y construidas con piedra opaca. Pertenecían a los generales que el rey favorecía, hombres que habían ascendido gracias a que habían demostrado su lealtad inquebrantable. Había visitado a unas cuantas en la época en la que trabajé para el rey, a menudo cuando tenía la tarea de transmitir una amenaza.

Colgada de la pared había una sola bandera azul decorada con un alaestrella color ocre. El emblema pertenecía al general Devonshire, un hombre que actualmente se encontraba explorando los pantanos del sur en busca de rebeldes; eso significaba que la seguridad no sería tan rigurosa, dado que muchos de sus hombres lo habían acompañado.

Según lo que podía ver, estábamos en el área de la servidumbre. A juzgar por el traqueteo de ollas y sartenes que provenía de un pasillo serpenteante, era la hora de cenar. Esos corredores deberían estar casi vacíos, así que el momento era perfecto.

—Por allí —ordenó la mujer y señaló a una puerta azul descascarada.

La habían dejado entreabierta y el aire helado me golpeó la piel desnuda. Con una última mirada a mi heroína inesperada, asomé la cabeza por el resquicio y de inmediato lancé una maldición.

Un soldado se paseaba frente a los bosques y de su capucha asomaban unas hebras de cabello castaño. Era Harlow.

—Hay alguien allí —dije entre dientes.

—¿Y? Mátalo, no le veo el problema. —La mujer se encogió de hombros—. Lleva los colores del rey. Por lo tanto se puso como objetivo. En realidad es *su* culpa.

Estaba en conflicto entre lanzarme contra el teniente o salvarle la vida. No podía discernir por qué me sentía tan misericordioso, pero esa duda fue respuesta suficiente. No quería matarlo. Por lo menos, no hoy.

—Lo conozco —dije entre dientes, ya que no iba a discutir con esa mujer los aspectos morales de matar a un hermano, aunque fuera un traidor. Ya había matado a suficientes de mis hombres como para nunca tener el deseo de ponerles una mano encima de nuevo, sin importar si nos encontrábamos en lados opuestos.

Antes de poder decir otra palabra, la mujer pateó la puerta con el talón de la bota y su mascota se arrojó hacia la noche. Luché por detenerla, aferrándome a su brazo, pero se movió con demasiada velocidad y se escabulló de mis manos como si estuviera hecha de humo.

—Espera —le grité, pero ya había sacado una de las dagas que llevaba en el cinto, con una sonrisa cruel en los labios al acercarse a la espalda de Harlow.

Él me había dejado en aquel calabozos, casi muerto. No debería sentirme mal de su muerte inminente y, sin embargo...

Corrí detrás de ella y esta vez, cuando intenté agarrarla, mis manos sí hicieron contacto. Mis dedos se enroscaron en su muñeca y la mujer gruñó, soltando el cuchillo. Se tambaleó y se apretó la mano. Su muñeca estaba rodeada por una quemadura de aspecto doloroso.

Retrocedí. «¿Yo hice eso?».

Su grito alertó a Harlow, que volteó súbitamente de donde había estado mirando a la distancia. Considerando la espesura de los árboles negros que rodeaban la fortaleza y las montañas que asomaban entre las hojas, parecía que seguíamos en el norte.

—Maddox —dijo Harlow con un tono que no revelaba nada—. ¿Cómo llegaste aquí? —Sus ojos parpadearon hacia la mujer y su jaguar antes de volver a mirarme—. Necesitas regresar antes de que los otros se den cuenta —me ordenó y con cautela avanzó un paso hacia mí. Lentamente buscó su arma, pero si creía que iba a ponerme de regreso en esa celda, estaba equivocado.

—Lo creas o no, intento ayudarte —argumentó—. Y a Kiara.

—No te atrevas a mencionar su nombre —gruñí.

Harlow levantó las manos en una señal tranquilizadora, lo cual fue irónico en vista de que una de ellas seguía aferrada a su arma.

—Te lo juro, Jude. Debes confiar en mí. El momento oportuno lo es todo. —Se asomó a mirar alrededor y luego suspiró con fuerza—. Estamos a 16 kilómetros de Fortuna...

Sus palabras se vieron interrumpidas por la empuñadura de una espada.

La desconocida avanzó rápidamente hacia él antes de que yo pudiera reaccionar y sacó una espada de su vaina para golpear a Harlow en la sien con la empuñadura. Su cuerpo cayó contra la dura tierra con un golpe sordo. Sorprendido, giré hacia ella.

—¿Qué? —Se encogió de hombros—. Estaba hablando mucho y tenemos que salir de aquí.

—Es probable que nos dejara ir —respondí y luego volteé para asegurarme de que Harlow siguiera vivo. Su pecho subía y bajaba de manera uniforme, por lo que solté una exhalación de alivio. No fue un golpe mortal.

La mujer envainó su arma.

—No tenemos tiempo para cortesías insensatas.

Decidí que no sentía ningún afecto por la mujer. Sin embargo, corrí con ella hacia los árboles, dejando que los bosques negros como la obsidiana nos devoraran.

Al poco tiempo, la usual penumbra bloqueó las luces titilantes de la fortaleza que dejamos atrás y apenas podía ver mis pies que se deslizaban sobre el terreno desigual. Los carrizos me picaban los pies desnudos y las ramas laceraban mi pecho. Estaba medio desnudo y huyendo de prisión, y nunca me había sentido tan carente de control sobre mi vida.

Los ojos me dolían y empezaron a arderme. No obstante, mientras más lejos corríamos, menos me importaba y más brillantes se volvían los bosques, como si mi vista se hubiera adaptado y la luna hubiera duplicado su tamaño.

—¡Casi llegamos!

Su animal rugió mientras corría a mi lado tras los pasos de su dueña. La extraña naturaleza de todo esto finalmente me golpeó y entonces me detuve.

—¿Por qué me estás ayudando? —le grité, obligándola a bajar la marcha. Lanzó un suspiro exagerado antes de voltear y caminar de regreso.

—Porque esta es la primera vez que Cirian no está, dejándome la perfecta oportunidad para colarme. Además, créeme, quiero detener a esa marioneta enmascarada tanto como tú. —Inclinó la cabeza y me dirigió una de sus miradas maliciosas. Cualquiera se atragantaría con solo ver esa mirada.

—Algunos me llaman Maliah —prosiguió, disfrutando en apariencia de la manera en que me quedé con la boca abierta ante tal revelación—. Y ahora me deberás un favor cuando no te estén persiguiendo como presa. —Se alejó sin rumbo fijo hacia atrás y escuché cómo sus botas hacían crujir la espesa maleza—. Cuando llegue el día, espero que cumplas con tu parte. He aprendido que siempre es buena idea hacer amistad con quienes llegan al poder, antes de que eso ocurra.

Una maldita diosa, además de una de las más implacables.

Nunca creí que preferiría que Arlo hubiera aparecido, pero «a caballo regalado…» y todo eso.

—Maliah. Diosa de la venganza y la redención —murmuré por la necesidad de decirlo en voz alta. Existía el rumor de que los dioses y deidades principales como ella solían vagar por la tierra, mezclándose con los humanos, pero eso había sido hace décadas, y después de que Raina desapareció, también lo habían hecho el resto de los seres divinos.

—La única e inigualable —respondió mientras seguía adentrándose hacia el bosque—. Te habría visitado antes, pero tenía enemigos que quitarme de encima. No eres el único al que están dándole cacería.

¿De quién huía? Era muy posible que sus enemigos también fueran los míos.

Maliah volteó hacia arriba, donde una pequeña alaestrella

bajó aleteando hasta posarse en una rama. Refunfuñó y lo espantó con un siseo.

—Pero aquí es donde te dejo. No puedo quedarme mucho tiempo en un mismo sitio.

Tenía tantas preguntas, pero, su lugar, le hice la única que en verdad me importaba.

—Kiara —le grité, obligando a la diosa a detenerse de nuevo. Gruñó como si mi voz le provocara dolor— ¿Sabes si está bien? ¿Has sabido algo de ella?

—La vi —admitió, y el corazón me golpeteó el pecho por el alivio—. Está haciendo su parte, igual que tú.

Estuve tentado a preguntarle si seguía furiosa, incluso si no parecía nada menos que desesperada cuando me visitó en sueños, aunque es probable que eso haya tenido más que ver con el hecho de que estaba cubierto de sangre. No me importaba si seguía enojada porque la dejé, me lo merecía. Sin embargo, valdría la pena enfrentar su ira con tal de verla. Es especial después..., después de lo que dijimos en aquella celda. Nuestro lazo pareció fortalecerse en ese momento y, como si estuviera de acuerdo, mi cicatriz me dio una punzada y una inundación de intenso calor recorrió las cicatrices parecidas a enredaderas que ella me había regalado.

En realidad no había sido un sueño.

—Mis fuentes me informan que está involucrada con Zorro. Están planeando ir primero a Mena antes de ir en tu rescate. —Su sonrisa fue amplia, claramente orgullosa de haber llegado primero—. Podrías interceptarlas si te apuras. Parece ser que fue más hábil que tú convenciendo a tu madre de ayudarle.

¿Kiara estaba con mi madre? Con un demonio, la combinación sería desastrosa.

Maliah agitó la mano como despedida y su figura se desvaneció a medida que la oscuridad la fue envolviendo.

—No me decepciones, comandante. Hay muchas cosas en juego que dependen de ti.

Un rugido hizo eco y tanto el animal como la diosa se esfumaron en un instante, dejándome solo e indefenso en el bosque.

Dioses, por lo menos debería haberle pedido una camisa. O una espada.

Hablando de cosas afiladas, suponía que Kiara había seguido mi rastro hasta Fortuna y localizado a mi madre, y que para este momento ya *debía* tener en su poder a la asesina de dioses, en especial si mi corazonada acerca de Grey fue correcta. Si no había sido así, el chico se había convertido en el niño de nueve años más rico de la ciudad.

Mi madre eligió ayudar a Kiara después de negármelo a mí. Eso me dolió. Tal vez había cambiado de opinión luego de que los hombres del rey invadieron Fortuna y me secuestraron en medio de la noche.

No obstante, la pregunta que quedaba sin respuesta era por qué mi madre viajaría con Kiara. Se decía que los textos que robó durante toda su vida contenían hechizos antiguos..., hechizos que podrían permitirnos unir la divinidad de Raina sin que uno de los dos muriera; esa había sido mi única esperanza.

La participación de Zorro me decía que los libros no tenían todas las respuestas que necesitábamos. Además el hecho de que arriesgara su vida para ayudar a una fugitiva —que ni siquiera era su sangre— hizo que el corazón me latiera más rápido con una emoción desconocida para mí.

Sin otra opción más que hacer lo que me había indicado Maliah, me encaminé hacia el este.

El dolor que antes irradiaba de mi espalda se alivió mientras caminaba entre la maleza. Ese calor divino contenido entre mis costillas se despertó, deslizándose por toda mi piel herida y bañando los azotes recientes. Me detuve y apreté los ojos a medida que el ardor se transformaba en un entumecimiento reconfortante. Imaginé mi espalda sanada, sin daño alguno del despiadado látigo de Cirian. No merecía dejarme marcado. Nunca tuvo ese derecho.

Mi pulso retumbó y un estremecimiento recorrió mi cuerpo de arriba abajo. Coloqué la mano en mi espalda, preparado para evaluar el daño que me habían causado los guardias. Fruncí el ceño. Mis dedos tocaron piel lisa y seca. Nada de dolor. Nada de heridas abiertas. Nada de cortes.

Maldije y bajé el brazo para tocarme alrededor de la espalda. Estaba... sanada, justo como lo imaginé.

Cerré los ojos e imaginé que la herida de mi mejilla también desaparecía. Patrick era igual de vil que Cirian y, aunque la marca que me dejó no era profunda, prefería que fuera un recuerdo distante.

La mano me tembló cuando me la llevé al rostro. Piel lisa. La herida había desaparecido igual que los azotes en mi espalda: todo sanó con un pensamiento. Pasé la mano al lado izquierdo y aspiré tembloroso. Las cicatrices gemelas que lo cruzaban seguían allí, tan profundas y dolorosas como antes. Intenté desaparecerlas usando mi pensamiento pero no conseguí nada. Después de tres intentos, los «regalos» de mi padre persistieron en su lugar.

En cualquier caso mi asombro no podía disminuir.

En la Niebla sané a Kiara sin conciencia de ello, salvándola de las fauces de la muerte. No debería sorprenderme haber curado ahora mis propias heridas recién hechas.

Este acontecimiento era un recordatorio de que ya no era solamente Jude Maddox, comandante de los Caballeros de la Estrella Eterna. Dentro de mi pecho albergaba dos de las tres llaves faltantes de la divinidad de una diosa caída.

Eso significaba que no era completamente humano. Ya no.

CAPÍTULO ONCE

Kiara

Originalmente descartadas como pesadillas, algunos especulan que las bestias de sombra tienen más poder del que se creía. Era lógico que fueran más fuertes en las noches, cuando la luna —su creadora— iluminaba el cielo.

FRAGMENTO DE *TRADICIONES DE ASIDIA: UN CUENTO DE LOS DIOSES*

Corrí hacia la posada mientras las sombras tenues y grises brotaban de mis manos enguantadas. Abrí la puerta de golpe y me apresuré hacia Jake, que seguía roncando, y lo sacudí hasta que entreabrió los ojos adormilados.

—¿Ki? ¿Qué pasa? —se quejó mientras se acomodaba en la cama y se erguía sobre los codos. Se inclinó para buscar una caja de cerillos de la mesita de noche y encendió la lámpara de aceite.

Yo seguía con las mejillas pegajosas por las muchas lágrimas que derramé y probablemente tenía los ojos inyectados de sangre. No creo que nunca haya llorado tanto como en esas últimas veinticuatro horas. Tal vez era toda una vida de suprimir las lágrimas lo que ahora causaba que brotaran. Como para confirmarlo, Jake se acercó a verme los ojos con una profunda arruga entre las cejas.

—Vi otra vez a Jude —dije, bajando la voz, apenas más fuerte que un susurro—, pero esta vez sucedió... algo.

Me sentí como si me hubiera desconectado de mi cuerpo. Había sido forzada a entrar en esa celda para ser testigo de la escena más horripilante que jamás hubiera imaginado. Mis malditos ojos ardían y, cuando creí que no quedaba nada en ellos, una solitaria gota más brotó libremente.

Lo había dejado allí. Lo había abandonado como todos los demás y no parecía estar respirando cuando fui arrancada de la visión.

«No está muerto», repetía mentalmente. No podía creer cualquier otra cosa.

—Dioses. —Jake tragó saliva—. Ki...

—Fue horrible, Jake. Me sentí mareada y salí a tomar aire fresco. Sentí como si mi cuerpo estuviera en dos sitios al mismo tiempo, como si mi ser se desvaneciera lentamente, y luego... —Me detuve para tomar aire y me di cuenta de que estaba divagando a mil palabras por minuto—. Cuando abrí los ojos, ya no estaba en Fortuna, sino de regreso en esa celda y estaban torturando a Jude. Tenía la espalda tan ensangrentada, tan lacerada por el látigo... Lo estaban matando y no podía hacer nada. —Jake posó una mano en mi hombro antes de jalarme para darme un fuerte abrazo. Me acuné en sus brazos, reposando la mejilla en su pecho mientras que él me acariciaba el pelo con un gesto reconfortante—. No estaba segura de cuándo lo vería de nuevo, tampoco de que pudiera tolerar otra ronda de torturas, y cuando me confesó algo, yo también lo hice.

—¿Qué le dijiste? —preguntó Jake, que me sostenía con fuerza como si fuera un ancla que me mantenía en este plano.

—Le dije...

Que me estaba enamorando del comandante de una manera en la que mi cínico corazón nunca creyó posible. Jake debe haber interpretado la verdad oculta en mi silencio, puesto que soltó un suspiro de entendimiento.

—Creo que entiendo —dijo Jake con voz lenta—. He visto la forma en que los dos se miran. La forma en que siempre se han mirado el uno al otro.

¿Por qué no podía decirlo en voz alta? Quizá porque en el momento en que lo hiciera se volvería real y luego, si lo perdía, me dolería todavía más.

No, eso no era correcto.

Eso me mataría incluso ahora, incluso si fuera tan cobarde para decir lo que mi corazón claramente sentía.

¿Espadas?, ¿flechas?, ¿sangre? Todo eso era fácil, pero ¿una emoción tan peligrosa como el amor? Demonios, ese era un contrincante con el que no estaba segura de poder luchar.

—Después de que Jude me dijo cómo se sentía… vi la luz en su celda solo por un segundo, pero el mundo resplandeció.

Jake me soltó y se alejó para verme.

—No entiendo cómo sería posible sin arrancarte tu trozo de divinidad.

Reí, pero fue una risa nerviosa.

—Yo ya no entiendo nada.

—Lo bueno es que nuestra misión es encontrar respuestas —aportó Jake, tratando de sonreír en mi nombre. Se reclinó de nuevo en la cama, analizándome—. Te aseguro que debe haber una manera de salir de esto sin que mueras. Creo que te extrañaría, Ki.

—Nunca tendrás que extrañarme —le juré, a pesar de que no estaba segura de si podía prometerle tal cosa.

Jake inhaló con fuerza y sus ojos se iluminaron con una idea.

—Ya, dilo —le exigí y me acerqué a él hasta prácticamente estar sobre su cara.

—Estoy pensando que podrías haber encontrado la forma de salir de este desastre. —Fruncí el ceño—. Por cursi que suene, Ki, cuando tú y Jude se… «abrieron», eso tal vez permitió que las llaves se conectaran entre ustedes, reuniéndolas, aunque fuera por un breve instante. Y también está la profecía de que «se restablecerá el día cuando la oscuridad caiga rendida ante la luz», aunque nunca le había dado mucho crédito. —Agitó las manos antes de dejarlas caer a los costados.

—Tienes razón, eso suena extraordinariamente cursi —coincidí, aunque mi cicatriz pulsaba incluso mientras evadía el tema. No ardía como antes y me pregunté si eso significaba que Jude estaba dormido o si había cerrado su conexión conmigo. Quizá una vez que averiguara como utilizar mi poder, podría invocarlo a voluntad.

Las bestias de sombra no se habían ganado ese nombre sin una razón. Hechas de la noche y de su oscuridad, podían alternar con facilidad entre sus formas fantasmales y corpóreas, dándoles la capacidad de cruzar el espacio sin obstáculo alguno. Eso quería decir que visitar a Jude era completamente posible.

Pero ¿qué otra cosa podía hacer? ¿Podía viajar? ¿Desaparecía por completo cuando empleaba esos dones? Tenía demasiadas preguntas y casi me desmoronaba bajo el peso de todas ellas.

—A veces la respuesta correcta es la más simple y la más compleja a la vez. El destino los unió a ti y a Jude, pero no te obligó a que te enamoraras del tipo. —Me miró de manera cómplice y me cubrí los ojos con la mano—. Es obvio que así fue; ni siquiera intentes negarlo. —Arqueó una ceja cuando abrí la boca, pero me callé—. De ti depende si haces caso a sus deseos o no.

—Es real, ¿verdad? —pregunté en la voz más baja que en mi vida había usado.

Era real que él me amaba *mí*, no a la mujer que mostraba ser ante el mundo; esa fachada fuerte y petulante. Mi yo verdadero, que sentía miedo y esperanza en la misma medida; la mujer que quería un compañero, un igual, que estuviera a mi lado y luchara conmigo.

Jake suspiró frustrado.

—No podemos controlar a quién queremos, así que quizá debas cambiar tus costumbres y permitir que alguien entre en tu vida, dejarlo entrar de verdad. Sé que el amor te aterroriza y también sé que tienes miedo, pero no puedes luchar contra tus sentimientos, Ki.

Nunca había hablado tan en serio y la intensidad de su mirada apagó cualquier réplica que pudiera haber hecho. Jake tenía razón.

—Fuiste tocada por la oscuridad. Él nació de la luz. Dos mitades de un mismo todo —afirmó—. No me importa si sueno como un completo estúpido por decirlo, pero si existen dos personas que pueden reescribir las reglas, esos son tú y Jude. Lo único que tienes que hacer es dejarlo entrar.

CAPÍTULO DOCE

Jude

A veces lo extraño. Especialmente por la noche. Especialmente cuando el silencio permite que mis pensamientos divaguen a sitios peligrosos. Pensé que se volvería más fácil, que tenía la fuerza suficiente para hacer lo correcto. Sin embargo, a medida que pasa el tiempo y su rostro se convierte en un recuerdo, el arrepentimiento me cala en el alma y me asfixia. Tengo que recordarme a mí misma que está mejor lejos de mí, ¿verdad?

CARTA NO ENVIADA DE LA TABERNA DEL ZORRO ASTUTO A JACK MADDOX

Un día había pasado. El encuentro con Maliah hizo que cada rincón oscuro fuera una amenaza y sabía que tenía que robar un arma cuanto antes. Aun no era capaz de controlar mi magia, la entidad intranquila en mi interior, y me sentía mejor con una espada en la mano.

Luego de abandonar la fortaleza, entré furtivamente a la ciudad de Eldwin y robé un par de botas lodosas del cuarto trasero de una carnicería. Esa noche me escabullí a las afueras de la ciudad, donde tomé un par de pantalones limpios, una capa y una camisa de un tendedero.

Ya completamente vestido y con los pies al fin protegidos de las duras zarzas del bosque, avancé con paso rápido hacia Lis, un humilde pueblo a dos días de camino de Mena.

Como en la mayoría de las ciudades en Asidia, las estatuas de los dioses estaban por todas partes. Arlo era el patrono de Lis, probablemente debido a su pasado como un próspero pueblo agrícola. La imagen del dios estaba erigida en la plaza, desde donde se elevaba de un pedazo de tierra con florecientes vides y bulbosas hierbas negras.

La taberna era el único sitio con señales de vida a esas horas de la noche, con sus luces que iluminaban los ladrillos que le daban la bienvenida a los transeúntes agotados, invitándolos a pasar al interior.

Una cosa que aprendí al viajar por Asidia mientras me encargaba de los «negocios» del rey era que la gente tendía a hablar de más cuando había cerveza y una banda tocando melodías alegres de por medio. Entraría a llenarme el estómago y al mismo tiempo los oídos con rumores acerca del rey.

Acomodé en su sitio la capucha de mi capa robada y entré. El calor que emanaba del fogón me bañó la piel, además del olor a canela y algo dulce que se mezclaba con el potente aroma de la cerveza. Elegí un asiento en una esquina no iluminada donde el fuego solar había perdido potencia.

Cuando la mesera se acercó, hice todo mi pedido, teniendo mucho cuidado de ocultar mi rostro. Apenas me dirigió una mirada antes de salir apresurada a buscar mi bebida y mis alimentos.

Casi podía imaginar lo que Kiara diría si estuviera a mi lado, observando la animada barra y sus peculiares clientes. Lo más probable era que me dijera «deja de estar perdido en tus pensamientos» y me forzara a pararme para bailar, aunque no había parejas que revolotearan por la pista.

No obstante, mientras más pensaba en Kiara bailando, más absurdo me sonaba. Es probable que se quejara de la falta de violencia en dicha actividad.

—¡Ey! ¡Este chico no quiere pagar!

Levanté la cabeza, despertando de mis ensoñaciones.

Un jovencito de pelo castaño ensortijado y brillantes ojos azules se aferraba a la barra con ambas manos detrás de su espalda y una expresión confundida.

Lo había visto antes, pero no estaba seguro de dónde.

Sus rasgos no eran particularmente únicos, pero... yo nunca olvido una cara. Me levanté del asiento y caminé con lentitud hacia él para verlo mejor.

Temblaba, pero mantenía la cabeza en alto y el mentón erguido de manera desafiante. Maldije en el instante en que todas las piezas encajaron en su sitio: era el chico que corrió detrás de Kiara cuando la recluté, el que gritaba su nombre hasta que sus padres lo contuvieron.

De cerca, noté que tenía la nariz un tanto respingada, igual que ella, y el mismo mentón afilado. Aunque sus ojos eran azules en lugar de ser de un ardiente color ambarino, tenían una forma semejante, casi demasiado grandes para su rostro.

«Liam». El hermano de Kiara estaba aquí, en Lis.

Apreté los dientes cuando el tabernero tronó sus grasientos dedos, indicándole al matón de la taberna que se acercara.

—Si no puedes pagar el total, entonces verás lo que hacemos con los ladrones —exclamó el tabernero con una sonrisa.

Liam negó con la cabeza y sus rizos se pegaron al espeso sudor de su frente.

—¡No lo sabía, señor! Le juro que dejé el resto de mi dinero en la posada. ¡Le dije que puedo ir por él!

Hice una mueca. Nunca debes dejar tu dinero en una posada. Es casi como rogarles a los ladrones que te lo roben.

El chico estaría muerto en segundos.

Emití un gemido de irritación al erguirme. Esta iba a ser una larga noche.

—Si dice que tiene las monedas para pagarte, entonces debe ser cierto. —Todo el mundo se detuvo ante el sonido de mi voz. Dejé caer mi capucha y permití que los fuegos solares iluminaran mi ojo lechoso y mis cicatrices. En ese momento ya no había vuelta atrás.

Liam, que tenía más o menos mi edad, me miró cauteloso. Lentamente, la incertidumbre que arrugaba su entrecejo cambió a una mirada de reconocimiento. Dirigió su atención a mis cicatrices, a mis ojos disparejos. Debe haber visto los carteles de se busca.

—Yo… —El tabernero se detuvo, con las manos aún levantadas al frente—. Nuestra política…

—Conseguiremos tu dinero y te lo entregaremos mañana al amanecer —afirmé.

El tosco matón al que le había hecho señas el tabernero se arremangó la camisa.

—Ya sé quién es usted, «comandante» —dijo con sorna—, y sé que hay una cuantiosa recompensa por su captura. Oigan, chicos, parece que nos ganamos el premio gordo.

Una serie de jadeos de sorpresa hicieron eco por la habitación. Mis ojos estaban fijos en el desgraciado que tuvo la audacia de creer que estaba a punto de volverse rico.

—Mi amigo y yo nos vamos —reiteré, avanzando hacia la refriega. El tipo, con una sonrisa vil curvando sus labios, sacudió la cabeza con toda la calma del mundo—. Es tu última oportunidad —le advertí, mientras buscaba tomar la mano de Liam, pero el escurridizo bastardo se alejó y yo suspiré molesto, aunque después de las historias que es probable que haya oído, no podía culparlo por su falta de confianza.

—Creo que las probabilidades están a mi favor —dijo el hombre, que volteó con rapidez a mirar alrededor de la taberna. Se tronó los nudillos y pude ver las cicatrices y moretones que decoraban su piel. Unos cuantos de los otros clientes borrachos se pusieron de pie, se arremangaron y asumieron posiciones alrededor del cabecilla.

Estos hombres estaban muy listos para pelear y sería una pena que no terminara del modo en que creían.

—Quédate atrás. —Dije entre dientes, haciendo contacto apresuradamente con Liam—. Soy... el comandante de Kiara y también la estoy buscando. Estoy de tu lado. De su lado.

Liam soltó una maldición con un leve tono áspero. Si estallaba una pelea, el chico no duraría mucho. Su enfermedad había sido la razón por la que Kiara se ofreció a reemplazarlo durante el Llamado y no podía permitir que saliera lastimado en el intercambio de golpes.

—Confía en mí, Liam. Te lo ruego —le imploré mientras que sus ojos se abrían por la sorpresa. No esperaba que yo supiera su nombre.

Era una apuesta, tomando en cuenta que probablemente el muchacho me odiaba, pero aún si me despreciaba por elegir a Kiara aquel fatídico día, primero me necesitaba para que lo sacara de allí. Luego podría planear mi muerte. Se quedó callado, pero asintió levemente. Eso era lo único que necesitaba.

—Bueno —enfrenté a mi primer oponente y sentí un calor que se infiltraba en mi pecho mientras cerraba los puños y evaluaba a mis contrincantes—. ¿Acabamos con esto? Tengo asuntos que atender. —«Una mujer a la cual besar», pensé.

—Así que eres un engreido de mierda —espetó un recién llegado de pelo negro que sonreía burlón.

Tenía dos opciones: luchar contra cada uno de ellos utilizando la energía que no quería desperdiciar o simplemente podía causar una distracción.

«Pelea con inteligencia, no con más fuerza», solía decir siempre Isiah.

Justo cuando el primer bruto se lanzó contra mí con el puño levantado desde el otro lado del salón, listo para asestarme un golpe en la cara, me aferré con fuerza a la barra detrás de mí.

Tenía que intentarlo: ver si podía ejercer mi magia.

Cuando estaba en el bosque, me sané con solo pensarlo, desesperado por librarme de las recientes heridas que me obsequió Cirian. Ahora estaba desesperado por otra razón: Liam.

La duda me nublaba la mente —el pensar que no tenía la habilidad suficiente, que no tenía ni un indicio de cómo manejar ese poder—, pero me enfoqué en el hermano de Kiara, recordándome una y otra vez que ya lo había hecho antes y que bien podría hacerlo otra vez.

Entoné una sola palabra: «arde», repitiéndola al ritmo de los latidos de mi corazón.

«Arde, arde, arde, arde».

El calor atrapado dentro de mí se encendió antes de emitirlo en un diluvio ardiente. Se sintió divino, como si al fin hubiera salido a tomar aire luego de estar a punto de ahogarme.

Una sensación de alivio absoluto cruzó por mi cuerpo y casi sonreí.

Al principio nadie pareció notar lo que había hecho. Aproveché la situación y caí de rodillas, girando una fracción de segundos antes de que el puñetazo del tipo conectara con mis costillas; no se imaginaba que el daño ya estaba hecho. El musculoso gigante se lanzó de nuevo contra mí y yo bloqueé su ataque con mínimo esfuerzo. Por otro lado, podría haber disfrutado de pelear contra esos hombres; era casi demasiado fácil y necesitaba divertirme un poco.

Por desgracia, el olor del humo empezó a flotar hacia mi nariz.

El resto de los borrachos, que habían estado muy entusiasmados por unirse a la pelea, se quedaron congelados; el desconcierto hizo que se quedaran inmóviles con la boca abierta.

Sonaron un par de gritos pidiendo agua mientras el tabernero corría frenéticamente para apagar las llamas detrás de la barra, sin embargo, estas crecían con rapidez, mucha más de la que creí posible. Los vasos de licor estallaron, lanzando fragmentos de vidrio que volaron por los aires y una esquirla grande se le encajó en el hombro a uno de los potenciales atacantes. La sangre brotó de la herida y su camisa blanca se tiñó con una mancha roja que se iba haciendo cada vez más grande.

Esa fue la oportunidad que necesitaba. Liam gritó cuando lo tomé del brazo, jalándolo hacia las puertas.

—¡Suéltame! —rezongó, intentando liberar infructuosamente su brazo. No cedí. Repitió su exigencia varias veces más hasta que salimos tambaleándonos hasta la calle. Ignoré por completo sus ruegos.

Los habitantes semidespiertos salieron de sus casas, probablemente a causa del escándalo, y se reunieron alrededor de la taberna ardiente. El humo salía flotando por las puertas abiertas, por donde hombres y mujeres salían tosiendo, apresurados por llegar a la seguridad el exterior.

No había tiempo para sentirme avergonzado.

Al llegar a la siguiente calle, tiré de Liam para detenerlo.

—Puede ser que no creas ni una palabra de lo que te diré, pero conozco bien a tu hermana —le dije, mientras encajaba los dedos en sus hombros. Entrecerró los ojos, pero cuando menos ya no estaba luchando conmigo—. Soy el que la eligió ese día en lugar de a ti y si no la encontramos pronto, el rey y sus hombres lo harán. Estoy tratando de lograr que eso no suceda. Hay muchas cosas que no sabes.

Liam abrió la boca para hacerme más preguntas, pero yo ya lo estaba jalando en dirección al bosque. Todo lo que quería esta noche era tener una comida decente.

Cuando su respiración se volvió agitada, reduje la marcha y una maldición brotó de mis labios. Kiara me mataría si algo malo le pasaba a su hermano.

—¿Estás bien? —le pregunté cuando llegamos a la cima de la colina. No había querido detenerme antes para evitar que los habitantes del pueblo nos detectaran.

Liam cayó de rodillas cuando lo solté del brazo y noté que su pecho estaba agitado. De pie junto a él, lo miré mientras se esforzaba por respirar, sintiéndome completamente inútil. Levanté la mano y estuve a punto de darle unas palmaditas en la cabeza como un tonto, pero, por fortuna, me abstuve en el último segundo.

—¿Puedo hacer algo? —le pregunté y me arrodillé a su lado. Liam se aferraba el pecho mientras jadeaba y empezaba a hiperventilar.

Le había exigido demasiado.

Lo tomé de los hombros con cuidado e incliné la cabeza para mirar sus ojos muy abiertos.

—Necesitas respirar conmigo. Con lentitud, Liam. ¿Puedes hacerlo?

Carajo, me sentía fuera de mi zona de confort. Isiah hubiera sabido exactamente qué hacer y cómo.

—Oye. —Le tomé la barbilla y lo mantuve quieto—. Respira conmigo, hazlo lento—. Inhalé profundamente, manteniendo el contacto visual.

Le costó trabajo, pero a la larga logró tomar una bocanada. Conté hasta cinco y exhalé. Él me imitó, siguiendo cada uno de mis movimientos; así pasaron los minutos mientras descansábamos en el bosque, ambos de rodillas.

Las sibilancias continuaron, aunque ya no sonaban tan fuertes, y sus exhalaciones eran menos frenéticas a medida que cedía su pánico. Le tomó otros cinco minutos, que probablemente no teníamos, antes de que pudiera recuperar el control que, incluso entonces, era frágil en el mejor de los casos.

—¿Mejor? —le pregunté unos momentos después, inclinándome hacia atrás para verlo. Tenía los nervios de punta y el sudor se acumulaba en mi espalda baja.

Liam se secó la frente, haciendo a un lado algunos rizos sueltos. Asintió.

—N-no soy fanático del ejercicio —logró decir con una leve sonrisa.

—Una vez, tu hermana me dijo exactamente las mismas palabras. —Sonreí de manera genuina—. Eso me recuerda algo. ¿En qué estabas pensando cuando dejaste tu pueblo para venir a buscarla? Porque la estas buscando, ¿verdad?

Ya me daba cuenta de que Liam conservaba esa veta de obstinación clásica de los Frey. Encantador.

Agitó su barbilla.

—Escuché rumores de que algunos de los caballeros regresaron, pero que desertaron. Como es obvio, imaginé que Ki estaría entre los supuestos traidores. —Su sonrisa se apagó un poco—. Siempre fue la rebelde de la familia.

Sonreí con él. Liam tenía un aire de inocencia que no podía más que envidiar.

—El rey saqueó Fortuna y el norte —prosiguió, pero ahora la confianza animaba sus palabras—. Eso quería decir que había una oportunidad de que hubiera pasado por alto algunos de los pueblos orientales. Tenía que empezar a buscar en algún lado y ya recorrí cuatro pueblos antes de venir aquí.

—Eso fue una completa insensatez —afirmé secamente—. Una mera suposición, y una tontería, además.

—¿Y qué? ¿Se supone que me quedara en Cila a esperar que arrestaran a Ki? ¿O, en todo caso, esperar hasta enterarme de que está muerta? —suspiró y le tembló todo el cuerpo, como si una brisa helada le hubiera calado los huesos—. Ella me ha salvado toda mi vida y ya va siendo hora de regresarle el favor.

—¿También sabes que me enterrará un cuchillo si permito que te suceda algo?

Los labios de Liam se curvaron.

—Parece que alguien ya lo hizo antes de que ella lo lograra. —Inclinó la cabeza hacia mis cicatrices gemelas. Yo estuve a punto de buscar la que me causó Patrick, olvidando que me había deshecho de cualquier rastro de ella el día anterior, usando magia. Dioses, todavía me parecía extraño pensar en eso.

Liam esbozó una sonrisita de satisfacción, aunque no era cruel. Esa lengua afilada y la afición por la ironía eran rasgos de los Frey.

—Muy gracioso —respondí, intentando sonar estricto, pero fallé por completo y una sonrisa curvó mis labios.

—Entonces, ¿son ciertos todos los rumores que corren sobre ti? —preguntó—. Me refiero a que escuché murmuraciones acerca de tus cicatrices de tipo rudo. —Agitó una mano frente a mi cara y un leve sonrojo le pintó las mejillas—. Definitivamente contribuyen al atractivo. —Se quedó helado después de que las palabras salieron de su boca—. Carajo, no quise decir…

—Entiendo lo que quisiste decir —respondí, intentando evitar que se pusiera a divagar, aunque eso no lo detuvo.

—Pero tengo una pregunta rápida antes de comenzar con una ronda más seria de interrogatorios. ¿Cómo encendiste ese fuego? Ni siquiera vi que hubiera una antorcha cerca. —Titubeante, se incorporó y yo lo imité.

—¿Así que viste eso? —Caminé hacia los matorrales, dándole la espalda. Escuché pasos ligeros detrás de mí, lo cual me recordó que debía mantener una marcha lenta y moderada.

—Fue difícil de pasar por alto, «comandante» —dijo Liam burlón y con voz cantarina.

—Tenemos mucho que discutir —suspiré.

CAPÍTULO TRECE

Kiara

No me has escrito en muchos meses y me preocupa que te haya sucedido algo terrible. Por favor, escribe y hazme saber si no ha descubierto nuestra verdadera misión. Él siempre está al alcance del rey y temo que la noticia ya podría haberse esparcido.

Carta de Aurora Adair a un destinatario desconocido, año 49 de la maldición

Zorro insistió en que nos dirigiéramos al sureste, ya que conocía la localización de varias fortalezas pertenecientes al rey donde podrían tener preso a Jude. Eran más de una docena, pero la ladrona había descartado varias posibilidades hasta reducirlas a tres que, por suerte, no estaban muy lejos del templo.

Como planeamos viajar a caballo, insistí en liberar a Estrella de esos establos fríos y húmedos. La yegua pareció bastante contenta de verme otra vez, pero me di cuenta de que esperaba que Jude entrara al corral y se quedó un poco decepcionada de que fuera yo.

Finn y otro de los camaradas de Zorro, llamado Dimitri, nos acompañaron. Dimitri era el más callado de los dos, aunque sus ojos café pálido tenían un brillo que insinuaba que era proclive a más que solo hacer travesuras. Flexible y alto, presumiendo un muy llamativo abrigo naranja, proyectaba la imagen de un hombre que no pertenece al mundo criminal.

Cada vez que me descubría mirándolo fijamente, sonreía y me saludaba con la mano. Yo le ponía mala cara, demasiado escéptica de su exuberancia como para devolver el gesto. Mis malos modales no le impedían intentarlo y, cuando nos encontrábamos juntos en el camino, silbaba una tonada que me recordaba a una canción de cuna que era extrañamente tranquilizadora.

Pasó día y medio sin que nadie nos persiguiera, excepto por los brillantes ojos azules que nos seguían el rastro.

La pequeña mascotita de Lorian, el jaguar, nos siguió desde Fortuna, pero se mantenía a suficiente distancia como para que los otros no lo notaran. Sin embargo, yo sí lo vi. De hecho, me percaté más de su presencia que nunca antes.

La noche parecía estar viva. Se movía; las volutas de oscuridad, que parecían seres sensibles, se enredaban alrededor de los árboles y caían sobre las hojas como nubes esponjosas. Cada vez que mi ansiedad asomaba su horrible cabeza y pensaba en lo peor, ella estaba allí, reaccionando a mi magia, a mí. Las sombras fantasmales envolvían mi figura como en un abrazo.

A veces, casi podía jurar que escuchaba a la noche hablar, diciendo algo tranquilo cuyo propósito era calmar mis nervios exaltados; nervios que me causaban un dolor constante en el pecho. Su voz era apagada, aunque tenía un ritmo constante, latiendo al compás de mi propio corazón ansioso. Odiaba admitir que me relajaba.

A la tercera mañana, el aire cambió y, por primera vez en días, me dolió la cicatriz y empezó a pulsar con una sensación de calor. Mis sombras, que no habían aparecido desde Fortuna, susurraban en las yemas de mis dedos, pareciendo estirarse y bostezar luego de una larga siesta. Un aleteo se escuchó mientras salían; el crujir de sus extremidades alargadas y las hojas quebradizas hizo que me estremeciera.

—¿Te pasa algo? —me preguntó Jake que venía a mi lado. Montaba uno de los corceles de Zorro, un caballo negro y poderoso que superaba en estatura a Estrella. Aunque ella había establecido su dominio de inmediato con un pisotón.

Negué con la cabeza.

—No, solo es una sensación extraña. —Mire por un instante hacia atrás y detecté a la ladrona de cabello negro como ala de cuervo, al igual que a sus dos compinches, que susurraban entre ellos a una buena distancia de donde yo encabezaba al grupo. Aún me faltaba descubrir el verdadero nombre de Zorro y dudaba que me lo dijera si se lo preguntaba. Los nombres eran sagrados; a veces un nombre era la única cosa real que poseías.

—Odio cuando tienes tus «sensaciones» —declaró Jake con un suspiro—. Siempre terminan con alguien disparándonos una flecha o intentando acuchillarte.

No estaba equivocado.

Exploré con la mirada los árboles que bordeaban ambos lados del camino irregular por el que viajábamos. Todo se veía igual, el camino empedrado por el que nos aventuramos, construido con curvas sin sentido y senderos estrechos casi ocultos por los espesos matorrales.

Nos cruzamos con unos cuantos mercaderes y otros nómadas agotados, pero, hasta el momento, no nos habíamos enfrentado con ningún problema. Según Zorro, solo aquellos muy desesperados o muy tontos tomaban esta ruta. Los caminos más populares tenían menos delincuentes y asesinos prófugos de la ley. Supongo que era adecuado, en vista de que nos buscaban por desertores.

Zorro se había mantenido callada desde que salimos de la ciudad, aunque en ocasiones la descubría mirándome, como ahora. En cuanto se dio cuenta de que la descubrí haciéndolo, rápidamente levantó la barbilla y le susurró algo a Dimitri, quien se giró hacia mí con otra de sus sonrisas demasiado amplias.

Estaba tentada a abrir la boca e incitarla a hablar, preguntarle por qué estaba fijando tanto su atención en mí, cuando Estrella dio un tirón con la cabeza y relinchó, tensando los músculos de su lomo.

—Shhh —la calmé, frotándole la barbilla. Echó las orejas hacia atrás, una clara señal de que estaba nerviosa, y no era la única.

Tomé las riendas con fuerza y cerré los ojos, temblando cuando una sensación helada se esparció por mi pecho y bajó por mi columna vertebral. Me había sentido rara desde hacía un buen rato y sin importar cuánto me esforzara en hacer a un lado mi preocupación de que algo no andaba bien, mi cuerpo no me lo permitía.

Las manos me temblaron y de pronto la sensación de estar cayendo hizo que el corazón saltara en mi pecho.

El mundo parecía demasiado grande en ese momento y nuestra tarea, demasiado imposible. La magia en mi interior estaba atada a mis emociones, que en ese momento estaban vueltas locas.

Me sentí más ligera al aceptar la sensación de caída y el entumecimiento que me arrancaba de la realidad.

En total oscuridad, solo con el sonido de los cascos de los caballos, me dejé ir. Era como dejarse caer por el borde de un precipicio, sin saber si chocarás contra las rocas. La caída libre se sentía divina.

Me sumergí cada vez más profundamente en mi magia, con tanta facilidad como si respirara. El mundo real se deslizó entre mis dedos y floté, moviéndome con la brisa como un alaestrella caprichoso con las alas abiertas.

Tan libre, tan ingrávida, planeé sobre las copas de los árboles con el reino entero debajo de mí. En el horizonte, una mancha anaranjada ardía y mis sentidos agudizados detectaron el aroma del fuego. Mis alas invisibles se inclinaron y caí en picada, navegando hacia la fuente de luz, hacia las llamas agonizantes que aún no habían sido sofocadas bajo pesadas botas.

No había cuerpos en movimiento alrededor del foso ardiente, pero habían estado allí hace poco. El campamento abandonado estaba a cerca de kilómetro y medio de distancia, justo al lado de la senda por la que viajábamos.

Había huellas. Demasiadas.

—Ki.

Jake me llamaba desde lejos, pero sobrevolé por encima del fuego, estudiando las ramas y tallos fracturados por el paso de las botas. Esas huellas me guiaron hacia las marcas delatoras de ruedas que abollaban la tierra.

—¡Ki! —Jake volvió a intentarlo.

Jadee al abrir los ojos y mi cuerpo dio un salto hacia adelante en la silla de montar.

Mis manos enguantadas eran casi transparentes y mis antebrazos resplandecían con un color gris antinatural. Acerqué uno de ellos hacia mi rostro e inspeccioné la piel reluciente. No parecía sólida. No parecía real.

—¿Qué acaba de pasar?

—Tu imagen comenzó a parpadear. Juraría que pude ver a través de ti en algún momento. —La voz de Jake estaba agitada y echó una mirada apresurada hacia atrás—. Menos mal que nuestros nuevos acompañantes no lo notaron. Parecía que se habían detenido, probablemente planeando asesinarnos. Si te hubieran visto… —Aunque sus palabras eran sarcásticas hasta cierto punto, entendí bien el mensaje.

—Estoy bien —le dije al recuperar mi sentido de equilibrio.

Entrecerró los ojos y acercó una mano hacia mí, como si la estirara para tomar mi brazo, pero al final no me tocó. Parecía asustado.

Levanté la mano para indicarle que necesitaba un momento y Jake se reclinó en su silla, pasando una mano ansiosa por el cuello de su corcel.

Respiré profundamente, usando las técnicas que practicaba con Liam cuando estaba en casa y le daba un ataque. Pasaron los minutos y poco a poco el mareo se contuvo a un nivel manejable.

El golpeteo constante de los cascos llegó a mis oídos cuando Zorro y sus hombres apuraron el paso; sus figuras eran casi indistinguibles en el sinuoso camino.

Agradecí a los cielos que no me hubieran visto.

—Ki, estabas apareciendo y desapareciendo —comenzó Jake una vez que el color regresó a mi piel y mi respiración ya no era agitada—. Las sombras se arremolinaron sobre ti y yo... —Se detuvo de manera abrupta y vi que el pulso en su garganta estaba muy acelerado.

Cuando Jake no sabía cómo resolver un problema, entraba en pánico, en especial cuando se trataba de personas que le importaban. Como todo esto era nuevo para mí, no podía reconfortarlo, pero sí podía decirle la verdad.

—Estaba... volando —susurré y al regresó, me encontré con su expresión sombría—. No podía sentir mi cuerpo. Allá arriba. —Miré al cielo—. Vi un campamento abandonado no muy lejos de aquí. Había un montón de huellas de botas; demasiadas para un grupo promedio de viajeros. —Sospechaba que era la Guardia Real. Estrella sacudió la cabeza y me rozó la pierna con la nariz lo mejor que pudo. Le acaricié la crin, pasando mis manos entre su pelo enredado. Jake se masajeó las sienes.

—Bueno, deberíamos mantenernos lejos de camino principal durante un rato, por si acaso. Aunque quiero dejarte algo en claro: con toda seguridad debemos volver a abordar todo ese asunto de «volar». Y si pudieras no adquirir una nueva habilidad cada maldito día, también sería fantástico. Estás haciendo que me dé vueltas la cabeza.

—Lo siento, Jake, yo…

Volteé al escuchar el estruendo de unos cascos que venía de algún punto más adelante y le jalé las riendas a Estrella.

—¿Qué sucede? —gritó Zorro mientras giraba su corcel hacia mí y pude ver sospecha en su mirada—. Niña, estás más pálida que la nieve.

Como si le importara.

—Creo que vamos a tener compañía —dije cuando se detuvo a metro y medio de distancia. Finn y Dimitri se quedaron detrás de ella. Dimitri bajó la mirada hacia mis manos enguantadas con una ceja levantada.

—¿Y cómo es que sabes eso? —me cuestionó Finn, compartiendo miradas con la ladrona que no supe descifrar—. ¿Más de esa «magia oscura»? —Había dejado muy en claro que no le caía muy bien.

—Si mi «magia oscura» nos puede salvar, entonces yo no la pondría en duda. —Nos miramos fijamente, pero Finn fue el primero en desviarla—. Es posible que no entienda mi poder, pero con toda seguridad le hago caso cuando me dice que un enemigo se acerca. Hasta el momento no se ha equivocado.

—Créeme, es mejor que le hagas caso —dijo Jake—. Creo que deberíamos salirnos del camino; podrían ser los hombres de Cirian.

Los ojos cafés de Zorro me veían con frialdad mientras me analizaba por más tiempo del que me resultaba cómodo. Exhalé aliviada cuando al fin giró la cabeza de golpe hacia un lado y sus hombres obedecieron la orden implícita. Los tres encaminaron sus caballos hacia el bosque enmarañado, cuyos espesos matorrales eran un lío de vides retorcidas y arbustos espinosos. Jake y yo los seguimos, adentrándonos hasta un sitio seguro bajo la protección del bosque.

Un minuto después, mi visión se vio confirmada cuando me asomé por encima del hombro: caballos… un montón de ellos; sus cascos golpeaban el camino de tierra en dirección a nosotros.

Entrecerré los ojos en la penumbra y distinguí las siluetas de figuras borrosas que se acercaban. La niebla se extendía alrededor de sus pies hasta llegar a sus torsos; los jinetes cabalgaban casi por completo perdidos en la oscuridad.

Zorro escondió el fuego solar que llevaba consigo dentro del profundo bolsillo de su capa, lo cual nos dejó casi en total oscuridad. Hoy las nubes rodeaban la luna y casi nada de su sereno brillo penetraba en el entorno gris.

—Apúrense —gruñó entre dientes y jaló a su caballo a las profundidades del bosque.

Jake y yo persistimos, pero Estrella sacudió la cabeza de un lado a otro como si protestara. Le di unos golpecitos en la crin, tratando de calmarla, pero soltó un sonoro relincho. Quien fuera que se aproximara probablemente la había oído.

Todo el camino hasta que logramos escondernos entre los árboles, Estrella se resistió y no podía tranquilizarla. Estaba asustada. O enojada. Probablemente ambas cosas.

Desmonté y la conduje más profundo dentro del bosque, lejos del peligro. Desde nuestra posición, el camino era lo suficientemente visible para distinguir al grupo de figuras rojas desdibujadas que formaban la caravana de la Guardia Real.

Sus brillantes túnicas eran fáciles de ver incluso en la noche oscura, y el carruaje de acero que rodaba al frente rechinaba con cada giro de sus ruedas; ni siquiera intentaban ser sigilosos.

Busqué mi daga y la puse frente a mí. La asesina de dioses estaba bien guardada en su vaina; a salvo hasta que pudiera bañarla con la sangre de nuestro verdadero enemigo.

Jake me dio un codazo para llamar mi atención hacia la fila de soldados. Uno de los hombres destacaba entre los demás, con su atuendo negro y sus anchos hombros cubiertos con una capa de fino lino del mismo color. Me centré en la figura solitaria. Necesitaba verle el rostro. Algo en su postura me resultaba siniestramente familiar.

Como si fuera una respuesta a mi ruego no expresado, todo pareció esclarecerse. Sentí un calor que me quemó los ojos al mismo tiempo que un resplandor amarillo pálido salió disparado del sitio donde nos ocultábamos, coloreando los árboles, el sendero y el camino. Parpadeé al observar los rostros ahora iluminados de los miembros de la Guardia y sus armas que chocaban emitiendo un sonido metálico. Una oleada de náuseas creció en respuesta al cambio súbito en mi visión.

Desde que Jude y yo habíamos hablado en aquel calabozo, mis otros sentidos habían empezado a florecer.

El resplandor amarillo se hizo más fuerte hasta que finalmente llegó al punto en que iluminó los rasgos del líder del grupo que montaba su corcel. Su quijada angulosa y sus ojos angostos lo delataron de inmediato: Harlow.

Antes de que pasara por la sección de bosque donde nos ocultábamos, redujo la marcha y levantó la mano. El carruaje rechinó hasta detenerse tambaleante. Su caballo relinchó, dando saltitos en su lugar, intranquilo. Volteó hacia la densa arboleda y los espesos matorrales.

Jake me apretó el brazo hasta casi cortarme la circulación.

Transcurrieron unos minutos sin que Harlow, que seguía con el rostro pétreo, mostrara alguna reacción. Cuando giró la cabeza en dirección a nosotros, mirando exactamente hacia donde estábamos agachados, fue mi turno de apretarle el brazo a Jake.

Si nos encontró…

Detecté el asomo de una sonrisa que denotaba que se había dado cuenta de nuestra presencia y sentí que se me iba el alma a los pies.

Nos va a delatar. Va a…

Harlow les dio indicación a sus hombres de que siguieran avanzando.

Una ráfaga audible de aire salió de mis pulmones mientras lo observaba. La sonrisa astuta permaneció en sus labios y me persiguió sin darme tregua mucho después de que él y sus hombres desaparecieran.

Supo que había alguien entre los oscuros árboles y, sin embargo, no alertó a nadie.

No entendía nada.

Zorro y sus hombres no se movieron de su escondite hasta pasados diez minutos y mi visión regresó a la normalidad luego de que el resplandor amarillo se disipara de manera gradual, aunque no necesitaba una vista mejorada para percibir su mirada fulminante que decía lo que ella no expresaba con palabras: que se arrepentía de haber aceptado ayudarnos. Ella podía pasar deapercibida, pero no Jake y yo, y menos cuando el rey estaba tan desesperado por ponernos las manos encima.

—Deberíamos instalarnos en el bosque —susurró Zorro cuando avanzó furtivamente hacia mí—. Necesitamos mantenernos fuera del camino. No quisiera que tus amigos nos encontraran. —La ladrona me vio de pies a cabeza con las fosas nasales muy abiertas.

—De acuerdo —respondí con un rígido movimiento de cabeza. Ver a Harlow me alteró y no estaba de ánimo para inventar alguna mentira poco convincente.

Zorro regresó a su caballo y nos condujo a un sitio más profundo del bosque. Jake y yo nos quedamos atrás.

—¿Entonces esta vez volaste? —me preguntó Jake con una sonrisa de asombro.

—No estoy segura. Un momento estaba montando a Estrella y al siguiente estaba volando como un maldito pájaro. —Hasta a mí me sonaba absurdo, incluso después de todo lo que habíamos pasado—. ¡Ah! Y creo que también puedo ver en la oscuridad. Cuando la Guardia se acercó, deseé poder verlos claramente y entonces pude hacerlo. Se iluminaron con una tenue luz amarilla, nada demasiado brillante, pero lo suficiente para que pidiera distinguir sus rasgos.

Dioses, qué bien se sentía poder confiar en alguien.

Jake resopló.

—Por supuesto que puedes ver en la oscuridad. —Era obvio que se sentía más exasperado cada vez que se me ocurría abrir la boca—. Esa pequeña habilidad nos hubiera sido útil en la Niebla.

Como si hubiera tenido cualquier indicio de en qué me convertiría.

Alcanzamos a los otros, que se habían acomodado entre los árboles. Zorro estaba acostada de espaldas, con ambas manos detrás de la cabeza y la mirada fija en mí. Finn y Dimitri estaban ocupados encendiendo un fuego, sus fuegos solares empezaban a chisporrotear. Finn soltó una maldición antes de arrojar a un lado su gema ya agotada. El musculoso gigante se enfurecía con facilidad. A veces, Zorro volteaba a verlo, casi siempre con una sonrisa entretenida al ver su frustración. Por su parte, Dimitri… solo lo miraba todo con su brillante sonrisa y sus ojos cafés alternaban entre el resplandor y la oscuridad, con un efecto como el de una antorcha que asoma entre un denso bosque. Como era natural, seguía silbando esa melodía.

Mientras tanto, yo me quedé en un silencio aturdido, lo cual era una rareza.

La penetrante mirada de Jake me indujo finalmente a voltear hacia él.

—Estás metida en tus pensamientos —susurró.

—Sí, y es un sitio peligroso —murmuré con la cabeza baja. Me estaba convirtiendo en algo nuevo y poderoso, y tenía miedo de que otros supuestos dones pudieran surgir ahora que había dejado libre a la bestia dentro de mí,

Jake me tomó de la barbilla y me obligó a mirarlo.

—Ki, es posible que no te guste esa parte de ti, pero nos acaba de salvar la vida. Si logras controlar esas habilidades, tal vez seamos capaces salir vivos de este desastre. Eres más grande que la magia dentro de ti. Solo necesitas domarla.

Sacudí la cabeza sin poder dar crédito a sus palabras y me solté de su mano. Sus palabras eran justo lo que necesitaba para elevar mi menguante confianza.

—Puede que lamentes haberte unido a mi grupo ese día en el santuario, pero yo me siento egoístamente agradecida.

—Somos familia, ¿te acuerdas?

Lancé un quejido juguetón.

—Solo no dejes que se te suba a la cabeza, ¿de acuerdo?

Casi pude ver cómo ponía los ojos en blanco mientras me sentaba junto a la creciente fogata. Jake tenía razón. Lo que necesitaba era practicar para poder salvar a Jude y protegernos a todos, sin importar lo riesgoso que me pareciera.

O tal vez tenía miedo de lo que significaría «controlar» esas habilidades.

Miedo de en qué me convertiría.

Más tarde esa noche, desperté con el sonido de unos pasos.

Una mano me cubrió la boca antes de poder gritar y un cuerpo fuerte me hundió más profundo en la tierra. Al instante empecé a sacudirme, luchando por quitarme de encima a mi atacante.

—Deja de pelear —susurró entre dientes una voz—. Vine a ayudarte.

Mis pensamientos volaban sin control a medida que el pánico me gobernaba. Reconocería esa voz ronca en cualquier lado. «Harlow». El desgraciado había vuelto.

Aflojé el cuerpo y eso hizo que la fuerza de su agarre cediera, aunque fuera un poco. Una sensación helada me recorrió la garganta, el pecho y la columna vertebral, despertando mis sombras, que se agitaron con anticipación.

Podría ser que alguna vez Harlow me hubiera superado, pero ahora no sería capaz. Nunca debería haber regresado a retarme.

—Eres una persona difícil de localizar —susurró y quitó la mano de mi boca.

No grité porque no necesitaba hacerlo. En un momento, de Harlow no quedaría más que un montón de cenizas. Mi magia oscura pareció gritarme «sí» como respuesta.

—¿Dónde está Jude? —le exigí, sintiendo que el cuerpo me hormigueaba. Apenas podía mantener a raya la fuerza de mis sombras, tuve que apretar los dientes y hacer un esfuerzo por controlarlas... por ahora—. Tu debes saber dónde está. Sin él, tú eres el líder de los caballeros.

Harlow se sentó y se le formó una arruga entre las cejas.

—No le hice daño, Kiara. Yo...

—Haz otro movimiento y será el último.

La advertencia vino de mi izquierda, enunciada por la áspera voz de Zorro que era fría y cortante como el acero.

Mis ojos se vieron atraídos hacia ella y hacia la daga que apretaba con fuerza en la mano. Su sonrisa era amplia y plena.

Los otros despertaron y Jake se incorporó con pesadez; frunció el labio superior con desprecio al ver a su antiguo teniente sometiéndome en el piso.

Harlow soltó un quejido de exasperación antes de quitarse de encima de mí. Volteó con rigidez hacia Zorro, con las manos levantadas en señal de paz.

—Tú, de entre toda la gente en el mundo, eres quien menos tiene vela en este entierro. Cediste ese derecho hace mucho tiempo —espetó, mirándola con desdén—. Déjanos y no habrá ninguna consecuencia ni para ti ni para tus hombres.

Fruncí el ceño, pero mi atención se dirigió a Jake, que se había ido acercando poco a poco con la mano en la empuñadura de su arma. Me levanté dando tumbos y di unos cuantos pasos cautelosos hacia él. Mis sombras se enroscaban de la punta de mis dedos mientras buscaba con torpeza mi daga; atacaría primero con ellas.

—Verás, allí es donde estás equivocado —argumentó Zorro, con las fosas nasales muy abiertas. Aunque era casi sesenta centímetros más baja que Harlow, de alguna manera parecía mirarlo desde arriba—. Cualquier cosa relacionada con mi hijo me concierne.

El corazón se me detuvo por completo y también lo hizo el mundo entero.

«Su hijo».

La frase se repitió en mi cabeza hasta convertirse en lo único que sabía.

Zorro era la madre que abandonó a Jude. La madre que era dueña el libro de tradiciones que él me dio. También era la misma que lo había dejado en las garras de un grupo de sádicos.

Yo no fui la única que se quedó estupefacta e incapaz de hablar.

Finn se quedó con la boca abierta y la sonrisita que solía adornar el rostro de Dimitri desapareció de sus labios. Zorro les había guardado el secreto a sus hombres más leales. Me tomó un momento darme cuenta de que Jude también me había ocultado el secreto.

Debe haber sabido quién era ella cuando estuvimos en la Niebla y hablamos de su infancia. El primer sitio al que se dirigió fue Fortuna, con Zorro, y…

En ese momento recordé el símbolo en su brújula. Había usado esa cosa tantas veces, frotando con su pulgar patrones sin sentido sobre la superficie del instrumento cuando lo sostenía. También había notado los detalles grabados en ella: una garra con una gota de sangre que brotaba de la punta; la marca de la ladrona más grande de Asidia: su madre.

¿Por qué demonios no había juntado las piezas del rompecabezas antes?

Aparté mi mirada de ella y la dirigí a Harlow, observando con cuánta intensidad apretaba furioso la mandíbula.

—No mereces llamarle así, Emelia. No tienes ningún derecho sobre él. —Su tono estaba lleno de puro veneno cuando le dijo—: No eres más que una traidora a nuestro reino, una cobarde. Corriste con la cola entre las patas porque no quisiste aceptar la verdad sobre tu madre. Te apuesto que siempre supiste lo que le transmitió a él, lo que tu madre le concedió. O quizás el poder de Raina te saltó por completo al darse cuenta de lo poco digna que eras de él.

Zorro —Emelia— ni siquiera se estremeció.

Su madre era Raina.

Ahora que sabía la verdad la miré, realmente la observé: sus altos pómulos afilados, sus ojos que todo lo evaluaban, su cabello negro como la noche. Regresaron a mi mente las palabras de Lorian cuando estuvimos en el claro: «Tu nariz es igual a la suya», le había dicho a Jude.

Sentí el calor en mi pecho cuando la divinidad de Raina emergió.

«Emelia». Su nombre sonaba delicado en comparación con su reputación mortífera. Aunque cualquier idea de delicadeza despareció un segundo después.

Emelia se le fue encima, su daga era un resplandor plateado dirigido al pecho de Harlow.

Finn lanzó un gruñido cuando Harlow desvió el golpe y la daga que él llevaba en la mano vibró al chocar contra la de Emelia. Avancé hacia ellos, preparándome para liberar mis sombras y convertir a Harlow en cenizas tal y como lo había imaginado cuando un remolino de piel moteada en café y negro voló frente a mi campo de visión.

Se escuchó el chasquido de una mandíbula, el golpe de unas patas llenas de garras y el inconfundible sonido de unos colmillos atravesando piel.

CAPÍTULO CATORCE

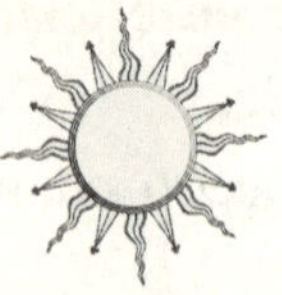

Jude

Nunca quise a tu hijo y no lo quiero ahora. Hice lo mejor posible por curtirlo, pero creo que no tiene caso. Si estás tan preocupada, ven a criarlo tú misma.

Carta de Jack Maddox a la Taberna del Zorro Astuto, año 34 de la maldición

Escuché gritos en la distancia. A mi lado, Liam se congeló, con la boca abierta mientras volteaba a verme con una pregunta apremiante en la mirada.

Escuchamos otra ronda de gritos transportados por el fiero viento occidental. Eran terribles gritos de miedo y de dolor. Por cómo sonaba, deduje que se trataba de una emboscada. Supuse que el origen estaba como a kilómetro y medio de distancia.

—¿Hacemos… algo? —me preguntó Liam, llevando con duda su mano a su cinturón. En él portaba un delgado cuchillo, aunque dudaba que supiera cómo blandirlo adecuadamente; cada vez que llegaba siquiera a tocarlo, hacía una mueca.

—No —murmuré, considerando la situación—. Seguimos adelante.

Mi cicatriz palpitaba con vehemencia y los músculos de mi pecho se contrajeron en un espasmo, pero sin importar lo que mi cuerpo o mis instintos me instaran a hacer, quién fuera que estuviera por allí, estaba por su cuenta.

Tenía que encontrar a Kiara y Mena todavía quedaba muy lejos, tomando en cuenta ritmo tranquilo al que viajábamos; sin embargo, no me atrevía a obligar a Liam a caminar más rápido y seguía pensando en la forma de conseguirnos unos caballos.

Liam abrió la boca, pero un chillido ensordecedor lo interrumpió. El nefasto alarido resonaba a tal grado que parecía agitar los diminutos granos de tierra bajo mis botas.

—¿Puedes quedarte allí sentado e ignorar eso? —Apretó las manos y frunció el ceño con una expresión demasiado similar a la de su hermana. Dioses, mientras más tiempo pasaba en compañía de Liam, más me recordaba a ella. Aunque él tendía a hablar de libros en lugar de armas para llenar el silencio.

Eso me hizo extrañar incluso más a Kiara.

—Si los ayudamos, nos arriesgamos a que nos capturen. —«O algo peor», pensé.

—Kiara ayudaría —protestó Liam cruzando los brazos.

—Y es probable que lograra que la mataran —le contesté y también crucé los brazos—. ¿Qué tal si nos topamos con una pelea y los hombres del rey son la causa? ¿Qué bien le haría a Kiara que terminemos con grilletes?

Una chispa blanca cruzó mis dos ojos y provocó que diera un paso atrás.

—¿Te sientes bien? —preguntó Liam cuando me quejé y me froté los ojos como si eso pudiera quitarme el ardor.

—Estoy bien —respondí molesto, pero estaba lejos de estar bien. Cuando logré abrir ambos párpados, el bosque que nos rodeaba había cambiado. Todo había cambiado.

En lugar de las siluetas sombrías, mi ojo izquierdo captó

todas las muchas curvas y formas del mundo. Estaban cubiertas de una capa dorada, levemente borrosa, que resplandecía como una gema. Era brillante y clara, y deslumbrante de un modo que me recordó un sueño.

La divinidad de Raina.

—¿Comandante? —inquirió el chico.

—Ya te dije que estoy bien. —No fue mi intención responderle de mala manera. Tan solo estaba en terreno desconocido, perdido en mi poder. Esta nueva visión me habría doblegado hace unas semanas, pero ya me había ido acostumbrando a lo peculiar y en lugar de tirarme al suelo aterrorizado, solo me encajé las uñas en las palmas de las manos. El dolor era bueno. Te afianzaba.

—Puede ser que sea ella la que está por allá. —Liam entrelazó los dedos en su melena rizada con evidente incertidumbre—. Quiero que por lo menos vayamos a ver qué pasa. No tenemos que dejarnos ver. —Su mirada se transformó en acero, endurecida todavía más por su obstinada determinación—. Voy a ir, contigo o sin ti.

Tan valiente. Tan imprudente. Tan Frey.

Me masajeé las sienes pensando en sus palabras.

La lógica dictaba que las probabilidades de que ella estuviera allí eran casi nulas, pero Liam tenía razón en una cosa: ella se habría lanzado al caos sin pensarlo dos veces y aunque hace un mes me hubiera burlado y reanudado mi viaje, no podía hacerlo ahora.

Además, mi magia... había cobrado vida de modo nuy repentino segundos después de los gritos.

No solía creer en tonterías absurdas como las coincidencias, pero habían ocurrido tantas cosas en tan poco tiempo —cosas inimaginables—, que ya no podía darle la espalda a lo imposible.

—Vamos a ver qué sucede —cedí y al instante mi visión se ajustó; los resplandores blancos se calmaron hasta solo quedar lo dorado; la magia parecía satisfecha con mi respuesta—. Sin embargo, nos quedaremos ocultos y en cuanto te diga que nos vayamos, me harás caso.

Los Frey iban a ser la causa de mi muerte.

CAPÍTULO QUINCE

Kiara

Antes de que Raina acabara con las bestias de sombra del dios de la luna, estas vagaban por el mundo devorando todo lo que veían. Su método de ataque consistía en rodear a su presa y envolver a la víctima con sus figuras incorpóreas mientras la convertían en cenizas. Aún así, incluso después de que el dios de la luna se enterara de su maldad, las protegió como cualquiera lo haría con su propia familia.

FRAGMENTO DE *TRADICIONES DE ASIRIA: UN CUENTO DE LOS DIOSES*

El repugnante crujido de la carne y huesos hizo eco en el aire cuando la mascota de Lorian enterró sus afilados dientes en el brazo de Harlow; sus ojos azules resplandecían hambrientos.

Nuestro protector silencioso pero mortal, no nos había fallado.

Miré a los cielos y murmuré un rápido agradecimiento hacia Lorian al mismo tiempo que Harlow gritaba. Luchó por acuchillarlo con su daga, pero la bestia apretó las mandíbulas con más fuerza.

Zorro no perdió un segundo y se alejó del depredador. Saltó para ponerse de pie y corrió hacia mí.

—Por todos los demonios, ¿es eso un maldito jaguar?

Harlow lanzaba alaridos de agonía mientras colocaba ambas manos en el animal y lo empujaba lejos de él. Cuando se levantó, su brazo derecho colgaba flácido y su negra camisa estaba bañada en sangre. La bestia peló los dientes y comenzó a dar vueltas alrededor de su presa; casi parecía que sonreía. Era evidente que Brax jugaba con su comida, ya que el teniente estaría muerto si el jaguar así lo quisiera.

Cerré la mano alrededor de mi arma mientras veía el rostro de Harlow retorcerse de dolor. No era alguien que me agradara particularmente, pero verlo hecho pedazos causó que el corazón se me fuera al estómago.

El jaguar lo embistió de nuevo con un gruñido decidido, pero el teniente lo esquivó saltando ágilmente hacia un costado. Me sorprendió que siguiera en pie.

—¡Vine a ayudarte, Kiara! ¡Detén a tu perro guardián! —me rogó justo cuando el jaguar lo atacó, esta vez rasgándole la pierna con una de sus garras. Los trozos deshilachados de su pantalón mostraban zonas de pálida piel.

Me quedé allí, atrapada entre mi deseo de correr y mi deseo de ayudarle.

Harlow no era mi amigo. No había ayudado a Jude a escapar de su celda. Sin embargo, el hecho de que había dejado ir a sus hombres me carcomía por dentro. No podía evitar sentir como si estuviera fallando una prueba.

Zorro salió en desbandada hacia los caballos con sus hombres pisándole los talones. Jake me hizo señas hacia Estrella cuando Harlow volvió a hablar.

—Aurora —gritó cuando el jaguar le clavó las garras en la otra pierna. De su ropa no quedaba nada más que andrajos de tela arruinada. Atacó con su arma, hiriendo a la bestia a través de su gruesa piel. El animal gimió, pero no salió huyendo—. La conocí como sacerdotisa del sol. ¡Tenemos el mismo o-objetivo!

El sobresalto me dejó inmóvil, asombrada de escuchar de sus labios el nombre de mi abuela.

—¡Kiara! —Jake agitó frenéticamente su mano en mi dirección, con los ojos muy abiertos como una plegaria para que me fuera con él y huyéramos.

Miré fijamente a Harlow, aunque su atención permanecía en su oponente que lo circundaba. Podía ver su desesperación, su pánico. Volteó por un instante hacia mí y en momento de intercambio de miradas, dudé, meciéndome de un lado a otro sobre mis talones.

¿Cómo saber si decía la verdad? Podía ser otra mentira. Mi vida estaba llena de ellas.

Y... esa fue mi respuesta; tenía que estar mintiendo. Si tuviera el mismo propósito, entonces hubiera liberado a Jude cuando tuvo oportunidad. Se suponía que eran hermanos, familia, y, sin embargo, lo dejó encerrado en esa celda maloliente para que lo torturaran.

Yo no era como él.

—Brax, detente —le ordené al jaguar, cuyo tenso cuerpo se quedó quieto. Lentamente abrió los dientes que tenía enterrados en el músculo de Harlow y se alejó de su presa. No parecía contento—. Ni siquiera mereces este acto de misericordia —dije por encima del hombro mientras salía corriendo al sospechar que Harlow no había venido solo. Podía haber una horda de soldados esperándonos.

Jake soltó un suspiro de alivio cuando monté en Estrella. Zorro, Dimitri y Finn ya estaban fuera de nuestra vista.

Harlow gritó mi nombre una vez más, lo cual hizo que sintiera que mi corazón batallaba contra los confines de mi caja torácica. Tan solo su voz me ponía los nervios de punta; su traición había quedado bien grabada en mi mente.

—He protegido a Jude por años. Haciendo siempre lo mejor

por él. ¡Y por ti, Kiara! —Escuché el golpe de un cuerpo contra la tierra, seguido de un gemido ahogado—. A-Aurora confiaba en mí. ¡Pronto s-será demasiado tarde!

Me puse tensa y desee volver para interrogarlo, pero Jake me llamó por mi nombre, recordándome que podría haber otros persiguiéndonos en ese preciso momento.

Nos encaminamos al punto más elevado de una colina llena de césped; Zorro y sus hombres estaban casi en la cima. El lomo musculoso de Estrella estaba tenso debajo de mí y me aferré a su crin en lugar de a las riendas, recargándome sobre su cuerpo flexible. No había tenido tiempo para ensillarla.

Dos figuras se acercaron a pie, pero las nubes que tapaban la luna imposibilitaban determinar si portaban las túnicas rojas de la guardia. Lo único que sabía es que no formaban parte de nuestro grupo de inadaptados; probablemente le habían seguido la pista a Harlow.

Insté a Estrella a avanzar con una suave patada en la panza y salimos disparadas hacia nuestro más reciente enemigo; sentía que hielo me circulaba por las venas. Cuando me acerqué lo suficiente, mis sombras brotaron como látigos de mi cuerpo en un estallido de energía pura; la oscuridad subió por mis brazos y se elevó sobre mi cabeza hasta que quedé envuelta en un capullo de frío tranquilizador. Mi poder fluyó y se enroscó alrededor de los dos hombres, apretándolos con fuerza. Escuché el eco de sus gemidos y sus figuras encapuchadas quedaron compactadas.

Una parte depravada de mí sonrió y exhalé con alivio.

Verdades o mentiras. Amigo o enemigo. Correcto o incorrecto. Todo ello se desdibujó hasta transformarse en una pintura macabra de sangre y pérdida. Nada de eso importaba. No permitiría que nadie más me lastimara a mí o a las personas que amaba.

Intensifiqué mis sombras al tiempo que se deslizaban hasta el cuello de ambos hombres. Mis oídos se llenaron de los sonidos burbujeantes de cuerpos asfixiándose.

El zumbido en mis venas se intensificó y me sentí ebria con el poder que tenía a mi disposición. Se sentía tan malditamente bien; nada más se había sentido así de maravilloso, así de fácil. Ya no era Kiara, la chica con el peso de todo el reino sobre los hombros. Era la noche misma y cómo me deleitaba con toda su oscuridad.

Enrosqué los dedos y concentré mi poder sobre los intrusos. El enojo y la frustración se mezclaban, volviéndose la fuerza que me impulsaba, presionándome a explorar los rincones más profundos de mi alma. Mis emociones gobernaban mi magia y ni siquiera intenté detenerlas.

Ahí fue cuando Estrella se levantó sobre sus patas traseras y… me lanzó volando.

Grité al chocar contra el suelo cuando mi cabeza se estrelló contra una piedra. Mi visión se llenó de manchas negras y el hielo que había aceptado con los brazos abiertos se replegó en su prisión.

Una figura caminó sigilosa hacia mí, pero su silueta era borrosa, con una capucha bajada hasta los ojos. Mi cabeza se inclinó hacia un lado y el hombre se puso en cuclillas sobre mí.

Susurró una palabra, un nombre: el mío.

Cerré los ojos y dejé que me envolviera la noche.

CAPÍTULO DIECISÉIS

Jude

Ningún camino es directo. No aprendes nada cuando no te pierdes un poco.

PROVERBIO ASIDIANO

La vida se detuvo cuando Estrella arrojó a Kiara y la lanzó volando por los aires hasta desplomarse en el suelo. Su cuerpo ágil quedó fláccido y su rostro —antes contorsionado por la ira— ahora estaba relajado.

«Kiara».

La mujer cuyo rostro me acosaba, cuya voz se había convertido en un canto que sonaba dentro de mi cabeza en esas noches dolorosamente silenciosas, estaba recostada a mi lado, íntegra y real.

Sin embargo, no se movía.

Se escuchaban los alaridos frenéticos de alguien que gritaba su nombre. La voz me resultaba familiar, pero incluso si perteneciera a un enemigo, no encontraba la fuerza de voluntad para que me importara.

Tenía que llegar a ella. Presionar mis dedos contra su suave piel e inhalar esa dulce esencia floral suya tan distintiva. Asegurarme de que no había conjurado a esa mujer que era como una llama viviente cuya luz iluminaba mis demonios, pintándolos con oro.

Corrí. Corrí hasta que estuve allí, a su lado. Apenas sentí el impacto cuando me dejé caer en la tierra, mientras que mis manos la buscaban como a una estrella que se había aventurado demasiado cerca del suelo. Las yemas de mis dedos delinearon su figura y mis brazos temblaban al momento de explorarla en busca de heridas.

Su cabello rojo como el fuego estaba disperso en un abanico sobre la áspera tierra. Sus sombras se deslizaron de regreso a su pecho; los delgados tentáculos eran embrujadoramente hermosos bajo la luz de la luna.

Su pecho subía y bajaba debajo de mis manos, y mis ojos ardieron con un alivio tan irresistible que apagó todo sonido y sensación. De manera lenta y cautelosa, llevé mi mano temblorosa a su mejilla, curvando mi palma y estremeciéndome al sentir su piel helada.

De alguna manera nos habíamos encontrado… a pesar de que estuvo a punto de matarme. Como recordatorio, me ardió la garganta y recordé la forma en que sus dedos fantasmales se encajaron sobre mi tráquea. Me dolía respirar, pero en ese momento podría haberme acuchillado y no me habría importado.

—¿Está bien?

Incliné la barbilla, nada sorprendido al encontrar un par de ojos cafés con destellos dorados que me devolvían la mirada. El aire se convirtió en hielo dentro de mis pulmones cuando Zorro caminó con lentitud cerca de mí antes de ponerse en cuclillas a unos centímetros de distancia en el momento en que sujeté a Kiara. Su tono era cortante y me tembló un ojo al percatarme de la forma en que le dirigía una mirada asesina a la mujer que se encontraba entre mis brazos.

No le devolví la mirada mientras respondía.

—Lo estará. —Fue una horrible caída, pero solo necesitaba descansar.

Un gemido de dolor vino de mi izquierda.

«Liam».

Me di la vuelta y a unos seis metros de distancia, su hermano yacía despatarrado en el suelo. Cuando intentó levantarse, sus labios se retorcieron en una mueca de dolor y sus brazos se estremecieron por el esfuerzo. Se desplomó de nuevo sobre la tierra con un grito de frustración.

Zorro se levantó y corrió hacia él mientras que yo bajaba con ternura el cuerpo de Kiara, que frunció el ceño entre sueños. No quería dejarla, pero tenía que ver cómo estaba Liam; si moría debido a sus acciones... sería un golpe del que no se podría recuperar.

—Comandante.

Sentí alivio cuando Jake apareció frente a mí. Cayó de rodillas y tomó a Kiara de los hombros antes de pasar sus manos suavemente por sus brazos. Nuestros ojos se encontraron y Jake señaló con la cabeza hacia donde mi madre examinaba a Liam.

—Yo me encargo por ahora —me prometió como si me leyera la mente—. Ve a revisarlo.

El rostro del recluta fue una sorpresa agradable y una sensación cálida me llenó el pecho cuando asentí agradecido y me incorporé. Tuve la extraña necesidad de abrazar al chico, pero me obligué a darme la vuelta. Cada uno de los nervios de mi cuerpo protestó cuando me alejé de ella.

La ladrona tenía su mochila a un lado con diversos suministros médicos esparcidos en el suelo alrededor de ella y de Liam. Su guardaespaldas le pasó un frasco de vidrio que había rodado hasta su bota y ella le quitó la tapa antes de frotar el contenido sobre el pecho de Liam, cuyos jadeos angustiados me aceleraron el corazón.

—Esa chica está fuera de control —dijo Zorro sobre su hombro al mismo tiempo que frotaba el ungüento con sus dedos.

Liam tomó una bocanada de aire con los ojos muy abiertos y casi podía jurar que intentó sacudir la cabeza en negación.

Incluso con su hermano tirado sobre la tierra, sentí la necesidad de defenderla.

—Lo que pasa es que todavía no sabe cómo usar sus poderes —exclamé y enterré las uñas en la carne de mis palmas. ¿Cómo era posible que Zorro pudiera llegar a pensar que Kiara lastimaría a Liam a propósito? No sabía nada de ella.

Mi madre rio burlona, aunque seguía evitando mi mirada.

—Es un peligro para todos nosotros y no le permitiré...

—¿No le permitirás qué, madre? ¿Matarme? Tú eres la que me rechazó cuando necesitaba tu ayuda. Para empezar, tú eres la razón por la que me capturaron.

Guardó un silencio mortal y lentamente levantó la mirada hacia mí. Entonces sentí que un escalofrío me recorría la espalda. ¡El descaro! La ladrona no podía aparecerse repentinamente en a mi vida y pretender preocuparse de si vivía o moría; había cedido ese derecho hace diecinueve años.

—Si te hace daño, entonces haré lo que sea necesario para detenerla. —Sus ojos cafés brillaron ominosos bajo la luz de la luna—. Incluso si tengo que matarla con mis propias manos.

Estuve a punto de gruñir de rabia.

—Si te le acercas, será tu vida de la que tendrás que preocuparte.

Los rasgos conmocionados de Zorro se relajaron y pude darme cuenta de que planeaba soltar otra réplica, pero la voz de Jake interrumpió.

—¡Jude! —dijo, obligándome a desviar mi mirada de mi madre y de sus amenazas—. ¡Yo que tú vendría! Kiara despertó.

CAPÍTULO DIECISIETE

Kiara

No es al enemigo al que debes temer cuando entras en batalla, sino a ti mismo. Nunca sabes de lo que eres capaz hasta que la muerte te entrega un arma.

MALIAH, DIOSA DE LA VENGANZA Y LA REDENCIÓN

Abrí mucho los ojos al mismo tiempo que buscaba mi daga. Mi cuerpo estaba magullado y cada respiración me provocaba dolor, así que mi débil intento por desenfundar mi arma falló. Dejé caer el brazo a un costado con un débil suspiro. Estaba tirada de espaldas, mirando al cielo negro donde la luna era casi invisible, y todo me dolía.

Unas manos conocidas me acariciaron las mejillas, el pelo, los hombros.

—¿Jake? —pregunté con voz ronca y al fin pude enfocar su rostro borroso—. ¿Qué pasó?

Me había entregado voluntariamente a la bestia dentro de mí y aunque recordaba la intensidad inicial de sus sombras, el resto… no estaba del todo claro.

El ruido de un jadeo estrangulado rompió el silencio circundante. Me levanté en el preciso momento en que un movimiento atrapó mi atención. Había alguien tirado en el suelo detrás de Jake; Zorro se cernía sobre la persona mientras le frotaba algún tipo de ungüento en el pecho, con un frasco semivacío en la otra mano.

—¿Quién es?

El miedo se convirtió en un par de manos que se enroscaron alrededor de mi garganta y la apretaron. No estaba segura de que quería saber la respuesta.

—Kiara, escúchame… —comenzó Jake, pero yo ya corría al lado del hombre lesionado, moviéndome alrededor de Zorro mientras lo trataba.

Había dos figuras encapuchadas en esa colina y había desatado mi poder sobre ellos sin pensarlo, permitiendo que mis sombras los estrangularan antes de siquiera haber visto sus rostros. Sin embargo, ahora que estaba parada frente el hombre herido, no tuve dudas de su identidad.

—¿Liam?

Mis rodillas cedieron y me derrumbé en el suelo. No podía estar aquí, huyendo del rey. Tenía que estar alucinando, pero entonces acerqué mis manos enguantadas a su cara y rodeé sus mejillas sonrosadas; supe en ese instante que era demasiado real.

Sus ojos muy abiertos se dirigieron a los míos y una mirada de entendimiento cruzó entre nosotros cuando pronunció mi nombre. La piel alrededor de su cuello estaba oscurecida, incluso bajo la tenue luz. Con cuidado, rocé el área y el gimió entre dientes.

Pensé que entendía lo que era el arrepentimiento, pero esto era toda una forma completamente nueva de tortura. Solo se habría arriesgado a salir de casa por una razón: yo. Éramos el pilar del otro y nuestro vínculo era una constante inalterable que se negaba a ceder, incluso bajo la presión más extrema.

Le debía la vida — y mi cordura— en todos los sentidos que importaban.

Sentí una explosión de sal en la lengua cuando las lágrimas se deslizaron por mi rostro hasta mis labios. De pronto, la magia que tanto había codiciado hace unos minutos se transformó en una plaga maldita.

Mi cuerpo tembló a medida que Zorro intentaba ayudar a Liam; sus ágiles dedos masajeaban un ungüento transparente sobre su pecho. La respiración de mi hermano era irregular, pero luchaba por inhalar el medicamento.

—Niño, respira profundo —le instruyó—. Será mejor que esto funcione porque me costó bastante. —Volteó hacia mí y arqueó una ceja—. Lo cual me reembolsarás, como es obvio.

—Lo siento tanto —le murmuré a Liam, ignorando el comentario mordaz de la ladrona. Tomé la mano de mi hermano con la mía y me la llevé al pecho, donde mi cicatriz punzaba. O tal vez era mi corazón, que también sentía que estaba dolido.

—N-no sabías —logró responderme él con una débil sonrisa—. Estaré bien. S-siempre estoy bien.

No importaba que estuviera bien. El acto que había cometido no podía borrarse.

«¿Por qué está aquí?», grité dentro de mi mente, furiosa con él, pero más furiosa conmigo misma.

Zorro le ordenó respirar profundamente y yo imité la acción, captando el aroma a menta y sal, y a alguna otra esencia en el aire. Mi hermano respiraba con dificultad mientras obedecía las instrucciones y yo me quedé congelada, observando cada movimiento de su pecho.

—Y bébete esto. —Zorro le quitó el corcho a una ampolleta llena de un líquido azul opaco. Se lo acercó bruscamente a la cara y lo presionó contra sus labios y obligándolo a beberlo. Le costó trabajo, pero se lo tragó todo.

—Vamos, Liam —insistí, sin estar segura de qué le estaba pidiendo.

Había venido a buscarme. Mi hermano que no podía combatir ni defenderse. Mi dulce hermano cuyo corazón valía un millón de veces más que el mío. No podía soportarlo. No me sentía digna.

—Espera —susurró Zorro—. Mira.

Para mi alivio, la respiración sibilante de Liam disminuyó y la ronquera de sus exhalaciones se fue volviendo más silenciosa. Esperé durante unos minutos colmados de ansiedad, segundos que se sintieron como horas mientras observaba su pecho.

Liam, el chico siempre terco que conocía, buscó incorporarse de inmediato para sentarse. Cuando se tambaleó, lo tomé con fuerza del brazo, asegurándome de que no se fuera de espaldas y se abriera la cabeza de un golpe.

—No era la forma en que esperaba que mi q-querida hermana me recibiera —musitó—. Aunque no puedo decir que me sorprenda. Siempre actúas primero y piensas después.

De mis labios brotó un ruido que parecía algo intermedio entre un sollozo y una risa ahogada, y lo abracé, asegurándome de no apretarlo de nuevo hasta matarlo.

—De verdad has cambiado, Ki, ¿no es cierto? —susurró contra mi pelo.

Resoplé y me hice hacia atrás para observarlo con cuidado. Su respiración sí había mejorado. Tendría que comprar mil de esas ampolletas. Lo que fuera que tuviera dentro le acababa de salvar la vida.

Después de que casi se la quité.

—Dioses, ¿por qué viniste a encontrarme? ¡Pude haberte matado! —me sequé los ojos. Al parecer, en estos días no podía dejar de llorar.

—No podía dejarte toda la diversión —me respondió con una gran sonrisa y gradualmente se incorporó hasta ponerse de pie. Lo ayudé a erguirse mientras me observaba, sacudiendo la cabeza ante lo que fuera que había descubierto—. Casi no pude creerlo cuando Jude me contó lo que sucedió en la Niebla, pero, caramba, en verdad das miedo.

«Jude».

—¿De qué hablas? —le pregunté con voz temblorosa. ¿En verdad había dicho…?

Escuché que alguien carraspeaba detrás de mí y el pelo de mi nuca se erizó. Lo sentí antes de verlo.

El aire se sintió cargado como ocurre justo antes de una tormenta. Mi corazón dio varios vuelcos a medida que el pecho se me llenaba de una sensación cálida, alejando el temor debilitante que me había hecho derrumbarme hacía unos segundos. Solo una persona podía producir tal reacción e, incluso de espaldas, mi cuerpo conocía el suyo tan bien como se conocía a sí mismo.

—Jude no habló de otra cosa que de ti durante los últimos dos días. En serio, ha sido una pesadilla. —Liam puso los ojos en blanco con actitud de hartazgo, pero había un brillo juguetón en ellos.

Esas palabras me afectaron más de lo que demostré: que Jude sintiera tanto afecto por mí como yo por él. Era momento de voltear, momento de darle la cara, y aunque cada centímetro de mi cuerpo no deseaba otra cosa, tampoco podía olvidar cómo me había abandonado en la Niebla, temeroso de que yo usara la asesina de dioses en mí misma.

Tuvo razón de preocuparse; sin embargo, ahora que había estado sin él, que lo había visto hecho pedazos y solo, era demasiado egoísta como para dejarlo atrás, incluso si eso causaba la ruina de mi reino.

El momento que ambos anhelábamos y temíamos había llegado, y se sentía como si el destino mismo aminorara la marcha solo para mirar.

CAPÍTULO DIECIOCHO

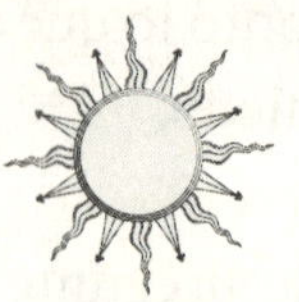

Jude

A menudo lo que más amamos,
es lo que al final nos mata.
Pero morir con una sonrisa
no es una manera terrible de irse.
LORIAN, DIOS DE LAS BESTIAS Y LAS PRESAS

Dioses de los cielos, era más radiante de lo que recordaba. Cuando sus ojos se abrieron, olvidé cómo respirar, pero ¿quién necesita el aire cuando me miraba así?

Requerí de todas mis fuerzas para mantenerme a raya cuando salió corriendo hacia Liam. Su hermano necesitaba toda su atención y aunque no era el más versado en cuestiones sociales, tuve la sospecha de que besarla mientras el chico se esforzaba por sobrevivir no era lo más sensato.

En ese momento los observé a los tres: mi madre, Jake y Kiara, todos a agrupados junto a Liam. Mi chica se tensó bajo mi mirada cuando la sintió. Cuando me sintió a mí. ¿Por qué no volteaba? ¿Estaba así de enojada conmigo por dejarla en la Niebla? Fue para protegerla, pero dudo que ella lo viera así.

—G-gracias —le dijo Liam a mi madre, mirándola con absoluto asombro. Cuando ella le dirigió una sonrisa a medias en respuesta, una emoción desconocida me quemó las venas; se sintió como veneno.

Compartieron unas cuantas palabras que no pude distinguir, pero Liam asintió una vez hacia su hermana y sus ojos se desviaron por un instante hacia mí. Entonces Liam casi la empujó para que volteara.

Nuestras miradas quedaron fijas en el otro de inmediato y fue como recibir un golpe en el estómago.

Olvidé mi armadura, mis escudos, cualquier arma que hubiera fabricado a lo largo de los años. Todos quedaron reducidos a cenizas, destruidos, pero no por dagas o flechas, sino por algo tan simple y devastador como esos resplandecientes ojos dorados.

Estaba a punto de mandar al diablo las consecuencias e ir hacia ella cuando se acercó un hombre que reconocí de El Zorro Astuto.

—Ese bastardo que llaman Harlow atacó —me dijo. «Los gritos», pensé. Liam tenía razón: Kiara había sido atacada y yo había dudado; quise ignorarlos.

—¿Harlow? ¿Estaba por allí? —Apreté los puños, furioso conmigo mismo. Le había dado el beneficio de la duda, pero parecía que mi antiguo hermano estaba mintiendo cuando proclamó su deseo de ayudarme. ¡Vaya lealtad!

—Ese jaguar se encargó de él. Le arrancó unos cuantos trozos de carne, así que dudo que tengamos que preocuparnos de él por ahora. —El tipo levantó una de sus sucias manos—. Por cierto, me llamo Dimitri. —Extendió la mano sucia para saludarme, como si no acabara de decirme que un jaguar atacó a mi viejo teniente.

Por instinto la acepté y descubrí que estrechó la mía con sorprendente fuerza. En cuanto me soltó, di unos pasos atrás. Los pensamientos acerca de Harlow podían esperar. Todo podía esperar.

Mientras me embebía con la imagen de Kiara como un hombre que ha vagado por el desierto durante días y cuya única fuente de vida era ella, noté que su cara de sorpresa cambió a una expresión de vergüenza. La conocía lo bastante bien para ver que un destello de temor oscurecía sus rasgos, las ganas de correr provocaban que sus manos se crisparan a sus costados.

Se culpaba.

—¿Podemos hablar? —le pregunté al tiempo que me acercaba. Ella dio un paso atrás—. ¿Kiara?

Su atención se desvió hacia su hermano y luego a sus propias manos, como si las tuviera manchadas de sangre.

—Yo… no puedo. Yo…

El viento sacudió su capa, exhibiendo la daga ónix que colgaba de su cadera: la asesina de dioses; después de todo, el niño de Fortuna había cumplido su palabra. Los músculos de mi cuello se relajaron al pensar que esa era una cosa menos de la cual preocuparme.

Ahora, lo único que necesitaba era que hablara conmigo. Sin embargo, retrocedió, paso a paso, lejos de todos, incluyéndome a mí: eso es lo que más me dolió.

Percibí su titubeo. Su vergüenza se reflejaba en sus ojos, en los que las lágrimas atrapadas brillaban como plata líquida.

—Lo lamento tanto, Jude… —Giró y se lanzó a todo correr hacia el bosque, huyendo de las consecuencias de su poder. Huyendo de nosotros.

Lo siento mucho por ella, pero siempre la seguiría. Corrí detrás de ella hacia los bosques esqueléticos. Grité su nombre, entrecerrando los ojos en la tenue luz. Un resplandor de su brillante cabello me atrajo más profundo, donde las ramas se atoraban en mi ropa, en mi piel. La perseguí hasta que llegamos a un pequeño claro rodeado de afilados carrizos negros. Allí paró en seco, dándome la espalda.

—Kiara, voltea, por favor.

—Deberías mantenerte lejos —me advirtió. El viento apagaba sus palabras y las dispersaba en la distancia—. N-necesito tiempo. ¡Por todos los dioses, los asfixié!

—Lo que sucedió no fue tu culpa. —Frustrado, me pasé una mano por el pelo—. ¿Cómo podías saber que no éramos la guardia del rey? Bien pudo ser que Harlow trajera refuerzos.

La respiración de Kiara se volvió agitada y el cuerpo empezó a temblarle de rabia o de temor; ambas emociones serían comprensibles.

Me aventuré más cerca de ella, deteniéndome cuando giró hacia mí, con los ojos entrecerrados por la suspicacia.

—Te dije que te fueras —rechinó entre dientes—. Además, creí que querías escapar de mí en la Niebla. ¡Esta es tu oportunidad! —Apuntó hacia los árboles—. ¡Vete!

Cómo se habían invertido los papeles. Quería que me alejara porque temía hacerme daño, pero yo no me asustaba con facilidad.

Con audacia la tomé de la muñeca y la jalé hacia mí. Sus manos chocaron contra mi pecho y aunque no se alejó, percibí que lo estaba considerando.

—Detente. Deja de culparte —le ordené con mi voz más autoritaria; quería que mis palabras penetraran en su terca cabeza—. Te dejé porque te hubieras arrancado el último trozo de divinidad de tu pecho para dármelo a mí. Ambos lo sabemos.

—Aún podría.

—No me amenaces con quitarte la vida —prácticamente grité y mi fiera necesidad de protegerla provocó que la apretara más de la cintura, con mis manos aferrando su capa—. No tomo decisiones a la ligera, Kiara. En aquel claro, cuando Patrick estuvo a punto de matarte, hice un juramento e intento cumplirlo.

—¿Cuál juramento? —preguntó tensa, pero se aferró a mí y lo tomé como una buena señal. Era vulnerable, como un libro abierto de amor y dolor, y de todo lo intermedio.

—Me volví egoísta en la Niebla. Tú me volviste egoísta. —Puse mi mano en su mejilla, manteniendo la otra firmemente afianzada en su cintura—. Decidí que haría todo lo que estuviera en mi poder para asegurarme de que sobrevivieras a este desastre, para encontrar un modo de salvarnos a los dos; por primera vez en mi vida sé que merezco la felicidad y quiero ser un hombre que te merezca a ti.

¿Iba a ignorar todo lo que dijimos en ese calabozo? Por un segundo me pregunté si había imaginado todo el asunto, pero luego mi cicatriz palpitó y Kiara se quedó muy quieta. Lentamente bajó la mirada a su propio pecho con los ojos bien abiertos.

Tenía que ser real: la prueba de nuestra magia estaba grabada en nuestra piel.

Cerré los ojos cuando presionó su cuerpo contra el mío, devolviendo mi afecto. Nos adecuábamos perfectamente uno al otro; su suavidad se moldeaba a cada borde rígido mío. Mi pulso se aceleró.

—Tú también lo sientes —susurró finalmente y su mano se movió a su cicatriz gemela—. No fue un sueño, ¿verdad? Fue… Fue verdad que te encontré.

—Fue real —confirmé. En ese momento había estado delirante y lo que le había dicho sin vacilación se repitió en mi cabeza—. Y estoy malditamente agradecido de que lo haya sido.

Sus mejillas se oscurecieron y bajó la vista.

—¿Estás… herido? —preguntó y su mano se movió a lo largo de mi espalda, el contacto de su mano era apenas un suspiro.

—Estoy bien, te lo juro. —Como si no me creyera, deslizó la mano debajo de mi camisa y sus dedos enguantados se movieron a lo largo de mi columna.

Inhalé bruscamente cuando pasó las manos con gentileza de un extremo a otro de mi espalda, desde la parte alta hasta poco más arriba de donde mi pantalón colgaba de mis caderas. Dioses, no tenía idea de lo que me estaba haciendo, de cómo me torturaba simplemente con su tacto.

—No tienes ninguna herida… —Su rostro se arrugó confundido, ignorante de mi lucha interior—. Y la que te hizo Patrick… no está.

—Te dije que estoy bien —repetí, intentando suavizar mi tono que, sin embargo, se escuchó más áspero y profundo de lo normal—. C-creo que la sané yo mismo, junto con las heridas que sufrí en la fortaleza.

—Heridas —espetó incrédula—. Lo que te hicieron va más allá de la crueldad. Más allá de meras heridas. Te hicieron pedazos. ¿Cómo llegaste a escapar?

—Óyeme, aquí estoy. Estoy vivo —dije, tratando de calmarla. Me preocupaba que su bestia de las sombras saliera ante la promesa de venganza. Justo cuando ese temor cruzaba mi mente, sus ojos se oscurecieron.

—Los voy a matar a todos, lentamente. Primero, voy…

—Kiara, con todo gusto te ayudaré a matarlos cuando llegue el momento, pero hay cosas más urgentes que debemos resolver primero.

—Nunca respondiste mi pregunta —insistió. Sus manos errantes se detuvieron y yo lamenté la pérdida de su suave exploración—. ¿Cómo te liberaste de esa celda?

Suspiré.

—Una mujer me ayudó a escapar. Afirmó ser Maliah. —Si no fuera por lo que habíamos vivido en Niebla, no habría creído mis propias palabras.

Kiara se estremeció, pero su mirada se volvió feroz, fija en mí. Un temblor recorrió mi cuerpo al sentir sus ojos, que parecían atravesarme hasta donde mi corazón palpitaba en los confines de mis costillas.

—Nos topamos con ella y con Lorian en el bosque antes de llegar a Fortuna —declaró con el ceño fruncido—. No estaban muy contentos de que tratáramos de salvarte cuando teníamos al dios de la luna tras nosotros.

Los dioses se estaban aliándose. Aunque Lorian había ayudado a Patrick con sus lobos, se desapareció al enterarse de mi verdadera identidad. Quería aferrarme a la idea de que los inmortales estaban de nuestro lado.

—Tal vez esa fue la razón por la que Maliah me ayudó —reflexioné—. Sabía que actuarías con terquedad y sin importarte tu propia seguridad.

—Como si tú no hubieras hecho lo mismo —replicó mientras colocaba su cadera contra mí. Sentí un ardiente calor a medida que sus movimientos me privaron de todas y cada una de las réplicas que pude haber formulado. Si no la conociera, diría que me estaba atormentando a propósito.

»También nos dijo que el dios de la luna está en el centro de esto —añadió, apagando rápidamente las llamas que se habían ido internando hasta el fondo de mi alma—. Cirian es su marioneta y quieren matarnos para que la magia de Raina no regrese. —De inmediato pensé en Cirian, en sus indirectas burlonas en esa celda y en cómo amenazó con matar a Kiara. La cabeza me daba vueltas, el enojo y el temor se mezclaban hasta formar el más potente de los venenos—. Maliah y Lorian dijeron que en el templo del dios de la luna hay un objeto que puede convocar y atrapar al dios, y lo confirmé cuando fui a ver a Zorro —hizo una pausa y alzó la ceja en tono acusador—, tu madre…

Se alejó de mí, las mentiras y verdades que había escondido creaban esa distancia entre nosotros. Negué con la cabeza cuando se apartó y mis manos recorrieron toda la extensión de su espalda.

—No te dije sobre ella porque, hasta hace poco, juré que nunca la volvería a ver —me apresuré a decir—. Era como si estuviera muerta para mí.

Las palabras sonaban huecas, incluso para mis propios oídos.

—Aun así desearía que me hubieras confiado esa información —comenzó, deslizándose de nuevo hacia mí. Me tragué un suspiro de alivio—. Pero entiendo por qué lo hiciste. Era tu secreto y lo respeto.

—No me quedan más secretos —susurré rozando la punta de mi nariz contra la suya—. Eso te lo prometo.

—Bien, porque estoy harta de ellos —refunfuñó—. Cada día hay uno nuevo y se está volviendo cansado.

—Me sigue sorprendiendo que mi madre te ayudara. —Zorro había dejado más que claro que no quería tener nada que ver con mis asuntos—. ¿Te dio los textos que se robó del palacio de Cirian hace años?

—No. Pero me explicó que todas las pistas para salvarnos conducen al templo. Nuestro plan era rescatarte primero y luego ubicar el talismán para aprisionar al dios de la luna. Luego de insistir en que era la única que podía descifrar la forma de entrar al templo interior, casi exigió acompañarnos.

Creí que los mandaría a volar como lo hizo conmigo. ¿El hecho de que me capturaran había afectado su decisión? Quizá su orgullo era lo que la impulsaba.

—Es probable que no deba acercarme tanto a ti —admitió Kiara y sus ojos se nublaron por el temor—. Podría volver a hacerte daño. —Bajó las manos a los costados, pero la tomé de las muñecas y sentí su pulso latir con fuerza contra mis dedos. El contacto era eléctrico como un rayo.

—Cometí el error de huir; no te atrevas a hacer lo mismo. —Sus labios se entreabrieron al meditar en mis palabras y eso la obligó a bajar la mirada. Casi solté un gemido cuando se mordió el labio inferior mientras pensaba, con los párpados entrecerrados—. Estoy lejos de hartarme de ti, Kiara Frey, y dudo que alguna vez lo haga.

Vaciló solo por un segundo, aunque fue el más largo de toda mi vida. Se impulsó sobre las puntas de los pies, me tomó del cuello y ambos colisionamos.

Mis labios se fundieron con los suyos y de pronto el mundo ya no se sintió tan grande ni nuestras tribulaciones tan imposibles. No era el mismo chico que había sido marcado por su padre ni el hombre que dormía con las manos manchadas de sangre. Ya no era nada ni nadie, y eso conllevaba una sensación de libertad, como si los grilletes del pasado se trasformaran en ceniza y esta flotara hacia la nada.

Había recibido un don que inicialmente rechacé por temor, pero ya no más.

Parada de puntas, Kiara se arqueó contra mí, deslizando sus manos bajo mi camisa. Sentí el frío de sus guantes contra mi espalda desnuda. Quería que esos guantes desaparecieran. Quería sentirla a ella, piel contra piel. No quería que hubiera más barreras entre nosotros.

—Quítatelos —le ordené, separándome lo suficiente para hablar—, por favor.

—Podría herirte —murmuró y se puso rígida.

—Me hieres al no tocarme. —Tomé una de sus manos enguantadas—. Quiero que desaparezcan. Te quiero a ti.

—Qué mandón, comandante —susurró y con movimientos lentos se quitó los guantes para luego meterlos en su bolsillo trasero. El leve temblor de sus manos no pasó desapercibido para mí.

—No, estoy desesperado —la corregí, besándole la línea de la quijada—, quiero sentir tus manos en mí.

Tantos, tantos deseos.

Sus manos deambularon ya desenguantadas y solo quedaron manos, labios y anhelo compartido entre nosotros. Adondequiera que fuera su calor me encendía. Era como si no pudiera tocarme lo suficiente, sentirme lo suficiente, y sus suaves quejidos de desesperación me hicieron perder cualquier indicio de control que me quedaba; aunque no era que tuviera mucho control cuando se trataba de ella.

Kiara era el aire de mis pulmones y por primera vez en días, respiré.

Susurré su nombre cuando sus manos viajaron por mi rostro, envolviendo mis mejillas y manteniéndome en mi lugar como si nunca planeara soltarme.

Los últimos días se convirtieron en nada más que una horrible pesadilla; cada uno de sus besos borraba el cruel azote del látigo y su tacto se llevaba consigo mi temor, mi dolor. Presioné su nuca con los dedos y con la otra mano la rodeé por la cintura, apretando y jalando hasta que no sabía dónde terminaba ella y dónde comenzaba yo.

Mientras me perdía en ella, redescubrí la persona que deseaba ser. La Mano de la Muerte sucumbió cuando ella murmuró mi nombre.

Tracé la abertura entre sus labios y cuando abrió la boca para encontrarse conmigo con la misma ansia, la exploré, arrancándole otro dulce gemido.

—Se supone que esté enojada contigo, que te obligue a rogar que te perdone —murmuró entre beso y beso. Suspiró cuando tiré de su labio inferior, soltándolo solo para darle un leve mordisco en la mandíbula—. Aunque parece ser que no recuerdo por qué. Estaba enojada por algo, ¿cierto? Quería gritarte y…

Lanzó un gemido cuando la tomé de las piernas y la monté sobre mis caderas, obligándola a enroscarse alrededor de mí.

—No importa —dijo con voz ronca—. Ya me enojaré contigo después.

Sonreí contra su piel y caminé hacia adelante sin detenerme hasta que su espalda estuvo pegada a un robusto tronco. Lo usé como apoyo para rozar sus mejillas, tocar su suavidad, deslizar mis dedos entre su sedoso cabello.

Estaría feliz de aceptar su enojo. Aceptaría cualquier cosa que quisiera darme como el mendigo en el que me había convertido.

—Dioses, me estás matando —murmuré, luchando por obtener el aire que me había robado—. Soñé contigo todas las noches, Kiara. Fantaseé con el momento de tenerte de nuevo en mis brazos, de besarte. —La besé en las comisuras de los labios—. Nunca debí haberme ido.

Se puso rígida al escuchar mis palabras y yo retrocedí: el corazón me retumbaba contra mi caja torácica.

—No —respondió molesta—. No deberías haberlo hecho. No confiaste en mí y no solo pusiste en riesgo mi vida por eso, sino que también la tuya. —Me miró con tal furia que me provocó un escalofrío. Kiara era pequeña, pero su tamaño no me engañaba. Si quisiera, podía someter a un hombre adulto en menos de un minuto. Aunque estaría mintiendo si dijera que eso no me excitaba a morir.

Atrapó mi mano y se la llevó a su herida sanada, sobre su palpitante corazón. Su otra mano descansó sobre el mío.

—Nunca, pero nunca vuelvas a hacer algo así —me advirtió. Su mano en mi pecho se entibió hasta alcanzar la temperatura de mi piel—. Si hablabas en serio sobre lo que dijiste en ese calabozo, si de verdad crees en lo que dijiste esta noche, entonces haremos esto juntos o no haremos nada.

Un nebuloso brillo que irradiaba de su cicatriz iluminó su cuerpo. Se abrieron mucho sus ojos, pero su atención no estaba en su pecho. Miré hacia abajo y encontré que un brillo semejante emanaba de mí.

El enojo de Kiara desapareció por completo de su rostro a medida que mi luz evolucionaba y el color dorado se transformaba en un tono similar al acero. Osciló de un color a otro; del día a la noche y de regreso. A través de sus pestañas pude ver su mirada claramente perpleja.

La sentí. La atadura entre nosotros.

Había estado allí desde el principio, pero ahora podía sentirla como si fuera algo sólido que se expandía entre nosotros. Había cuestionado el cómo había sido capaz de visitarme, pero estábamos conectados de una manera que no se podía explicar por medio de la lógica.

Las sombras se salieron de ella volando como una túnica flotando en el viento y, por un instante, su cuerpo fluctuó como una nube de ceniza. Un rayo abrasador me recorrió el pecho y cerré los ojos con fuerza.

Al abrirlos… Kiara ya no estaba. Giré en mi lugar buscándola, pero no había nadie en el bosque.

—¡Jude!

Al darme la vuelta, me encontré cara a cara con la mujer que se había convertido casi en un fantasma hacía un segundo; aunque su figura ya no oscilaba y su cuerpo había recobrado su solidez, noté cómo se tambaleaba.

¿Qué acababa de suceder?

—Yo… —volteó a ver el bosque con mirada aturdida—. Un instante estaba a tu lado y luego me enojé porque me dejaste; entonces pensé en aquella celda y en lo que sufriste, y… —resopló entre dientes, intentando recobrar la compostura; sus manos temblaban visiblemente en la oscuridad—. Me moví, Jude; sentí que me movía. Escuché la ráfaga de viento y fui impulsada a otro lado. Tuve que aferrarme a tu voz para regresar.

—Tus sombras —susurré y di un paso hacia ella. Me dejó abrazarla y poner su cabeza contra mi pecho mientras la tenía entre ms brazos—. Tus emociones las controlan. Así fue como lograste encontrarme, cuando pudiste visitarme. —Cuando me sanó en el claro, dejó su marca en mí, igual que yo lo había hecho con ella, pero la marca que me dio contenía un trozo de sí misma, de su oscuridad.

—Antes, cuando te visité, mi cuerpo no... —Agitó las manos frente a sus ojos—. No me moví de ese modo. Pero en el bosque, de camino para acá, te juro que abandoné mi cuerpo y volé. Miraba hacia el suelo y pude detectar un campamento abandonado que en algún momento ocuparon los soldados. Jake dijo que me puse casi transparente cuando sucedió.

—¿Tal vez te estás volviendo más fuerte? —Eso era completamente posible.

Acababa de descubrir ese lado de sí misma. Era imposible saber de lo que era capaz, en especial con ese fragmento de la magia de Raina en su interior. Corría el rumor de que las bestias legendarias de sombras podían liberarse de sus cuerpos físicos y evaporarse en el aire para viajar de un lado a otro. Algunos historiadores incluso afirmaban que podían tener acceso a los espacios entre mundos donde ningún mortal podía llegar.

—¿Tienes miedo de mí? —exclamó dudosa luego de unos instantes de silencio, de solo estar abrazados. Me puse rígido, horrorizado de que dijera tal cosa. Me enderecé y le tomé la barbilla.

—Si tu oscuridad fue la razón por la que me encontraste, entonces me salvó la vida, Kiara. —Negué con la cabeza. ¿Por qué no entendía? Adoraba cada parte de ella, especialmente su oscuridad. Era ella y no la querría de ninguna otra forma—.

Dije en serio cada maldita palabra que expresé en ese calabozo —sostuve con voz firme y decidida. Necesitaba que comprendiera—. Empecé a enamorarme de ti en el preciso instante en que pronunciaste mi nombre. —La besé gentilmente—. Y no quiero jamás dejar de estarlo. Te amo, Kiara Frey.

Sentí el latido de mi corazón en mis oídos mientras esperaba que hablara, que dijera cualquier cosa, pero simplemente se irguió sobre las puntas de sus pies y puso sus labios contra mis mejillas llenas de cicatrices, tomándose su tiempo, saboreándome.

«No dijo que me amaba».

Desearía que no me doliera tanto.

—No te perdono por abandonarme, pero no desperdiciaré este tiempo sintiéndome enojada contigo —dijo cuando tomó aire y aunque no era lo que deseaba escuchar, me llené de esperanza.

Bajé los labios hacia los suyos y, al tocarnos, unos estallidos dorados explotaron frente a mis ojos. Eran cegadores y abrumadores, y no quería dejar de besarla jamás, así que no lo hice.

De nuevo, mis dedos se entrelazaron en su pelo y mi otra mano oprimió la parte baja de su espalda. No podía hartarme de su sabor, de lo deleitables que eran sus labios cuando tiraba de ellos con los dientes, fascinado con su esencia. Consumiéndola. Devorándola. No fue hasta que escuché los gritos de alarma de Jake que ambos nos separamos.

El resplandor… ahora estaba en todas partes. Igual que aquel día en mi celda.

En los cielos, rodeado de nubes densamente grises, resplandecía un orbe de luz pura y devastadora. Me tambaleé, consumido por su brillo, asombrado por su mera presencia. Era el sol que luchaba por regresar.

Volteé hacia Kiara con una amplia sonrisa y me llené de su imagen, memorizado la forma en que los rayos le conferían un brillo sonrosado a su piel e iluminaban su cabello con el tono del cobre más resplandeciente.

Era preciosa, cada centímetro de ella, y era mía.

Sus ojos se encontraron con mi mirada ardiente.

—Solo tú me mirarías cuando hay un sol en el cielo.

Pero ella también me miraba. Fui a abrazarla de nuevo cuando el mundo se fue oscureciendo y la luz resplandeciente se desvaneció más rápido de lo que le tomó aparecer.

No importaba. Por unos cuantos segundos experimenté la esperanza. Después de todo, era posible que Kiara no tuviera que morir. Tal vez podía amarla y salvar mi reino sin tener que arrancarle el trozo faltante de su corazón. La profecía susurrada por la sacerdotisa del sol volvió a mi memoria y me aferré a ella con todas mis fuerzas.

—Kiara, creo que podemos salvar a Asidia sin…

Abrió la boca y de sus labios empezó a gotear sangre.

Murmuró mi nombre al momento de caer desmayada en mis brazos y antes de que pudiera gritar pidiendo ayuda, desapareció por completo.

CAPÍTULO DIECINUEVE

Kiara

Hoy mi nieta fue atacada. Cuando sus padres corrieron a traer los suministros para sanar sus heridas, yo fui quien la sostuvo. Podría jurar que su cuerpo desapareció por un brevísimo instante y se tornó de un color gris pálido. Solo existe un dios al que puedo recurrir y debo tragarme el orgullo para salvar el alma de Kiara.

ANOTACIÓN EN EL DIARIO DE AURORA ADAIR,
AÑO 40 DE LA MALDICIÓN

Soñé que volaba.

Con alas del color de la noche, me elevé, ingrávida y libre. Una pequeña aldea descansaba abajo, aunque no había ningún niño que riera o jugara en las calles. Las pocas personas que apresuraban el paso por el lugar llevaban la cabeza baja; sus cuerpos demasiado delgados eran frágiles y débiles.

Asidia estaba muriendo lenta y miserablemente.

Unos cuantos cultivos selectos seguían creciendo incluso después de la maldición, pero, en la última década, no bastaba lo poco que podían cultivar. En ocasiones, incluso el aire era demasiado espeso y Liam y toda la gente con problemas respiratorios como él pasaban muy mal rato.

Volé más alto, pues no quería ser testigo de esa angustia. La mayor parte de mi vida conocí el sufrimiento, la lucha que implicaba estar atrapada dentro de los confines de un reino maldito.

Los vientos cambiaron de dirección y dejé que ellos me guiaran, regocijándome con la manera en que la brisa agitaba mis plumas imaginarias.

A lo lejos, rodeado de flores de medianoche, se erguía un templo entre un mar lila y azul. Unas columnas de mármol se elevaban hacia el cielo negro como la tinta y unas fuentes de piedra caliza y esculturas con rostros estrictos decoraban un área bien podada cubierta de flores. En el ápice del templo había labrada una luna en cuarto creciente, con tres estrellas puntiagudas alrededor.

Bajé en picada, atraída por la belleza del santuario. Aunque nunca antes había estado en el templo de ninguno de los dioses, era obvio a quién le pertenecía este.

El dios de la luna, cuyo verdadero nombre era un misterio desde los albores de los tiempos. Nadie podía recordarlo, pero la gente seguía dirigiéndole sus plegarias y obsequiándole sus deseos más sagrados.

Los rezos eran poderosos, más valiosos que el oro y las riquezas materiales. Cada deseo estaba atado a un alma y cuando se lanzaba al firmamento, una parte de esa persona vivía por siempre en los cielos.

Descendiendo con la brisa invernal, aterricé en una fuente en la base del templo, donde las salpicaduras de su lento flujo bañaron mis alas irreales. Me estremecí con un escalofrío y temblé extasiada, estirando mi cuerpo y gozando del gentil rocío del agua. En esta forma, sentía un letargo que impedía cualquier sensación de dolor o del peso de la realidad.

Deseé nunca irme de allí.

—Kiara —retumbó una voz a mis espaldas. Giré la cabeza y me encontré con la última persona que esperaba ver; la última que hubiera querido ver.

Es posible que mi mente estuviera confusa, pero no se trataba de un dios que uno olvidara con facilidad.

«¿Qué estás haciendo aquí, Arlo?», pensé, sintiéndome repentinamente enojada. Adiós letargo.

El hombre que alguna vez creí mi tío se acercó y sus vestiduras azules, simples aunque lujosas, rozaban contra sus pies. Me miró con cautela y se frotó la barba encanecida. La tenía más descuidada de lo normal y alrededor de sus ojos azul grisáceo había ojeras oscuras, lo cual hacía que los bordes angulosos de su rostro fueran más ominosos de lo normal.

—Te estás perdiendo, Kiara —me advirtió y su voz hizo temblar el suelo donde estaba parado—. Mientras más te hundas en el poder de la noche, más te utilizará.

«Estoy bien», insistí en mi mente. «Tenemos a la asesina de dioses y a Jude. Lo único que nos falta ahora es el talismán del que me hablaron Maliah y Lorian».

No nos derrotarían con tanta facilidad.

Arlo emitió un quejido y el enojo se reflejó en sus facciones, creando una mueca.

—Quisiera que el tiempo estuviera de nuestra parte para que no tuvieras que ir allí. —Desvió la mirada—. Alguna vez, muchísimo antes de que nacieras, corrieron rumores entre los sacerdotes y sacerdotisas del sol que afirmaban que como un corazón destrozado fue la causa de la maldición, solo el amor podía remediarlo. Tal vez un disparate como ese podría haber sido cierto... antes.

«¿Antes de qué?».

—Tu accidente te cambió, hija mía. En cuanto esa criatura te clavó las garras, te convertiste en una parte de la noche. Las bestias de sombra, que fueron un accidente del dios de la luna, uno de sus experimentos fallidos, tenían el propósito de ser protectoras, pero la intención lo es todo y las intenciones del dios no fueron puras.

»Es posible que tengas el último trozo del sol en tu alma, pero no puedes utilizarlo como podrías haberlo hecho. Sucumbiste a la noche. Viajaste y eso, en sí mismo, demuestra que no puedes controlar el equilibrio.

«No entiendo», respondí, sintiéndome mareada. El templo detrás de Arlo se sacudió y trozos sueltos de piedra rodaron por las grietas.

—Debo apresurarme —dijo con la impaciencia de siempre—. Tú y Jude pudieron haber compartido otro destino, pero en este momento, su amor, el roce de sus manos, te está matando. Tu pequeña confesión puso todo en movimiento…, incluso si tu corazón te esta refrenando de darle todo de ti. —Pensé en cuando Jude me dijo cómo me amaba y yo le declaré lo mucho que me había enamorado. Sin embargo, Arlo tenía razón; reprimí una pequeña parte de mí. No pude devolverle las palabras que dijo con tanto cariño. Esas dos palabras me atemorizaban más que cualquier maldición.

—Él es más fuerte en el reino mortal, mucho más de lo que debería ser —afirmó—. Su poder sigue aumentando y lucha contra tu oscuridad, a pesar de que tengas un trozo de Raina dentro de ti. La magia de la bestia es demasiado abrumadora. Esa es la razón por la que te hizo daño y por eso te desmayaste.

«Vamos a arreglar eso. Una vez que encontremos cómo romper la maldición sin que yo muera, Jude y yo…».

—Tienes un dios implacable detrás de ti, pero prefieres pensar en el amor —estalló Arlo—. ¿Tan siquiera estás segura de que es amor? ¿No has pensado que tú y tu comandante se sienten atraídos por la divinidad de la diosa dentro de ambos, cuyas piezas anhelan reunirse?

Quería negar sus palabras, pero… ¿acaso había algo de verdad en lo que Arlo insinuaba? Esos trozos, las claves de la inmortalidad, rogaban unirse. ¿Estaba cayendo presa de su atracción?

«No».

Miré su rostro, sorprendida cuando vi la genuina preocupación que contorsionaba sus rasgos. El dios de la tierra y del suelo estaba preocupado por mí.

«Sin importar lo que sienta por el comandante», comencé, pero la voz se me quebró por la engañosa duda. «Vamos a ir al templo y tendremos éxito, sin importar lo que creas posible. Tú fuiste el que me dijo que las reglas pueden romperse».

Debía estar equivocado. Tenía que estarlo.

Uno de los pilares se desplomó, lanzando trozos de mármol que se estrellaron contra la tierra ennegrecida. El templo detrás de nosotros se desmoronó y otro pilar cayó. El techo se fragmentó también; estaba a punto de venirse abajo.

—Tu enemigo está más cerca de lo que puedes imaginar, Kiara —dijo Arlo, obligándome a desviar mi atención del templo destruido—. Pensé que habías aprendido la lección con Patrick, pero…

No pude escuchar sus últimas palabras. La noche giró y se volvió borrosa, y entonces mi cuerpo se hundió en el vacío de la noche, ahogándose en una ávida inexistencia.

CAPÍTULO VEINTE

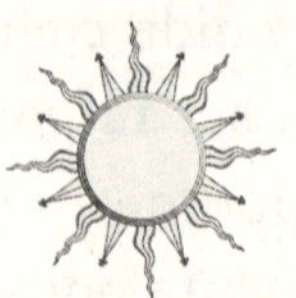

Jude

El amor ya no es la respuesta, solo lo es la muerte.

Carta de Aurora Adair a un destinatario desconocido, año 42 de la maldición

Kiara desapareció frente a mis ojos.

Antes de que pudiera evaluar el daño, contener la sangre que brotaba por su boca, su imagen osciló y desapareció de este mundo como una débil llama.

Grité su nombre una y otra vez, hasta que los otros vinieron a rodearme, rogándome que les dijera qué había sucedido, pero no tenía respuesta.

Transcurrieron los minutos, cada segundo era una señal de alarma que sonaba dolorosamente en mi cabeza.

Un destello de movimiento a mi izquierda captó mi mirada y vi que un cuerpo adquiría forma lentamente, apareciendo y desapareciendo frente a mí. Corrí hacia la figura vacilante deseando, esperando, que fuera ella.

Al otro lado de un terreno lleno de juncos espinosos estaba Kiara con mirada perpleja.

Mis rodillas se hundieron en la tierra cuando me dejé caer junto a Kiara para abrazarla; una sensación de pánico me recorría por dentro como una enfermedad. Estaba desfallecida, con la piel tremendamente fría y de un tono pálido enfermizo. Se quedó mirando a la nada y apenas respiraba.

Con mucho cuidado, la recosté de espaldas mientras su hermano gritaba y Jake maldecía y se paseaba de un lado a otro. La sacudí y casi delirante le busqué el pulso, que era débil, apenas detectable. Sin importar lo que hiciera, ella no despertaba y ver la sangre que brotaba de sus labios entreabiertos liberó mis poderes.

Llevé las palmas de mis manos a su pecho, sobre su cabeza, y vertí toda la energía acumulada —todo temor y duda, cada pizca de frustración— sobre su cuerpo recostado.

—¡Despierta! —le ordené mientras la luz resplandeciente irradiaba de mis manos. Esta iluminó los bosques plomizos y su color dorado tocó las puntas de las hojas quebradizas, haciéndolas brillar como cristales rotos.

Sentí la presencia de los demás a mi alrededor, escuché sus voces, pero los bloqueé de mi consciencia. Solo permanecía la sensación de estar partido por la mitad, de una espada invisible que me atravesaba la carne y los huesos hasta llegar a lo profundo de mi corazón.

Presionando una vez más sobre ella, lancé un alarido y la magia dorada fluyó sobre su cuerpo con un crujido enfermizo. La más brillante luz irradió por encima de mí e iluminó los bosques, el campo y los rostros asombrados de mis acompañantes. Mil estrellas centellantes brotaron de mí en cascada como un torrente de poder infinito que le entregué a ella.

No sucedió nada.

Regresé a aquel campo de flores de medianoche donde ella yacía cubierta de sangre entre mis brazos. Esa daga invisible se retorció y los recuerdos de su angustia me quitaron el aliento.

No entendía. Antes la había sanado y ahora no había ninguna herida a la vista. Tenía los ojos abiertos, su pecho se movía de manera rítmica y, sin embargo…

Un chorro carmesí brotó de sus labios y comenzó a salirle sangre también de los oídos mientras se convulsionaba, agitándose con tal violencia que temí que se lastimara. En mi estado de pánico, quité bruscamente mis manos de ella, temiendo que mi contacto le hiciera más daño que bien. Cuando sus temblores cesaron, sentí náuseas. De pronto, me di cuenta: era el contacto de mis manos lo que la lastimaba.

Jake cayó de rodillas, seguido de Liam, y ambos la acunaron haciendo su mejor esfuerzo por despertarla del hechizo que la afligía. Liam vociferó su nombre, pero yo apenas pude escuchar su grito. Todos los sonidos estaban amortiguados y el único que escuchaba era el siseo de la magia fuera de control en mi sangre.

Hicimos salir el sol dos veces después de que revelamos lo que llevábamos en el corazón. No había durado, pero pensé…, pensé que habíamos descubierto un modo de terminar con esta pesadilla, que podía ser feliz y que la luz que habíamos regresado al cielo —aunque brevemente— significaba la oportunidad de encontrar la felicidad.

Debería haber sabido que nunca nada es así de fácil.

La vana profecía no era real; simplemente era otro cuento de hadas al que me había aferrado con la esperanza de que fuera nuestra salvación. Era una mentira, pues cuando admitimos nuestras verdades frente a frente, contacto a contacto, Kiara sufrió las consecuencias.

Una mano se posó en mi hombro y lo apretó, forzándome a levantar la vista.

Los ojos oscuros de mi madre estaban opacos. Casi parecía estar preocupada, pero no podía estar del todo seguro, pues, honestamente, esa mujer era una desconocida. Las únicas personas que me habían mirado así antes fueron Isiah y Kiara. Isiah estaba muerto y ahora Kiara yacía inconsciente… y no podía salvarla.

—Levántate, Jude —me ordenó mi madre y encajó las manos en mis brazos. Con una fortaleza sorprendente me puso de pie, con su brazo rodeando firmemente mi cintura.

No podía desviar mi mirada de Kiara, no podía dejar de imaginarla entre todos los tantos cadáveres que acosaban mi consciencia; aquellos a los que maté con mis propias manos, con la garganta cortada, chorreando sangre y con alaridos congelados en sus labios agrietados…

—Jude. —Zorro tomó mi barbilla e inclinó mi rostro hacia ella—. Temía que esto sucedería —murmuró con voz tenue. Seguí su mirada cuando la dirigió hacia Kiara—. Reconocí… su esencia sobrenatural cuando estábamos en Fortuna. Era lo contrario de la calidez. Olí óxido y sentí el frío congelante del invierno en cuanto entró a mi estudio, y supe la razón. Sus guantes no pudieron ocultármelo. Ya había escuchado la historia de la chica con cabello de fuego que sobrevivió al ataque de la bestia de las sombras hace tantos años en Cila y… lo supe.

Me alejó hacia los árboles y Kiara se fue volviendo más pequeña con la distancia.

Quería pelear contra mi madre y, siendo realista, pude haberlo hecho, pero mi cuerpo me lo impedía. Lastimar a Kiara era peor que lastimarme a mí mismo y seguramente podía causar mayor daño si cedía a la tentación.

Zorro me detuvo a suficiente distancia para que solo fuera capaz de ver los contornos de los demás. Colocó ambas manos sobre mis mejillas y dijo:

—Necesitas dejar de creer en cuentos de hadas, hijo mío. Creí que entendías que no tienen cabida en este mundo. —Su pulgar rozó la parte baja de mis cicatrices gemelas y una mirada indescifrable cambió la expresión de su rostro—. Es una lección que pensé habías aprendido hace largo tiempo.

Eso me sacó de mi aturdimiento.

Me puse tieso y me alejé de sus caricias desconocidas. No tenía derecho a tocarme con esa ternura.

—No te quedaste conmigo el tiempo suficiente como para averiguarlo —estallé furioso y mi frustración cambió de objetivo, eligiendo uno más digno—. Me abandonaste a merced de un sádico mientras tú te ibas a vivir tu vida; perdóname si dudo en aceptar el consejo de una ladrona que además es una cobarde.

Algo semejante al dolor la hizo abrir los ojos y le temblaron los labios. Dioses, me parecía tanto a ella. ¿Por qué entonces no podía alejarme?

—No supe lo que llevabas dentro hasta el día en que murió mi madre —susurro con voz quebrada—. Guardó su secreto toda la vida. Dioses, ni siquiera me dijo jamás su nombre real —rio sarcástica—. Fue hasta que naciste que llegó a mostrar una pizca de amor.

—¿Raina? —Necesitaba oírlo de sus labios, que confirmara todo lo que era incapaz de entender por mi cuenta.

—Decía llamarse Rae después…, después de su caída —declaró Zorro, dirigiendo una breve mirada a sus botas—. Las historias dicen que encontró un gran amor y que tuvo una larga vida como mortal, pero esos también son cuentos de hadas. La gente necesita aferrarse a una ilusión. —Su cabeza giró hacia donde la niebla envolvía a Kiara y una expresión helada atenuó su mirada.

No creía poder contenerme de salir corriendo en dirección a ella y me mordí la mejilla. El ligero dolor agudo me centró.

—Mi madre era una mujer fría. Nunca se casó, pero en algún momento de sus viajes me tuvo. Pasé toda mi vida tratando de ganarme su afecto, su aprobación, cualquier cosa, pero Raina cerró su corazón después de que la traicionó su amante. Por supuesto, me protegió, aunque parecía no ser capaz de amarme. Fue hasta que estuvo a las puertas de la muerte que miró tu carita con total adoración. La odié por eso. Te odié. —Lo reconoció en voz baja, como un secreto que sospechaba nunca le había dicho a nadie.

Zorro no era la ladrona arrogante que encontré en Fortuna. Tenía los hombros caídos de un modo que la hacía parecer más pequeña, y su ira y su pena eran lo suficientemente palpables como para atragantarse con ellas. Todo eso me desorientó.

—Ya lo pasado, pasado —me obligué a decir mientras el mundo me daba vueltas. ¿Cuántas veces imaginé a mi madre disculpándose, hablándome de su arrepentimiento, de su culpa? Sin embargo, esta no era una disculpa, solo una pobre explicación que no tenía ningún peso—. No necesito escuchar tus excusas —le aclaré—. Me abandonaste y eso es todo.

Zorro soltó un gemido y tomó mi mano cuando una voz ronca sonó a lo lejos. Era Jake.

—¡Creo que está despertando! —gritó.

Me enterré las uñas en las palmas de las manos y cada milímetro de mi cuerpo luchó contra sí mismo.

Mi magia era demasiado intensa en ese momento, estaba demasiado fuera de control como para ir hacia Kiara. Si eso era lo que le hacía daño —ese poder que no deseaba tener dentro de mí—, no podía arriesgarme.

Nos habíamos convertido en aceite y fuego, una combinación mortal.

Me aferré al árbol más cercano y mis dedos se enroscaron sobre la áspera corteza cuando escuché su voz. Dijo mi nombre; su primer instinto fue llamarme a mí, el hombre que le había hecho daño.

Un olor a quemado saturó el aire. Volteé para descubrir que mi palma estaba encendida. El árbol contra el que me había reclinado estaba chamuscado y un humo negro brotaba de la madera. Solté una maldición y aparté la mano bruscamente.

Echaba a perder todo lo que tocaba.

Zorro intentó tocarme de nuevo, pero corrí. Corrí hasta llegar al claro donde estaban nuestros caballos y dirigí la vista al campo que se extendía más abajo, con la luna expuesta y brillante contra el vacío cielo nocturno.

Con un rugido, estiré los brazos y grité mientras el fuego y el oro brotaban de mí.

Me convertí en una llama ardiente, con mi ira como yesca. Alas bermejas brotaban de mis hombros a cada lado, extendiéndose como amenazas inminentes que prometían devastación.

La nariz se me llenó de humo cuando el pasto a mis pies empezó a carbonizarse y marchitarse, pero eso no me importaba. Sentía un incendio dentro de mí y estaba tan malditamente furioso.

¿Cómo pude haber imaginado alguna vez que podría tenerla? Nunca sería mía. Nunca sería capaz de amarme, aunque lo quisiera.

Mis llamas se fortalecieron, labrando un camino de fuego que cruzó el campo y que serpenteaba entre los árboles, arrancando sus gruesos troncos como si fueran frágiles ramas. Cuando todo el claro hedía a destrucción y cataclismo, mi poder se calmó y su influencia fue disminuyendo.

Nací para destruir.

Nací para matar.

Nací para jamás amar.

Me di media vuelta; mi mente era incapaz de ser testigo de mi obra. Levanté la mirada y la vi a unos seis metros de distancia, rodeada de los demás. Su hermano merodeaba cerca de ella con actitud protectora e incluso Jake me lanzó una mirada desconfiada, con la mano puesta por instinto en la empuñadura de su daga. Finn y Dimitri solo me observaron.

Los últimos rescoldos de mi magia se desvanecieron, pero no me acerqué.

Le prometí que nunca volvería a irme y no lo haría, pero no podía permitirme estar cerca. La miré cuando volteó hacia el campo incendiado y, después, de nuevo hacia mí, y pude sentir la efusión de amor que irradiaba de su mirada oscura; eso fue lo que más me aniquiló.

Qué cruel era el destino…

Mi amor podía matar a la única mujer que era dueña de mi corazón.

CAPÍTULO VEINTIUNO

Kiara

Rae era más de lo que aparentaba, más de lo que pudimos haber imaginado. Espero que nos perdones a ambas.

Carta de Aurora Adair a Juniper Marchant,
año 32 de la maldición

Jude volteó hacia mí con una mirada que nunca le había visto antes; una mirada de total y absoluta devastación.

Me había dado un beso en los labios y me declaró su amor, y el sol apareció en el cielo. Unos segundos después, mi sangre empezó a hervir intensamente, al grado que sentí que estaba envuelta en llamas. Mis sombras se replegaron, siseando en mis oídos mientras se escabullían a su escondite para escapar del poder de Jude.

Su toque quemó la oscuridad que florecía dentro de mí, provocando que colapsara en el piso.

A diferencia de la última vez, no estábamos en un mundo de sueños. Nuestros cuerpos se conectaron, piel contra piel, y nuestras magias pelearon. No supe si fueron nuestras palabras o nuestros poderes los que luchaban, o si nuestras declaraciones pusieron de algún modo en marcha una profecía equivocada.

—Kiara… —Jude dio un paso hacia mí, con arrugas de angustia en los ojos. Quería correr hacia él y decirle que no era su culpa, pero después de la advertencia de Arlo, dudaba poder tolerar sus caricias.

Nuestro amor hizo que nuestra magia resonara, pero solo los trozos de Raina, no mis sombras, y éstas formaban parte de mí de igual manera que la luz, si no es que más ahora que las había aceptado por completo.

Pensar en lo que Arlo había insinuado, que solo lo amaba por nuestro poder compartido, era como una plaga que hacía su mejor esfuerzo por envenenar el afecto que rebosaba mi alma y, por vez primera, dudé en hacerlo a un lado. Los viejos temores asomaron la cabeza, afirmando que no merecía ser feliz, que nuestra conexión era demasiado buena como para ser verdad. Aunque sí los hice a un lado, o por lo menos lo intenté.

—¿Qué fue eso, Emelia? —preguntó Finn y se pasó una mano nerviosa por la cabeza rapada—. Eso fue… él fue…

—Jude porta la magia de Raina —respondió ella con frialdad— o la mayoría, si mis suposiciones son correctas. —Volteó hacia mí—. Esa es la razón por la que esta misión es tan riesgosa.

—Dioses, mujer. ¡Deberías habérmelo dicho! —argumentó, pero ella lo hizo callar con una mirada fulminante—. Estaba enterado de lo de tu madre, pero que tu hijo llevara su poder… ¿Cómo es posible que no me lo dijeras, después de todo lo que hemos atravesado juntos?

Los labios de la ladrona adquirieron la forma de una línea fina.

—Mantuve en secreto mi pasado por una razón.

Mientras Emelia seguía discutiendo con Finn, observé al comandante. Estaba paralizado, con los puños apretados y los músculos del cuello tensos.

—Está bien, Jude —le juré, elevando la voz para que pudiera oírme—. Estoy bien. —Él simplemente me dio la espalda, reticente o incapaz de verme a la cara.

No podía tolerar la idea de que se sintiera responsable por lo que me había ocurrido. Jude ya había cargado con demasiada vergüenza y culpa, y cuando finalmente logró dejarlas atrás e hizo algo por sí mismo, su recompensa fue más sufrimiento.

Liam tomó mi mano entre la suya y soltó un quejido al sentir el calor que exudaba de mí, pero no me soltó. Mi cuerpo ardía incluso mientras temblaba de frío; no duraría mucho tiempo en ese estado. Jude debe haberle contado de la vez cuando estábamos en la Niebla, pues no parecía sorprendido en absoluto. Agradecí no tener que explicarle.

—Tenemos que seguir adelante. —Emelia se puso frente a Jude como para protegerlo de mí—. Si es verdad que el dios de la luna está tras ustedes, no tenemos mucho tiempo, y menos si el rey también nos sigue el rastro de cerca. —Volteó hacia Finn y añadió—: Ya explicaré todo, solo oculté mi pasado para protegerte.

Finn tenía las manos apretadas y los músculos de la mandíbula le temblaban. Se sentía herido y no podía culparlo.

Antes de que Zorro se dirigiera a los caballos, la aparición inesperada de Arlo volvió a mi mente.

—Cuando estuve… inconsciente, me visitó Arlo —dije, a sabiendas de que necesitaba compartirlo; sin embargo, tuve que forzar las palabras. —Me dijo que «viajé» y tal vez lo hice. Estaba planeando por el cielo; adquirí la forma de un alaestrella que volaba sobre un templo en ruinas.

Dimitri, que todo este tiempo nos miraba en silencio, cobró vida. Suspiró y alisándose ese pelo anaranjado y despeinado mientras caminaba hacia mí me preguntó:

—¿Dices que viajaste? —Asentí y él reanudó su marcha intranquila—. He escuchado antes esa expresión…, algo relacionado con las bestias de sombra. Mi pueblo estaba cerca de la frontera y los ancianos afirmaban haber visto antes a las bestias. Unos cuántos de nuestros jóvenes incluso desaparecieron, esfumándose en la noche, aunque nadie pudo atrapar a las bestias en el acto. Se movían sin que las detectáramos y siempre me pregunté cómo lo lograban…

Eso quería decir que tenía razón. Yo podía mutar, cambiar de forma y transgredir el orden natural de las cosas. Desvié la mirada y descubrí que Emelia me observaba fijamente. No había temor ni molestia en sus ojos, y me inundó un extraño sentimiento de aceptación cuando pareció tragarse sus palabras y volteó hacia un enfurecido Finn, que todavía necesitaba asimilar nuestra situación.

Hice una mueca, pues odiaba causar más incertidumbre a mis acompañantes.

—También dijo que nuestro enemigo estaba cerca.

El nerviosismo de Dimitri exacerbaba el mío y deseé que pudiera quedarse quieto, pero no lo hizo. Resopló exasperado y agitó las manos alrededor como diciendo «por supuesto, lo que nos faltaba».

—Entonces tendrás que usar la daga maldita en él. —La atención de Emelia se desvió a mi funda.

Mi instinto de protección me hizo enderezar los hombros.

—¿De qué estás ha…?

—¡Por favor! Como si no hubiera sospechado de inmediato qué era esa daga —dijo Emelia, sin permitirme continuar y encogió un hombro, lo cual obtuvo como respuesta otra queja molesta de Finn—. He oído muchas historias del poder que tiene contra los inmortales y no fuiste muy discreta ocultándola que digamos. Además, ¿de qué nos serviría el talismán si no podemos liberar los poderes del dios?

—Señora, ¿en qué lio nos metió? —gruñó Dimitri, que por fortuna se quedó por fin quieto.

Ella ya lo sabía; no estaba engañando a nadie con mis ojos muy abiertos y mis débiles metiras.

—Tengo la daga que se usó para robarle sus poderes a Raina —admití ante todos—. Maliah y Lorian me advirtieron que el dios de la luna quiere obtener lo que vive dentro de Jude y de mí. Parece decidido en destruir cualquier posibilidad de traer el sol de vuelta, por lo que necesitamos usar primero esta daga en él.

Divulgar nuestros secretos a los ladrones más famosos del reino era un riesgo, pero tenían el derecho de saberlo. Emelia recibió toda esa información sin demostrar ni un gramo de emoción y la envidié por eso.

—Entonces, tiene que hacerse —le dijo a Jude—. Mi madre no tenía en gran estima al dios de la luna; dudo que haya habido mucho afecto entre ellos. Si te persigue, intentará atraparlos desprevenidos. Eso significa que tenemos que apegarnos al plan.

—Estoy de acuerdo —contestó Jake, enderezando los hombros—. Llegó la hora de obtener la ventaja por primera vez.

La mirada de Emelia nunca se desvió de Jude.

—Hasta entonces, no podemos dejar que se repita… lo que sea que fue eso.

Volteé hacia los campos quemados, hacia los árboles que seguían ardiendo. Jude era capaz de una destrucción inimaginable. En el lapso de un minuto arrasó con casi tres hectáreas de bosque.

—Jude —grité para llamar su atención.

Volteó renuente, con una mueca en el rostro como si le fuera doloroso hacerlo. Dudé que hubiera estado poniendo atención a la conversación, pues tenía los ojos vidriosos; sus pensamientos perdidos en la agitación de sus temores.

Deseé haberle devuelto esas malditas palabras, admitir lo que crecía en mí con cada segundo que pasaba en su presencia; pero no lo hice y la oportunidad pasó. Las palabras de Arlo se convirtieron en un tumor que crecía dentro de mí, plantando las semillas de la duda.

—Vamos a resolver esto y no vamos a separarnos. No de nuevo. —Le sostuve la mirada hasta que se vio obligado a asentir. No le gustaba, pero no tenía que gustarle.

Podría ser que Jude creyera que estábamos condenados, pero yo mantuve la esperanza, por pequeña que fuera. Tenía que creer que esta sería más fuerte que las incertidumbres que luchaban en mi cabeza.

El comandante no era un veneno para mí…

Era la cura.

Permanecimos fuera de los caminos principales, haciendo que el viaje fuera el doble de largo.

Durante todo el recorrido, mi cicatriz punzaba, pero no se calentó como antes y se lo atribuí a que Jude mantuvo su distancia.

Cada vez que volteaba hacia él, tenía la cabeza gacha y la capucha de su capa le ocultaba el rostro. En las raras ocasiones en que llegaba a hablar, lo hacía con Zorro o con sus hombres. Dimitri silbaba mientras cabalgaba al lado del comandante; en cualquier otro momento Jude le habría dado un manotazo que lo hubiera tumbado del caballo.

Dimitri se había mantenido a su lado desde que dejamos el pedazo de bosque arrasado atrás y sus sonrisas eran tan genuinas como antes, si no es que más brillantes.

Me di cuenta de por qué Emelia lo había traído; de ellos tres, era quien aportaba la calma que tanto se necesitaba. Bueno, eso sin contar su momento de pánico en el claro que, honestamente, era de esperarse.

Liam me informó brevemente de todo el caos que estaba sucediendo en casa. Me quedé atónita al escuchar lo preocupados que estaban mis padres por mi bienestar. Tal vez mi asombro se debía a la suposición de que preferirían estar libres de mí y de mi maldición, pues no habían sido exactamente… cariñosos.

Cuando todo esto terminara, sabía que iría a buscarlos. Tal vez nuestra relación no estaba destruida sin remedio y esa posibilidad ayudó a atizar las débiles llamas de mi esperanza, cuyo calor era apenas el suficiente para mantenerme en marcha.

No podía permitirme el tiempo de cavilar sobre mis padres por mucho rato. Finn me hacía compañía, probablemente porque Emelia quería mantenernos vigilados o, quizá, porque seguía molesto de que le hubiera ocultado secretos.

Descubrí que no me molestaba su atención. Tenía una voz profunda que era tranquilizadora y hablaba más que cualquiera de nosotros, incluyendo a Jake, que había sido llevado al frente, justo al lado de la ladrona, quien fruncía el ceño y de dirigía una mirada de desaprobación cada vez que intentaba abrir la boca.

Al tercer día después de encontrar a Jude y Liam, Finn me contó la historia de cómo conoció a Emelia.

—Se suponía que me cortara un dedo —me comentó con una sonrisa soñadora mientras dirigía la mirada hacia donde Zorro nos lideraba—. Irrumpí en su oficina y me atrapó tratando de robarle alguna chuchería que ni siquiera valía la pena, pero en lugar de cortarme el dedo como era su derecho según las leyes, me dio unas palmadas en la espalda y me dijo: «necesitas trabajar más en tus habilidades de apertura de cerraduras», luego se río en mi cara y me ordenó que tomara asiento.

—No parece del tipo de persona que perdone algo.

—Ah, no lo es —afirmó—, pero solo si tratas de engañarla dos veces. Puede que Zorro sea una infame criminal que se rumora no tiene corazón, pero esa mujer tiene debilidad por los perros de la calle y, antes de darme cuenta, ya formaba parte de su jauría. Aunque si hubiera sabido que era la hija de Raina, probablemente ni siquiera habría intentado robarle.

Finn soltó una risotada, pero siguió hablando de sus siguientes aventuras.

El robo al depósito de armas de Parin; el anillo de rubíes Conchetta, que se suponía había sido creado hace más de mil años; la vez que se infiltraron en la fortaleza de Lord Delonor y le robaron un reloj de oro que traía en el bolsillo solo porque se les antojó hacerlo.

Muchas de esas historias empezaron por aburrimiento; la ladrona no se mantenía quieta con facilidad. Solo una vez Emelia volteó desde su silla de montar y le devolvió la sonrisa a Finn, aunque fuera brevemente.

Como todas las noches desde que nos reunimos, Jude se acomodó lo más lejos posible de mí, con la mirada puesta en los árboles y dándome la espalda. Lo observé por encima de las llamas de la hoguera mientras todos dormían, incapaz de conciliar el sueño hasta ver que su respiración se normalizaba. Ni una sola vez volteó a verme.

—Está tratando de protegerte —me comentó Jake al día siguiente, dándome un golpecito con la rodilla mientras estábamos sentados junto al fuego después de que todos se habían ido a dormir.

Habían transcurrido otras diez horas de viaje y todos estábamos agotados hasta los huesos.

—Es la misma historia de siempre —resoplé y crucé los brazos, mirando a Jake con actitud de complicidad.

—Lo mataré con mis propias manos si te hace daño. —Liam se dejó caer junto a nosotros, destilando veneno por sus ojos azul pálido. Los labios de Jake esbozaron una sonrisa mientras evaluaba con ojos brillantes al recién llegado.

—Solías ser tan pacífico, Liam —contesté sacudiendo la cabeza—. ¿De verdad me extrañaste tanto?

Soltó un resoplido de burla.

—Sigues teniendo el ego más grande que haya conocido.

—Y, sin embargo, no niegas haberme extrañado. —Rodeé el hombro de mi hermano con el brazo y lo jalé hacia mí. Se sentía como un trozo de mi hogar.

Estiré el otro brazo para tomar la capa de Jake y también lo jalé hacia mí. Mientras Liam se quejaba y me picaba las costillas para soltarse, Jake apretó los dedos y se rio. El sonido de su risa era tan profundo, reconfortante y puro que casi me rompió el corazón.

Mañana llegaríamos al templo y no podía imaginarme qué encontraríamos.

Incluso mientras estudiaba la figura de Jude cuando dormía, enroscado lejos de los demás debajo de la rama baja de un árbol, no podía quitarme la sensación de que no habría ningún final feliz para mí.

Siempre fui una guerrera y los guerreros nacieron para morir.

CAPÍTULO VEINTIDÓS

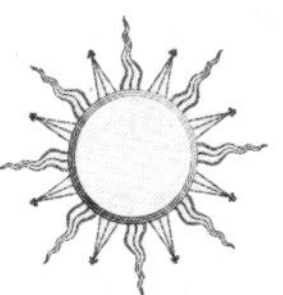

Jude

Cuidado con los templos de los dioses. A pesar de ser lugares de adoración, bajo los altares yacen recintos cavernosos llenos de trampas y acertijos mortales.

FRAGMENTO DE *TRADICIONES DE ASIDIA: UN CUENTO DE LOS DIOSES*

Desperté antes que el resto del campamento, excepto por Zorro que había tomado la última guardia.

No dijo palabra alguna, pero inclinó la barbilla hacia mí en un triste intento por saludarme. Lo ignoré. Era demasiado tarde para tan poca cosa.

Al otro lado de la fogata dormía Kiara, rodeada de su hermano y de Jake. Mi sangre hirvió por el mero hecho de mirarla. La luz de la luna se deslizaba sobre sus marcados pómulos, dándole una apariencia más felina, más amenazante y siniestramente deslumbrante.

Si la vida fuera amable, esta mañana habría despertado junto a ella, con mis brazos alrededor de su cintura y su espalda pegada a mi pecho. Acabábamos de reunirnos y no podía ni siguiera tocarla. No podía acariciar su suave mejilla con mis callosos dedos ni rozar su carnoso labio inferior; su boca que ansiaba probar.

Estos últimos días habían sido insoportables, intolerables al punto de que me vi forzado a tragarme el repugnante licor de Finn. Después del incidente en el claro, me pasó su ánfora de metal y se quedó con los ojos como platos cuando se la devolví vacía.

Finn no insistió, lo cual le agradecí, pero sí noté cómo frecuentemente su mirada se desviaba hacia mí, con profundas arrugas que cruzaban su frente. Tenía todo el derecho a estar preocupado. Mi estado era lamentable y eso me volvía peligroso, incontrolable.

Durante unas cuantas semanas había comenzado a creer que mi valor iba más allá de mi papel en esta lucha divina por el poder. Que era alguien que podía ser amado, incluso mis partes corrompidas y repugnantes. Tuve esperanza, algo que jamás había tenido.

Qué rápido había aprendido a disfrutar de una emoción solo para que se destrozara. Debí haberlo sabido.

Dimitri se dejó caer junto a mí y extendió las manos hacia el fuego para calentarlas. Los árboles se cernían a cada lado de nuestro campamento, con ramas delgadas que parecían como lanzas afiladas.

Siempre hacía frío en Asidia, aunque en esta época del año era peor y pronto la nieve empezaría a caer. Le llamábamos el invierno oscuro, porque incluso la nieve era grisácea.

Me ceñí la capa alrededor del cuerpo, pero en realidad no necesitaba el calor, pues mi cuerpo seguía ardiendo, calentándome los dedos de los pies y manos que estarían casi congelados si mi magia no hubiera emergido.

Dimitri silbaba la misma tonada una y otra vez, al tiempo que golpeteaba mi rodilla con la suya. Tuve que controlarme para no darle un puñetazo directo en la cara y ponerle fin a ese sonido insoportable. Despreciaba los silbidos. O el tamborileo. Los empujones. Que la gente respirara fuerte.

Con frecuencia Isiah golpeteaba con el pie cuando estaba impaciente y eso casi me llevaba al borde de la exasperación. Él desgraciado lo sabía y lo hacía a propósito para ver qué tan lejos podía llegar antes de que le gritara que dejara de hacerlo. Su respuesta era una sonrisita de satisfacción.

—A mi hija le gustaba —dijo Dimitri sin mayor preámbulo, cesando sus silbidos y trayéndome de vuelta al presente. Tenía una sonrisa torcida que denotaba un dolor oculto—. Dime que me calle si te molesta.

Dioses del cielo, no quería otra cosa, pero sus ojos tenían un brillo de desesperación que no podía desdeñar.

—Está bien. —No era cierto pero tomé un sorbo de mi cantimplora antes que soltar la verdad.

Los trozos de carne seca que Zorro empacó habían sido distribuidos, aunque yo apenas había tocado mis raciones. Probablemente debía comer para conservar la fuerza, pero la insoportable cantidad de sal que había usado podría extinguir las papilas gustativas que me quedaban.

—Mi hija murió con su madre hace años.

Me puse rígido. Algo me decía que lo que fuera que Dimitri estaba a punto de contarme terminaría con que yo empezaría a sentir afecto por él. Últimamente, el apego a los demás me había infectado como un virus…, pero, por alguna razón, descubrí que sí quería conocer los secretos de ese hombre, la razón por la cual su sonrisa estaba cargada de tristeza.

—Ni siquiera había cumplido los ocho años —continuó y tragó saliva con fuerza—. Era una niña vivaz y solo se calmaba cuando le silbaba esa tonada. —Su sonrisa sombría se desvaneció y seguí la dirección de su mirada al otro lado de la fogata, donde Kiara hacía su mejor esfuerzo por apartarse de Finn.

El guardaespaldas parecía estar contándole alguna historia escandalosa, pues movía las manos con tanta emoción que casi estuvo a punto de darle un golpe en el rostro unas cuantas veces. Kiara se metió unos cuantos trozos de carne seca en la boca e hizo una mueca.

Desde nuestro encuentro en el claro, Finn había abandonado su mala cara y parecía casi relajado. Es probable que se debiera a que Emelia estaba cada vez menos tensa. Parecían alimentarse emocionalmente uno al otro.

—Nunca la dejes ir —dijo Dimitri, inclinado la cabeza hacia el par—. Aprendí a la mala que el corazón puede romperse una y otra vez cuando le falta su otra mitad. Te lo juro, muchacho, las cosas nunca volverán a ser iguales. No importa cuánto te esfuerces por reemplazarlos, por rehacer tu vida, un amor como ese solo llega una vez y su desaparición puede arruinarte. —Lo miré mientras se incorporaba y deambulaba hacia donde su patrona se ocupaba de los caballos. Los rasgos de Zorro se suavizaron cuando lo vio e inclinó la cabeza como saludo.

Regresé a la fogata, reflexionando en lo que me había contado.

Mi corazón era algo que pensé que no podía romperse, principalmente porque no me consideraba lo bastante afortunado como para enamorarme algún día. Sin embargo, Dimitri tenía razón: mi amor sería mi ruina.

Decidido a torturarme, busqué al objeto de mis pensamientos. Como si sintiera mis ojos puestos en ella, Kiara levantó la cabeza y me miró fijamente, lo cual me hizo sentir como si sus ojos quemaran mi carne. Sentí como si me sofocara y el calor de mi pecho irradiara, envolviéndome hasta que me dolieron los pulmones.

Amar a Kiara era peligroso, pero siempre fui un glotón del sufrimiento.

Le sostuve la mirada, comunicándole en silencio mis disculpas, mis deseos y mi tristeza; mi cobardía. Rogaba que entendiera por qué estábamos sentados en extremos diferentes del campamento, por qué no cedía a mis instintos más básicos. La leve inclinación de su mentón dio a entender que lo comprendía, pero había otra emoción reflejada en sus ojos. Casi como… confusión.

«¿A qué se debe esa confusión?», me pregunté. ¿A nuestra misión o a mí?

Me mordí el labio con la suficiente fuerza como para que la sangre cubriera mi lengua. Oré porque sus dudas estuvieran relacionadas con la misión, pero una voz molesta dentro de mi cabeza se burlaba, diciendo que se relacionaban conmigo. Quizá eso era mejor, que lentamente se alejara de mí. Al final, eso haría las cosas más fáciles, ¿no?

Ni siquiera yo mismo podía convencerme eso.

Kiara fue la primera en desviar la mirada cuando su hermano le murmuró algo al oído. Liam no la dejaba sola, tampoco Jake. Liam sonreía más estando alrededor de ella, y cada vez que Jake le lanzaba una sonrisa retorcida, él se sonrojaba hasta el cuello.

Hasta el momento, no había visto que los dos tuvieran una conversación en privado. Kiara siempre estaba entre ellos, como una especie de mediadora. Descubrí que Jake volteaba hacia Liam más veces de las que podía contar, pero el hermano de Kiara era demasiado distante o tímido como para devolverle la mirada.

Me estaba armando de valor para caminar hacia ella y preguntarle qué le preocupaba cuando Finn gritó una orden.

—¡Es hora de irnos! Como saben, tenemos un reino que salvar. —Marchó hacia Dimitri y le dio una palmada nada gentil en la espalda. Su camarada le respondió levantando el dedo medio y Finn simplemente soltó una risotada con una alegría infantil que no esperaba de él.

Zorro permaneció a su lado hasta que Finn montó su caballo y su mirada endurecida se volvió tierna cuando ella misma subió a su montura.

La observé por horas durante nuestro viaje y la descubrí mirándome fijamente varias veces, pero siempre desviaba la vista cuando nuestros ojos se encontraban. Era todo un misterio por qué me miraba así. No había intentado hablar conmigo en privado. Por lo menos no realmente. Emelia no tenía derecho a mirar a escondidas al hijo que abandonó.

—El templo está pasando esas colinas —anunció Finn poco después, cuando todos ya habían montado sus yeguas. Apuntó al este, donde la tierra se elevaba hacia el cielo y los árboles negros parecían besar las estrellas centelleantes que brillaban en lo alto—. No somos más que viajeros que desean hacer una ofrenda, así que mantengan puestas sus capuchas y oculten sus dagas. Sin embargo, si creen que atrajeron la atención de algún soldado, repliéguense; ya formularemos otro plan. —Se quedó mirando a Emelia un poco más de lo esperado, como si una conversación silenciosa ocurriera entre ellos. Como si se hubieran puesto de acuerdo, ella le sonrió con actitud de cansancio y él le respondió de igual manera.

Mi yegua no protestó cuando la dirigí al sendero. Su falta de resistencia me hizo extrañar a Estrella, pero la yegua estaba con Kiara y eso amortiguó la pena.

Yo había insistido en que ella la montara, aunque la yegua volteó hacia mí con una mirada que catalogaría como «irritada». Su agitación era más una fachada, ya que acariciaba a Kiara con el hocico cada vez que la montaba y relinchaba de emoción cuando le pasaba las manos por su crin siempre enredada.

—¿Listo para el gran día, Solecito? —preguntó Dimitri mientras guiaba a su caballo hacia mí. Parecía agradarle asumir el papel de mi sombra, aunque no estaba seguro de por qué se tomaba la molestia.

—Me llamo Jude —respondí. Escuchar ese apodo era como un cuchillo chocando contra un plato de metal.

Dimitri rio juguetón y se frotó la barbilla.

—Te llamo Solecito porque eres tan cálido y amoroso. —Cuando puse los ojos en blanco, se rio—. Ya he estado antes en el templo, ¿sabes? Pero en cuanto traté de inspeccionar el sitio, me indicaron «amablemente» la salida. Probablemente no ayudó el hecho de que me estuviera cayendo de borracho y no fui tan sigiloso como creí.

—Una verdadera sorpresa —respondí, enfocándome en el frente, más específicamente, en la nuca de cierta pelirroja. Su cabello flotaba en el aire, libre de la trenza que solía usar. Anhelaba pasar mis dedos entre él.

—No tienes que preocuparte de que vuelva a suceder —me prometió Dimitri—. La señora me ayudó a recomponerme y no he tocado una bebida en años.

—Por lo menos ayudó a alguien —murmuré entre dientes. Mi madre parecía recibir a un montón de descarriados, cuidándolos como si fueran suyos. La boca se me llenó de amargura, incluso mientras pensaba en todo lo que Dimitri había perdido. Yo también habría recurrido a la botella si hubiera estado en su misma situación.

El mundo era un sitio despiadado. Mientras más nos acercábamos al templo donde nos enfrentaríamos con nuestro destino, más decidido estaba sobre una sola cosa: no permitiría que lo único bello de mi vida me fuera arrebatado. Si el destino quería arrebatarme a Kiara, sería sobre mi cadáver y no caería sin dar la lucha.

Había más personas de las que esperábamos merodeando a las afueras del templo, pero eso nos favorecía; mezclarnos con la multitud nos concedía la protección que buscábamos.

Luego de desmontar, condujimos nuestras monturas por el sendero hacia un establo lleno de caballos. Un chico no mayor de catorce años tomó nuestras monedas y se llevó a los caballos. Estrella me lanzó su mirada asesina de siempre antes de desaparecer dentro del establo y sospeché que estaba harta de estar encerrada.

La tierra estaba apisonada por el transitar de las personas, facilitando seguir la ruta hacia el templo, aunque cada quince metros más o menos había antorchas encendidas. Con las capuchas bajas sobre la cara, nos hicimos pasar por viajeros agotados que acudían a pedir la gracia del dios de la luna.

Incluso Emelia bajó la cabeza y levantó las manos en oración, pero tenía la mandíbula tan apretada que escuché cómo chirriaban sus dientes. Finn caminaba a su lado, siempre cerca y con los hombros encogidos, intentando parecer más pequeño y menos amenazante.

Los últimos tres del grupo se transformaron ante mis ojos. Con una máscara de candor y de puro asombro infantil, mi chica perdió el fuego de su mirada y adquirió una sonrisa tímida y sumisa. A su lado, el contoneo arrogante de Jake se convirtió en un caminar casi tímido, con la cabeza gacha en actitud de modestia.

Por otro lado, Liam no tenía que fingir inocencia.

El templo estaba construido de mármol, del tono más pálido de la piedra de luna. Una luna creciente dorada colgaba en la cúspide; el metal resplandecía como un faro. Se erguía sobre un campo de flores de medianoche —una mancha de color entre tanta blancura pálida— que se mecían gentilmente en la brisa.

Un puñado de sacerdotes y sacerdotisas con túnicas de seda color marfil hacía guardia al pie de una larga escalinata que conducía a la entrada principal. Entrecerré los ojos y detecté más individuos con túnicas apostados en el tope de la misma. Sentí que un escalofrío me recorrió los brazos. Nadie se movía, ni siquiera un centímetro. Me recordaron a estatuas, con ojos impasibles que no parpadeaban.

Incliné el mentón, desviando mi mirada a cualquier otra cosa que no fueran los «fieles». Aún así, esos ojos vigilantes me quemaron la carne y su intensidad provocó que el vello de mis brazos se erizara como señal de peligro.

Nuestro grupo se detuvo en los escalones donde un puñado de peregrinos con los brazos cargados de ofrendas conversaba susurrando. Incliné la cabeza para mirar las escaleras arqueadas que se elevaban hacia la noche interminable.

Escuché un suave resoplido a mi izquierda: Kiara no había tenido la fuerza suficiente para ocultar su molestia ante la perspectiva del ejercicio y sonreí contra mi voluntad. Subir esa monstruosidad seguramente le aceleraría el corazón. Como si supiera que estaba pensando en ella, volteó hacia mí y nuestras miradas se cruzaron. Gesticuló «cardio», antes de fruncir el ceño. «Justo como lo pensé».

Aunque mantenía la distancia entre nosotros, me descubrí levantando la ceja y mirándola del modo en que solía hacerlo cuando solo era su comandante.

Mi cuerpo podría verse reducido a cenizas y, sin embargo, seguiría sintiéndome atraído a ella; los trozos que quedaran de mí se elevarían al viento, exigiendo circular alrededor de su órbita. Su intrepidez no dejaba de sorprenderme nunca.

—Tómate tu tiempo para subir —le indicó a Liam, en tanto que a los demás los amenazó—. Vayan lento o los incinero.

Tomada de la mano de su hermano, estableció la velocidad de la marcha. La miré desde la retaguardia y sentí que mi cicatriz palpitaba al ritmo de mi corazón. Ese palpitar se transformó en una punzada aguda mientras más avanzábamos y apreté los dientes, sabiendo que mi cuerpo reaccionaba a la tierra sagrada en la que estábamos: no me recibía a mí ni a mi magia con ningún gusto y sentí mi poder retraerse.

Nos tomó más de veinte minutos llegar a la cima al paso relajado que llevábamos. La respiración de Liam tenía un leve silbido, pero parecía estar en buena salud y atribuí su vigor a la medicina de mi madre.

Exploré el templo con la mirada, un arco del tamaño de diez hombres rodeaba la entrada. Una docena o más de sacerdotes y sacerdotisas hacían fila a los lados, todos inmóviles hasta que se les acercaba algún viajero.

—Bienvenido. —Una sacerdotisa con cabello azabache cobró vida de manera casi mecánica, haciéndome señas para que avanzara. Los demás a su lado se mantuvieron inmóviles.

Por instinto, mi mano se desvió hacia la funda de mi daga. Los ojos de la sacerdotisa eran demasiado brillantes y sus pupilas también estaban muy dilatadas. Sus uñas pintadas de plateado atrajeron mi atención y noté que las puntas eran afiladas como un cuchillo. No había rastro de calidez en ella.

—Venimos a ofrecer tributo —anunció Emelia, haciendo una reverencia exagerada.

La sacerdotisa le dirigió una amplia sonrisa, pero en lugar de que fuera tranquilizadora, tuvo el efecto contrario.

—Estaré feliz de conducirlos al recinto de las ofrendas —respondió y sus largas uñas chasquearon entre sí cuando inclinó la cabeza. Cuando su mirada se posó en Kiara, controlé mi impulso de gruñir. No me gustó el modo en que la veía, como si fuera una mosca atrapada en una telaraña.

Mi madre susurró otras tonterías aduladoras antes de que la sacerdotisa nos hiciera pasar por el arco. Unas escalinatas se encontraban al centro del espacio, rodeadas de esculturas metálicas de siniestras bestias aladas suspendidas a medio vuelo. Me pregunté si eran representaciones de la misma criatura contra la que había luchado Kiara una década atrás.

La tensión saturaba el aire y el sudor corría por mi espalda; una sensación premonitoria hacía más pesada cada una de mis respiraciones. Ese mismo calor se expandía por toda mi espalda y una sensación de que me observaban fijamente comenzó a crecer.

Miré hacia atrás por encima del hombro. Esta vez me encontré con un sacerdote encapuchado que diligentemente tenía los ojos puestos en el mármol a medida que subía el último escalón. Había algo familiar en la manera confiada en que se movía y sentí la necesidad de quitarle la capucha y mirar su rostro por mí mismo.

—Por aquí —nos ordenó la sacerdotisa, obligándome a desviar la atención del curioso sacerdote. Nos condujo más allá de una estatua de seis metros de altura que representaba al dios de la luna y que fue erigida en la cima de las escaleras al centro de un domo abierto al cielo nocturno.

No había dos representaciones iguales del dios, pero todas eran bellas. Se decía que se transformaba con la misma frecuencia que las fases de la luna. Esta escultura en particular mostraba al dios un poco más viejo que las demás, con el pelo oculto bajo la capucha. Sus ojos redondos nos miraban con leves arrugas alrededor. Sentí un hormigueo que era como si un rasguño recorriera toda mi columna.

—Jude.

Desvié la mirada de la efigie y fijé mi atención en la mujer que llamó mi nombre. Kiara había abandonado su actitud de inocencia, aunque solo por un instante, mirándome con atención mientras me evaluaba.

—¿Todo bien? —preguntó moviéndose despreocupada hacia mí; demasiado cerca.

Levanté la mano para indicarle que se detuviera y sentí que la garganta se me cerraba.

—Por favor. No avances más.

Kiara no me hizo caso, lo cual no debería haberme sorprendido.

—No te voy a tocar —me juró a menos de un metro de distancia. Jake levantó la cabeza y la observó por el rabillo del ojo con evidente preocupación—. Me siento fuera de lugar aquí —admitió Kiara y su mano enguantada señaló al piso del templo—. Es perturbador. —Su mirada perdió su agudeza, volviéndose vidriosa y desenfocada—. No sé dónde esté el talismán, pero siento su poder y quien sea que se atreva a interferir, sea o no el dios de la luna, debería temernos cuando lo tengamos en nuestras manos.

Su voz era áspera y nada en su postura o sus palabras me parecía bien. Comencé a estirar el brazo hacia ella antes de detenerme, lanzar una maldición y bajarlo a un costado. Con un demonio, quería tocarla; tomar su mano, su cintura; acariciar su barbilla; bajar la cabeza hacia sus labios y besarla.

Era enloquecedor.

—Pronto —murmuró, soltando un quejido de frustración. Su mirada me recorrió, deteniéndose en mis brazos y torso antes de levantarla hacia mi cara. Su admiración me produjo el deseo de lanzarme hacia ella sin importarme el peligro.

Por fortuna, Kiara se movió lejos de mi alcance antes de que pudiera hacer una estupidez. Se quedó al lado de Liam, más tensa de lo que jamás la había visto. Me pregunté si pensaba lo mismo que yo.

—Ya casi llegamos —anunció la sacerdotisa, dándose la media vuelta hacia nosotros y su túnica ondeó alrededor de su ágil figura. Se movía como el aire, guiándonos por un pasillo con docenas de salones de ofrendas. Con cada paso mis pensamientos se volvían confusos y mi necesidad de tener a Kiara quedó eclipsada por presentimiento de peligro.

Algo venía en camino. Mi recién encontrado poder zumbaba por mis venas y con cada parpadeo diminutas lucecitas danzaban frente a mis ojos.

Una puerta del recinto principal se entreabrió con un solo movimiento de la mano de la sacerdotisa.

—Entren —canturreó y su atención se fijó de nuevo solamente en Kiara, lo cual no me gustó en absoluto.

Kiara se aferró con más fuerza a Liam y le brindó una tensa sonrisa a la mujer mientras nos indicaba el camino.

Yo iba al final, justo detrás de Dimitri, que sonreía como si estuviera en algún encantador paseo turístico. Agradecí que no estuviera silbando.

—Cada uno de ustedes puede ofrecer su sangre al dios de la luna. El misericordioso dios que nos cuida y que gobierna la noche. —La sacerdotisa asintió hacia una plataforma donde un tazón de bronce yacía encima de una mesa cubierta de terciopelo. Un simple cuchillo estaba junto, con un borde aserrado limpio—. Podría concederles lo que pidan, si sus oraciones lo ameritan.

El plan era explorar el templo cuando nos quedáramos solos en la sala de ofrendas; Emelia había prometido que sería capaz de ayudarnos a localizar la forma de ingresar a lo que estaba debajo, donde se ocultaba la verdadera entrada.

Tenía entendido que dejaban solos a los fieles para que oraran durante el ritual, pero la sacerdotisa no se fue. Su mirada estaba puesta firmemente en Kiara, luego volteó hacia mí. Cuando permaneció atenta a mi rostro, arrugó la nariz.

—Bueno, adelante —insistió, asintiendo primero hacia Kiara con una sonrisa astuta—. Pequeña, ¿serás la primera?

Kiara se movió inquieta; había perdido la fachada de indiferencia. Casi pude detectar el pulso que saltaba en su cuello.

—Yo...

—Quisiera ser el primero —interrumpió Liam, que dio un paso al frente hacia el podio para gran decepción de la sacerdotisa. Su sonrisa desapareció y sus colmillos se asomaron sobre su delgado labio inferior.

Kiara quiso protestar, pero Jake le susurró algo al oído que la hizo guardar silencio.

A pesar de que el recinto estaba tenuemente iluminado con una antorcha, pude observar que le temblaban las manos a Liam y su postura se encorvaba; sin embargo, eso no le impidió tomar el cuchillo y hacerse un corte limpio en la palma de la mano.

La sangre espesa burbujeó y cuando Liam cerró el puño, las gotas cayeron en el tazón. Las gotitas hicieron un ominoso ruido al caer una a una y un vapor grisáceo, con un aroma a densos bosques y nieve fresca, se elevó de los bordes del recipiente y flotó hasta mi nariz.

Liam dio un traspié hacia atrás y su mano, aún sangrante, dejó un rastro rojo en el suelo. A su lado, Jake apretó la mandíbula y su mirada mortífera se centró en la herida abierta.

—Ah, no dirigiste una oración, querido muchacho —advirtió la sacerdotisa, cuya voz era apenas audible, como si estuviera muy lejos. El blanco de sus ojos casi eclipsaba sus pupilas—. Entrégate a él y te concederá algo a cambio. El nos concede la paz, si tan solo le entregamos nuestra devoción.

No podía ser solamente «la paz» lo que convertía a los sacerdotes en esos vestigios de persona fanáticos.

Liam tartamudeó, intentando formar sin éxito un pensamiento coherente; cada una de sus palabras sonaba confusa. Se aferró con ambas manos del borde de la mesa, meciéndose. El vapor se elevaba del cuenco de las ofrendas en una espiral que flotaba en el aire hasta rodear el rostro de Liam como si fueran garras.

—Eso es —lo elogió la sacerdotisa, que dio un paso para acercarse—. Inhala.

Liam tosió y sus ojos se llenaron de lágrimas a causa de cualquiera que fuera el veneno que había allí y que había respirado. Kiara apretó los puños y el cuero de sus guantes rechinó. Se lanzó hacia su hermano en el preciso momento en que se escucharon gritos que venían del corredor.

Kiara avanzó con rapidez hacia Liam y lo jaló para alejarlo del cuenco maldito. Con él a salvo entre sus brazos, su atención se desvió hacia la puerta, de donde se escucharon todavía más gritos, tan estridentes que las paredes casi temblaran por su fuerza.

—Qué demonios… —Jake se puso a su lado, con la daga lista en las manos, en tanto que Emelia y sus hombres se enderezaron y sacaron sus propias armas.

—Un momento —gruñó molesta la sacerdotisa antes de avanzar a paso tranquilo hacia la puerta, que abrió de golpe para exponer el caos se desarrollaba detrás de ella.

El prístino corredor blanco estaba lleno de soldados vestidos de rojo y los hombres gritaban por encima de los gritos de pánico de los visitantes. Los guardias del rey agarraban a cada peregrino y le descubrían el rostro, bajándoles la capucha o arrancándoles la bufanda, para después ponerlo de rodillas a empujones. Como una plaga, se dispersaban por el pasillo, buscando… Sin duda nos buscaban a nosotros.

—A la mierda con esto. —Zorro corrió a la puerta—. Gracias por la ayuda, pero nosotros nos haremos cargo —dijo justo antes de empujar a la sacerdotisa por la espalda. Con un aullido, la mujer se tropezó hacia el corredor. Zorro le cerró la puerta en las narices y tomó una silla cercana para ponerla contra la puerta, encerrándonos.

—¡Necesitamos encontrar la entrada! —gritó Finn, que volteó bruscamente en dirección a la plataforma—. ¿No dijiste que todas estas habitaciones tienen un camino que llleva a la parte de abajo?

—No todas…

Un cuerpo golpeó contra la puerta, interrumpiendo lo que Emelia iba a decir. Antes de que cualquiera de nosotros pudiera saltar para mantenerla en su sitio, la silla que estaba inclinada contra la puerta salió volando al otro lado del cuarto. La puerta se resquebrajó y se rompió en pedazos, revelando una figura musculosa. Me hirvió la sangre en el instante que miré su rostro.

«Harlow». Entró en el salón y sus fríos ojos parecían pozos sin fondo de apatía. Incluso Zorro se quitó a tropezones de su camino por el asombro, mirándolo como si fuera un fantasma. En muchos sentidos, debería haberlo sido.

¿Harlow era el «sacerdote» que me seguía? ¿Los ojos que sentí fijos sobre mí eran suyos?

Gruesos vendajes asomaban de su túnica y cojeaba levemente de la pierna donde el jaguar le enterró los colmillos. Sin embargo, enderezó los hombros y nos observó como si fuéramos oponentes poco dignos de él.

—¿Cómo…? —Jake no pudo terminar de hacer la pregunta que todos pensábamos.

Harlow hizo una mueca.

—Fue fácil herir al animal cuando su arrogancia lo cegó —exclamó, para gran asombro de nosotros. Levantó su arma, pero su agarre no era firme; Brax le había causado más daño del que evidenciaba.

No sentí ninguna compasión.

—Lo único que hice fue protegerte y ahora entraste al único sitio del que debiste mantenerte lejos. Prácticamente te entregaste en bandeja de plata para que te destruyera.

Afirmaba que estaba allí para protegernos, pero había dejado que me torturaran. Alguien que se dice tu «amigo» no permite que eso suceda.

—Ay, teniente —masculló Kiara y dio un paso al frente—. Su primer error fue amenazar a Jude. El segundo fue venir aquí usted solo.

CAPÍTULO VEINTITRÉS

Kiara

La leyenda de Aloria, protectora del sur, habla de una honda pérdida. Destrozada luego de la muerte de su amante en el campo de batalla, su pena se transformó en llamas que encendieron su cuerpo. Como una criatura melancólica e iracunda, se lanzó contra un batallón de soldados enemigos. Se dice que seguía luchando, incluso mientras se consumía en sus propias llamas y que solo hasta que cayó el último atacante, se desmoronó en cenizas.

FRAGMENTO DE *TRADICIONES DE ASIDIA: UN CUENTO DE LOS DIOSES*

En el instante en que Harlow puso sus ojos en Jude, llegué a mi límite.

Demonios, de por sí ya estaba a punto de perder los estribos antes de que apareciera ostentando su daga y escupiendo mentiras. Si alguien tenía la culpa del pandemonio que estaba a punto de desatarse, ese era él.

Mis sombras se liberaron en gruesas espirales de humo que salían desde mis hombros, mi torso y mi pecho. Atravesaron el aire como látigos antes de chocar contra el suelo, dejando a su paso un humo que flotaba desde el empedrado.

Se escucharon gritos y suplicas junto con el sonido de mi nombre, pero los ignoré a todos.

Los oídos me zumbaban. Mi magia reaccionaba ante mi furia, alimentándose de ella.

La oscuridad resplandeció como chispas de fuego que brotaban de mi espalda y adquirían la forma de alas retorcidas. Se desplegaron con un chasquido sonoro y rodearon mi cuerpo para protegerlo.

Mi presencia en ese templo amplificaba mi fuerza y el suelo donde estaba parada temblaba como si me venerara.

Dirigí mi atención hacia Harlow; mi poder era una tormenta de hermoso caos. Era la personificación del terror mismo y la idea de ver cómo se extinguiría la luz de sus ojos me produjo una emoción estimulante que me recorrió la columna vertebral.

Las escasas antorchas colgadas de los muros se apagaron, a excepción de una, y la brisa fraguada por mi ira nos envolvía en un manto casi de total oscuridad. O, mejor dicho, envolvía a los otros en la oscuridad. Yo, por otro lado, podía ver muy bien. Era como observar a través de un vidrio distorsionado amarillento; la cámara del templo parecía iluminada por el mismo resplandor dorado que ya conocía y que en este momento adoraba.

Mi enojo me impulsaba; mi frustración, mi dolor.

Años de abuso giraban en círculos feroces alrededor de mi cabeza y mis recuerdos parecían conjuntarse hasta que no podía enfocarme en nada más. Quería dañar a todos los que me dañaron. A los que me llamaron con nombres crueles y desviaron la mirada, renuentes a verme a los ojos, como si fuera una bestia salvaje en lugar de una niña solitaria con el corazón lleno de dolor y el alma colmada de esperanzas desperdiciadas.

El sabor a cobre me cubrió la lengua y sonreí, tragándome el sabor de la noche con una mueca de felicidad. Si esto era malévolo, ¿por qué se sentía tan malditamente bien?

Jude se quedó inmóvil. No se acercó, pero no necesitaba hacerlo. En el momento en que sus ojos se posaron en mí, mi adrenalina sin control pareció detenerse, respirar profundamente y escuchar.

—Kiara —susurró con calma—, estás permitiendo que te domine, no al revés.

¿No se daba cuenta de que la oscuridad nos dominaba a todos? Así había sido durante las últimas cinco décadas.

—Se siente bien —protesté, pero mis palabras eran huecas.

Jude sacudió la cabeza mientras Zorro y sus hombres se replegaron en desbandada, pegándose a las paredes del recinto, lejos de mí y de mi sombra. Fue solo cuando Jake tomó a Liam y lo ocultó detrás de sí, mi magia realmente vaciló.

«Liam», pensé. Tenía los ojos muy apretados y la cabeza gacha, escondida contra el hombro de Jake. El miedo le brotaba por los poros y casi perfumaba el aire.

Me tenía miedo.

—Regresa conmigo —me ordenó Jude desde la distancia—. No te perderé.

Abandoné a Liam y fijé la vista en el comandante, que había dado un paso al frente: era el único que se había atrevido a acercarse.

Me mordí el labio inferior con tal fuerza que brotó más sangre y el dolor despejó parte de la bruma que nublaba mi mente. Dijo otra vez mi nombre y cerré los ojos, arrullada por el sonido.

—Céntrate —me persuadió gentilmente y me dejé llevar por el eco de su orden. Había un atisbo adoración mezclado con su temor y el tono de su voz era suave, aunque firme.

La furia que me impulsaba hervía a fuego lento, y pareció soltar un grito cuando la obligué a calmarse.

Me concentré en la voz de Jude, que seguía susurrando palabras de aliento, y poco a poco, adquirí la suficiente fuerza como para abrir los ojos y detener el violento temblor que sacudía mi cuerpo.

—¡Cuidado!

Me hice a un lado casi por instinto segundos antes de que Harlow se lanzara contra mí, con su daga que brillaba en la tenue luz de la única antorcha que quedaba encendida. Mi frágil calma se desvaneció.

Elevé los brazos al aire y enfoqué mis armas nocturnas hacia la amenaza inminente. Mi magia silbó cuando la empuñe, no acostumbrada aún a ser domada. Zumbaba a la espera de mis órdenes.

Harlow estaba a unos metros de distancia y apretó la boca hasta que sus labios se volvieron muy delgados.

—Es demasiado peligrosa —murmuró antes de levantar su daga para defenderse. El arma que portaba colgaba de su costado y me di cuenta de que dudaba en atacar nuevamente. Sacudió la cabeza como si estuviera decepcionado, pero no estaba segura de por qué.

Mis fosas nasales se dilataron al sentir que una violenta luz dorada resplandecía a mis espaldas. Me di la media vuelta y me quedé sin aliento ante lo que vi.

Los ojos de Jude brillaban como pozos de fuego al rojo vivo, justo como la noche en que me sanó y me salvó del umbral del dulce abismo de la muerte. Contra mis deseos, mi poder reaccionó, replegándose como si percibiera a un enemigo que portaba el rostro de Jude.

—Kiara —repitió de nuevo, aunque esta vez obtuvo toda mi atención, en tanto que Harlow y los demás se convirtieron en figuras borrosas. Levantó las palmas de las manos mientras daba otro audaz paso hacia mí—. Contrólalo. Sé que puedes. —Sus ojos se desviaron hacia donde los demás se ocultaban encogidos de miedo—. No lo mates cuando sus intenciones aún no están claras. Nunca te lo perdonarías. —Su tono tenía una cualidad etérea, unas campanillas resonaban después de cada sílaba que pronunciaba. Mis sombras se mecieron como llevadas por una suave brisa, hechizadas por su voz, por su luz.

—¡Pero te amenazó! ¡Dejó que te torturaran! —protesté, a pesar de que mis demonios se calmaban y mi magia se enfriaba. Un hombre como Harlow no merecía vivir y era obvio que había elegido el lado de Cirian. Portaba su insignia y sus colores.

Un resplandor gris latigueó desde mi cuerpo y golpeó el suelo a tan solo unos centímetros de las botas de Harlow. Sorprendentemente permaneció impávido; tenía los hombros echados hacia atrás y la barbilla levantada. Una sensación helada me rodeó el cuello y lo apretó.

La bestia de las sombras combatía mi voluntad y temí que estuviera ganando.

—¡No lo hagas! —me advirtió Jude y un viento nauseabundo entró a la cámara, provocando que el tazón ceremonial volara contra la pared. Se hizo añicos al impactar y los trozos flotaron en el viento, convirtiéndose en parte de mi arsenal. Harlow se tambaleó al momento en que mi poder avanzó hacia él, borrándole de la cara esa mueca arrogante.

Mi cuerpo empezó a parpadear como si fuera a desaparecer, de igual manera que había ocurrido antes, y puse los brazos en alto frente a mí. Yo era la única arma que necesitaba.

Jude se paró detrás de mí y pude sentirlo; pude percibir su presencia y los pocos centímetros que nos separaban. Me retuvo, haciéndome titubear.

—Déjame terminar con esto —espeté, al tiempo que centraba mi atención en una sola hebra grisácea; la sombra más cercana al teniente. Esta se elevó, acercándose al cuello de Harlow…

Jude me tomó del brazo y un espasmo ardoroso bajó por mi espina dorsal, obligándome a ponerme de rodillas. Caí, desmoronándome sobre el duro suelo junto con mis sombras.

Lugar que Jude me tocaba, lugar que me ardía. Su calor batallaba contra el frío de mi noche, combatiendo por conservar la ventaja incluso cuando aflojó su agarre. El fragmento de Raina que poseía dentro de mí despertó, como si fuera un dragón durmiente obligado a abrir los ojos.

—Por favor —me pidió Jude con voz ronca—. Eres mucho más fuerte que esto; matar a Harlow no arreglará nada.

—¡Quiere hacerte daño! —grité, sintiéndome delirante, febril y desquiciada. Una sensación cálida brotó de mi nariz y se deslizó entre mis labios congelados. Era sangre.

La mano de Jude se estremeció alrededor de la mía, pero no la soltó.

—Una vez me trajiste de vuelta del borde del abismo y planeo hacer lo mismo por ti. Si te caes, yo te atrapo.

Las cicatrices gemelas que nos conectaban empezaron a brillar, resplandeciendo como oro apenas visible.

Dejé caer la barbilla y me hundí en la visión etérea de mi cicatriz brillando a través de mi túnica; en su luz resplandeciente que se mezclaba con las sombras que brotaban de mi pecho.

Mi nombre era un susurro desesperado en mi oído, donde su aliento cálido cosquilleaba el pabellón de mi oreja. Jude puso sus labios contra mi piel, avanzando por mi mandíbula, mi cuello y de regreso. Me soltó el brazo solo para tomarme de la barbilla y levantar mi cabeza hacia él, obligándome a sumergirme en el pozo sin fondo de sus ojos amarillos. Me hundí en ellos. Me hundí a pesar del ardor que se deslizaba como serpiente por mi cuerpo. La sangre brotaba a chorros de mi nariz. Tenía que ser su contacto, su cercanía, lo que me estaba destruyendo, pero en ese momento apenas me importaba; extrañaba tanto sus caricias.

—Déjalo ir, Kiara

Un acceso de pánico me envolvió y el hielo en mi sangre se entibió. La idea de matar a Harlow ya no me parecía tan atractiva como segundos antes, y menos con los vidriosos ojos de Jude puestos en mí; sus labios en mi oreja susurrándome melodiosas promesas. Alentó a la divinidad en mi interior, que estaba triunfando sobre mis instintos más básicos.

Me dejé ir.

—Entonces atrápame, comandante.

La habitación se sacudió cuando grité y mi magia volvió al interior de mi cuerpo mortal. Los resplandores plateados dejaron de golpear y el infame viento dejó de soplar. Las náuseas comenzaron a asaltarme en el momento en que replegué aún más mi poder; mi oscuridad parecía intranquila y se resistía a dejarse controlar.

Luché. Luché porque Jude no me miraba como si fuera una bestia; nunca lo hizo. Incluso ahora, en mi peor momento, en el que perdí todo control y me convertí en el monstruo que siempre temí, sus facciones eran suaves, cálidas y llenas de esperanza. Jude me guiaba a casa.

Cuando caí, el último trozo de la bestia de las sombras desapareció de la habitación y Jude mantuvo su promesa: detuvo mi caída.

—Shhh —murmuró en mi oído—. Te tengo. —La sangre que goteaba de mi nariz siguió fluyendo. Jude maldijo antes de gritarle a Jake.

Los ojos sobrenaturales del comandante iluminaban el espacio lo suficiente como para que mi amigo pudiera ver y se encaminó a nuestro lado un instante después. Con mucho cuidado, Jude me transfirió a los brazos de Jake y ese acto produjo que sus labios se adelgazaran y que frunciera el ceño. Un profundo estruendo agitó su pecho y rechinó los dientes cuando mi mano se alejó de su piel.

La hemorragia se detuvo casi de inmediato, pero me dolían las costillas a medida que mi cicatriz pulsaba al ritmo de mi corazón; al ritmo del corazón de Jude.

Sin el estruendo de mi poder, escuché un clamor estrepitoso que venía del pasillo y me di cuenta de que sin duda eran los soldados. Estábamos en medio de una emboscada y yo ya había perdido demasiado tiempo.

—¡Váyanse! —Me conmocionó el grito de Harlow, cuya voz grave resonó en el recinto casi oscuro. No hizo ningún intento más por atacarnos y dejó caer los hombros, derrotado.

Emelia no perdió tiempo. Aprovechando la débil luz que provenía de Jude, corrió hacia el altar con movimientos seguros en búsqueda de algo bajo su lisa superficie.

—Debería haber una palanca aquí —dijo mientras intentaba localizar una grieta en el mármol.

Observé a Harlow mientras Zorro buscaba la salida, tratando de encontrar cualquier indicio de emoción, pero no demostraba nada, ni enojo ni alivio. No pude evitar preguntarme si nos estaba diciendo que nos fuéramos porque no pudo vencerme o si en realidad estaba de nuestro lado como afirmaba.

—¡Apúrense, estúpidos! ¡Antes de que los malditos guardias los encuentren! —nos ordenó Harlow. Una chispa de luz se encendió a su izquierda; Finn había prendido una antorcha de mano, cuyas débiles llamas apenas alcanzaban a iluminarme. Se paró cerca de Emelia para ayudarla en su búsqueda.

—Te dije que tenía en mente tus intereses —le dijo Harlow a Jude mientras apretaba su hombro herido y respiraba con dificultad. En ese momento desvió la atención hacia mí—. Antes de que Kiara intentara matarme, estaba tratando de advertirte. Es posible que la ames, pero tiene el poder de destruirte al final; de destruirnos a todos. Si no tuvieras impulso por morirte, ya habrías arrancado el trozo faltante como debiste haber hecho hace semanas.

Con esas palabras como despedida, el hombre al que intenté matar salió corriendo por el umbral, pateando los trozos de la puerta destruida. Montó guardia, dándonos la espalda mientras esperaba el avance de los soldados.

Quizá después de todo no estuviera de mi parte. Más bien, estaba de parte de Jude.

—¡Lo tengo! —Se escuchó que un engrane encajó en su sitio y eso desvió mi atención del teniente. Emelia había logrado levantar la tapa del altar con ayuda de Finn—. ¡Apresúrense! Los guardias llegarán en cualquier instante.

Jake tomó uno de mis brazos mientras Liam se aferraba al otro, y me levantaron. Todo me dolía, igual que cuando Jude y yo nos besamos justo antes del incendio en el bosque. Tocarlo me provocaba dolor y, a pesar de ello, era lo único que quería hacer. En general, no era una persona afectuosa, pero lo ansiaba como a ningún otro. Odiaba y amaba al mismo tiempo que tuviera tal efecto en mí..., pues no sabía si lo que sentía era genuino o producto de la magia; una conexión que me fue impuesta.

La advertencia de Arlo seguía sonando en mi cabeza y por más argumentos que tuviera, la duda permanecía. Tenía miedo, pero no de los dioses o de los monstruos.

Zorro colocó la delgada madera del mango de la antorcha entre sus dientes y con gran agilidad pasó por los bordes del pasaje que ahora estaba abierto. Tanteó con la pierna alrededor hasta que su bota chocó contra metal. Una escalera.

Otro estruendo sonó en el pasillo y Emelia descendió aprisa hacia lo desconocido, con Finn y Dimitri detrás de ella. Jude nos condujo a Jake, Liam y a mí hacia el frente. Sus ojos etéreos mantenían su resplandor, aunque este se había desvanecido un poco.

—Ella primero —les ordenó. Lo miré a los ojos y algo frágil dentro de mí se rompió. Si tan solo supiera de mis pensamientos traicioneros.

Liam me ayudó a montarme en el altar y seguí el ejemplo de Emelia, balanceando las piernas en la entrada hacia el vacío.

Cuando mi pie chocó contra el primer escalón, asentí hacia Liam y él me soltó renuente, dejándome libre para que bajara.

Los brazos me dolían y sentía que me ardían los músculos por el esfuerzo, pero aún entumecida me aferré a los escalones y fui bajando, a sabiendas de que tenía que moverme rápido para que los demás tuvieran tiempo de escapar.

El daño que causé estaba hecho, aunque mis adentros se revolvieran y mi magia siseara. Tenía que ser más fuerte. No podía arriesgar de nuevo a todos los que me importaban.

Cuando todos estuvimos adentro, aferrado a la escalera, Jude cerró la tapa del altar; el estridente golpe hizo que me dolieran los tímpanos.

No había retorno, por menos no hasta que completáramos la misión.

CAPÍTULO VEINTICUATRO

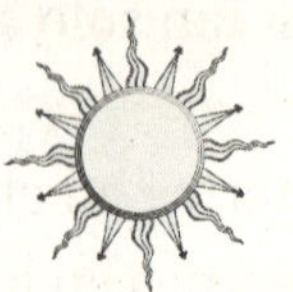

Jude

Tu madre guardó su secreto por una razón. La habían roto a un grado imposible de creer y pasó toda su vida asegurándose de que su hija estuviera a salvo de la misma desgracia. Puede ser que haya cometido errores, pero todo lo que hizo fue por amor. A veces incluso los dioses son dolorosamente humanos.

Carta de Aurora Adair enviada a la Taberna del Zorro Astuto, año 32 de la maldición

No estaba seguro de qué tanto habíamos avanzado, pero cada vez que volteaba hacia atrás, el abismo parecía continuar de manera infinita, como una sombra que se expandía debajo de mis botas.

Algo había acontecido en aquella cámara del templo. Sentía demasiado calor en los ojos y mi vista cambiaba con cada parpadeo. Era capaz de ver a través del velo de negrura y pude detectar el fondo rocoso. El final de la escalera.

Adondequiera que mi vista viajaba, la acompañaba una tenue luz amarilla, desde los escalones de metal de la escalera hasta la coronilla de las cabezas de mis compañeros. Esa luz no era intensa, pero mi ojo derecho recogía detalles que no había sido capaz de detectar en más de una década; el abrupto cambio deformaba mi mundo.

Adelante, Liam refunfuñó cuando su bota chocó contra metal. Como el resto, luchaba contra el agotamiento y la lenta desaparición de la adrenalina, además de que el descenso no era fácil en ningún sentido. Las manos temblaban, el sudor hacía brillar las frentes y las malas palabras se externaban con voz áspera y ruidosa.

Por otro lado, los movimientos de Kiara eran demasiado tiesos, demasiado mecánicos. No exhibía su agilidad habitual y sospeché que estaba meditando en lo que sucedió en el recinto de las ofrendas.

Eso estuvo demasiado cerca. Kiara por poco perdió el control, casi sin oponer resistencia hasta que intervine. Dioses, no quise tocarla, provocarle ningún dolor, pero la conocía lo suficientemente bien para saber que hubiera matado a Harlow, no se perdonaría a sí misma.

Ambos teníamos que aprender cómo controlar nuestros poderes para que estos no nos controlaran, sin embargo, se estaba volviendo cada vez más difícil.

Pasaron unos cuantos minutos antes de que pudiera distinguir una pequeña habitación circular bajo nuestros pies.

Emelia se dejó caer primero y nos ordenó que esperáramos mientras ajustaba su antorcha de mano. Con cuidado, inspeccionó el recinto y cuando nos dio el visto bueno, se escuchó el sonido de más botas que golpearon contra el empedrado. Yo fui el último en bajar y aterricé entre un círculo de cuerpos, ya que el espacio no era lo suficientemente grande como para albergar cómodamente a todos. La proximidad entre Kiara y yo provocó que mi cuerpo se estremeciera por el temor.

Agradecí cuando Liam se deslizó entre él y la mujer que no podía tocar sin destruirla. Minutos antes, era una tormenta frenética de rayos y sombras, pero ahora tenía la barbilla baja y los hombros encogidos en una actitud que interpreté como vergüenza.

Cuando se enfrentó a Harlow, Kiara demostró los horrores de los que era capaz, la forma en que sus sombras ansiaban rodearle el cuello para apretárselo hasta matarlo; sin embargo, tal exhibición terrorífica no me provocó miedo; lo único que sentí fue la necesidad de protegerla.

Cómo se habían invertido los papeles en el curso de unos cuantos días. En algún momento, ella me había sostenido en sus brazos, presionando sus dedos desnudos contra mis mejillas e insistiendo que lo que había hecho en el pasado no me definía. Me ayudó a liberarme de un poco del peso que había cargado durante años y ahora, yo había hecho lo mismo por ella.

Hablaba en serio cuando le dije que si caía, siempre estaría ahí para atraparla.

—¿Alguien más perdió la sensación en las manos? —se quejó Liam mientras estiraba sus delgados dedos. Cuando puse mis ojos en él, el chico resplandeció bajo una luz amarillo pálido. Levantó la cabeza y frunció el ceño en respuesta a mi luz, entrecerrando los ojos.

—Dioses, Solecito. No nos apuntes a los ojos con eso —bromeó Dimitri con voz juguetona.

«Maldito apodo».

Rápidamente volteé al suelo. Mi temperatura corporal era más alta de lo normal y sentía las mejillas encendidas. Me forcé a normalizar mi respiración para liberar las emociones persistentes que alimentaban mi magia y enfoqué mi mente en el objetivo. Solo en el objetivo: sobrevivir y encontrar el talismán. Afortunadamente, poco a poco, la brillantez de mi mirada se redujo.

Jake le dio una palmada en el hombro a Liam, que saltó dando un gritito.

—Lo hiciste bien. Casi esperaba que te cayeras y te mataras.

Liam recuperó la compostura con rapidez y miró desdeñosamente a Jake, con la actitud de alguien de la nobleza.

—¿Casi lo esperabas? Vaya confianza en mí. Te sorprenderías de lo que soy capaz —respondió y se dio media vuelta para después alejarse; sin embargo, detecté la sonrisita que intentaba ocultar. También noté la sonrisa resultante de Jake.

—Basta de juegos. —Zorro hizo un movimiento exasperado hacia los dos chicos, los cuales tuvieron la decencia de inclinar la cabeza—. Todos estamos aquí, vivos y a salvo. Bueno, dentro de lo que cabe. Fijó su mirada en mí mientras Finn le tocaba el brazo y deslizaba la mano hacia su hombro para reconfortarla—. Tuvimos suerte allá arriba con la Escarlata. —Kiara refunfuñó al escuchar ese nombre y tuve que morderme la lengua para no sonreír; ya no era el único con un apodo desagradable—. Sin embargo, casi perdiste el control y nos matas a todos, así que lo mejor será que de aquí en adelante mantengas esa cosa bajo control.

—Sí, sin problema —le respondió Kiara—. Solo apagaré el interruptor invisible y ¡pum!, se acabó. —Dio una palmada para enfatizar.

—Bájale a tu actitud —le ordenó Emelia— y vámonos antes de que esos guardias estúpidos encuentren cómo bajar y nos persigan; es lo último que necesitamos.

Kiara volteó hacia arriba con mirada de exasperación. Ver un mano a mano entre ella y mi madre era… extraño.

Finn sacó su reloj de bolsillo.

—Nos quedan unas cuantas horas antes de que tengamos que descansar. No queremos quedarnos atrapados aquí más tiempo del necesario.

Liam murmuró rápidamente que estaba de acuerdo.

—Cuando menos nuestro amiguito de aquí sigue brillando y no ha provocado incendios —añadió Finn y me dio una palmada en la espalda. Me ahogué al tragar aire ya que el golpe fue más fuerte de lo que esperaba, aunque Finn ni se percató.

Emelia me recorrió con la mirada de pies a cabeza y entrecerró los ojos cuando llegó a mi rostro. Se quedó mirándome por más tiempo del que me resultó cómodo.

—Jude se está volviendo más fuerte y Kiara también. Aunque sospecho que en su caso, su fuerza proviene de esta tierra sagrada.

Sí me sentía más fuerte, era más fácil acceder a mi magia. Aunque mi visión formaba ondas de chispas blancas y esos resplandores me hacían arder los ojos, esa sensación me recordaba a cuando miras el fuego por demasiado tiempo. Zorro tenía razón en otra cosa: yo no era el único cuya magia se volvía más intensa.

—Jude. —Kiara salió de detrás de Jake. Jugueteando con sus guantes, inclinó la cabeza y fingió una confianza que sabía que no sentía—. Ahora yo me quedaré en la retaguardia —afirmó y enderezó los hombros, haciéndose la valiente—. La luz de tus ojos ayudará a guiarnos; Emelia debería quedarse en medio con su antorcha.

—Oh, esperen. —Dimitri se golpeó la frente—. Lo olvidé.

Fruncí el ceño cuando escarbó en su bolso y sacó un fuego solar. Lo golpeó unas cuantas veces hasta que se encendió con un chisporroteo.

—¿Lo tuviste todo este tiempo? —rezongó Emelia—. ¡Lo pudiste haber mencionado cuando el último que traíamos se agotó en el camino!

—¡Lo siento, estaba un poco distraído! —replicó Dimitri—. Y de nada. —Agitó la mano hacia un portal estrecho apenas lo bastante grande como para permitir el paso de un hombre adulto y reanudó sus viles silbidos.

—Si se la pasa silbando todo el camino, voy a matarlo —declaró Finn, que parecía leerme la mente.

—Niños, todos ustedes —nos regañó Zorro, que pasó tranquilamente por el delgado umbral y sus hombres chocaron los hombros mientras la seguían. Jake y Liam caminaban lado a lado. La mano del primero rozó accidentalmente la espalda de Liam. Jake no la retiró.

Kiara se quedó parada donde estaba, mirando a su amigo y a su hermano antes de que sus ojos se encontraran con los míos. Nuestra conexión hacía surgir nuestros poderes y mi magia iluminó su rostro, trazando sus rasgos. Sus labios se curvaron con duda y las llamas en mi pecho se avivaron.

—Lamento lo que pasó antes —dijo con voz lo bastante baja como para que solo yo la pudiera oír—. No tenía la intención de perder el control.

—Esto es nuevo para todos nosotros —respondí—. Piensa en ello como si fuera un arma que todavía te falta aprender a manejar. —Sus ojos se volvieron menos turbios al escucharme; las armas eran un tema que conocía bien—. Solo tienes que afinar tus habilidades.

Se detuvo y la arruga que se formó en su frente me dijo que algo pesaba en su mente. En un instante, su actitud cambió y le tembló el ojo izquierdo, señal de que sentía incertidumbre acerca de algo. El corazón se me hundió en el pecho cuando lo único que dijo fue:

—Será mejor que vayas al frente e indiques el camino, comandante.

Hice lo que me pidió e ingresé a un largo y serpenteante corredor, abriéndome camino al frente junto a Zorro.

Me pregunté qué era lo que producía su mirada dudosa..., pero en el fondo del alma sabía la respuesta.

Era yo.

Avanzamos con pasos largos por el túnel bordeado de representaciones de las constelaciones y trazos rudimentarios de la luna y las estrellas. Las paredes grabadas estaban erosionadas y húmedas, contrastando con la belleza de la piedra blanca veteada sobre la que caminábamos.

—¿Alguien sabe qué significan estos grabados? —preguntó Kiara desde atrás—. Nunca antes vi símbolos como estos.

Fruncí el ceño.

—¿Las constelaciones?

—No, los círculos. Me recuerdan a tu tatuaje, pero están más detallados. —Volteé hacia atrás y vi que Kiara recorría con la mano un trozo de piedra en blanco. No había ningún dibujo allí.

—No veo ningún círculo —Jake dijo lo que yo mismo pensaba y su frente se llenó de arrugas. Liam asintió con solemnidad y miró inseguro a su hermana. No había tenido tiempo de adaptarse a los cambios en Kiara e intentaba ocultar su miedo, aunque yo lo veía claramente.

—¿Ninguno de ustedes los ve? —A empujones, Kiara avanzó al frente cuidando mantener su distancia de mí. Apreté los puños a los costados para evitar tocarla. Se inclinó hacia la losa más cercana y dijo—: Los otros grabados son negros, pero estos —paseó la punta de uno de sus dedos sobre un símbolo que, aparentemente, solo ella era capaz de ver—, son azules y blancos. Es casi como si… brillaran.

Emelia se deslizó entre nosotros, obligando a Kiara a dar un paso atrás.

—Dado que es parte… bestia —dijo Zorro entre dientes—, deberíamos tomar en serio sus advertencias. Sospecho que esos símbolos son un aviso. —El vello del cuello se me erizó al escuchar el término bestia y Emelia se apresuró a añadir—: Solo quise decir que está infundida de magia oscura —dio un paso atrás— y que deberíamos salir de este túnel que obviamente no está diseñado para nosotros.

Con nosotros se refería a los humanos. Aquellos que no emiten sombras ni detonan rayos, pero esta mujer sería una tonta si creyera que yo no era una bestia también.

La seguí mirando furioso y ella resopló, caminando de espaldas con la esperanza de que la siguiera. Al dar el quinto paso, se escuchó un chasquido.

—¡Emelia...!—El grito de Finn se vio opacado por un zumbido.

Volteé demasiado tarde y de reojo vi una borrosa flecha con plumas que volaba por el aire. El tiempo se hizo muy lento y un grito se alojó en mi garganta, y entonces... unas sombras salieron disparadas detrás de mí, volando frente a Emelia y rodeando su cuerpo.

La flecha se estrelló contra un muro de cenizas en movimiento, partiéndose en mil pedazos. Me llevé las manos a la cara y los fragmentos se encajaron contra mi piel, perforándome los nudillos, los antebrazos y los bíceps.

Al abrir los ojos esperaba ver sangre, o tal vez un cuerpo inmóvil desplomado en el piso, pero lo único que vi fue a Zorro, cuyos ojos estaban muy abiertos y llenos de alivio.

Las sombras de Kiara envolvían a mi madre; las volutas sintientes de sombra dieron vueltas en el aire antes de volver hacia su dueña, dejando a su paso el aroma a humo y madera quemada.

Kiara se estremeció al inhalarlas y todo su cuerpo vibró con energía pura. Había salvado a mi madre.

Visiblemente tembloroso Finn se agachó, con una mano dirigida a Emelia y la otra flotando sobre el suelo.

—Este trozo de mármol está decolorado —susurró al tiempo que levantaba la vista hacia Zorro—. Tu peso detonó la flecha.

Emelia tragó saliva y sus fosas nasales se ensancharon. Miró hacia Kiara, pero no le dio las gracias. Tampoco esperaba que lo hiciera.

Finn continuó:

—Si lo miras de cerca, puedes ver las junturas. No es una pieza sólida.

—Mecanismos de presión —indicó Dimitri—. Qué bonito detalle.

Kiara avanzó al frente y miró la piedra que Emelia había activado. Se dejó caer de rodillas y puso una mano sobre la roca, obligando a Finn a hacerse a un lado. No pasé por alto como Zorro se inclinó hacia él y Finn le rodeó la cintura con la mano, acercándola a su cuerpo.

—Es la misma marca que antes —murmuró Kiara y arrugó la nariz.

Esas marcas que solo ella podía ver.

—Tú tienes que conducirnos —argumenté, a pesar de que no quería que fuera así. Planeaba ser yo quien estuviera al frente y ser la primera línea de defensa ante cualquier ataque, no ella, pero no quedaba otra opción.

Kiara asintió, incapaz de mirarme a los ojos. La manera en que me evitaba al mismo tiempo que movía su cuerpo hacia mí fue lo que afianzó lo que tan claramente yo sentía: el destino decretó que estuviéramos separados, pero el lazo invisible que nos ataba no podía romperse con tanta facilidad.

Aspiró entre dientes y exploró el suelo.

—Bueno, parece que todos tendrán que seguirme.

En ocasiones se detenía y nos indicaba cuáles áreas evitar. Zigzagueábamos por el corredor, con Kiara como nuestra cautelosa guía que nos llevaba a un sitio seguro. Seguimos con este incómodo baile por otra media hora, sin que nadie estuviera muy dispuesto a hablar, hasta que vimos a la distancia un muro amenazante.

Un círculo de piedra ónix pura brillaba allí, más alto que yo e igual de ancho. Con mis ojos fijos en la piedra, y con la antorcha de Emelia, sus facetas reflejaban la luz y centelleaban, proyectando tenues estrellas que danzaban sobre nuestra piel.

Kiara levantó una mano.

—Esperen —dijo con voz monótona y caminó alrededor de la imponente gema. Se puso de rodillas con el rostro a centímetros de la piedra luminosa.

—El suspenso me está matando, Ki —exclamó Jake luego de un rato, pero Kiara lo ignoró y siguió explorándola con una firme concentración digna de admirar.

—Hay más de una docena de símbolos diferentes en esta cosa y ninguno es igual a los del corredor, así que discúlpame si me está tomando demasiado tiempo, aunque si quieres tratar de descifrarlo tú, eres bienvenido. —Volteó hacia su amigo con una mueca exageradamente dulce y le borró la sonrisa de la cara—. Eso pensé.

—Será mejor que no discutas —le susurró Liam a Jake—. Se pone de malas cuando tiene hambre.

—¡También me he dado cuenta de eso!

Liam le sonrió.

—Esa es la razón por la que en general tengo bocadillos conmigo en todo momento… —Los dos siguieron hablando, pero dejé de prestarles atención porque estaba más interesado en la persona que era el centro de su conversación.

Kiara volvió a enfocarse en la piedra, murmurando para sí misma mientras trabajaba. Las sombras flotaban de su cuerpo como vapor, vibrando mientras flotaban en su sitio.

—Es una especie de acertijo —susurró y su magia se hinchó como alas que brotaban de su espalda antes de deslizarse sobre su cabeza como un inquietante halo. Con cautela, Kiara pasó su dedo índice sobre un borde dentado—. Cada símbolo es una historia.

—Prosigue —le insistió Finn—. Háblanos de ello.

—La primera línea muestra la luna, la constelación de Aloria, una espada y lo que parece ser una lágrima.

—¿Aloria no era esa guerrera antigua que supuestamente se prendió en llamas luego de que mataron a su amante en batalla? —preguntó Liam, aunque por su tono confiado imaginé que ya sabía la respuesta.

—Sí. —Kiara se inclinó más—. Y luego hay tres símbolos abajo. Un cráneo, una daga y… un corazón partido en dos.

Todos podían relacionarse con la historia de la guerrera y la manera en que terminó su vida debido a la pena que la asfixiaba.

—¿Estás segura de que solo podemos oprimir uno? ¿Hay alguna palanca? —le pregunté—. Tal vez no sea un acertijo.

Liam se aproximó a su hermana.

—No es un acertijo, Ki —coincidió y se puso de rodillas a su lado, a pesar de que no podía ver los símbolos—. Cada uno es parte de la historia completa y mira aquí… —Su vista se desvió al extremo del círculo, hacia los bordes irregulares.

Miré hacia donde sus ojos se dirigían y me saltó el corazón. Parecía como si una aguja brotara de la roca.

Liam se puso de pie.

—Sangre —dijo y su voz hizo eco en el corredor—. El cuento de Aloria trata sobre una enorme pérdida. En el mito, la sangre de su amante fue derramada por sus enemigos y sus restos fueron arrojados desde la cima de las montañas Argondale. Después de que Aloria se enteró de su destino, su pena se convirtió en fuego y ardió en llamas para después lanzarse al campamento enemigo, matando a todos los que pudo hasta que no quedó nadie. Conmovido por su pena, Arlo soltó una lágrima y un campo de flores de medianoche brotó de la tierra donde había caído el amante de Aloria. Un renacimiento luego de tal devastación.

—Entonces requiere sangre —añadió Kiara, que ya estaba en proceso de quitarse los guantes, pero Liam le agarró la muñeca para detenerla.

—No la tuya. —Sacudió la cabeza—. Aloria estaba desconsolada y destruida; una mujer que perdió para siempre al amor de su vida. Y tú —los ojos de Liam se levantaron dudosos hacia los míos— todavía no pierdes al tuyo.

Silencio.

No pude pasar por alto las palabras que eligió: «todavía».

Kiara me evitó y dirigió su atención a los símbolos. No había dicho esas dos palabras tiernas. Le había abierto mi corazón y ella simplemente plantó sus labios sobre los míos. Enterré las uñas en la palma de la mano, odiando la manera en que mis dudas se transformaban en una daga que se me enterraba en el pecho.

La muerte nos seguía los pasos y temí que tal vez nunca escucharía la declaración que anhelaba. Me sentí como un tonto enamorado.

Liam empezó a canturrear al tiempo que meditaba.

—Esto requiere la sangre de alguien que tenga el corazón roto. —Volteó a mirar al grupo con una pregunta en los ojos.

Mi madre abrió y cerró la boca, pero no intento acercarse, y Finn refunfuñó frustrado, lo cual señalaba que no era el indicado. Eso nos dejaba a los demás…

Dimitri se abrió paso entre los otros.

—¿Qué estás haciendo? —Finn se quedó con la boca abierta al ver a su camarada.

—El chico dice que se necesita la sangre de alguien que haya sufrido, ¿no? —Se encogió de hombros sin mostrar emoción alguna—. Ese obviamente soy yo.

Emelia asintió para indicarle a Finn que se retirara.

—Si Liam tiene razón, la sangre de Dimitri funcionará.

La pena de Aloria era legendaria y pocos entendían esa clase de inmenso dolor, del tipo que literalmente hizo arder en llamas su cuerpo mortal.

Algunas historias de amor no tenían un final feliz. A veces fueron romances fugaces y duraron lo mismo que un latido, aunque su final no hizo que su amor fuera menos profundo.

Aparté mi mirada de Kiara y observé atentamente a Dimitri, cuyos ojos mostraban arrugas a los lados que nunca le había visto antes.

—Mi esposa y mi hija —susurró mientras levantaba un dedo y lo dirigía al borde puntiagudo de la aguja—. Las asesinaron hace años. —Con mano temblorosa llevó el dedo hacia la punta—. Me… golpearon hasta dejarme inconsciente. Cuando desperté, fue solo para ver cómo los soldados de Cirian les cortaban la garganta. Se rieron mientras yo gritaba y cuando intenté arrastrarme hacia ellas, me patearon y me detuvieron en el suelo, forzándome a mirar cómo se derramaba la sangre de mi hija sobre el piso de la cocina. Sus últimas palabras fueron un grito llamando a su padre.

Una sola lágrima rodó por su piel curtida, pero no se molestó en quitársela.

—Me dejaron allí, vivo, cuando lo único que quería hacer era irme con ellas. Aparentemente, los soldados se habían equivocado de casa y mataron a la familia incorrecta. A quien buscaban era a nuestro vecino y, luego de darse cuenta de su error, simplemente se fueron y derribaron su puerta para derramar más sangre.

Se me cerró la garganta. Yo había sido un fiel soldado de Cirian que cometió actos innombrables; que maté inocentes. Aunque nunca masacré a un niño, la vergüenza pesaba sobre mis hombros, pues sabía que había trabajado al servicio de aquel mal.

Con cuidado, Dimitri puso el dedo sobre la aguda punta de la piedra y presionó, siseando en el momento en que le perforó la piel.

—Viví como si estuviera muerto hasta que Emelia me encontró y, para ese momento, no me quedaba mucha alma dentro del cuerpo. Todavía sigue sin haberla.

Mi atención se desvió hacia Zorro y me quedé atónito cuando vi que una lágrima se deslizaba por su mejilla. Rápidamente limpió la evidencia.

—Danielle y Tilly —susurró Dimitri y sus nombres se quedaron en el aire como algo espeso, casi sólido, casi real.

Se escuchó el chasquido de una pieza que entró en su sitio: un engrane.

Dimitri saltó hacia atrás y la piedra brillante chirrió y se movió de su sitio; sus bordes vibraron cuando la pared detrás de ella se estremeció.

—¡Manténganse alejados! —nos advirtió Kiara, que se lanzó al frente con la daga en alto en una mano y la otra levantada con la palma hacia afuera. Se quedó a mi lado mientras yo también me alistaba para lo peor.

Dimitri volteó hacia Zorro, ignorando la mirada compasiva de Finn. Metió la mano con el dedo sangrante dentro de su bolsillo, pero no necesitaba ver la mancha roja de su dedo para saber que sangraba por dentro. De pronto me di cuenta de lo prematuro que había sido mi juicio sobre él.

Todos ocultaban su dolor. Dimitri solo lo mostraba con una canción de cuna; un canto dirigido a una pequeña que esperaba volver a ver algún día.

Se escuchó un estruendo que me obligó a desviar la atención del ladrón. La gema circular empezó a girar, deslizándose sobre la piedra hasta que chocó contra el muro, creando una abertura lo bastante ancha para que cupieran dos hombres.

Volteé hacia Kiara.

Un diálogo silencioso tuvo lugar entre nosotros. Éramos más que capaces de defendernos y estábamos en mucha mejor posición que los demás. Si cualquier cosa nos atacaba, seríamos la primera línea de defensa.

—Juntos —dijo solo con el movimiento de sus labios y yo asentí.

Avanzamos por la puerta, lado a lado…

Y caímos.

CAPÍTULO VEINTICINCO

Kiara

Un acto de fe es seguir avanzando a pesar de saber que es muy probable que caigas, y hacerlo de todos modos.

PROVERBIO ASIDIANO

No había suelo bajo nosotros.

Literalmente, no había ningún maldito piso.

Caimos durante una eternidad sin que la tierra se elevara para detener nuestra incesante zambullida hacia las entrañas del inframundo.

El espeluznante cuento de Aloria y su amante cruzó un instante por mi mente: la manera en que los soldados habían arrojado su cuerpo por la ladera de las montañas Argondale. En nuestro caso, saltamos hacia un precipicio sin siquiera mirar. Debí haber prestado más atención.

Maldije mi imprudencia mil veces mentalmente, a pesar que ninguna de esas maldiciones sirvió para reducir la velocidad de mi caída.

El aire golpeaba con fuerza contra mi cuerpo, sacudiendo mis mejillas, mi pelo y mi ropa. Desesperada, estiré la mano para intentar sostenerme de algo, de cualquier cosa, pero solo me encontré con la nada.

Justo cuando estaba a punto de despedirme de este mundo,

preparándome para la implacable solidez de la tierra, la infinita oscuridad se vio interrumpida.

Una luz pura y abrasadora brotó de lo que parecía ser una estrella fugaz a mi lado; sin embargo, no era una estrella, sino el comandante, cuya magia iluminaba el túnel. No podía decidir qué era peor, ver lo estrecho que era el pasadizo o saber que no había escape.

Caímos y caímos y caímos, hasta que la figura incandescente de Jude desapareció con el ruido de la salpicadura. Yo misma choqué contra el agua un segundo después. Sentí el cosquilleo que picoteaba mi carne expuesta al momento del impacto estremecedor que me cegó.

El agua era implacable, adentrándose por mi boca y llegando hasta mis pulmones, ahogándome cada vez que intentaba gritar.

Unas manos me tomaron por la cintura y los dedos se encajaron en mi piel a través de mi delgada túnica. Algo me jalaba, llevándome hacia quién sabe dónde. La pérdida de conciencia me llamaba como el canto de las sirenas en una tempestad, mientras mis ojos empezaban a cerrarse.

Atravesé la superficie y una ráfaga de aire helado golpeó mis mejillas. El agua que tragué fluyó de mis labios y escupí sin control. Gracias a las manchas negras que comenzaban a invadir mi visión, no pude ver con claridad cuando mi cuerpo chocó contra tierra firme. Sentí unas manos que me oprimían el pecho, empujando mi cuerpo y obligando al agua a salir.

—Me estás forzando a tocarte otra vez. —La voz de Jude llegó a mis oídos—. Con un demonio, espero no estar lastimándote más. —Su voz se quebraba por la frustración, casi ocultando el pánico absoluto detrás de sus palabras—. Vamos, Kiara —insistió mientras seguía presionando mi pecho—. Con una mierda, despierta.

Quería decirle que ya había despertado, pero él continuó y la brillantez de su magia ardía detrás de mis párpados cerrados mientras su temor potenciaba su poder. Después de lo que pareció una eternidad, mi cuerpo se convulsionó y me incliné bruscamente de lado, dando arcadas y vomitando agua, que cayó sobre las ásperas piedras. Jude me palmeó la espalda, maldiciendo y rezando al mismo tiempo.

—Eso es —murmuró al mismo tiempo que frotaba círculos sobre mi espalda para ayudarme a sentirme mejor. Con avidez, aspiré aire fresco, temblando tanto por el frío como por el persistente terror.

Si antes no odiaba las alturas, seguramente ahora lo haría.

Ansiosamente volteé a mirar los alrededores. Ya que el brillo de Jude iluminaba la mayoría del espacio, casi no me percaté de la débil luz azul que brotaba de las grietas en los muros de piedra. No provenía de Jude, sino del templo mismo.

Estábamos sentados en una piedra circular rodeada de una luz inquietante; el estanque de agua cristalina acariciaba gentilmente las orillas circulares. Por alguna razón, esta se sentía como la verdadera entrada del templo.

Mi incliné hacia el comandante y mi temperatura fue subiendo hasta normalizarse. De hecho, empezaba a sentir el calor de su contacto y entre mayor tiempo estaba cerca de él, mayor era este. No era desagradable como antes, cuando estábamos arriba.

Como si en ese instante se diera cuenta de la forma en que sus dedos rozaban mi piel, Jude se alejó súbitamente con un quejido de frustración.

—¿Te lastimé? —Se incorporó y guardó su distancia.

—Estoy… bien —respondí aturdida. No me sangraba la nariz ni me corría por las venas un dolor abrasador. Nada.

Jude se miró las manos como si también se preguntara por qué su contacto no me había hecho daño.

—Parece que me salvaste de nuevo —comenté para romper el silencio y me rodé de espaldas, agotada—. A la próxima me toca rescatarte a ti. Estás haciéndome quedar mal.

Intenté reír, pero solo brotó un patético jadeó sibilante. Sin embargo, no le había mentido. Sus manos no me lastimaron, lo cual me hizo cuestionar la razón. Aunque, a juzgar por la cantidad de espacio que Jude estableció entre nosotros, no parecía dispuesto a poner a prueba mi nueva teoría de que en este templo del dios de la luna, al fin estábamos en igualdad de condiciones.

Con un quejido, me levanté sobre los codos, cuidadosa de evitar el borde del estanque.

La superficie centelleaba con orbes relucientes que parpadeaban, apareciendo y desapareciendo, y me recordaron a un cielo nocturno. Si no hubiéramos estado a punto de morir, me habría parecido hermoso.

—¿Los demás cayeron? —Estaba demasiado ocupada ahogándome como para darme cuenta de si alguien más se lanzó después de mí.

Jude deambuló hacia el borde del agua, dándome la espalda mientras recuperaba el aliento. Sacudió la cabeza.

—No, solo fuimos nosotros.

—Qué bueno.

Rogué que hubieran sido lo suficientemente sensatos para dar un paso atrás cuando nos vieron caer hacia la nada, aunque imaginé que alguien tuvo que impedir físicamente que Jake se lanzara detrás de mí.

Volteé hacia arriba y miré a la espesa negrura. Cuando le grité a Liam, no obtuve ninguna respuesta. Habíamos caído a una distancia tan grande que nuestras voces no llegaban hasta ellos.

Jude exploró el área con la mirada, analizando las muchas grietas y fisuras brillantes, y probablemente planeando nuestro escape. El brillo de su cuerpo se atenuó, pero sus ojos seguían luminosos; parecían viajar de un lado a otro hasta que se levantó de un salto y una expresión de entusiasmo le hizo abrir los labios ligeramente.

—¿Qué pasa?

Avanzó hacia una pared de piedra y sus manos se deslizaron por los bordes desiguales. No dijo nada, lo cual me obligó a levantarme e ir hacia él.

—Estas grietas —dijo finalmente. Empujó la piedra y sus ojos brillaron mientras se esforzaba presionando, iluminando el espacio lo suficiente como para que mi propia magia no emergiera.

Una piedra se desmoronó bajo su esfuerzo, exponiendo más de la suave luz azul: una salida.

Empujé el muro con las manos, rascando y jalando las piedras sueltas. Ambos gemimos por el esfuerzo; el sudor brotaba por mis poros y escurría por mi nuca. Juntos trabajamos para liberarnos de nuestra prisión rocosa y cuando la suciedad y la tierra ya me habían cubierto las manos, la pared finalmente cedió.

Jude y yo trastabillamos hacia la abertura y caímos de manos y rodillas cuando el muro se derrumbó en pedazos. El polvo me entró por la nariz, los ojos y los pulmones, y apenas pude evitar caer de cara.

—¿Qué no podría haber una entrada normal? —refunfuñe al tiempo que me levantaba con los brazos probablemente llenos de raspones por el impacto de la caída. Me doblé por la cintura y tosí como si se me fueran a salir los pulmones.

Una niebla blanca cubría todo y sentí como si hubiéramos entrado a una nube; sin nada sobre nosotros ni nada que pudiera ver debajo. Jude jadeaba a mi lado, esperando a que los escombros se asentaran.

Tosió estruendosamente una vez antes de decir:

—Creo que hay otra puerta.

Fantástico. Más puertas.

Jude tomó la esquina de mi capa y me guió. Era como estar dentro de una ventisca o, mejor dicho, de una tormenta de arena. Trocitos de piedra golpeaban contra mi piel expuesta a medida que el polvo giraba caóticamente alrededor de nosotros, su leve resistencia parecía instarnos a salir de allí. Sin embargo, no había otro camino sino hacia delante, donde las pequeñas vetas azules parecían invitarnos a seguir.

—Mira —me indicó Jude, tirando de mi capa.

Adelante pudimos ver una puerta plateada.

—Será mejor que no sea otro boleto directo con destino a la muerte por ahogamiento —me quejé.

Jude me soltó y se acercó lentamente, como si la puerta misma fuera un depredador preparándose para atacar. Volteó a verme por encima del hombro para asegurarse de que lo seguía.

—Mantente lejos —me instruyó antes extender la mano hacia la manija curva y bajarla.

La puerta se abrió con un crujido que sonó como un suspiro agotado y brotó una ráfaga de aire helado, cuya fuerza casi me hizo dar unos cuantos pasos hacia atrás.

Me froté los ojos para forzar mi visión a aclararse mientras la nueva escena iba adquiriendo forma lentamente.

Una impresionante losa de piedra sobresalía hasta tocar las aguas cristalinas, cuya superficie estaba tan quieta que parecía como un cristal. A tropezones, atravesé el umbral y volteé hacia arriba, incapaz de otra cosa que no fuera admirar el espacio.

Un túnel de bronce con techo abierto había sido construido dentro de la caverna infinita y el cielo nocturno revelaba millones de estrellas resplandecientes. Eran tres veces más grandes de su tamaño normal y ni una sola nube opacaba su brillo. Me detuve ante una luna llena, que estaba rodeada de un aro azul, y fui incapaz de descartar la idea de que ella también me miraba. Su brillo iluminaba la caverna hasta donde la vista alcanzaba.

Botes lujosos se mecían en las cercanías, todos pintados de plata y con bordes decorados con las fases de la luna que observaban desde lo alto. El aire destellaba a mi alrededor; el lustre del bronce reflejando la luz sobre la superficie del agua inmóvil. Los magníficos pilares que formaban el espacioso pasadizo no tenían final y su diseño me recordaba a enredaderas retorcidas.

—¿Dónde estamos? —Caminé hasta el borde de la losa de piedra y suspendí las manos encima de uno de los botes que se mecían en el agua. El reflejo de las estrellas deslumbraba en el agua más azul que había visto jamás, cuya superficie estaba cubierta por un brillo púrpura y una capa iridiscente.

Bien pudimos haber entrado a un mundo completamente diferente. Al entrecerrar los ojos detecté un cometa que cruzaba los aires a tal velocidad que desapareció en un parpadeo.

—El cielo nocturno —susurró Jude con reverencia. Incluso él era incapaz de no admirar la belleza—. Nunca lo había visto tan claro y brillante. Tan… cercano.

Me puse de rodillas y ahuequé las manos para meterlas en el agua y sacar un poco de magia.

Si no supiera que eso era imposible, habría dicho que las estrellas mismas flotaban sobre las palmas de mis manos.

—Ten cuidado —me advirtió Jude que de pronto estaba a unos centímetros de distancia.

Levanté la mirada y descubrí que sus ojos ardían. Su resplandor era más brillante cuando me miraban. Verlo tan cerca me hizo sentir que se me doblaban las rodillas y me sentí tentada a actuar por impulso, ver si mis pensamientos esperanzados eran correctos. No obstante, dudé, temerosa de sufrir otra decepción.

Mis entrañas no se revolvieron a causa de su magia ni me sentí en peligro inminente, pero no podía sacudirme la agitación de la incredulidad y de la embriagadora adrenalina producida por caer de un mundo a otro, hacia una dimensión intermedia. No me sentía igual, una sensación de ingravidez invadía mi cuerpo y un hormigueo me cubría la piel. Experimenté todo y demasiado de ello al mismo tiempo.

Al mirar al comandante y sus ojos inusuales, me sentí desorientada y la realidad de nuestra situación cayó sobre mí, aplastante como una casa de naipes derrumbándose.

Estábamos en el templo, a un paso de la muerte o del triunfo.

El corazón se me fue a los pies cuando mi mente decidió cuál de esos destinos era el que creía iba a encontrar. Harlow había logrado infiltrarse en mis pensamientos y sus palabras hacían eco como la lluvia al caer. Con cada ciclo de dudas, me preocupaba elegir la cobardía cuando llegara el momento, cuando fuera necesario tomar una decisión difícil.

Nunca me di cuenta de lo agotador que era ser bueno; hacer lo correcto.

Un profundo gruñido brotó desde el fondo de la garganta de Jude.

—Te lo juro por todos los dioses, Kiara, será mejor que no te estés perdiendo en tus propios pensamientos; ese es mi trabajo. —Obligó a sus labios a formar una sonrisa, aunque era tensa.

El hecho de que él estuviera a mi lado… —y que mis amigos y mi hermano no estuvieran muy lejos detrás de nosotros— era mi culpa. ¿Y si no lográbamos salir? Cabia la posibilidad de que muriéramos era una posibilidad muy grande y…

—Sin importar lo que pase, no me arrepiento de nada —Jude interrumpió mis divagaciones—. Algo me dice que nuestro propósito siempre fue venir aquí y me niego a creer que haya sido solo para morir.

Mis ojos se encontraron con los suyos.

—¿Acabas de leerme la mente? Porque en ese caso, no apruebo ese nuevo poder.

Se rio.

—No, pero no necesito leerte la mente, solo tu expresión. A veces tu ojo tiene un tic cuando estás dolida o tienes dudas. —Se atrevió a dar un paso hacia mí—. Arrugas la nariz, tan solo un poco, justo antes de empezar una pelea. Cuando estás cansada, tamborileas una tonada con el dedo índice. No creo que ni siquiera te des cuenta, pero he pasado siglos tratando de averiguar cuál es la canción, aunque llegué a la conclusión de que solo tú la conoces—. Dio otro paso—. Pero, sobre todo, te sonrojas con el rosa más hermoso cada vez que me acerco, lo cual, por cierto, me gusta mucho.

Sus labios estaban tan cerca. A un solo paso.

Las comisuras de mis labios se levantaron y el pulso se me aceleró. Arlo y su venenosa advertencia desaparecieron de mi mente y mis dudas se disolvieron como el polvo que acabábamos de dejar atrás.

Un choque de conciencia me atravesó como un rayo.

No quería a Jude por el poder dentro de él. Era posible que la magia estuviera en mi alma, pero no controlaba mi corazón. Este me pertenecía desde mucho antes de que las sombras lo tocaran y antes de que la luz de la diosa del sol se despertara.

Arlo no había conocido el amor y, por tanto, supuso lo peor. Sin embargo, yo no era él ni carecía de amor; solo necesitaba la valentía suficiente para aceptarlo.

El comandante me evaluó con esa mirada analítica tan suya, que a cualquier otro le habría parecido fría, pero que yo sabía que no lo era. La intensidad de su mirada estaba dirigida solo a mí y estaba rodeada de tal magia que, después de casi ahogarme, decidí ceder solo por un momento.

—Me has hecho preguntarme tantas cosas nuevas; cosas que nunca antes consideré posibles —continuó Jude, con los ojos puestos no en el templo místico, sino en mí—. La mayoría de las veces me pregunto si tienes la menor idea de cuánto poder ejerces sobre mí; que podrías destruirme fácilmente con tan solo una sonrisa.

Mis labios se curvaron en esa sonrisa de la que hablaba, aquella que reservaba solo para él. Sus palabras…, nadie me había hablado jamás de esa forma. No podía imaginarme queriendo a nadie más que a él hablándole directamente a mi corazón.

Cuando su rostro se iluminó, extendí la mano y aferré su túnica. Lo jalé y presioné mi cuerpo contra el suyo. Necesitaba probar los labios que habían soltado palabras tan hermosas.

En el momento en que nuestros labios se encontraron, el mundo no se transformó en noche y de mi nariz no brotó un chorro de sangre, solo una dicha tan embriagadora que me produjo un mareo.

Jude gimió y sus dedos se enredaron en mi pelo, sosteniéndome firmemente a pesar de que no había ningún otro sitio en el que prefiriera estar que allí. Tenía un sabor a libertad y a pecado, y anhelaba ese tipo de torrente de emociones.

—¿Cómo? —preguntó, alejándose con desgana.

Arlo dijo que la magia de Jude dominaba la mía en el mundo mortal, pero aquí, en la oscuridad del templo sagrado, mi magia florecía, equiparándose con la suya.

—Eh…, la magia o alguna u otra tontería que no me importa en este momento —respondí—. Ahora, vuelve aquí.

No esperé y puse mi cuerpo contra el suyo una vez más. Él cedió fácilmente a mis demandas y devolvió mis ávidos besos con los suyos.

No me importaba si era el destino o una bonita mentira. Lo que fuera que me atraía hacia él era mío y me pertenecía, igual que Jude.

CAPÍTULO VEINTISÉIS

Jude

Los templos de los dioses se consideran como sus propios reinos. Construidos a partir de magia y plegaras, allí no aplican las reglas del plano mortal. De hecho, no hay ninguna regla, excepto la muerte, que allí es igual de terminante.

FRAGMENTO DE *TRADICIONES DE ASIDIA: UN CUENTO DE LOS DIOSES*

—Puedo tocarte —exclamé al besar su boca y seguí delineando el borde de su mandíbula con mis labios. Su cuerpo se sentía suave y flexible entre mis manos y no pude resistir la tentación.

Días antes, el contacto de mis dedos había sido como veneno. Aunque sabía que debía refrenarme, simplemente no podía..., sobre todo cuando me sonreía así en el momento en que mis dedos rozaban su mejilla, su quijada, sus labios.

—Creo que es por dónde estamos. —Inclinó la barbilla, asimilando el pasadizo luminoso y las estrellas etéreas—. Creo que estamos en un lugar donde mi oscuridad y tu luz... simplemente existen. Donde no sienten la necesidad de combatir.

Estábamos parados en un sitio creado por un dios y no tenía dudas de que allí no aplicaban las mismas reglas, ya que el mundo frente a nuestros ojos parecía sacado de las páginas de un libro de mitos.

Pasé mi pulgar sobre su generoso labio inferior mientras que mi otra mano acariciaba su nuca.

—Nunca he estado tan agradecido de estar en un sitio peligroso como lo estoy en este momento.

Kiara se levantó sobre la punta de sus pies y me dio un golpecito jugueton en la punta de la nariz.

—¿Arriesgarías felizmente la vida solo por un beso, Jude Maddox? No tenía idea de que fueras tan fácil de persuadir.

Fruncí el ceño.

—Técnicamente, sería tu vida la que pondríamos en riesgo —contesté y empecé a alejarme.

Kiara tomó mis manos y las sostuvo contra sus caderas.

—Oh, no lo creo, comandante.

Cerré la boca con firmeza para advertirle, pero estaba lejos de dejarse persuadir. En lugar de eso, llevó sus labios a mi cuello y me besó, subiendo y bajando por mi garganta. Gemí.

—No es justo —mascullé.

—Nunca he jugado limpio.

Kiara siguió recorriendo la barba incipiente de mi mentón, dejando a su paso un rastro diabólico hasta mis mejillas, mis cicatrices. Se quedó allí, adorándome justo en las marcas que alguna vez consideré monstruosas. Para ella, solo eran parte de mí y me demostraba cómo se sentía exactamente.

Una estrella fugaz resplandeció a la derecha.

Con renuencia, me separé lo suficiente para analizar el túnel de bronce frente a mí. Cuando caímos al vacío, no estaba seguro de qué esperar, sin embargo, este reino de luz y estrellas y de agua resplandeciente no se acercaba en nada a lo que había pasado por mi mente.

Sin duda, había alguna trampa.

—¿Qué pasa? —me preguntó Kiara.

—Me estás distrayendo. De nuevo. —Por lo menos teníamos que explorar nuestro nuevo entorno; asegurarnos que no nos esperara ninguna sorpresa. Me refería a sorpresas que portan dagas.

Kiara suspiró.

—Deberíamos descansar un rato y esperar a ver si los demás logran bajar por algún medio menos aterrador. Estoy segura de que Zorro tiene cuerda y algún equipo para escalar en su mochila. He oído que colecciona todo tipo de artefactos.

Todavía no la había soltado y era difícil recordarme la misión que teníamos. Lo único que deseaba era tocarla en todas partes, en cualquier sitio para hacerla gemir mi nombre…

—Me estás viendo como si quisieras comerme viva —me retó, aunque sus ojos se ensombrecieron y su voz se volvió áspera.

—¿Qué tal si lo hago? —le pregunté mientras deslizaba mis dedos por su pelo, disfrutando de su sedosa textura. Incliné su cabeza hacia atrás con un movimiento suave. De pronto, me convencí de que no había monstruos que nos estuvieran esperando, que no había peligro, aunque no estaba usando precisamente la cabeza.

»¿Qué tal si desde hace semanas he estado soñando con probar tu boca y solo me has estado incitando cada día y a cada momento —continué—. Cada vez que entrabas a una habitación como si fueras su dueña, me quitabas el aliento y exigías mi atención, y cada palabra que salía de tu boca solo hacía hervir mi sangre al punto que temí que me destruyeras.

Kiara se quedó muda, mirándome con los ojos muy abiertos y los labios entreabiertos.

El corazón me latía con demasiada fuerza en los oídos y mis mejillas se pusieron demasiado calientes. En ese momento, noté la sutil luz que se filtraba por el lino de su túnica. Fruncí el ceño y aparté la tela. Kiara jadeó y su mano se levantó para rozar el punto arriba de mi pecho.

Nuestras cicatrices gemelas destellaban, palpitando al unísono. Bajé la mano y ella hizo lo mismo, colocándola sobre mi pecho. La luz resplandeció con más fuerza antes de disminuir, aunque el brillo no desapareció por completo.

No me importaba que probablemente los demás estuvieran de camino a encontrarnos en ese momento o que la senda frente a nosotros nos llevara a las profundidades de la guarida del dios de la luna. El destino ya nos había robado bastante, pero no nos robaría esta noche.

—Jude —comenzó ella con una timidez en su voz poco característica—. ¿Crees que solo nos sentimos así porque…? —Apuntó a nuestras cicatrices, lo cual aclaró el resto de la pregunta—. Arlo dijo…

—Me importa un demonio qué dijo. —No había sido mi intención reaccionar así, pero la mera idea de que él hubiera sugerido tal cosa me hizo hervir la sangre—. Nada como esto ha sucedido jamás en la historia y creo el antiguo dios se preocupa por ti tanto como puede. Siento algo más poderoso que la magia cuando estoy contigo, más grande que lo que está dentro de mí. Así que, aunque pienso que podría haberme sentido atraído a ti debido a nuestros destinos, no creo que tenga nada que ver con mi corazón.

Era un libro abierto, exponiéndole todo de mí para que lo hiciera pedazos si así lo deseaba. Era terrorífico y excitante al mismo tiempo. Pero sobre todo, era terrorífico por cómo me miraba sin decir palabra. Dioses, necesitaba que dijera algo. Entonces, su cicatriz brilló aún más, casi tan luminosa como su sonrisa.

—Bien —respondió simplemente con una sonrisa traviesa—. Aunque una parte de mí tiene que pensar que es mágico que hables de ese modo. Sin inhibiciones. Tan… idealista.

Me abstuve de mirarla con exasperación.

—¿Qué puedo decir? Eres una muy mala influencia.

La sonrisita burlona de Kiara se desvaneció. Lo que fuera que atisbara en mi rostro la obligaba a aferrarse, a prenderse de mí como si fuera una cuerda salvavidas. Esperaba que viera mi verdad con tanta claridad como yo veía la suya.

Lentamente llevó sus dedos a mi camisa para bajarla y dejar mi cicatriz encendida al descubierto.

Sus labios descendieron rozando mi piel y enviando un escalofrío que recorrió todo mi cuerpo. Kiara besó cada centímetro de mi herida, tomándose su tiempo, torturándome. Con cada roce de sus labios, mi necesidad crecía y, casi en respuesta, sus movimientos se volvieron impacientes.

No más dudas. No más temores.

Colocó un último beso sobre mi palpitante corazón y levantó la cabeza. En sus ojos había otra pregunta que yo sabía cómo responder.

CAPÍTULO VEINTISIETE

Kiara

Los lazos que unen dos corazones no pueden cortarse con facilidad. Una vez establecidos, tal juramento silencioso tiene la misma potencia que cualquier magia, si no es que más.

CERYS, DIOS DE LA DEVOCIÓN

—Kiara —dijo Jude con un suspiro; su voz era más profunda de lo común. Era un ruego, una oración, y yo estaba más que dispuesta a responderla.

Mi piel vibraba con absoluta conciencia y la magia de Raina lo buscaba con tanta impaciencia como la que yo sentía por tocarlo y marcarlo como algo que me pertenecía.

Sus ojos ardían y su mirada era penetrante, viendo más allá de las barreras y los muros que había puesto. Le devolví la mirada, viendo más allá de sus dudas e inseguridades, de la máscara que usaba frente a todos, excepto frente a mí. Su yo crudo y verdadero era perfecto, hecho para mí, y su pulso danzaba por la anticipación.

Lo deseaba más que nada. Ansiaba estar tan cerca de él como fuera físicamente posible, con una necesidad tan grande que era casi dolorosa.

Chocamos: nuestros poderes, nuestros labios y nuestros cuerpos. Jude me levantó en sus brazos sin abandonar mi boca ni por un momento. Sus besos eran febriles, frenéticos, y detrás de mis ojos cerrados, nuestra luz combinada se convirtió en llamaradas doradas.

Mi bestia de las sombras despertó también y un indicio de hielo se mezcló con el fuego que se enredaba sobre su figura fantasmagórica. Jude se alejó para colocarme sobre el borde de la piedra y sentí el frío del mármol pulido debajo de mí. Observó todo mi cuerpo, todos los lugares desde donde las volutas de sombras se asomaban. Sonrió y su pausado escrutinio me hizo sonrojarme.

—Kiara —pronunció mi nombre con tal cuidado que parecía como si saboreara cada sílaba—. Solo mírate. Eres grandiosa.

Estaba demasiado centrada en él como para notar en lo que me había convertido.

Volteé a mirar mi cuerpo.

Mi piel era del tono de la luna cuando se balancea entre las nubes negras y mis sombras brillaban, danzando junto a sus luces doradas. Cuando lo toqué, se estremeció y soltó un profundo murmullo. Su cuerpo parpadeó con su magia y cada resplandor seguía el ritmo de su palpitante corazón.

La adoración en sus ojos era como una herida punzante, un golpe en el pecho que destrozaba y reanimaba mi corazón. Me miraba como si fuera algo celestial, una estrella fuera de su alcance, un deseo que se atrevía a soñar.

En el lapso de un suspiro, toda una vida de desprecios, mentiras y odios quedó hecha trizas por la fe de Jude y ante mí se abrió un nuevo camino que llevaba a un futuro en el que mi vida era lo que yo hiciera de ella.

Dioses, quería que fuera bella.

Mis dedos se enredaron en su pelo y mis labios tocaron los suyos antes de que pudiera tomar la siguiente bocanada de aire. Al instante, sus brazos me rodearon, jalándome al frente mientras que su boca se movía junto a la mía con el mismo fervor. Este era mi hogar, mi seguridad.

—Te extrañé —dijo con la boca puesta sobre mí—. Me dije que daría lo que fuera por abrazarte de nuevo, pero esto… —me dio un beso casto en los labios—, esto es un regalo del que nunca seré merecedor.

Negué con la cabeza y cerré mis dedos en su pelo, alejando su cabeza para que se viera obligado a mirarme. Se quejó, aparentemente molesto por el hecho de que le impidiera besarme. Mi sonrisa era retorcida.

—Jude Maddox, me exasperas por completo. —La confusión lo hizo fruncir el ceño—. Te quiero por razones puramente egoístas. Me haces sentir invencible. Me haces sentir fuerte y capaz y poderosa, incluso sin la magia. Tú, Jude, simplemente me haces sentir.

Pasó sus dedos por el contorno de mi rostro, por mi cuello, mis hombros y mis brazos. Cuando llegó a mi mano enguantada, levantó los ojos con una ardiente duda en la mirada.

—Entonces no te ocultes de mí, Kiara —susurró—. Me enamoré de todo lo que eres tú.

Mis sombras vacilaron ante sus palabras. Acariciaron su piel, hablando en mi nombre cuando me falló la voz.

Sentí que su declaración iba más allá de la carne y la sangre. Mucho más allá de las profecías, el destino y los dioses.

Jude me sostuvo la mirada con los dedos en mi guante, aguardando mi permiso. Se lo concedí con un sutil asentimiento. Me lo quitó con todo cuidado, tomándose su tiempo al tiempo que me miraba a los ojos. El aire fresco besó mi piel y volví a tiritar, aunque eso tenía todo que ver con Jude y no con la magia que habitaba en nuestras venas.

Pasó hacia el otro guante, quitándolo para colocarlo al lado de su gemelo.

Estaba libre.

—Allí estás —murmuró mientras posaba un beso en mi sien. Ese acto de ternura me desmoronó todavía más.

Deslicé las manos desnudas entre su pelo y acerqué la boca a sus cicatrices para besarlas suavemente. Cerró los ojos mientras yo les demostraba mi adoración con toda la ternura de mi alma.

Todo su cuerpo se estremeció por el esfuerzo que le exigía mantener el control de sí mismo mientras se mantenía encima de mí, esperando a que yo diera el primer paso. Siempre un caballero.

Mi propio asesino honorable.

—Podrían llegar en cualquier momento —gimió y dirigió los ojos hacia el arco plateado por el que habíamos cruzado.

—Será un descenso muy muy largo —respondí, lo cual me ganó una sonrisita de su parte.

Jude inhaló bruscamente antes de tomarme con fuerza de las caderas y girarme para subirme a su regazo. Me deleité en la fuerza con la que me sujetaba.

—Así está mucho mejor. —Me afiancé de sus hombros para sujetarme y mis muslos reposaron a sus costados.

Jude inclinó la cabeza; su garganta estaba expuesta y sus ojos apenas abiertos. Así de cerca, un anhelo creció en las profundidades de mi ser, insistente y errático, y completamente electrizante.

—Me gusta tu lado demandante —casi gruñó mientras subía los brazos y sus manos se movían sin prisa, recorriendo mi espalda de un extremo al otro. Incluso totalmente vestida podía sentirlo: su calor, su deseo, y las rodillas me temblaron por la anticipación.

Estábamos corazón a corazón, donde el dolor se reúne con la esperanza y encuentra el tierno compromiso del amor.

Las manos de Jude encontraron mi trasero y un profundo gemido surgió de su pecho, el sonido del tormento. Era como si por tan solo tocarme, su cuerpo se desmoronara y se rompiera. Amé ese sonido y decidí hacer mi misión en la vida el escucharlo con más frecuencia.

Sus caricias se volvieron provocadoras y se tomó todo el tiempo del mundo para explorar mis caderas, mi cintura, mis curvas, llevándome casi al extremo. Quería más de eso. Estaba ávida de todo eso.

Jalé su camisa para subirla y quitársela. Mis dedos desnudos exploraron las firmes planicies de su pecho, los vigorosos músculos que formaban su glorioso cuerpo. Con un movimiento serpenteante, Jude metió su mano en mi cabello, encerrando los mechones en su puño al tiempo que me observaba llenarme ávidamente de él. Cuando fui bajando mi exploración, descendiendo cada vez más, gimió.

—Dioses —exclamó con voz ronca—, me estás matando.

—Me alegro. Ahora, si eres tan amable, devuélveme el favor.

En el instante en que las palabras salieron de mi boca, sus manos se dedicaron a quitarme la túnica, desatando los botones con una grácil destreza. En poco tiempo, el aire frío pasó como una caricia sobre mi torso y cuando tocó mi piel desnuda, me sentí delirante, intoxicada por el poder de sus caricias.

Sus labios nunca dejaron de saborearme, deslizándose por mi mandíbula, por mi cuello y trazando un rastro delicioso que llegó hasta mi pecho. Estaba en todas partes al mismo tiempo y yo quería más.

Jude pasó una mano reverente por mis costillas antes de subirlas para rozar las curvas de mis pechos, mientras que su cuerpo se estremecía hambriento.

Cuando se hizo hacia atrás, llevándose su calor, emití un sonido de protesta.

—Te deseo, Kiara. Deseo tu mente, tu cuerpo, tu fortaleza, tu innata obstinación. —Su sonrisa era tan brillante, tan desinhibida, que traté de memorizar su forma.

Capturé su rostro entre mis manos y rodeé su mandíbula con los dedos.

—Me haces sentir como si nunca nadie me hubiera visto realmente antes de ti. —Le di un suave beso en la sien y cerró los ojos, con un escalofrío que le recorrió todo el cuerpo—. Te deseo —susurré contra su piel, nuestros labios a unos centímetros de distancia.

Tan cerca y a la vez tan lejos.

Aún así, Jude se alejó y la incertidumbre apareció en sus ojos como una pregunta muda. Su respiración era agitada y sus dudas pesaban sobre su pecho como piedras.

—Por favor —le rogué, sabiendo exactamente lo que ansiaba—. Por favor, Jude.

Sus ojos dorados se oscurecieron. Un momento estaba montada sobre sus caderas y al siguiente me puso cuidadosamente de espaldas. Miré al chico que me había arruinado por completo de la mejor de las maneras, sintiendo que el corazón golpeteaba salvajemente contra mis costillas. Sus latidos se volvieron erráticos cuando se inclinó sobre mi cuerpo y sus dedos empezaron a juguetear con la cintura de mi pantalón. Sonrió, saboreando su exuberante tormento, y su aliento cálido se esparció por mi estómago, encendiendo cada nervio.

—Déjame disfrutarlo, Kiara —me reprendió con una sonrisita triunfante.

—Disfrútalo más rápido —murmuré.

Soltó una risa profunda y baja, y el sonido penetró directo al fondo de mi cuerpo. Con lentitud, con una languidez demasiado lenta, me quitó las botas y luego los pantalones, tratándome como si fuera un delicado ser de cristal; como si fuera su mayor tesoro.

Jude desapareció por un segundo para liberarse del resto de su ropa. Cuando regresó, en sus manos sostenía un paquete negro sellado. Mis mejillas enrojecieron cuando me di cuenta de lo que era.

—Dimitri… me dio esto en el bosque —dijo a manera de explicación y sus mejillas se sonrojaron.

—Nunca he estado tan agradecida con Dimitri como en este momento.

Chasqueó la lengua.

—No pensemos demasiado en él.

Mis ojos exploraron la figura de Jude.

—No creo que será ningún problema —respondí.

Demonios, era tan increiblemente hermoso y no podía más que llenarme de cada imponente centímetro de su carne desnuda y marcada por el combate. No podía creer que fuera mío.

Me descubrió admirándolo mientras se preparaba para colocarse la protección y sus labios esbozaron una media sonrisa astuta. De pronto, sentí la boca demasiado seca.

Jude se arrodilló y colocó sus musculosos brazos a cada uno de mis costados, al tiempo que movía la cabeza cerca de la mía. Sin embargo, no me besó, no aún.

Se me quedó viendo durante muchos segundos muy largos y juraría que era capaz de escuchar como retumbaban sus latidos a través de su pecho.

—Mi bella diosa. —Movió las caderas y me quedé sin aliento al sentirlo a él, al sentir su peso. Entonces Jude dejó de contenerse.

Un gemido salió de mis labios y levanté las caderas en respuesta, codiciosa de más. Más de Jude volviéndome suya *por completo.*

Me había ocultado detrás de tantas barreras, muros y excusas. Detrás del sarcasmo y el acero. Fingí que la muerte no me asustaba o era una chica que nunca había buscado aceptación ni un lugar en el mundo. Jude rompió esas paredes con gran facilidad, plantando flores donde los ladrillos y la piedra solían estar.

Me perdí en él, en sus besos, su ritmo, la manera en que el mundo de la noche se transformaba con cada una de nuestras exhalaciones irregulares. La forma en que se movía me hizo ver estrellas. Grité su nombre y él respondió atrapando mi labio inferior entre sus dientes, mordiéndome con suavidad y soltándome lentamente solo para reposar su cabeza sobre mi pecho. Arqueé la espalda mientras me besaba y me provocaba, convirtiéndome en un cataclismo de deseo. Encajábamos tan bien. Luz y oscuridad. Furia y esperanza. Opuestos absolutos que no pudieron evitar enamorarse de los trozos faltantes del otro.

La dicha me inundó por completo y emití un gemido ahogado que provocó que Jude se desmoronara por completo. Exclamó mi nombre, murmurándolo una y otra vez hasta que parecía que era la única palabra que sabía pronunciar.

Estaba flotando y ahogándome, viva y aniquilada al mismo tiempo, y nunca había sido tan feliz. Mis brazos rodeaban su cuello y acariciaban su pelo, mientras mis labios estaban puestos en los suyos, y todo en este mundo cruel y corrompido, por tan solo lo que dura un latido, estuvo bien.

La boca de Jude encontró mi oído y dijo dos palabras, dos diminutas palabras que me hicieron trizas.

Lágrimas de alegría rodaron por mi rostro y él las limpió con sus besos, devorando con sus labios mis trémulas gotas de felicidad.

Los monstruos y las pesadillas que yacían más adelante tendrían que esperar pues esta noche era nuestra.

Soñé que era un ave que volaba hacia las estrellas, apurándome a atraparlas como si fueran gotas de lluvia.

Alguien pronunció mi nombre, ya fuera la noche, Jude o incluso yo misma. Lo único que sabía era que tenía que volar, extender mis alas invisibles hacia la oscura magia.

«Más alto», susurró la noche y yo obedecí, pero antes de tocar los bordes del universo expandido, bajé la vista al túnel con los botes plateados y miré a Jude dormido profundamente sobre una orilla rocosa. Dudé cuando me invadió el deseo de volver a sus brazos, pero la noche era insistente.

Había algo que tenía que hacer, algo importante, pero estaba soñando y, como suele ocurrir con frecuencia en los sueños, me sumergí en la historia, aguardando con ansias a dónde me llevaría; qué revelaría.

No obstante, con cada parpadeó me sentía cada vez más recelosa. Esa sensación de que algo faltaba pulsaba dentro de mí como un corazón palpitante e ignoré a la noche, que ahora gritaba, para planear hacía la tierra, lejos de la vastedad del cielo abierto.

Un palacio de piedra tersa y blanca como la nieve se elevaba en espiral, retorciéndose entre las nubes. Me recordó un cuento de hadas y una pesadilla al mismo tiempo y, cuando aterricé en el arco de un puente frente a un altísimo muro de mármol pulido, la fatiga arrasó conmigo y cerré los ojos.

Me desplomé de un sueño al siguiente, hasta que la fría humedad del suelo congeló mis huesos humanos y me di cuenta de que, después de todo, no había sido un sueño.

CAPÍTULO VEINTIOCHO

Jude

En las tierras de occidente hay un mito acerca de la Llorona del lago Livian. Se dice que brota bajo la luna y que emite un grito tan agudo que su presa queda inmóvil, para luego arrastrarla bajo la superficie y crear un jardín con sus huesos.

FRAGMENTO DE *TRADICIONES DE ASIDIA: LEYENDAS Y MITOS DEL REINO*

Me rodé de lado con un suspiro de satisfacción, sintiendo que mi cuerpo aún cosquilleaba por sus caricias y mi corazón seguía acelerado por la manera en que sus uñas se encajaban en mi espalda cuando se derritió entre mis brazos.

Estaba tan perdido por esta mujer que dudaba que tuviera idea de cuánto poder tenía realmente sobre mí.

El nombre de Kiara se formó fácilmente en mis labios, como si lo hubieran pronunciado durante mil vidas. Me pesaban los ojos por las míseras horas de sueño, aunque el dolor de mi cuerpo era exquisito. Susurré de nuevo su nombre, pero cuando no respondió, estiré el brazo, irritado de que se hubiera alejado tanto entre sueños.

La piedra fría recibió mi mano y abrí los ojos, sorprendido.

No estaba allí.

—¿Kiara? —Exploré el túnel; los botes plateados que se mecían contra la orilla y el agua titilante rozaba la piedra en la que estaba acostado. Nada. No había nadie.

¿Había abordado uno de los botes, abandonándome para poder seguir el viaje y posiblemente representar el papel de sacrificio voluntario? No. Había el mismo número de embarcaciones que ayer: cuatro. Lo cual significaba… ¿qué exactamente?

La pena y la alarma hicieron latir salvajemente el pulso en mi cuello. Junto a mí, donde Kiara debió haber estado, solo había una pluma. Me encogí de miedo al ver cómo se agitaba y los zarcillos de suave negrura ondulaban en la sutil brisa.

Sostuve el aliento mientras pasaba un dedo por el eje de la pluma, que tembló, agitándose como si fueran alas, y las sombras se dispersaron, flotando lejos de mi alcance.

Antes de que pudiera lamentar mi error, se había ido. El piso de mármol veteado resplandeció más brillante donde había estado la pluma, como si su magia siguiera bendiciendo el suelo.

Un ruido sordo rompió el silencio y me incorporé de frente al portal plateado por donde habíamos entrado. Me quedé inmóvil por la anticipación, rogando que Kiara lo atravesara y disipara toda preocupación.

—Por todos los dioses, nunca quiero volver a hacer ningún tipo de actividad física. —Jake entró tranquilamente por el umbral, con el cabello adherido a la cabeza por el sudor y manchas de suciedad en las mejillas.

Se detuvo súbitamente cuando me vio cubierto solo por los pantalones y con el pecho desnudo. Sus ojos se abrieron por la sorpresa y luego dirigió su mirada a la orilla del agua, buscando a la mujer que se había ido sin rumbo como un sueño en la noche.

La decepción me colmó.

Antes de que Jake pudiera cuestionar dónde estaba Kiara, el resto del grupo pasó por la entrada.

—¿Dónde está? —me exigió Liam. Sus rizos castaños estaban mojados y su cara estaba igual de mugrosa que la de Jake, sin duda por el descenso a través del túnel. Llevaba cuerdas alrededor de la cintura y me di cuenta de que los demás también llevaban un equipo similar atado a ellos.

Dimitri arrojó un pico al suelo y lo remplazo con una daga, una expresión recelosa que contraía su rostro generalmente sereno. Emelia y Finn estaban parados con los brazos cruzados y con la misma expresión sombría en el rostro.

—Ella... —volteé hacia Liam con un ruego en la mirada—. Desapareció. No está aquí.

Sonaba como un estúpido inútil y tal vez lo fuera. Lo único que recordaba era haberme quedado dormido con ella entre mis brazos y su cabeza en mi pecho, mientras su pelo cobrizo oscuro me hacía cosquillas en la barbilla. Me dormí con una sonrisa tan grande que me seguía doliendo la mandíbula.

—¿A qué demonios te refieres con que no está? —insistió Liam, abriéndose paso por la delgada franja de piso sólido—. ¿Estaba contigo después de que cayeron?

Asentí, pero mi voz se negaba a salir. El calor de la magia de Raina se deslizaba más lejos como si también se afligiera por la pieza que le faltaba.

—¿Tal vez tomó uno de los botes? —preguntó Jake, que avanzó rodeando a Liam y le puso una mano en el hombro. Sus ojos ofrecían compasión y esperanza, y todas esas cosas que nunca creí que sentiría, pero que ahora sentía en demasía.

La idea de que hubiera ocurrido algo nefasto me hizo perder el control y las náuseas me revolvieron el estómago. Miré a su hermano con el deseo de tener una respuesta; su rostro estaba contraído por su fiera determinación y su mente se anclaba a la banal explicación de Jake.

—Entonces vamos a encontrarla —exclamó Liam con más confianza de la que jamás había escuchado en su voz—. Debe haber otro bote que no viste. Es probable que lo usara, pensando que podía ahorrarnos el problema. —Sonaba muy seguro. Si yo no hubiera despertado al lado de esa pluma y con la sensación de pérdida, habría coincidido con él.

Simplemente no creía que eso fuera lo que ocurrió. Kiara no me habría abandonado. No como yo la abandoné.

—Es obvio que no está aquí —aclaró Zorro— y lo más probable es que Liam tenga razón: debe haber tomado un bote que no viste. Estoy segura de que estabas… distraído. —Entrecerró los ojos en una delgada línea mientras examinaba el estado de mi ropa.

Un calor desagradable me quemaba las mejillas.

Jake y Liam se esforzaron por no hacer ningún comentario, desviando la mirada y dirigiéndola hacia cualquier cosa que no fuera mi pecho desnudo. Era obvio que sabían lo que había sucedido. Lo peor era que mi madre fuera también testigo.

Compasiva, Emelia desvió su atención hacia sus hombres, indicándoles con señas que fueran hacia los botes. Estaba igual de sucia que su el resto de su equipo, pero la dureza en su mirada hacía que las manchas de suciedad de su rostro parecieran pintura de guerra.

—Podremos descansar cuando la localicemos. No puede haber llegado demasiado lejos, pero deberíamos irnos. Ahora.

—Suena casi como si te importara. —Las palabras salieron por sí mismas cuando la furia y el temor se apropiaron de mi boca.

No se dignó a corroborarlo con una respuesta, aunque sí fue evidente cómo apretó la mandíbula. Emelia pasó a mi lado sin mirarme a los ojos y arrojó su mochila en el fondo plano de uno de los botes. Cerca del leve oleaje de las aguas se detuvo y sus labios se entreabrieron ante lo que fuera que vio formar un torbellino sobre la superficie iridiscente. Diría que experimentó asombro, aunque rápidamente borró la expresión de su rostro.

Los otros siguieron su ejemplo, sin molestarse en ocultar sus reacciones frente a la belleza del túnel, entre tanto, yo busqué mi camisa y mi capa, poniéndomelas de manera mecánica. Me sentía paralizado.

—La encontraremos, comandante —dijo Jake con firmeza al tiempo que me daba una palmada en la espalda. Saltó a la embarcación, que se meció ligeramente bajo su peso—. Sabes que haría algo así. En todo caso, me habría sorprendido si no lo hubiera hecho.

No dije palabra alguna, pero yo no creía que lo hubiera hecho y menos después de lo que compartimos, a menos de que tuviera dudas…

Había mencionado las sospechas de Arlo —que solo nos sentíamos atraídos en un sentido romántico por nuestros poderes—, pero pensé ya la había ayudado a borrar de su mente esa idea tan descabellada.

Finn, Dimitri y Zorro tomaron una de las embarcaciones, en tanto que Liam, Jake y yo nos subimos a la otra. Los fondos eran anchos y planos, construidos así para reducir el movimiento mientras tomábamos nuestras posiciones. De pie en ambos extremos del bote, dos de nosotros tomamos largos remos, mientras que el tercero descansaba en el centro.

El remo se deslizaba con facilidad por el agua destellante y mis brazos se movían rítmicamente, siguiendo el compás que Jake marcaba al ser quien comandaba el frente.

Los otros conversaban: Liam discutía que era su turno de remar, en tanto que Jake lo callaba, protestando que el chico necesitaba reposo; Zorro y sus hombres susurraban acerca de los tesoros que encontrarían y yo…

Los bloqueé a todos.

Algo horrible tenía que haber sucedido y nadie más parecía alterado. O quizá yo estaba exagerando.

Desde arriba la luna iluminaba nuestro camino y el techo abierto mostraba el universo con toda su espectacular gloria divina.

El templo del dios de la luna era un santuario dedicado al esplendor exquisitamente oscuro de la noche. Las columnas de bronce se alzaban desde las profundidades acuosas, el metal retorcido trabajado por una mano experta. De vez en cuando, podía ver mi expresión sombría sobre su superficie pulida; un reflejo irreconocible en comparación de aquel que había conocido la mayor parte de mi vida.

Sentí como si navegara por el espacio, envuelto entre las estrellas reflejadas en el agua y las que habitaban en el cielo. Los planetas resplandecían en color rojo y azul, más grandes de lo que debería ser posible. Era absolutamente imponente.

Qué pena que casi no me importara.

Finalmente, la magia de Raina despertó y el calor serpenteó por mi torso mientras más lejos viajábamos; parecía sentir mi angustia. Esa calidez se esparció hasta los dedos de mis pies y manos. Acariciaba mis mejillas, disipando el frío de la brisa sobrenatural.

Buscaba consolarme en este momento en que la intranquilidad me tenía entre sus garras y acepté sus esfuerzos, aunque fuera solo para aclararme la mente y prepararme para la batalla inevitable.

Por ahora, pretendería creer que había hecho lo que sugirió Liam; que había abordado un bote que no vi y que intentaba hacer el papel de héroe. Había observado con detenimiento el escenario cuando entramos al lugar y conté solo cuatro botes, pero… podía estar equivocado. Tenía que estarlo.

Una y otra vez me repetí lo mismo, tratando de volverlo cierto.

Estaba tan consumido por las dudas que no vi la mano que brotó súbitamente del agua y se aferró al tobillo de Liam hasta que fue demasiado tarde. Un chillido perturbó la tranquilidad, reemplazándola con una agobiante sensación de terror.

El grito de Liam desapareció bajo el agua un momento más tarde.

CAPÍTULO VEINTINUEVE

Kiara

Aun cuando Raina se convirtió en Rae, mantuvo la fe. Esa, pienso yo, es la razón por la que estableció contacto con los sacerdotes del sol en todo el reino. Algún día, su sucesor necesitaría ayuda y oraba que por sus seguidores acudieran al llamado.

Anotación en el diario de Aurora Adair,
año 20 de la maldición

Desperté en un puente de mármol y cristal.

Trocitos de gemas y vidrios transparentes estaban incrustados en la piedra, capturando la luz de la luna. Los pedazos fracturados abarcaban todo el puente, brillando como estrellas congeladas.

Mi túnica estaba desabotonada, mis pantalones desabrochados y mi pelo estaba enredado en mi cara. Lo hice a un lado y me froté los ojos, segura de que seguía soñando y que mi cuerpo físico me esperaba en los brazos de Jude, a salvo e intocable.

Mientras más los frotaba, más me daba cuenta que no era así.

Esta era mi realidad. Estaba sola en un puente que conducía a un alto palacio rodeado de paredes de mármol. Además, a mi izquierda había una tormenta de rayos y bruma que me recordaron a la Niebla. Sentí escalofríos.

Jude no estaba. Mis amigos estaban perdidos.

Una oleada de mareo me hizo tambalear cuando me puse de pie. Mi mano salió volando en búsqueda de un lugar para aferrarme, prendiéndose del borde amurallado del puente; me llegaba al pecho, pero igual no era lo suficientemente alto para ocultar las aguas salpicadas de estrellas a unos treinta metros bajo mis pies.

Sentí un escozor en las puntas de los dedos cuando las esquirlas de vidrio me picaron y alejé la mano mientras lanzaba una maldición. La sangre brotó de los dedos índice y medio, y me la limpié contra la áspera tela de mis pantalones.

No traía mis guantes; sin duda los había dejado atrás en donde pasé la noche con Jude. Imaginé qué pensaría al despertar y encontrar que yo no estaba. ¿Habrá creído que hui como él lo hizo en la Niebla?

Una risa ahogada escapó de mis labios. Estaba más preocupada de su reacción que del porqué estaba aquí para empezar.

«Acércate», susurró una voz en mi mente. Era profunda y seductora, con el murmullo de una orden. «Asómate por el borde».

Me puse tiesa, con los músculos tensos.

La voz provenía de mis sueños, de anoche, la misma que me trajo aquí: era la noche misma.

Como una tonta le hice caso y mis dedos se encajaron una vez más en la orilla del puente, sin importarme los cortes que me hacía el vidrio. Al instante me vi arrastrada por el escenario más abajo.

Las aguas, que antes giraban con mil estrellas, ahora hervían; sombras negras rozaban la superficie, girando una y otra vez en un ciclo sin fin. Me fijé en el centro despejado, con el cuerpo hormigueando de anticipación.

Una figura adquirió forma.

Era el rostro de mi hermano, diluido y borroso, que me saludaba. Un sudor frío me goteó por la frente y la nuca. Liam agitó la mano y su boca formó mi nombre. En mi precario estado, casi le devolví el saludo.

«No es real, no es real, no es real».

—¡Salta! —me ordenó con voz traviesa.

Negué con la cabeza y mis nudillos adquirieron una palidez enfermiza. La luna creció, dispersando su pálida luz por todo el puente, sobre las aguas agitadas y la inquietante figura de mi hermano.

—Kiara —me reprendió—. Pensé que eras más divertida. —Liam hizo toda una pantomima, salpicando el agua y nadando en el círculo de sombras con una sonrisa contagiosa.

Me puse rígida.

Liam nunca me decía Kiara, lo cual significaba que no era mi inconsciente el que me estaba jugando una broma. Alguien estaba controlando esto. Nada de ello era real, pero tampoco era alguna alucinación que mi mente produjo.

Era el mismo ser que me había traído hasta aquí, tirando de mis cuerdas como si fuera un títere bajo su control.

La intranquilidad clavó sus garras en mis entrañas y mi pulso se aceleró. Intenté soltar el borde amurallado, pero mis manos no respondían a mis órdenes; se aferraban a la piedra como si tuvieran mente propia… o como si alguien los mantuviera allí.

Aparecieron sombras, pero no me pertenecían. En lugar de ser como las sombras negras y grises a las que me había acostumbrado, su tono era extremadamente blanco. Me rodearon las muñecas como grilletes, obligándome a mirar la cambiante escena.

«Muy bien, lo haremos por las malas», susurró la voz en mi mente.

«¿Quién eres? ¡Muestra tu rostro!», grité mentalmente, intentando liberarme, aunque no tuve éxito.

Silencio.

En el agua, la expresión de mi hermano se transformó de la alegría a la ira. Sus caninos se extendieron, adquiriendo la forma de colmillos puntiagudos como los de los hombres enmascarados que vi en la Niebla. El blanco de sus ojos eclipsaba sus pupilas y sus suaves rizos castaños estaban encostrados de lodo y sangre negra.

Grité hasta que me ardió la garganta.

—¡Suéltame! —le grité a la entidad invisible que me aprisionaba y que se infiltraba en mi mente. Las sombras blancas como la nieve que me ataban al puente respondieron apretándose más.

Liam cerró de golpe la mandíbula y su sonrisa se volvió malvada. Mi bestia de las sombras se escabulló hasta los últimos resquicios de mi alma, sin ofrecer ayuda… sin embargo, otro ente brotó para auxiliarme.

La magia de Raina se extendió por mi pecho y los rayos dorados bañaron la horripilante figura del muerto viviente que era Liam. Grité el nombre Raina, como una creyente, repitiéndolo como una oración.

Canalicé su calor y me esforcé por liberar mis manos. Visualicé el orbe que había visto en mi sueño, cuando mi abuela me visitó en la Niebla, y la imagen alivió la presión que rodeaba mis muñecas, ahuyentando la cruel visión de Liam. Con mi magia oscura restringida, cedí el control a la magia dorada.

Las llamas se encendieron donde las sombras blancas rozaban mi piel sensible, cobrando vida y chisporroteando. Mis grilletes se fueron consumiendo hasta desaparecer y las llamas de la diosa fulguraron antes de extinguirse por completo.

Me alejé; la abrupta acción hizo que me tambaleara y caí de sentón.

Sueños y pesadillas. Sombras y llamas.

Realmente estaba en el reino de un dios.

Como para confirmarlo, un manto de niebla azul ocultó la luna, que pulsaba como un latido.

A mi derecha, el puente llevaba hasta el palacio amurallado, el cual examiné con mayor atención.

Las paredes blancas tenían vetas azules que me recordaron las cicatrices que cubrían mis manos. Era una creación dentada e imponente, con una construcción compleja, aunque espontánea, como si el arquitecto hubiera seguido la dirección natural de las piedras. Con más de diez pisos de altura, tres torres se elevaban de ella; la de en medio era más alta y su techo era la mitad puntiaguda de un diamante.

Me forcé a voltear hacia la otra ribera.

A la izquierda en la distancia se alzaba una tormenta de polvo plateado, negro y reluciente. Bloqueaba la vista de lo que había más allá y sin importar cuántas veces intenté convocar mi vista aguzada, no pude percibir más que terror y hermosa destrucción.

Tenía dos opciones…

Ambas parecían el principio de una pesadilla desastrosa.

Solo había una razón por la que me hubieran traído aquí: para separarme de mis amigos, de Jude. Caí bajo el embrujo de mis sombras y volé lejos con facilidad, sin una pizca de resistencia. La noche me había persuadido con poco o ningún esfuerzo, lo cual me hizo darme cuenta de lo débil que era. Fue entonces que despertó mi cólera.

La calidez de Raina luchaba contra el hielo que se colaba por mis venas, pero se propagó al frente, instándome a proseguir hacia el vendaval del torbellino plomizo y los violentos relámpagos.

«Te reto a darme con todo», dirigí mi pensamiento a la noche que me vigilaba. Arriba, la luna y sus muchas estrellas temblaron en respuesta y, entonces, di el primer paso hacia la oscuridad.

CAPÍTULO TREINTA

Jude

Nuestras pesadillas son meros reflejos de nuestro yo verdadero.

PROVERBIO ASIDIANO

El infame chillido de la criatura resonó por todo el túnel. Agudos relámpagos de dolor penetraron por mis sienes y por más que intenté sofocar el ruido con las manos presionadas contra mis oídos, no servía de nada. El discordante sonido arañaba el interior de mi cráneo como una navaja oxidada.

Liam luchaba por liberarse de sus garras y cuando le dio un codazo en la cara a la bestia, pudo tomar unas cuantas valiosas bocanadas de aire. La criatura lanzó un alarido devastador, agitando sus brazos demasiado largos en un intento por volver a atrapar a Liam.

El pelaje del color de la nieve cubría su cuerpo como algas enredadas y sus grandes ojos eran plateados. Donde debía estar la boca solo había piel lisa y sin manchas.

Nunca había visto un monstruo así.

Antes de que Liam pudiera alejarse y alcanzar el bote, fue jalado al fondo por las larguiruchas manos, cuyos tres dedos largos y con garras se aferraban a él con fuerza.

Éramos capaces de escuchar a la criatura, incluso cuando no podíamos verla. Una sensación cálida me brotó de ambos oídos, el calor de la sangre traía consigo el embriagante aroma del cobre. Mis tímpanos estaban estallando y la aguda punzada casi provocó que me doblara de dolor.

Zorro tiró su bolsa para sacar un extraño artilugio que parecía como una ballesta y no más grande que mi daga. Con manos temblorosas colocó una flecha en la ranura, arrugando el rostro por la concentración. Oprimió un botón en el aparato y todo el arco se encendió, brillando como una mortal gema de fuego solar.

La punta plateada era una promesa de muerte, tan hermosa como letal. Apuntó el arma por la borda del bote y liberó la asta, haciendo que la flecha saliera disparada fuera de nuestra vista, debajo de las espesas aguas.

A medida que traspasaba el denso azul de las aguas, su brillo nunca disminuyó y alcancé a ver un resplandor de pelo blanco y el asomo de un cuerpo enfermizamente pálido y desnudo.

Emelia maldijo al darse cuenta de que no había acertado y cargó otra flecha.

Mi madre apuntó, aunque falló otra vez y la saeta reluciente no hizo más que iluminar las aguas.

Estaba agradecido de que Liam no estaba dejando que se lo llevara fácilmente. Luchó para salir a la superficie, trayendo consigo una ola que chocó contra mi pecho.

Me forcé a ponerme en movimiento, luchando contra el instinto de encogerme y taparme las orejas con las manos. Aferrado al borde de madera de la embarcación, ignoré mis oídos sangrantes y la agonía que me partía el cráneo, y me asomé por la borda.

Comenzó como siempre: una avalancha de energía pura invadía mi cuerpo, pero sucedió en un parpadeo. Tenía los nudillos blancos por apretar la madera y la arremetida de la adrenalina y la magia sembraron el caos en mi sistema.

Era incandescente.

La visión de mi ojo izquierdo se agudizó, en tanto que el derecho se cubrió de oro. Con la vida de Liam en riesgo, no tuve tiempo para meditar en la razón por la que me sentía más a gusto en ese estado sobrenatural —como si me hubiera desprendido de un pesado abrigo de lana— y en su lugar, me zambullí.

Tracé un arco al entrar al agua; el alarido era insoportable y estaba seguro de que más sangre se acumulaba en mis oídos, provocando que mi mente se volviera borrosa. Sin embargo, estaba acostumbrado al dolor y una vez que lo hice, una extraña especie de tranquilidad se apoderó de mí.

«Allí».

Los frágiles brazos se aferraban a su presa y la luz que irradiaba de mí cubría su piel escamosa. Liam estaba perdiendo las fuerzas para luchar y dejó de tirarle zarpazos a su captora mientras sus ojos se cerraban.

La criatura encajó aún más profundo sus garras en el pecho de Liam y cuando el chico abrió la boca en un grito silencioso, un tinte rojo brotó de las punciones superficiales.

Con el poder del sol palpitando contra mi piel, pidiéndome que lo liberara, puse la mira en la cara de la bestia, directamente en medio de sus ojos embotados.

En cuanto conocí al chico en aquella taberna en Lis, sentí la fuerte necesidad de protegerlo como si fuera de mi familia. Admiré su valentía, la luz en sus ojos, la necesidad de luchar, incluso ante la posible derrota.

Liam no moriría hoy.

Toda mi magia reprimida se liberó en una oleada destructiva de brillante fuego amarillo y naranja; mi poder salió disparado hacia el lomo expuesto de la criatura, el agua no ayudó en lo más mínimo a reducir su fuerza.

De mis labios brotaron burbujas y apreté los dientes con determinación, esperando haber apuntado bien.

Las aguas se estremecieron por el impacto y el fuego le rompió el cráneo en dos, silenciando sus tortuosos alaridos. Su lomo liso y resbaladizo se marchitó y ardió, quemándose como un pergamino encendido. Se contorsionó y aulló, retorciéndose hasta que su rostro sin boca volteó hacia mí y las feroces llamas le devoraron los ojos.

Finalmente pude ver a Liam cuando la bestia aflojó las garras que aferraban al chico y su cuerpo hecho trizas se hundió. En cuestión de segundos, lo único que quedó de mi ataque fue la mitad inferior del torso del monstruo; las patas demasiado largas siguieron retorciéndose como si quisiera patalear hacia la superficie.

Liam no se movía. Sus manos estaban suspendidas sobre su cabeza y sus ojos cerrados con fuerza; su piel parecía haber adquirido un enfermizo tono azul pálido.

Pataleé al frente luchando contra las espesas aguas hacia su cuerpo lánguido. Diminutas luces parpadearon mientras nadaba, reapareciendo ahora que la criatura se había ido. Era como si estuviera nadando en el firmamento, en un cielo negro lleno de estrellas.

Con mi energía a punto de esfumarse, apreté los dientes y pataleé hasta que finalmente pude alcanzar una de sus manos. Tiré de él hacia arriba, le rodeé la cintura con un brazo y subí tan rápido como pude a la superficie; temía verificar si seguía vivo.

Las luces ondulaban sobre mi cabeza, incitándome. Estábamos tan cerca… pero unos puntos negros bailoteaban sobre mi visión y me ardían los pulmones carentes de oxígeno. Liam estaba flácido entre mis brazos.

Tan cerca…

Al llegar a la superficie, tomé una bocanada de aire; Liam no emitió sonido alguno.

Frenéticamente giré para localizar los botes gemelos, que estaban a unos seis metros de distancia. Sin embargo, mientras estuve bajo el agua peleando contra la bestia, el caos había estallado en la superficie.

Seres de pesadilla estaban por todas partes, tomando toda clase de formas, y todos atacaban a cada miembro de nuestra tripulación.

En ese momento, Emelia peleaba con una figura encapuchada de estatura similar a la suya que blandía un cuchillo en la mano y lo agitaba tratando de cortarle la garganta. El rostro de mi madre estaba cubierto de lágrimas, lo cual no era característico de ella.

Finn estaba parado y con los ojos cerrados mientras que una serpiente se le enroscaba en el brazo y avanzaba con rapidez hacia su cuello. La lengua sonrosada del animal le lamía la piel al tiempo que iba avanzando hacia su rostro y sus fríos ojos negros parecían brillar por la anticipación.

Dimitri estaba encima de un guardia real vestido con una túnica desgarrada color carmesí. Tomaba con fuerza su daga y su rostro se contorsionaba por la ira mientras hundía su filo en el rostro ya destrozado de su adversario una y otra vez. Gritó dos nombres que apenas conocí hace poco y los repitió como mantra a medida que la sangre se derramaba por la orilla de la embarcación que se mecía en el agua, ahora cubierta de un rojo feroz.

Giré hacia Jake, que estaba solo en su misma barca, con los ojos fijos en un coyote que le gruñía con los colmillos expuestos y las peludas patas traseras tensas.

Bestias imposibles batallaban con la tripulación y Liam estaba inconsciente o muerto en mis brazos.

—¡Ayúdame! —rogó Finn y Dimitri soltó al guardia ensangrentado con una mueca brutal; su rostro maltratado estaba salpicado de sangre, al igual que su túnica. Con la misma daga que usó para terminar con la vida del soldado, Dimitri cortó por la mitad a la serpiente que envolvía a Finn justo cuando tenía los colmillos del animal a unos centímetros de su garganta. La bestia cayó sobre el bote con un sonido sordo.

Al ver que ambos hombres podían ayudar a Emelia —que había recibido un doloroso corte en el antebrazo—, nadé hacia la barca más cercana, con Liam a cuestas.

Jake tenía su atención puesta por completo en el coyote, que aullaba y lanzaba mordiscos al aire; sus colmillos se cerraban con violencia cerca de su mano temblorosa que sostenía un arma.

—No otra vez —jadeó Jake al tiempo que miraba al coyote. El animal lanzó una pata hacia atrás y se agazapó, preparándose a atacar. Por unos segundos, Jake cerró los ojos como si quisiera hacer desaparecer a la bestia con solo desearlo.

—¡Recluta! —le grité, pero Jake estaba perdido en algún recuerdo cruel.

Necesitaba convocar más magia, pero mi cuerpo estaba al borde del colapso. «Vamos», aullé mentalmente mientras luchaba conmigo mismo. «¡Ayúdale!».

Sentía dormidas las manos; un hormigueo iba bajando hacia mis pantorrillas. En cualquier instante me desmayaría y me ahogaría junto con Liam. Sin embargo, alcancé a reconocer un zumbido sutil: la poca magia que me quedaba luego de matar a la bestia acuática.

Con manos invisibles arrastré ese fragmento minúsculo de magia para sacarla y la apunté directamente hacia el coyote rabioso.

El calor se expandió en mi pecho y de allí brotaron llamas dirigidas al animal. Cuando mi poder chamuscó su pelaje gris y apelmazado, el coyote aulló; el fuego acariciaba sus patas y su suave vientre.

Jake, con lágrimas en las mejillas, gritó antes de lanzarse contra la bestia y hundir su daga en la cabeza del coyote. La sangre salpicó el rostro del recluta cuando sacó el arma y una expresión enloquecida se apoderó de sus facciones cuando pateó al animal muerto para lanzarlo por la borda.

Al fin su atención se dirigió a mí, sudor y sangre resbalaban por su frente.

—¡Ayúdame a subir a Liam! —le ordené al tiempo que me aferraba al borde de la embarcación. Las manchas negras reaparecieron y el hormigueo adormecía casi por completo mis brazos y piernas. Sentía pesados hasta los mismos huesos y mis movimientos eran lentos cuando Jake giró con torpeza para ayudarme. Subió al chico por un costado antes de volver por mí y tuvo que usar todas sus fuerzas para sacarme. Ambos nos desplomamos.

—Ayúdale —balbuceé y Jake se apresuró hacia Liam. Le sintió el pulso y abrió mucho los ojos por el miedo.

—¡No está respirando! —Le oprimió el pecho mientras yo me obligaba a aclarar mi vista.

Podía sentir de nuevo las manos, aunque apenas.

Al otro lado, Emelia había vencido a su atacante con una tajada en el pecho. La gruesa tela de su capucha ocultaba su identidad, salvo por los mechones de pelo negro corto que salían por las orillas, del mismo color oscuro y profundo que el de Emelia. Con un grito gutural, Finn pateó por la borda a la atacante herida y Dimitri detuvo a Zorro para evitar que se lanzara detrás de ella.

—¡Necesitamos ayuda! —Mi grito despertó a Zorro de su ensimismamiento, pero fue Finn quien nos lanzó el bolso con las medicinas. Jake siguió reanimando a Liam con movimientos bruscos que probablemente le dejarían moretones.

Casi tuve que gatear hacia la bolsa. Revolví el contenido y encontré docenas de frasquitos, todos sin etiqueta, y no pude recordar cuál uso la ladrona para salvar a Liam en el claro. No había sufrido una crisis respiratoria, pero quería tenerlo a la mano cuando despertara, si es que llegaba a hacerlo.

Este no era el final. Lo juré, tanto para mí mismo como para Liam.

—Vamos —decía Jake entre dientes mientras seguía oprimiendo con firmeza el pecho del chico—. ¡Despierta! —Era implacable en sus intentos.

Los ojos de Liam se abrieron de golpe.

Jake lo giró de costado cuando el agua empezó a brotar a borbotones de su boca. Escupió y tosió. Su piel estaba muy pálida y sus labios estaban azulados. Jake le dio unas palmadas en la espalda para ayudarle a sacar el agua de los pulmones.

—Eso es —dijo con voz tranquilizadora—. Sácalo todo. —Le frotó la espalda con mano temblorosa.

Mi madre remó para acercarse lo suficiente como para saltar de su bote al nuestro. Con una sacudida abrió la bolsa que había lanzado Finn y sacó de ella la medicina adecuada.

Descorchó la botella y forzó el contenido por la garganta de Liam. Su cabeza reposaba en el regazo de Jake, sus ojos estaban muy rojos y su cuerpo débil, pero aun así la bebió; la frenética respiración de Jake regresó a la normalidad. Seguía agarrándolo con firmeza, con los brazos alrededor del pecho del chico.

Jake lo cambió de posición para ponerlo contra su pecho y le alisó los rizos desordenados, quitándoselos de los ojos.

Liam estaba vivo. Todos lo estábamos y ya que habíamos derrotado a todos esos seres, volteé hacia Emelia.

—¿Con quién peleabas? —Tenía la sensación de que en realidad ya lo sabía.

—Un fantasma —respondió con brusquedad. Emelia desvió la mirada y escondió las manos en su capa antes de que alguien más pudiera ver el ligero temblor que las recorría.

Zorro había combatido contra sí misma, de eso estaba seguro. Lo que no sabía con seguridad era cómo me sentía al respecto, aunque sí entendí el simbolismo y sentí una punzada de compasión que no deseaba.

—Malditas serpientes. —Finn se estremeció por el asco antes de rodear a Zorro con los brazos y me sorprendió que ella se lo permitiera, incluso dejando que le acomodara un bucle suelto de pelo detrás de la oreja y le pasara la mano sobre el pecho. Los ojos de mi madre se veían apagados; la chispa que solían tener estaba ausente.

Noté que Liam y Jake lanzaban miradas a la pareja. El primero entrecerró los ojos, confundido por la demostración de afecto. Yo tampoco había esperado que mi madre fuera tan abierta con sus emociones, incluso después de un combate de ese tipo.

—¿Estás bien? —le pregunté finalmente a Jake, que se puso rígido sin soltar a Liam, que reposaba la cabeza en el hueco de su cuello.

Coyotes. Supuse que sus pesadillas habrían venido del tiempo que pasamos en la Niebla.

—Hace años, Nic me salvó de uno —murmuró casi para sí mismo—. Estaba hambriento, casi muerto de hambre, cuando salí a cazar algún animal en el bosque. Disparó una flecha que atravesó el cráneo del animal y luego me llevó a su casa para darme de comer; era la primera vez en días. —Jake aspiró jadeante—. Yo tenía siete años.

Había olvidado lo mucho que significaba Nic para Jake y por el resto de mi vida cargaría con el peso de la vergüenza por la forma en que murió cuando estaba bajo mi mando.

Con todo cuidado, Jake acarició con un dedo la mejilla de Liam.

—¿Qué fue esa cosa que te atacó? —le preguntó suavemente y detuvo su dedo cuando llegó a su mandíbula.

—Es c-culpa de mi abuela —respondió Liam, atragantándose. El color regresaba lentamente a sus mejillas; la medicina parecía haber prevenido una crisis. Lo observé mientras se acomodaba entre los brazos de Jake, aferrándose a él como si fuera un ancla a este mundo.

»Siempre me contaba cuentos de terror acerca de la llorona del lago. —Casi sonrió por el recuerdo—. Se supone que se robaba a los niños pequeños si se alejaban demasiado del muelle. Kiara solía reírse de mí, diciendo que no era real, pero nunca fui a nadar gracias a esa historia.

Cuando Liam trató de incorporarse, de inmediato Jake lo empujó de regreso.

—No seas necio —lo regañó—. Tienes que descansar. Si murieras, creo que te extrañaría.

—Qué palabras tan dulces —contestó Liam, dirigiéndole una sonrisa a medias.

—Jake tiene razón. Necesitas descansar —agregó Emelia y Liam volteó a verla, y puso los ojos en blanco. A pesar de ello, no hizo más esfuerzos por liberarse.

Exploré con la mirada al pequeño y audaz grupo que viajaba conmigo hacia el templo del dios de la luna, arriesgando sus vidas para que volviera el sol o, en el caso de Zorro y sus hombres, arriesgando la vida por dinero. No tenía la absurda noción de que lo hicieran por mí.

A diferencia de la Niebla, donde nuestros temores engañaban la vista, aquí nuestras pesadillas estaban hechas de carne y hueso, cobrando vida por la magia y el terror.

—Tenemos que salir del agua —espeté, asumiendo una actitud de mando. Un profundo dolor atravesó mis músculos cuando me estiré para ver a la distancia. El pulso me dio un salto cuando alcancé a ver la costa oscura y gris. Las sombras rodaban por su orilla, creciendo más a cada segundo. Parecía como si se estuviera formando una tormenta.

—Coincido —secundó Liam y Jake soltó sus brazos. Lo ayudó a acomodarse en el centro de la embarcación y se quitó la chaqueta para ponerla sobre los hombros de Liam.

Nadie se atrevió a decir una palabra mientras nos preparábamos; alistamos los remos y mi madre y sus hombres regresaron a su propio bote. Me di cuenta de que no había luchado con un monstruo salido de mi propia imaginación. Tal vez no necesitaba hacerlo porque ya estaba viviendo mi peor pesadilla: Kiara se había ido. De nuevo.

Una risa escalofriante flotó hacia mis oídos, apenas más intensa que un suspiro. Me hizo cosquillas en los vellos del cuello, forzándome a mirar por encima del hombro. No encontré más que las aguas estancadas; esas luces extrañas empezaron de nuevo a parpadear de una manera exasperante.

Aun así, no pude quitarme de la mente lo familiar que me parcía esa risa… como si la hubiera oído muchas veces antes.

CAPÍTULO TREINTA Y UNO

Kiara

Mientras ruego por el regreso del sol, temo por la gente del reino. Es posible que por un tiempo reine la paz, pero el estallido de una guerra es inevitable. Simplemente es naturaleza humana encontrar un nuevo enemigo con quien luchar y, bajo la luz del día, se volverán unos contra otros.

ENCONTRADO EN EL DIARIO DE JUNIPER MARCHANT, SACERDOTISA DEL SOL

La tormenta rugía, azotándome el rostro con vientos furiosos. Apenas podía ver a unos cuantos metros de distancia entre la niebla espesa y el aire cubierto de arena, pero mis amigos estaban del otro lado y no había vuelta atrás.

La mayor parte de mi vida estuve sola, excepto por Liam, y el viaje a través de la Niebla me enseñó que era más fuerte si tenía apoyo, así que ahora enfrentaría cualquier tormenta u obstáculo para llegar con Jude y con mis amigos.

Sentía un hormigueo en las palmas de las manos y las cicatrices negras y azules cobraron vida; su suave brillo parpadeaba en la penumbra. Estaban reaccionando a este lugar. Me daban la bienvenida.

Eso solo significaba una cosa: estaba en problemas.

Sentí que mi cuerpo se volvía más pesado; manos invisibles

me oprimían los hombros y un peso se instaló en mi pecho. Aunque estaba debilitada, mis cicatrices resplandecían con hilillos de noche que brotaban de mis poros y serpenteaban por mis brazos desnudos.

Mis pasos flaquearon cuando el arrepentimiento afligió mis pensamientos. Los vientos eran demasiado fuertes, el aire demasiado denso y las nubes oscuras me desorientaron al grado en que no podía recordar por dónde había entrado.

Pasaron los minutos y, sin embargo, solo di otros diez pasos. Caí de rodillas cuando intenté dar uno más.

«Levántate», me exigí. «Eres más fuerte que esto».

No obstante, en ese momento no me sentía fuerte o confiada; no cuando el aire adquirió un olor nauseabundo y juré escuchar el repique distante de risas.

Lo único en lo que podía centrar mi atención era en moverme e incluso fallé en eso. Mis brazos estaban inmóviles y las yemas de mis dedos se sentían adormecidas, como si las hubiera sumergido en hielo.

La bestia de las sombras en mi interior emergió; la oscuridad me invadió y asumió el control. Se estremeció cuando una ráfaga de viento me tiró de lado y mi cabeza golpeó contra el suelo, nublándome la vista.

Esta era una trampa. Quizá la noche había querido que eligiera la tormenta después de todo.

Una aguda punzada me atravesó ambas manos y, horrorizada, vi cómo crecían mis cicatrices; el negro recorría mis antebrazos como hierbas voraces.

«No, no, no, no…».

No quería morir allí, ahogada en esa cruel brisa en la que cada bocanada de aire me parecía veneno.

Algo se acercó. Pude detectar movimiento por el rabillo del ojo y levanté la cabeza con un gemido. El mismo pánico que había experimentado cuando tenía ocho años y estaba sola en el Bosque de Pastoria me asaltó.

Ante mí flotaba la misma criatura que asediaba mis pesadillas.

Regresó. Volvió para terminar el trabajo.

Era una bestia de las sombras.

Inclinó la cabeza y sus ojos vacíos me examinaron como si fuera un tentempié. Unos remolinos de nubes negras se agitaban donde debería estar su boca, pero imaginé que estaba sonriendo hacia su presa atrapada.

No era mi oscuridad la que me contenía ni el monstruo aprisionado dentro de mi carne. No; era yo. Había vuelto a aquella época, hacía tantos años, en la que me sentía pequeña e indefensa. Aterrorizada.

En ese momento, cuando miré a la criatura sin rostro hecha de trémulo humo, ansié que Arlo estuviera allí; su presencia firme y la manera en que podía disipar mis temores mostrándome un nuevo truco con una espada o una daga. Él fue quien me dijo que era capaz de alcanzar la grandeza si la deseaba lo suficiente. Nunca me abrazó ni consintió, pero sus palabras severas y al mismo tiempo animosas… Dioses, eso era lo que necesitaba ahora.

Encontré mi voz, que era la única cosa que parecía ser capaz de controlar.

—¿No es de mala educación jugar con tu comida? —dije con una calma que me impresionó. No temblaría ante esa cosa.

La bestia se quedó completamente quieta, incluso las sombras que se retorcían alrededor de su figura se detuvieron. No esperaba que opusiera resistencia, que mi voz fuera segura. La tomé por sorpresa y, debido a eso, sonreí.

Nunca más. No era la misma niña que lloraba pidiendo por su madre y su padre, ensangrentada y gritando en el bosque. El monstruo frente a mí no era el mismo que dejó su marca; era simplemente otro enemigo que tenía que derrotar y eso era algo que ya había hecho incontables veces.

—Vamos, ¿qué esperas? —Provoqué a la criatura y el entumecimiento de mis dedos disminuyó.

Mi temor seguía allí, pero mi voluntad de sobrevivir lo desafiaba. Tenía mucho por lo cual vivir —tantas cosas en que convertirme— y no iba a permitir que esa bestia arruinara mi futuro como había manchado mi pasado.

«Sí. Recuerda quién eres. Pelea». Casi podía escuchar a Arlo susurrando aquellas palabras dentro de mi mente; su voz severa deshacía el pánico que me impedía moverme.

Fijé la vista en la mirada vacía del monstruo que vivía en los recovecos de mi mente.

«No me dejaré vencer con facilidad».

La bestia de las sombras se lanzó sobre mí y entonces mi cuerpo se apartó.

CAPÍTULO TREINTA Y DOS

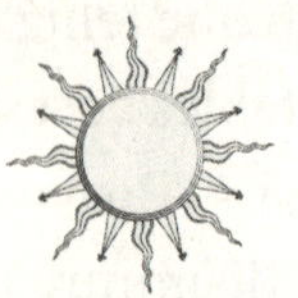

Jude

Espero encontrarme contigo y explicártelo en persona. Rae… es muy diferente de lo que incluso yo sospeché de inicio. Aunque su pasado está claro ahora, le arrebataron algo además de su divinidad. Es mortal y, sin embargo, no posee aquello que nos hace humanos. No creo que tenga corazón.

CARTA DE AURORA ADAIR A JUNIPER MARCHANT, AÑO 30 DE LA MALDICIÓN

Nuestros botes rozaron la costa un segundo antes de que oyéramos un grito.

No sonaba como el chillido de la llorona que atacó a Liam; sonaba humano.

—¡Kiara! —gritó Jake alarmado, casi como si me hubiera leído el pensamiento.

Ambos nos lanzamos a la costa pedregosa, corriendo lado a lado frente a la tormenta creciente. Esas sombras que vislumbré a lo largo de la orilla cercana cubrían todo de un negro cenagoso y atascaban el aire con un olor dulzón que me revolvió el estómago.

La magia de la diosa del sol se esforzaba, debilitada por la pesadilla infernal por la que avanzábamos. Apreté los dientes y continué, obligando a mis ojos a iluminar el camino. Era débil en este lugar, en medio de esta tormenta.

Un segundo grito, esta vez amortiguado, vino de mi derecha y corrí tambaleante hacia el caos sin siquiera pensarlo. Los gritos de ayuda de Kiara avivaron mi poder, dotándome de adrenalina pura y estimulante.

Luché por moverme, luché por continuar…, por ella.

Mis ojos chisporroteaban y resplandecían con rayos de luz que viajaban entre los vientos tumultuosos. Un grupo de sombras se formó a unos seis metros de distancia y adquirieron la forma de un hombre. Su estatura era bastante superior a los dos metros y medio; tenía los brazos levantados y espirales de humo negro salían de sus largos dedos.

¿Podía ser…?

Una bestia de las sombras.

Esa era la única explicación y cuando detecté una figura tirada en el suelo, obligué a mis piernas a avanzar más rápido más hacia el monstruo. Hacia la leyenda y la pesadilla.

Destellos de mechones rojos resplandecieron; una cabeza se levantó y miró fijamente a la bestia con los ojos entrecerrados: Kiara.

No hubiera importado si tenía un poder divino o era simplemente la dolorosa voluntad de un mortal enamorado, habría encontrado el camino hacia ella, me habría arrastrado hacia ella. No importaba si estaba herido o desangrándome —incluso en el umbral de la muerte—, nada podría haberme detenido.

Mi poder palpitaba al unísono de los latidos de mi corazón y el calor invadía cada centímetro de mi cuerpo. No quemaba ni era dañina. Esa magia era una parte de mí y mientras más la aceptaba, más se sentía bien. Al fin acepté quién era.

Un relámpago azotó en algún punto cercano, pero el trueno que le siguió no fue nada en comparación con el rugido que lancé.

—¡Aléjate de ella, maldita sea!

La bestia de las sombras era una creación fallida del dios de la luna. Los rumores decían que había nacido de buenas intenciones, pero que se convirtió en algo malévolo: un ser que cazaba las pesadillas más oscuras y las destruía; se convirtió en el monstruo más temido del reino.

Yo también fui un alma nacida en la oscuridad y podía ser igual de malévolo.

Las llamas surgieron, elevándose en el aire como las alas de noche que Kiara controlaba. Sin embargo, en lugar de ser negras, las mías estaban iluminadas de brillantes anaranjados y amarillos. Iluminaron al ser que acechaba a Kiara y toda la atención de la bestia de las sombras se dirigió a mí. Soltó un gruñido.

Bien; quería que me viera acabar con su vida.

Inhalé profundamente y apunté todo mi poder hacia la bestia, curvando mi cuerpo hacia adentro a medida que la magia estallaba sin restricción.

La bestia de las sombras soltó un alarido cuando mi fuego le quemó el lomo y cayó de lado, sorprendida. Kiara gateó para alejarse y se llevó las manos desenguantadas al rostro para protegerse del calor de mis llamas.

Recordé su historia y lo aterrorizada que estuvo cuando la atacaron de niña. Ahora la habían arrojado de nuevo hacia esa horrible realidad y, a pesar de ello, mantuvo la cabeza en alto.

«Esa es mi chica».

Me agaché hacia la derecha cuando sombras negras con contornos plateados brotaron de la delgada figura de la criatura, que arrojó su magia venenosa hacia mi rostro. El disparo falló por unos centímetros.

Antes de que pudiera reaccionar, lanzó otra ráfaga y las sombras me hirieron en la pantorrilla, formando una cortadura superficial. Ardía como ninguna otra cosa que hubiera experimentado jamás y el tormento producido me habría puesto de rodillas si no hubiera sido por que Kiara me miraba fijamente, con las manos abajo y los ojos llenos de confianza.

Me necesitaba en ese momento como yo la había necesitado tantas veces antes. Me negué a decepcionarla.

Mis llamas brotaron en una espiral cuando los grilletes fantasmales cayeron y se hicieron pedazos, destruyendo las cadenas que yo mismo me había puesto: las mentiras que me dije, insistiendo en que este no era mi destino; que encontraría una forma de salir de este desastre.

Yo era el descendiente de Raina y su poder me llamaba, me rogaba librar al mundo de esa criatura blasfema.

Kiara y yo nos miramos a los ojos y toda una vida pareció transcurrir en el lapso de un parpadeo. Aventuras y secretos compartidos; risas y largas noches frente a una fogata; ella mostrándome el verdadero significado de «vivir».

Un estallido me hizo salir disparado cuando la bestia me tomó por sorpresa. Di vueltas en el aire, sacudiéndome e intentando agarrarme a cualquier cosa para recuperar el control, pero no había nada.

Unas manos heladas me rodearon la garganta, apretando, y un sonoro rugido de triunfo brotó del hocico de la bestia.

Algo se desgarró en mi interior y un dolor más grande que cualquier latigazo me recorrió el cuello y el pecho. El siguiente grito que oí no era mío.

Manchas negras cubrieron el color dorado de mi visión y mis pulmones se quedaron sin oxígeno. Agité las manos débilmente para golpear a la bestia, pero solo sirvió para enfurecerla más y su agarre se apretó.

Mis ojos se cerraron con un parpadeo, aunque seguí luchando, renuente a darme por vencido. Si tan solo pudiera concentrarme, convocar mi magia…

Algo detonó y brotó una luz enceguecedora.

Abrí los ojos, esperando ver mis llamas devorando al monstruo, pero en lugar de eso, vi a Kiara, bañada de un fuego amarillo y negro, con oro resplandeciente entrelazado en sus poderes combinados.

El temor brillaba en sus ojos, pero no titubeó. Era una diosa vengativa mientras dirigía su magia hacia la criatura, haciéndola tambalearse de espaldas; un chapoteo resonó antes de que algo se astillara.

Mostraba los dientes mientras caminaba con pasos largos hacia la criatura y su fuego peculiar azotaba una y otra vez al animal sin piedad alguna. El sudor le cubría la frente, pero no parecía fatigada, solo iracunda. Estaba furiosa de una manera que no había visto antes, ni siquiera cuando Harlow me amenazó.

—No. Lo. Toques.

Cada palabra iba seguida de una andanada de fuego negro en el que la oscuridad trabajaba en conjunto con el fragmento de luz dorada que portaba. Sin embargo, era más que eso…

La fuerza impulsora era ella.

La criatura se marchitó dentro de sí misma, su carne incorpórea era devorada por las llamas. Una sonrisa cruel torció los labios de Kiara y la miré pasmado mientras destrozaba pedazo a pedazo a su pesadilla personal.

—¡Nunca más! —gritó.

Supe exactamente a que se referían sus palabras. Las lágrimas le manchaban el rostro, pero eran hermosas bajo los resplandores de luz que explotaban a su alrededor; las huellas húmedas se transformaban en brillantes rayos de victoria.

Nunca volvería a ser vulnerable frente a la bestia; nunca sería su víctima. Kiara miró a los ojos al mayor de sus temores y sonrió, porque esta vez podía ganar. Ganaría.

El cuerpo de la bestia se marchitó y las sombras que formaban su larga figura vacilaron, debilitándose. Kiara no cedió ni dudó, y no detuvo su ataque hasta que solo quedaron cenizas a sus pies e incluso fueron arrastradas por una ráfaga feroz de viento.

Bañada en un sudor resplandeciente, respiró agitada y con los puños cerrados.

Sus cicatrices... habían crecido; los remolinos de enredaderas negras y azules llegaban debajo del puño arremangado de su túnica. Sus nuevas marcas le fueron concedidas por el contacto con la bestia que acababa de destruir.

Kiara se dio la vuelta hacia mí con ojos de ámbar brillantes y el cuerpo envuelto de poder; entonces mi corazón se detuvo un instante por una razón completamente nueva.

Nunca había presenciado nada más imponente, más terrorífico o más devastador que ella a medida que se acercaba. Su fuego negro y dorado se fue apagando y cayó de rodillas frente a mí. Levantó las manos hacia mi cara y su mano llena de cicatrices delineó la curva de mi mandíbula como para asegurarse de que fuera real, que estuviera vivo y frente a ella.

Mis brazos rodearon su cuerpo y la apreté contra mi pecho. Ella emitió un ruido que sonó a un sollozo de alivio y me encajó los dedos en la espalda, negándose a soltarme.

Juntos respiramos; juntos nos sentamos quietos en medio de la tormenta implacable de magia oscura. Juntos encontramos la fortaleza para calmar nuestros palpitantes corazones hasta que marcharon al unísono, ambos en busca de la melodía constante de su compañero.

No nos movimos hasta que alguien me tomó del brazo.

Kiara fue arrancada de mis brazos cuando otra figura la tomó de la muñeca. Era Jake. Detrás de él estaba Liam, que tenía la mano prendida de mi brazo y me ayudó a incorporarme.

Entonces Jake gritó una palabra que incluso los vientos impetuosos no pudieron ahogar.

—¡Corran!

CAPÍTULO TREINTA Y TRES

Kiara

No existe un ser que sea completamente bueno o malo. Los dioses son iguales. Pueden ser crueles y violentos, igual que los reinos y emociones sobre los que rigen.

FRAGMENTO DE *TRADICIONES DE ASIDIA: UN CUENTO DE LOS DIOSES*

Tanto mi hermano como Jake me jalaron al frente y mi adolorido cuerpo se vio forzado a correr.

—¡Vamos! —nos ordenó Jude, que venía pisándonos los talones—. ¡Crucen el puente!

—¡Esperen! ¿Qué pasará con los demás? —Me asomé por encima del hombro, demasiado débil como para soltarme de ellos. Por fortuna, la descomunal figura de Finn apareció, con Dimitri y Emelia a cada uno de sus costados. Se esforzaban por alcanzarnos, pero los implacables vientos les dificultaban lograrlo.

—Apresúrate, Ki —gritó Liam con voz áspera, como si hubiera estado gritando por horas. Eso me hizo preguntarme qué le había pasado mientras yo estaba varada al otro lado de esta tormenta.

Los vientos agitaban mi pelo y los mechones se adherían a mis mejillas. Eran más violentos ahora que habíamos escapado y las poderosas ráfagas nos azotaban por todos lados. Sentí como si la noche nos vigilara desde las alturas y se me hizo nudo en el estómago al escuchar un estruendoso rugido que hizo eco dentro de mi cabeza.

No pude evitar sentir que la aparición de la bestia de las sombras no fue una coincidencia. Que de alguna manera me fue enviada por el ente que dominaba este templo. Si cualquier enemigo tenía la capacidad de privarme de mi valor, ese era el monstruo que me había robado la infancia.

Fue solo hasta que la bestia puso al comandante en la mira que mi temor se transformó en ira que pude usar como arma. Me vi en el lugar de Jude cuando las sombras venenosas lo derribaron. En ese momento él era yo, esa niña que gritaba en el bosque, e iba a salvarlo; a salvarme a mí misma.

Había obtenido mi venganza contra la bestia que intentó quitarme todo lo que era una y otra vez hasta que no quedara nada. Mi espíritu, aunque agotado, estaba triunfante. Exhausta y ensangrentada, pero ardiendo con un propósito.

—¡Aceleren el paso! —gritó Liam y eso me arrancó de mi pasado. Estábamos rodeados por la nada y nuestro camino hacia el palacio no era claro, pero, por más que lo intentaba, no podía recordar la dirección por la que había venido.

Un asomo de calor seguía ardiendo en el brasero de mi corazón, justo al lado de mi oscuridad. El poder de Raina también había estado conmigo y su divina luz era una fuerza que trabajaba al lado de mis sombras para salvarnos a Jude y a mí. Su espíritu estaba ahora a mi lado como si fuera de carne y hueso, y juraría que sentí el contacto de su mano tibia contra la espalda, impulsándome hacia un sitio seguro.

—El polvo de la tormenta está afectando a Liam —gritó Jake, que volteó a la izquierda, hacia donde se encontraba mi hermano.

Tenía los ojos cerrados y su marcha era irregular. Ni siquiera había pensado en su enfermedad, aunque debería haberlo hecho.

En ese momento, me sentí agradecida con Jake al darme cuenta de que su mirada vigilante estaba puesta en Liam.

La salud de mi hermano no era la única razón por la que tenía que apurarme.

—Una bestia de las sombras nos atacó —exclamé— y apuesto que hay más.

—Te vimos matarla —resopló Liam y entrelacé mis dedos de manera más segura entre los suyos.

—¡Pronto estaremos fuera de esta tormenta! —le prometí. No recordaba haber caminado tanto después de entrar, así que teníamos que estar cerca.

Entrecerré los ojos, intentando encontrar el puente mientras la arenilla y el polvo volaban dentro de mis ojos y mi boca. Justo cuando pensé que estábamos dando vueltas en círculos las vi: líneas inmóviles de un blanco luminoso. Casi sonreí al verlas.

Me aseguré de que Jude seguía detrás de nosotros y le indiqué el camino a Liam y a Jake, que me siguieron sin detenerse. Ni siquiera podía oír mis propios pensamientos, así que la comunicación se estaba volviendo imposible.

Mientras Liam y Jake tosían y escupían, anhelando el aire fresco, yo comencé a respirar con mayor facilidad. Apuré el paso, impulsándonos a salir al otro extremo de la tormenta.

Una última brisa furiosa me golpeó el rostro con una fuerza equivalente a un puñetazo. Todos nos tropezamos, aferrándonos unos a otros, con las rodillas débiles. Liam casi se derrumbó, pero Jake lo sostuvo de inmediato, dándome la vuelta para enlazar su brazo alrededor de la cintura de mi hermano; el desgraciado casi estuvo a punto de soltarme. Estaba empezando a darme cuenta de quién era su nuevo favorito.

Segundos después, Jude y los demás emergieron de la tormenta. Dimitri cayó de rodillas mientras tragaba aire; Finn soltó la mano de Emelia y fue hacia su amigo, haciendo a un lado a Jude con cuidado. Puso sus manos bajo los brazos de Dimitri y lo ayudó a incorporarse. Se abrazaron y Finn le dio unas enérgicas palmadas en la espalda. Emelia los miró con alivio.

Con los demás a salvo, corrí hacia el comandante. Si no hubiera aparecido cuando lo hizo...

En el lapso de un latido mis brazos ya lo estaban rodeando y Jude soltó un gruñido de sorpresa. Sin embargo, me tomó entre sus brazos, aunque no necesitaba su apoyo con lo muy tensos que estaban mis muslos alrededor de su delgada figura.

—¡Me asustaste muchísimo! —lo regañé, aunque ayudó a salvarme la vida.

—Entonces, trata de evitar que te maten —respondió con firmeza. Agarró la espalda de mi túnica, aferrándome con fuerza y presionándome contra su pecho.

—Se están tocando —señaló Jake, lo cual atrajo miradas de sospecha del resto de nuestros compañeros, que fingían no estar escuchando atentamente.

—Al parecer, aquí podemos... tocarnos —respondí sin mirarlo, ya que mis ojos estaban reservados solo para una persona—. Creo que tiene que ver con que este sitio fue construido por un dios. Prácticamente puedo saborear la magia en el aire. —Las reglas normales del reino mortal no se aplicaban aquí, quizá porque ya no caminábamos en ese mundo. Pero, de nuevo, sabíamos tan poco de la verdad.

—Si empiezas a sentirte mareada o si algo te duele... —Jake guardó silencio, pero entendí a qué se refería.

—No te preocupes, te lo haré saber —le prometí mientras volteaba hacia él.

Con Jude a mi lado al enfrentar mi mayor temor, recordé quién era en realidad: una guerrera.

—Estoy muy contento de que se puedan tocar y aunque ustedes dos, tortolitos, son asquerosamente adorables, en verdad no deberíamos perder tiempo con todos esos arrumacos —exclamó Jake en voz alta.

Jude me besó en la frente antes de retirarse con el ceño fruncido por la decepción. Con renuencia, me dejé caer en el suelo y miré de reojo a Jake, atravesándolo con una mirada amenazadora.

Si fuera posible, me quedaría pegada a Jude todo el día, de preferencia lejos —muy lejos— de Jake y mi hermano, pero mi amigo tenía razón: teníamos que avanzar antes de que más criaturas nos descubrieran.

—Mierda —soltó Emelia, que avanzó valientemente hacia el puente. Trocitos de polvo gris crujieron bajo sus pesadas botas y un dejo de motas plateadas y relucientes reflejó la luz de una luna demasiado brillante. Zorro se agachó y pasó la mano sobre las vetas azuladas que marcaban la piedra, siguiéndolas con el dedo índice. Los colores oscuros se volvieron vibrantes bajo su contacto.

Se levantó sobresaltada y sus ojos se dirigieron a mis cicatrices, prestando especial atención a su nuevo tamaño. Cohibida, jalé mis mangas arremangadas para cubrir la evidencia. Emelia arqueó una ceja perfectamente oscura.

—Bueno, entonces. —Ajustó la bolsa en su lugar—. Ya tuvimos suficientes sorpresas a lo largo del camino y preferiría no quedarme mucho tiempo. —Parecía como una guerrera dispuesta a la batalla y su actitud confiada, incluso después de los horrores que habíamos atravesado, fue inspiradora.

—¿Qué pasó mientras no estuve? —le pregunté a Jude mientras le seguíamos el paso a Emelia hacia el otro lado del puente.

Sus ojos se nublaron.

—Pesadillas. Todos experimentamos una forma de nuestros peores temores cuando navegamos por el túnel. Por suerte, no hubo lesionados.

Entrelacé mi mano con la suya, temiendo pensar en lo que había visto.

—Fui el único que no se vio afectado —continuó en voz baja como si me leyera el pensamiento—. Ya estaba viviendo mi peor temor. —Me apretó la mano para enfatizarlo.

Que estuviéramos separados. Otra vez.

Se me agitó el corazón cuando le apreté la mano y ambos nos apresuramos a alcanzar a los demás, que empezaban a alejarse. A nuestras espaldas, el viento antinatural rugía como si nos gritara que no siguiéramos, pero no miré atrás.

Cinco minutos después, Emelia se detuvo de forma tan repentina que Jake chocó contra ella. Zorro volteó hacia él y Jake se tropezó con sus propios pies intentando hacer distancia entre él y el ceño fruncido de ella.

Descubrí que la ladrona empezaba a caerme bien y ya había estado tomando nota de sus miradas especialmente potentes.

—¿Alguno de ustedes escuchó algo? —preguntó, alejando la vista de Jake y posándola en el camino a la fortaleza, que no era más que una figura borrosa en la distancia.

Agucé el oído y solo tuve una sensación punzante en las palmas de las manos, pero aparte de eso, no sentí nada.

—No, solo el viento —le aseguró Finn, pero Dimitri no parecía tan relajado. Frunció sus espesas cejas y lentamente giró la cabeza, entrecerrando los ojos mientras evaluaba el puente.

El aire que rodeaba el templo —palacio, fortaleza, o lo que fuera para el dios de la luna— empezó a agitarse y la neblina que envolvía sus imponentes muros fue disminuyendo de manera gradual. Sus afilados bordes se volvieron más claros con cada parpadeo y revelaron un enorme portal, además de unas escaleras empinadas que conducían a sus pies. Sin embargo, para llegar a esas escaleras, teníamos que pasar esa pared.

Emelia la examinó con mirada felina y arrugó la nariz. Parecía ansiosa, lo cual no era buen augurio.

—Va a ser una larga subida hasta la cúspide —susurró Jake e inclinó la cabeza hacia donde venía Liam.

—Escuché eso —respondió mi hermano, lanzándole una mirada de exasperación—. Soy perfectamente capaz de subir…

—Nunca dije que no lo fueras, solo… —Jake dejó en suspenso lo que iba a decir, incapaz por primera vez de encontrar las palabras precisas.

—Haría cualquier cosa por ella —argumentó Liam con el rostro pétreo. Su determinación era palpable y la mirada que le dirigió a Jake era grave.

—Yo también lo haría. —Jake bajó la cabeza y algo parecido a la deferencia reemplazó su rostro preocupado.

Los dos se miraron; una muda conversación, que claramente no estaba destinada a ser de mi conocimiento se estableció entre ellos.

Mientras formaban un vínculo basado en su amor por mí —que era algo de lo que difícilmente podría culparlos—, avancé hacia Emelia que hurgaba en su bolsa. Me asomé al interior y traté de ignorar los bultos de carne. A pesar de lo salada que era, se me hizo agua la boca al ver la comida y casi me quejé en voz alta cuando la hizo a un lado. En lugar de ello, me fijé en todos los instrumentos y aparatos desconocidos que traía.

—¿Qué estás buscando? —le pregunté cuando la curiosidad me ganó.

Resopló sin dignarse a voltear.

—¿Ves ese muro, Escarlata? —Se me erizó el pelo cuando dijo el apodo—. En caso de que no lo hayas notado, no hay una puerta y a menos de que puedas volar a voluntad, vamos a tener que ponernos creativos.

Las paredes de mármol de casi tres pisos de altura rodeaban la estructura. Ahora que había pasado la emoción de ver el templo, no podía encontrar ninguna unión en el muro ni rastros de una entrada.

Emelia sacó un artefacto circular hecho de cobre. Un segundo después extrajo un arnés con cinturón y usó unos ganchos para fijarlos en el extraño aparato.

—Nunca vi nada parecido —respondí con asombro cuando empezamos a caminar de nuevo. Emelia mantenía un paso implacable.

La pieza que cargaba era hermosa, circular y pulida. Pequeños engranajes y palancas se unían al cobre sin interrupciones y sentí el ansia de juguetear con él, aunque sospeché que me daría un manotazo en la cabeza si lo intentaba.

—Los beneficios de ser una ladrona y de conocer a los mejores inventores de Asidia. —Emelia volteó, evaluándome de una manera que difícilmente parecía amigable—. ¡Ah!, y he querido hablar contigo de algo…

—¿De qué? —le pregunté y se me erizaron los vellos de la nuca. Me veía con esa mirada que me hacía sentir atrapada e indefensa.

Se inclinó hasta que su cálido aliento rozó mi oreja.

—Si le haces daño, te cortaré el cuello. —Zorro se alejó sin decir más y me dejó muda.

Bueno. Parecía que Emelia se preocupaba su hijo mucho más de lo que estaba dispuesta a demostrar; no era que no lo hubiera sospechado.

—¿Qué te dijo? —Jude apareció a mi lado y ambos miramos a su madre, dejando que los otros se adelantaran.

—Me amenazó con cortarme el cuello si te hago daño —respondí con una sonrisa—. Me cae bien.

Jude suspiró pero me rodeó la cintura con el brazo y sus dedos se aferraron a mi cadera. Decidí que disfrutaba mucho este lado de su personalidad. Aparentemente, todo lo que necesitaba para ceder a sus deseos egoístas era que yo estuviera al borde de la muerte… en múltiples ocasiones.

—Ten cuidado con ella, Kiara. Es una criminal. —Junto con el tono de advertencia también había… tristeza. Jude quería lo mismo que cualquiera en su posición: imaginarse que Emelia tenía una razón para su frialdad; una razón para haberlo abandonado.

Me incliné más hacia su cuerpo.

—En términos estrictos, nosotros también somos fugitivos. Abandonar a los caballeros es algo que está muy mal visto —dije en broma. Mientras miraba el frente, prácticamente podía sentir a Jude poner los ojos en blanco. Aflojó su brazo de mi cintura y sentí que tenía una pregunta en la punta de la lengua—. Vamos, Jude —lo instigué—. En realidad, ¿qué tienes en mente?

Tragó saliva y su mandíbula se ensanchó con una sonrisa.

—Entonces… Anoche desapareciste justo después de… —dejó lo demás en suspenso y volteé a tiempo para ver cómo un brillo sonrosado le cubría las mejillas.

Minutos antes casi había muerto y, sin embargo, estaba preocupado de que yo me hubiera arrepentido de pasar la noche juntos. Como si eso fuera posible.

Sonreí con malicia.

—Bueno, aparentemente no debería quedarme dormida porque cuando soñé que volaba, de hecho, lo hice.

Perdió el paso.

—¿A qué te refieres con «volar»? No quería entrometerme en por qué te fuiste o, más bien, no quise suponer que fue porque…

—No es por lo que pasó —respondí con seriedad para ahorrarle su parloteo poco característico, aunque lo disfrutaba enormemente—. Me quedé dormida y soñé, pero parecía demasiado real para ser un sueño. Mi cuerpo era ligero y mi mente estaba un poco clara. Planeaba por los cielos como un alaestrella cuando escuché una voz en mi cabeza. Me dirigía a algún sitio y ni siquiera dudé en seguirla. Algo parecido me sucedió en el bosque antes de que nos reuniéramos —admití—. Vi el campamento enemigo desde las alturas, y Jake dijo que me puse casi transparente y que tuvo que intentar despertarme varias veces.

Jude se quedó callado por un momento para absorber mi confesión. Finalmente habló, pero podía detectar el alivio en su voz.

—Eso explica la pluma sombría que encontré al despertar. —Fruncí el ceño mientras proseguía—. Aunque, extrañamente, me reconforta saber que se trató de la magia en lugar de... decepción —declaró, tratando de sonar gracioso, aunque con poco éxito. Sus mejillas enrojecieron todavía más y me reí, para gran sorpresa de su parte. El temible comandante se sonrojaba; eso era algo digno de verse.

Me acurruqué más cerca de él:

—Oh, la noche que pasamos fue muy satisfactoria, comandante. —Usé mi voz más seria—. Le sugiero que practiquemos, solo para asegurarnos de que lo dominas.

Fue visible el movimiento de su garganta al tragar saliva y parecía no estar respirando.

—Te irritas con tanta facilidad —le di un golpecito en la nariz con el dedo y él la arrugó. Eso no le impidió abrazarme como si fuera a salir flotando de nuevo si relajaba su agarre.

Hasta donde yo sabía, podría pasar.

El muro era más alto de lo que había anticipado.

—Subiremos aquí —nos indicó Emelia, que evaluaba la pared como lo hace uno con un rompecabezas. Pasó las manos sobre sus dagas con cariño para verificar que estuvieran aseguradas y sus ojos brillaron ante el reto.

Yo no me emocionaba con tanta facilidad y tampoco fui la única. Jake lanzó una maldición, murmurando algo acerca de que los mortales no estaban hechos para subir tan alto en el cielo.

—Si estuviéramos destinados a estar tan alto, seríamos pájaros —le susurró Liam, lo cual le ganó un asentimiento de aprobación por parte de Jake.

—Exacto —respondió él mientras agitaba las manos en el aire—. Y ni siquiera quiero hablar de los espacios reducidos. No soy un maldito topo.

Emelia sacudió la cabeza irritada y sacó el instrumento de cobre que vi antes.

Lo que fuera que Liam estaba a punto de responderle a Jake se le quedó en la punta de la lengua, pues salió corriendo al lado de la ladrona, con los ojos muy abiertos por la emoción que le produjeron los múltiples engranajes, palancas y botones pequeños.

Me estremecí al pensar en cómo funcionaba. Parecía demasiado pequeño como para sostener el peso de cualquiera de nosotros.

—Tú vas primero, Escarlata —anunció Emelia sin voltear y lanzó un arnés de cuero delgado en mi dirección, logrando apenas darme un golpe en el estómago.

—¿Y esto… —observé el dispositivo con escepticismo—, va a sostenerme?

—Aguanta hasta doscientos kilos —respondió con orgullo mientras pasaba un dedo por su lado liso—. Es una de las mejores piezas, fue hecha por los mejores artesanos del reino.

Cuando lo volvió a lanzar hacia mí, no lo tomé.

—Liam va primero —le aclaré y mi tono no dejó espacio para la discusión.

—En serio —se quejó Liam—, deja de protegerme como si fueras mi mamá.

Jake le sacudió los rizos y mi hermano le lanzó una mirada arisca.

—Creí que ya estarías acostumbrado. Recuerda de que a veces es menos complicado simplemente hacerle caso.

La mirada de mi hermano se volvió coqueta y en ese momento decidí que no me gustaban sus miraditas silenciosas. Si se aliaban en mi contra, me superarían en número.

Emelia me tomó del codo y me alejó de los chicos y de sus burlas.

—Ahora, lo que tienes que hacer es atarte el arnés, conectar los ganchos y apretar este botón…

Una roca cayó del lado derecho del puente. La piedrecita corrió por la superficie lisa y se detuvo. Todos nos quedamos paralizados. Un sonoro crujido partió el aire y miré horrorizada las líneas irregulares que atravesaban la superficie de mármol, que se extendían hasta llegar a nuestros pies.

Más piedras se derrumbaron de los lados del puente. Se estaba desmoronando y las grietas se formaban con demasiada rapidez como para poder quedarse pensando en ellas. Me balanceé cuando el piso se inclinó y diminutas cuarteaduras se extendieron por todas partes desde las puntas de mis botas.

Emelia nos gritó que corriéramos hacia el muro, que se alzaba cientos de metros de altura con cuatro palabras marcadas en un costado.

A la mitad del camino pude ver su significado.

«Reinará la noche».

«Qué bonito mensaje», pensé con amargura mientras un sudor nervioso empapaba la tela de mi túnica. El suelo bajo mis pies se estaba derrumbando y el dios de la luna nos provocaba con una amenaza.

—¡Más rápido! —Jake instó a Liam, que sorpresivamente mantenía un paso normal.

Jude maldijo y sus largas piernas pasaron como torbellino a mi lado. Su mirada estaba fija en la advertencia y sus ojos de distinto color se oscurecieron con malicia.

Se escucharon más crujidos y el puente se tambaleó, inclinándose de manera precaria hacia un lado. Debimos haber activado algo cuando lo cruzamos. Debería haber prestado más atención, pero estaba tan distraída con el comandante y con el hecho de que todos estuviéramos vivos e íntegros.

Era irónico, en vista de nuestras circunstancias actuales.

Piedras del tamaño de gotas de lluvia me cortaban la piel mientras volaban por los aires y las paredes se hacían añicos. La destrucción no seguía ningún orden y no podíamos encontrar dónde ponernos a salvo. Lo único que pude hacer fue correr, ignorando los picotazos de las piedras que me golpeaban desde todas partes.

Liam azotó la mano justo arriba de la palabra «noche» mientras se inclinaba al frente, agitado y tratando de recuperar la calma después de esa inesperada carrera.

El arnés que me dio Emelia le serviría más a mi hermano, así que estiré la mano hacia él y le coloqué el dispositivo, para gran molestia de su parte. Fui demasiado rápida y los ganchos se cerraron antes de que pudiera lanzarme algún insulto.

Le grité a Emelia y esperé con la respiración entrecortada a que me lanzara el instrumento que iba con el arnés, el cual fije a la muñeca de mi hermano. La parte superior de metal le cubrió los nudillos, con dos botones a la distancia adecuada para que pudiera apretarlos con el pulgar.

—¡Levanta el brazo y oprime el botón verde! —le indicó Emelia—. Y, con un demonio, apúrate antes de que todos muramos.

La advertencia motivó a Liam a ponerse en marcha. Levantó el brazo y presionó el botón con los ojos cerrados. Antes de que pudiera gritarle que los abriera, se escuchó un clic y un hilo plateado dentro del dispositivo salió disparado por los aires.

El sonido del metal al chocar contra la piedra hizo eco un momento después, cuando un extremo de la cuerda que estaba fijo a un aparato con forma de garra se hundió en el mármol.

—Y ahora qu…

Liam subió como un torbellino, volando y gritando. Su cuerpo se elevó hacia el cielo y sus brazos se agitaban sin control, buscando dónde aferrarse. Golpeó contra la cima del muro y lanzó un gemido angustiado.

Volteé un instante hacia atrás y vi que las grietas aumentaban de tamaño, dispersándose como raíces retorcidas. Los lados del puente estaban casi demolidos y se fracturaban lentamente.

—¡Arrójalo! —le ordenó Emelia a Liam, quien obedeció la orden. Quise hacer algún comentario sarcástico acerca de por qué solo trajo uno, pero era probable que no hubiera sido nada útil.

Luego de que Liam se quitó el arnés y el aparato, los lanzó. Un minuto después, Jake salió volando, con un agudo grito que penetró en mis oídos. Ese alarido se apagó cuando su estómago chocó con la parte superior del muro y fue reemplazado por un quejido de dolor.

Unos dedos me tomaron por la muñeca y me di la media vuelta.

—Necesitas irte —insistió Jude con mirada dura e inflexible.

Sacudí la cabeza y pensé que, para ese momento, ya debería conocerme mejor.

Finalmente, la mitad del puente se partió y las piedras se derrumbaron hacia las aguas, provocando salpicaduras estrepitosas. Jude intentó lanzarme hacia su madre, pero yo empujé a Dimitri delante de mí.

La frustración de Jude era palpable, pero Dimitri ascendió sin esfuerzo y arrojó con facilidad el arnés y el dispositivo de regreso a las manos de Zorro. Cuando ella llamó a Jude, él se negó, inflexible cuando casi me arrojó en brazos de su madre.

—Ella primero —exigió, y no tuve tiempo de discutirle antes de que me pusiera el arnés con dedos hábiles. Sonó un clic y salí volando hacia el espacio con un grito ahogado que retumbaba en mi garganta.

El impacto me hizo soltar un quejido áspero cuando la piedra se me encajó brutalmente en la carne. Liam me ayudó a levantarme, al mismo tiempo que se esforzaba por soltar el arnés mientras que yo luchaba por controlar una oleada de mareo.

Lanzó ambas piezas hacia abajo y Emelia las atrapó al mismo tiempo que más rocas se desplomaban en las profundidades hasta ser devoradas por el agua que sostenía un universo de estrellas. El único camino de regreso estaba desapareciendo frente a nuestros propios ojos, dejándonos sin más opción que seguir adelante. Quizá ese era el punto; darme cuenta de ello me revolvió el estómago.

—¡Que siga Jude! —grité mientras arrojaba el equipo.

Por fortuna, Emelia asintió o la hubiera asesinado con mis propias manos.

Jude discutió con ella hasta que grité su nombre, junto con una muy detallada amenaza, y entonces se colocó con renuencia el arnés sobre sus amplios hombros. Su aterrizaje fue bastante más grácil que el mío, pero me dirigió una mirada fulminante antes de arrojar el aparato.

Le sonreí. Podía enfurruñarse todo lo que quisiera.

Emelia fue la siguiente, seguida por Finn, quien fue el último en ascender. Las grietas acababan de alcanzar sus pies cuando apuntó hacia la cornisa y el gancho voló por el aire. El dispositivo se fijó al muro… justo cuando desapareció el piso debajo de Finn. Salió disparado y, al aterrizar, golpeó la orilla con más fuerza que todos nosotros, no solo por su tamaño, sino también por la posición desde la que activó el aparato.

Jude se quedó con la boca abierta cuando la madre que nunca conoció se arrojó hacia Finn y lo rodeó con sus brazos. No lloró, pero su cuerpo temblaba y Finn la apretó contra su fornido pecho.

—Idiota, me provocaste un infarto —lo recriminó, pero su voz sonaba apagada contra el pecho de Finn.

Él rezongó con voz profunda.

—No podrías librarte de mí con tanta facilidad, zorrito —murmuró con afecto y ella se apartó para darle un leve manotazo en el brazo.

Jude y yo nos miramos. Con todos los miembros del grupo juntos, y sin opción de retirada, había llegado la hora de enfrentar lo que vendría más adelante.

Como si fuéramos una sola persona, el comandante y yo volteamos a ver lo que estaba del otro lado del muro. Casi deseé que no lo hubiéramos hecho.

—Con un carajo. —Me masajeé la nuca—. ¿No podemos tener ni un momento de paz?

CAPÍTULO TREINTA Y CUATRO

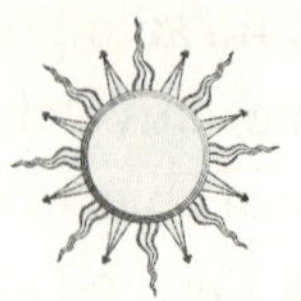

Jude

Necesito trabajar en el chico. Siente demasiado las emociones, lo cual es un problema, y me preocupa que eso sea un estorbo. El lunes próximo lo pondré en un régimen estricto. Él es la clave y no puedo permitir que se aleje de su papel.

NOTAS DEL DIARIO PERSONAL DEL TENIENTE HARLOW, AÑO 46 DE LA MALDICIÓN

—¿Está así de mal? —Jake hizo una mueca al escuchar las palabras de Kiara, antes de darse la vuelta y unirse al resto del grupo.

—Ah, la chica tuvo razón con su evaluación inicial —Dimitri pasó una mano por su brillante pelo anaranjado rojizo; la suciedad y la grasa hicieron que las puntas se le erizaran. Las manos le temblaban y mi ojo derecho detectó las doradas ondas de movimiento. Ocultó sus nervios hundiéndolas en la bolsa de su chaqueta y obligándose a usar el sarcasmo para disimular sus sentimientos—. Ese lugar grita muerte de mil maneras y ninguna es agradable.

No estaba equivocado. La escena que teníamos abajo parecía sacada de una pesadilla.

Era un maldito laberinto.

No solo era extraordinariamente grande, complejo y demasiado alto, sino que desde esta perspectiva privilegiada, pude identificar símbolos crípticos por todas partes. Si esas marcas y espirales se parecían en algo a las del túnel por el que entramos, tenía la sensación de que todo el laberinto sería una enorme trampa mortal. Un paso en falso y alguien terminaría encontrándose con el extremo equivocado de una flecha.

El palacio se erguía como una burla, claramente a la vista desde esa altura, pero inaccesible. El diseño era realmente impresionante; la manera en que se unía sin interrupciones con la piedra natural.

Las tres torres eran de diferente altura y los techos de las dos más externas estaban hechas de alguna gema translúcida con cientos de facetas que brillaban atrayentes.

Un leve hormigueo de temor pasó sutilmente por mis vértebras, como una mano fantasmal recorriendo con sus uñas sobre mi columna.

—Por cosas como esta es que nunca quise salir de aventura contigo, Ki —declaró Liam, que seguía tratando de controlar su respiración errática.

Jake ahogó una risa.

—Al fin encuentro alguien que me entiende. —Inclinó la cabeza hacia Liam con una sonrisa juvenil—. No tengo la menor idea de cómo sobreviviste a ella por tanto tiempo. Casi me ha matado unas quince veces.

Liam resopló divertido.

—Créeme, no ha sido fácil —añadió de manera dramática, para gran deleite de Jake—, no es como si su personalidad deslumbrante ayudara en absoluto.

Kiara rezongó. Sin duda lamentaba haberlos presentado.

—¿Plan? —le preguntó Finn a Emelia y fulminó a los chicos con una mirada severa.

Emelia se quedó en silencio, examinando los muros, las ranuras y los pasadizos engañosamente seguros. Su mirada era astuta, calculadora.

—Kiara —espetó Emelia, dándole un susto que casi provocó que se le saliera el corazón.

—¿Sí?

—¿Hay más símbolos secretos que no pueda ver?

Kiara rio burlona.

—Con toda seguridad.

—Entonces tú nos conducirás —afirmó Emelia—. Yo puedo llevarnos por el camino correcto y tu... habilidad servirá para que nuestras cabezas sigan pegadas a nuestros cuellos.

Había oído que mi madre era lista, ¿pero tanto como para ya haber resuelto el laberinto?

—¿Cómo lo hiciste? Apenas lo viste por más de un minuto —le pregunté, aunque odiaba que mi curiosidad me hubiera obligado a hablar con ella.

—¿Cómo crees que me convertí en la ladrona que soy ahora? —Me devolvió una sonrisita satisfecha, aunque su tono estaba teñido de amargura.

—Tiene una mente sin igual —añadió Finn—. Una mirada a un mapa, laberinto o bóveda, y lo tiene resuelto. Juro que nunca antes he visto a nadie parecido a ella. Bella y con una mente brillante —añadió con sonrisa orgullosa—. No pude haber pedido más en la vida.

—Oh, ya cállate —le advirtió ella, pero el esbozo de una sonrisa apareció en una de las comisuras de su boca.

Me di la vuelta para darles la espalda y abrí mi cantimplora para tomar un largo sorbo, aunque lo hacía más para evitar a mi madre y cualquier otro elogio nauseabundo que Finn decidiera vomitar.

No nos quedaba mucha agua como para desperdiciarla y bebí más de lo que debería haber hecho. Necesitaba algo que hacer con las manos, una excusa para parecer indiferente.

—Descansaremos cuando estemos del otro lado del muro. —Emelia se acercó al borde al mismo tiempo acomodaba su artilugio y lo fijaba en la piedra.

Kiara rio y el sonido áspero alivio la tensión en mis hombros.

—Como si el descanso fuera posible en un lugar así.

Bajé al otro lado del muro para integrarme al resto del grupo. Cuando mis botas chocaron con fuerza contra el suelo, las descargas de dolor rebotaron por mis extremidades; mis músculos todavía estaban adoloridos de tanta actividad y poco descanso.

Intenté evitar que la mirada aguzada de Kiara detectara la mueca de dolor y volteé alrededor.

La luna demasiado grande emanaba rayos de luz pura y brillante que rebotaban como lanzas en las paredes de piedra blanca, iluminando cada centímetro; la superficie del mármol veteado era incómodamente brillante.

A diferencia de la Niebla, el templo no tenía sombras ni rastro de una esquina oscura. Podría haber creído que era de día si no hubiera sido por los coloridos planetas y estrellas que parpadeaban sobre nuestras cabezas. Ahora que nos acercábamos a la entrada del templo, flotaban más cerca de nosotros, como si estuvieran ansiosos de espiar a los intrusos que se atrevían a robarle a su amo.

Liam olfateó el aire con desagrado, inhalando el aroma floral empalagosamente dulce que saturaba la brisa.

Me temblaron las piernas cuando el suelo se meció y miré a los demás. Noté que también se veían las botas al sentir el ligero movimiento. Aunque era perceptible, no era de la magnitud suficiente como para hacernos tropezar; eso era algo por lo cual estar agradecido.

—Hay marcas por todas partes —observó Kiara con el ceño fruncido—. Algunas están brillando con un color azul pálido. —Pasó un dedo sobre el prístino muro blanco, delineando una figura que yo no podía ver.

—¿Escarlata? —Emelia le tocó el hombro—. ¿Qué ves?

La mirada de Kiara se enfocó a medida que se acercó a la piedra, casi tocándola con la nariz.

—No estoy segura de si son advertencias o…

Unos engranajes chirriaron; el ruido de metal contra metal me forzó a voltear hacia la izquierda. Nadie se atrevió a respirar, a correr, a hacer cualquiera de las cosas que deberíamos haber hecho. Estábamos atrapados —inmovilizados— mientras el sonido de algo grande, pesado y peligroso rodaba.

«Mierda».

—¡En definitiva es una advertencia! —chilló Kiara y luego empujó a Zorro hacia el frente. Jake tomó la mano de Liam y lo jaló para que ambos corrieran. Finn y Dimitri les pisaban los talones mientras que yo me quedé en la retaguardia.

—¡Péguense a la izquierda! Lo más cerca de la pared que puedan —nos gritó Kiara mientras jalaba a Emelia para apartarla de una piedra que activaba una trampa. Yo la había pasado por alto la trampa completamente. Cuando la vi más de cerca, noté que el panel del suelo estaba levantado unos cuantos centímetros, con líneas delgadas grabadas en el borde.

—Se está moviendo más rápido —gritó Liam; el sonido de su voz iba acompañado de un traqueteo áspero.

—¡Debería haber un pasaje a la izquierda! —dijo Emelia y su voz se elevó por encima de nuestros jadeos irregulares. Su bota chocó con lo que parecía un cráneo, que se estrelló contra el muro produciendo un crujido desagradable.

—¿Estás segura? —le exigí.

—Sí —respondió con absoluta confianza; como si la estuviera cuestionando.

No me encantaba la idea de que Kiara fuera la primera en lanzarse a ese mundo desconocido; si no veía uno de los símbolos y caía en una trampa, nunca me lo perdonaría. Sin embargo, dada la situación, me quedé hasta atrás para asegurarme de que los demás las alcanzaran.

—¡Allí está! —gritó Dimitri.

Volteé hacia atrás y miré horrorizado una bola llena de púas y del tamaño de cinco hombres que avanzaba hacia nosotros.

Había llegado nuestro regalo de bienvenida.

El temor hizo brotar mi poder. Levanté las manos en el preciso momento en que el fuego y la magia afloraron desde mis manos y mi pecho. Las llamas estallaron contra la esfera con púas y rebotaron contra las puntas afiladas sin causarle ningún daño. Ni siquiera pude abollarla.

—Eso debería haberle hecho algo, ¿no? —aulló Jake cuando mi explosión lo impulsó a voltear a media carrera.

—¡A la izquierda! —gritó Kiara y le dio un tirón a Jake para hacerlo hacia un lado.

Después nos gritó unas cuantas órdenes más —«izquierda», «derecha», «en medio»—, guiándonos a través del caos como un general que conduce a su ejército a la batalla. Gracias a ello evitamos cinco paneles presurizados y cinco encuentros cercanos con la muerte; a juzgar por la quebradiza abundancia de huesos humanos que cubrían el suelo, no muchos habían sido igual de afortunados.

—Allí está. ¡Un túnel a la izquierda! —Emelia apuró el paso, casi empujando a Kiara y Jake hacia el pasillo que se abría ante ellos. Se aseguró de jalar a Liam de la capa junto con ella cuando se lanzó a la seguridad del pasaje.

Finn se aventó de cabeza hacia el canal y su enorme cuerpo chocó contra el piso, produciendo un sonoro ruido. Se irguió justo cuando Emelia le gritaba a Dimitri, que se había quedado atras y respiraba con dificultad.

Lo había olvidado casi por completo.

Me di media vuelta y lo tomé con fuerza de la cintura, lanzándolo encima de mis hombros. Era más pesado de lo que anticipé y la bola estaba a menos de seis metros de distancia…

No lo íbamos a lograr.

Emelia también debe haberlo sabido porque se precipitó del pasillo hacia el peligro. Con la elegancia de un halcón, levantó el brazo y oprimió un botón verde en la parte posterior del dispositivo que usamos para escalar la pared. Un garfio plateado se encajó el muro izquierdo y cuando apuntó y disparó de nuevo, otro garfio se encajó en el muro opuesto; una línea horizontal de alambre metálico enroscado cruzaba de un lado a otro del pasadizo.

—¡Agáchense! —nos advirtió y yo resoplé mientras movía a Dimitri para esquivar la cuerda por debajo.

Se escuchó un chasquido y la esfera puntiaguda se atoró en el alambre que le bloqueaba el paso. Lo rompió segundos después, pero nos ganó justo el tiempo que necesitábamos. Me lancé hacia el pasadizo con Dimitri sobre mi espalda y ambos caímos rodando sobre las sucias piedras.

La bola pasó a nuestro lado para seguir su camino de destrucción.

Todos jadeamos para tomar aire y cada uno estaba un poco más pálido. Estuvimos tan cerca de la muerte que prácticamente podía sentir su helada mano en mi hombro.

Kiara se sentó, apoyada contra la pared. Su pecho subía y bajaba con la tensión y sus manos llenas de cicatrices se cerraron en puños a sus costados.

Para todos los demás, podría haber parecido como si tan solo estuviera fatigada, pero yo veía más que eso. Podía ser que antes de una pelea arrugara la nariz y en ocasiones se mordía el interior de la mejilla cuando estaba nerviosa..., pero cuando Kiara Frey estaba asustada, se quedaba muda.

Por completo.

Sus ojos estaban vacíos y su rostro, decaído.

—Estamos vivos. Estamos completos —le dije solo a ella. Odiaba esa mirada en su rostro. Esa ausencia de expresión.

Se estremeció levemente, pareciendo despertar con un sobresalto. Percibí que necesitaba un recordatorio y repetí lo mismo una vez más, hasta que la vida se volvió a encender en sus ojos apagados, trayendo consigo a la guerrera que adoraba.

Cuando arrugó la nariz, sonreí.

Kiara desvió su atención hacia sus manos, flexionándolas mientras la luz susurraba a lo largo de las oscuras enredaderas negras y azules. Brillaban bajo su túnica hasta los codos e incluso con las mangas bajadas, no había forma de ocultarlas. Algo le había sucedido cuando la bestia de las sombras la atacó y no estaba muy dispuesta a compartirlo. Por más que quisiera presionarla, respetaba sus deseos.

Mi madre, sin embargo, no lo hizo.

Zorro se acercó a ella con marcadas arrugas en la frente. Se inclinó hacia las cicatrices de Kiara, fascinada.

—Ya veo. Son un poco más oscuras de lo que imaginé. También pensé que serían un poco menos... bonitas.

—¿Bonitas? Son grotescas —Kiara torció las muñecas y mostró las esbeltas líneas que le cubrían las palmas. Rápidamente las metió en sus bolsillos y bajó los ojos.

Zorro rio suavemente; era el tipo de risa que era oscura y llena de amargura en su interior.

—Si crees que eso es malo, nunca has visto las verdaderas marcas de la guerra. —Su mirada se desvió por un instante hacia Finn antes de bajarla hacia sus botas—. Las cicatrices hechas por el odio son verdaderamente grotescas; esas que sientes más allá de la piel.

Finn carraspeó incómodo.

—¿Cuál es el plan? —preguntó mientras se secaba el sudor que goteaba de su cabeza rapada. Entrecerré los ojos y noté el resplandor de unas cuantas cicatrices brillantes que seguían la curva de su oreja izquierda. De algún modo, pensé que esas no eran las heridas a las que se había referido Emelia.

Mi madre se irritó con él.

—Seguiremos este túnel, luego iremos a la derecha y después otra vez a la derecha hasta que encontremos un pasaje largo y estrecho que recorreremos por algún tiempo. Luego hay que ir a la izquierda y las rejas deberían estar al final de ese pasillo.

—Carajo, claro que es buena —susurró Liam—. No puedo ocultar mis celos.

—No me sorprende —bromeó Kiara, pero su voz carecía de su cadencia habitual—. Si tuvieras un don así serías más odioso todavía. Probablemente nos recitarías todos los detalles de tus libros insoportablemente aburridos.

—Oye, la inteligencia es sexi —le gritó Liam, pero su sonrisa era tierna.

—Te ruego que no digas «sexi» cuando estés cerca de mí. —Puso los ojos en blanco de manera burlona y pude ver que se estaba cubriendo más con su armadura invisible.

—Por favor, no seas tan infantil —la regañó Liam—. Todo el día tengo que verlos a ti y a tu comandante de la triste figura mirándose con ojitos de añoranza, además…

—Si no te callas ahora mismo, personalmente me encargaré de que lo hagas —lo amenazó Emelia con un leve tono sonrosado en las mejillas.

Le hizo señas a Kiara para regresar al tema que nos ocupaba.

—Vamos a comer y descansar unas horas, pero después espero que hagas tu trabajo y estés vigilando cualquier amenaza oculta.

—No puedo esperar a comer más de esa asquerosa carne seca —murmuró Kiara sin prestar atención a las órdenes de mi madre—. ¿Qué pobre animal mataste para crear esa atrocidad?

Zorro sonrió ampliamente con un brillo juguetón en los ojos.

—¿Quién te dijo que era un animal?

La mirada que compartieron Kiara y mi madre fue nada menos que pícara y, por alguna razón, mi magia respondió, incluso mientras el resentimiento me hacía arder la sangre.

En primer lugar, ¿por qué pensé que sería buena idea implicar a Zorro? Su participación solo podía traer problemas. ¿Y presentársela a Kiara? Un desastre.

Si Isiah estuviera aquí, probablemente diría algo sensato e intuitivo, como que tuve que correr hacia mi madre buscando consuelo cuando estaba perdido o alguna clase de estupidez introspectiva, aunque puede que tuviera razón. Pero entre más tiempo pasaba en compañía de Emelia y los hombres que la seguían y adoraban, más se arraigaban las semillas del enojo.

Había acogido a Finn y a Dimitri —dos almas perdidas en busca de un hogar—, pero me había abandonado a mí, su único hijo. Cuando la vi por primera vez en Fortuna, había pura apatía. Yo solo había considerado a Kiara y su seguridad, junto con la maldición que teníamos que romper para liberarnos de las ataduras que nos impuso la traición de Patrick.

¿Ahora? Ahora tenía tiempo de pensar y no me agradaban precisamente ninguno de mis pensamientos.

Jake le ofreció a Liam un paquete de granola suelta y lo dejó caer a su lado. Compartieron la bolsa, murmurándose al oído y sonriendo a veces.

Finn mordía enormes trozos de comida con un placer exagerado, en tanto que Dimitri miraba al frente con los ojos vacíos.

La historia que me contó me seguía turbando. Me maravillaba pensar en cómo fue capaz siquiera de levantarse la mañana siguiente de perder a su esposa e hija, ambas de manera tan horripilante.

Si alguna vez tuviera una familia...

No. Ni siguiera debería contemplar la idea; no ahora. Era peligroso tener esperanzas y pensar en el futuro. En el fondo de mi ser, debajo del optimismo fingido que me saqué de la manga, no creía en realidad que pudiera salir vivo de esta adversidad.

Ahí estaba; esa era la verdad.

Kiara se levantó solo para moverse hacia mí, deslizándose por la pared a mi lado. Reclinó la cabeza en mi hombro y preguntó:

—¿Quieres carne rancia?

Acepté el paquetito cuando lo acercó, aunque cuando me puse un trocito en la lengua, casi no me supo a nada.

Desvié la mirada hacia la funda con la daga asesina de dioses. Si las cosas salían mal, ahí estaba mi respuesta. Iba a asegurarme de que Kiara saliera de este templo, incluso si yo no lo hacía.

—Niño, ¿te quedaste dormido?

Abrí los ojos con un sobresalto. Emelia estaba parada frente a mí apoyada en una pierna y una mirada astuta que provocaba que sus rasgos insensibles fueran todavía más severos. Debo haberme quedado dormido, pues Kiara ya no estaba a mi lado y hablaba en murmullos inaudibles con su hermano y Jake. Ni siquiera sentí cuando se fue.

—Estaba haciendo el intento hasta que me interrumpiste. —Cerré los ojos de nuevo, con la esperanza de que se fuera y me dejara en paz. Cuando el susurro de su ropa llegó a mis oídos supe que se había sentado a mi lado.

No me sorprendió que no hiciera caso a la indirecta.

—En algún momento vas a tener que hablar conmigo.

—De ninguna manera. A menos de que tenga que ver con la misión, no tengo nada que decirte.

A eso le siguió más silencio, más incomodidad.

—Sabes que te habría arruinado —afirmó Emelia con voz tan suave que pensé que no la había oído bien—. Incluso mi madre creía que yo era… un error. Nunca me dirigió una sonrisa y la única vez en que mostró alguna emoción genuina fue cuando te sostuvo por primera vez.

Abrí los ojos al escuchar eso.

—Habíamos estado huyendo por tanto tiempo, sin detenernos nunca en ninguna parte el tiempo suficiente para formar vínculos con alguien más. Estaba paranoica y todo el tiempo decía que alguien nos perseguía. Cuando era más pequeña, le creía, aunque a medida que fui creciendo, comencé a pensar que no estaba bien de la cabeza. —De los labios de Emelia brotó una áspera risita de burla—. Solo al final, justo antes de dar su último suspiro, me dijo la verdad sobre nuestra familia.

Me quedé sin palabras, pero tampoco intenté encontrarlas. Bien pudo haber sido que Raina no fuera más que una leyenda. No me cabía en la cabeza que fuera mi familia. Una parte de mí aún no lo aceptaba.

—¿Te fue fácil? —La pregunta me sorprendió a mí mismo. Mi tono era áspero e indudablemente frío.

Escuché que pasó saliva. Entendió justo a qué me refería.

—D-dejarte fue fácil en ese momento —confesó y algo en mi interior se partió en pedazos—, pero solo porque pensé había hecho lo correcto y que tendrías la oportunidad de crecer en un sitio seguro, sin la carga de tu familia.

Solté una carcajada.

—Me dejaste con un maldito sádico. Arruinaste mi vida y lo hiciste porque no querías cuidar de un hijo. Tan simple como eso.

Silencio.

¿Por qué siempre había silencio cuando menos lo quería?

—¿No tienes nada que responder? —insistí y me atreví a voltear para mirarla. Se quedó helada, con los ojos muy abiertos y un temblor en el labio inferior.

—Es que... pensé... —titubeó, buscando las palabras correctas cuando no había ninguna—. No soy una buena persona, Jude. No pensé que tu padre fuera peor. No te hubiera dejado si hubiera sabido lo que te haría y cuando lo descubrí, quise matarlo; azotarlo hasta arrancarle la piel y...

—Entonces ¿por qué no lo hiciste? —Me levanté de un salto sin preocuparme de que mi voz se hubiera vuelto más aguda. Sentí la intensa mirada de Kiara, pero no intervino—. ¿Por qué no volviste cuando te enteraste de lo cruel que era?

Los ojos me ardían, pero esta vez no tenía nada que ver con la magia.

—Porque...

—Porque ¿qué? —grité y eso alarmó a los demás, que se levantaron y el sonido de sus botas resonó demasiado fuerte en mi cabeza. Podía oír demasiado, sentir demasiado, y eso me estaba ahogando.

—¡Porque tenía miedo! —Emelia se tambaleó hacia atrás y puso ambas manos contra la pared. Sus labios se entreabrieron como si quisiera decir más, pero no lo hizo.

—Cobarde.

La declaración flotó en el aire entre nosotros como si fuera humo y yo inhalé ese veneno.

—Jude, soy una persona egoísta y siempre lo he sido, pero sin importar mis muchos defectos, puedo irme de este mundo sabiendo que, aunque te abandoné, aunque nunca fui la madre que merecías, dejé contigo la mejor parte de mí misma. Eso no significa que no lo lamente. Siempre lo lamentaré.

Emelia no esperó mi respuesta, sino que se fue y casi corrió para estar lo más lejos posible de mí.

Las palabras eran inútiles; huecas.

Lamentarse no servía de nada para aliviar el dolor de mi infancia. Lamentarse no borraba su decisión egoísta, aunque la envolviera bajo la apariencia de bondad.

Finn ocupó el espacio donde ella había estado mientras yo ardía con rabia. Quería estar solo y su presencia era lo más alejado a mis deseos.

—Con toda seguridad te puedo decir que ella no es todo amor y cariño; los dioses saben que lo he ido aprendiendo por las malas a lo largo de los años. —Soltó una risa nerviosa—. Las personas como ella que han tenido que luchar toda su vida, cada instante de cada día, no saben cómo aceptar lo bueno cuando les llega. Creo que eso es lo que pasó contigo, muchacho, y aunque no tienes que perdonarla, debes saber que cada año, en el día más frío del invierno, sale de la ciudad. Nunca sé a dónde va o qué hace, pero cuando regresa, siempre trae el mismo trocito de tela azul.

Me paralicé. Cuando fui abandonado en la puerta de mi padre a mitad del invierno, Emelia había colocado su libro de tradiciones y su brújula a mi lado, pero también me había dejado envuelto en una gruesa manta tejida de color azul que estaba desgarrada de un lado, casi como si le hubieran arrancado un trozo.

Finn me dio una fuerte palmada en la espalda.

—Hijo, es fácil aferrarse al odio, pero ella también carga con mucho odio hacia sí misma.

Se alejó, dejándome atónito, sobre un terreno completamente irregular.

El odio era algo seguro, pero ¿el perdón? El perdón era dejar atrás el hogar que construiste con espinas y acero, y aventurarte hacia los árboles, hacia lo desconocido. Significaba abrirte de nuevo y hacer como si no temieras que aquellos a los que amaste te apuñalaran por la espalda una segunda vez.

Más que eso, el perdón también significaba la oportunidad de encontrar la paz y eso era algo con lo que no estaba familiarizado. Eso me daba más miedo que la posibilidad de la traición.

Busqué refugio en el otro extremo de la pared. Kiara me dejó pasar, quizá creyendo que necesitaba estar a solas.

Cuando me acomodé lo más lejos del grupo que pude, me di cuenta de que había estado equivocado. Una tímida voluta de cenizas y noche se acercó sigilosa para rozarme el brazo. Me acarició, enroscándose alrededor de mi cuerpo como un abrazo.

Volteé la cabeza para seguir el rastro de la sombra y vi una lágrima brillante que rodaba por la mejilla de Kiara. De prisa se la secó y su rostro recobró una expresión pétrea. Sin embargo, sus sombras me apretaron, negándose a soltarme hasta que recordara que no estaba solo.

CAPÍTULO TREINTA Y CINCO

Kiara

A menudo se ha discutido si las bestias de las sombras tienen el potencial de convertirse en su homónimo; si pueden deslizarse entre las grietas de la realidad y viajar con libertad por los planos del mundo. Por supuesto, ese es un misterio que nunca se resolverá.

FRAGMENTO DE *TRADICIONES DE ASIDIA: LEYENDAS Y MITOS DEL REINO*

Habíamos estado caminando por horas y sorprendentemente no habíamso encontrado más símbolos ni paneles trampa, aunque sí varios cadáveres en descomposición que adornaban el suelo; sus esqueletos estaban casi intactos. Supuse que habían muerto por deshidratación o a causa de las heridas provocadas por alguna de las trampas anteriores.

Viajamos así por algún tiempo; cada túnel era una réplica del anterior. Zorro los recorría con notable facilidad, señalándome con rigidez la dirección correcta a mientras yo guiaba al grupo.

Jude había estado evitando a su madre desde su discusión y, aunque le di el espacio que necesitaba, mis sombras no podían evitar escabullirse y tocarlo de vez en cuando durante nuestro viaje.

Lo sentí en ese momento, manteniéndose detrás del grupo, y su tensión hizo que mis sombras parpadearan.

Quizá dejarlo solo con sus pensamientos no era tan buena idea...

Me quedé inmóvil cuando sentí que unas vibraciones suaves subían por mis piernas.

—El piso... —me arrodillé y puse la mano sobre la piedra fría—, está temblando. ¿Lo sienten?

Emelia me miró preocupada.

Este sitio estaba vivo, tan vivo como cualquier criatura en el mundo mortal que yacía sobre nuestras cabezas. Tenía un pulso, como si el dios mismo le hubiera dado su vida a este santuario.

Jude se adelantó con lentitud y los ojos encendidos. Cuando levanté una mano para detenerlo, paró bruscamente. Tenía los puños cerrados y todo su cuerpo casi temblaba por la necesidad de tomar el control; la única forma en que creía que podía protegerme.

Teníamos que trabajar en esas ideas equivocadas.

Mis sombras se desplegaron de mi piel, deslizándose a lo largo de las piedras. Acariciaron el suelo hasta que resonó el clic de un solo engranaje.

Zorro saltó hacia atrás cuando el suelo cedió donde mis sombras lo tocaron y en su lugar quedó un vacío oscuro que se abría ante nosotros. Era la undécima trampa hasta el momento.

—Buena decisión. —Finn me dio una palmada en la espalda y luego me ofreció la mano—. Podría acostumbrarme a trabajar con ella, Emelia. —Me apuntó con el pulgar—. Con sus habilidades y las de su compinche marrullero que está allá, haríamos una fortuna.

Jake hizo una mueca.

—Óyeme, no soy un compin...

—No —exclamó Emelia con firmeza, sin dejarlo terminar—. Trabajamos solos.

Como si yo estuviera dispuesta a unirme a su banda de ladrones. Por otro lado, Jake parecía más molesto con la idea de que no lo hubieran invitado.

—Muchachita terca —la provocó Finn mientras sacaba una botella que seguramente no llevaba agua—. Ni siquiera puedes admitir la verdad cuando la tienes frente a la cara.

Mi atención se desvió hacia Jude, cuya nariz se dilataba cada vez que Emelia volteaba en su dirección. Su plática había sido un desastre y ella no parecía ansiosa de repetirla.

Lo único que podía ofrecerle a Jude era mi apoyo y lo recibiría a montones de mi parte.

Sentí comezón en la espalda cuando las sombras se desplegaron a mi alrededor. Me tragué un gemido de sorpresa al mirar sobre mi hombro; parecían alas, aunque su apariencia era más similar a las de un murciélago, con los extremos casi translucidos, puntiagudos y dentados y las motitas plateadas brillando con la suave brisa.

La mirada de Jude se posó en las alas negras y ondulantes que me salían de la espalda y la tensión en su mandíbula se suavizó. Descubrí que su mirada llena de reverencia me relajaba.

No sonrió, pero sus ojos se iluminaron, lo cual hizo que mi corazón diera varios vuelcos. Me maldije cuando mi mente se distrajo con el recuerdo de la otra noche cuando estuvimos solos. Una sensación de calor me quemó las mejillas y tuve que desviar la mirada antes de que los demás lo notaran, aunque unos segundos después escuché una profunda risita que venía de atrás. Jude no pasaba nada por alto.

Necesité de todas mis fuerzas para continuar caminando, con pasos pesados y el corazón latiéndome en la garganta.

«Es una situación de vida o muerte, Ki», me regañé, incluso mientras el calor me bajaba por el cuello. Juraría que sentí que a Jude sonreír.

Por fortuna, mantuve a raya mis pensamientos lujuriosos gracias a una andanada de flechas que evitamos en el siguiente pasadizo, que también tenía un hacha enorme que se mecía de un lado a otro. En la sexta vuelta que dimos, mis sombras activaron un enorme foso lleno de espadas filosas. Fue fácil de evitar.

Ese era el problema. Parecía demasiado fácil.

Cuando Jude anunció que eran casi las diez de la noche, Emelia nos ordenó que descansáramos.

—Ya casi llegamos al final —indicó ella mientras Finn pasaba los paquetes de comida.

También percibí que estaba nerviosa, sospechando de la facilidad con la que nos habíamos infiltrado en el templo. La descubrí frotándose la barbilla. Al mismo tiempo, Jude también se llevó la mano a la suya, ambos cavilando mientras ignoraban su porción de carne demasiado salada.

Dimitri aprovechó la oportunidad para silbar su canción de cuna y yo le di un trago a los preciosos restos de mi cantimplora. La tonada se había vuelto una constante tranquilizadora y cerré los ojos para dejar que me inundara.

No pasó mucho tiempo para que los ronquidos llenaran el pasillo abierto.

El destello azulado de la luna resplandecía con la suficiente brillantez como para que no pudiera conciliar el sueño y Jude parecía tener el mismo problema. Movió su cuerpo más cerca del mío y descansé la mejilla en su hombro. Alzamos la vista al cielo, bañándonos con el imponente embeleso del universo infinito. Tal esplendor era inesperado en un sitio como este, rodeado de muerte.

Jake tomó la primera guardia y en ese momento se entretenía con un trozo de cuerda, haciendo complejos nudos.

Cuando nuestras miradas se encontraron, incliné la cabeza hacia Jude con un guiño cómplice, Jake soltó un quejido y puso los ojos en blanco; sabía exactamente lo que le estaba pidiendo.

—Vamos —le susurré al comandante, al tiempo que me soltaba de sus brazos. Emitió un profundo gemido de protesta, pero luego parece haber entendido bastante bien mis intenciones cuando lo jalé con impaciencia, obligándolo a pararse, y lo guie hacia el siguiente pasillo; me siguió sin oponerse.

Ya lejos de los demás, desplegué mis sombras y las volutas se deslizaron hasta formar una pared que nos aislaba del resto del mundo. Convocarlas me resultó fácil y estando aquí, donde sentía que mi fuerza era mayor, mi poder me resultó hermoso.

Podía utilizarse para matar, para mutilar, para destruir, pero ahora me deleité en la gracia con la que los hilillos de noche resplandeciente se movían, aislándonos cuidadosos dentro de un reino que pertenecía solo a nosotros dos.

La luz iridiscente brillaba debajo de la camisa de Jude; su magia pulsaba brillando al ritmo de los latidos de su corazón. Yo emanaba mi propia luz, pero no necesitaba mirar hacia abajo para ver que mi cicatriz reaccionaba de igual manera; lo sentía.

—¿Estás tratando de tenerme a solas? —preguntó, lanzándome su mirada seria de comandante que desaprobaba mis acciones; me estaba provocando.

Pero sí, estaba en lo correcto.

Después de haberlo visto antes, después de su confrontación con su madre, lo único que deseaba era hablar con él, ayudarle con la carga de su temor, sin embargo, eso no podía hacerlo con facilidad frente a nuestros camaradas.

—¿Y qué si quiero tenerte solo para mí? —Rodeé su cuello con los brazos y lo sostuve cerca.

—Sería muy indecoroso. —Se inclinó y sus labios quedaron a unos centímetros de distancia. Mi respiración se aceleró.

—En realidad, el decoro nunca ha sido una de mis cualidades. —Difícilmente importaba dónde estábamos; la realidad se esfumaba cuando el comandante me veía con tal intensidad.

Nunca había experimentado nada así de fuerte, así de inquebrantable, y quería que él sintiera lo mismo.

—¿Estás bien? —le pregunté, preparándome para su reacción.

Su rostro era inexpresivo y sus labios formaron una delgada línea. Justo cuando supuse que no respondería, Jude me sorprendió a tal grado que me dejó muda.

—¿Por qué nos importan tanto aquellos que a menudo se preocupan tan poco por nosotros?

Me encogí ante la crudeza de su voz y cómo se le quebró al final. Apreté mis brazos alrededor de su cuello para impedir que escapara, pero no se resistió a la jaula que le había impuesto.

—Creo que no podemos evitarlo —le respondí con sinceridad—. Queremos hacer de cuenta que su apatía no nos hace pedazos, pero en lo profundo de nuestro ser, lo único que quisimos alguna vez era su aprobación. Quizá es una estupidez y lo deseamos aún más porque nos rechazaron con tanta facilidad o es simplemente porque su falta de aprobación refuerza la decepción que sentimos de nosotros mismo.

Jude alejó la mirada y de inmediato odié que lo hiciera.

—Pensé que lo había superado, pero parece ser que me equivoqué —murmuró con la mandíbula tensa—. Hay tantos otros con los que pude haber buscado respuestas, pero a la primera oportunidad salí corriendo hacia ella para rogarle.

Atraídas hacia él, hacia la pena que oscurecía sus facciones, mis sombras se envolvieron protectoras alrededor de su cuerpo.

—Por años me sentí como anestesiado bajo las órdenes de Cirian —continuó Jude—. No fue hasta que estuvimos en la Niebla, hasta que te conocí a ti, que empecé a sentir de nuevo y desde entonces, ha sido un don y una maldición. Ahora no puedo dejar de pensar en el pasado y en mi madre. En mi padre. En ti y en lo que vamos a perder…

—Ya basta. —Lo tomé de la barbilla y lo obligué a darme la cara. Era comprensible que se lamentara por su pasado, pero el futuro era nuestro y maldita sea si iba a permitirle que pensara que diecinueve años conformaban una vida entera.

»A veces eres increíblemente frustrante, ¿sabes? —reí y sacudí la cabeza—. Me refiero a que un momento me ves como si tuviéramos todo el tiempo del mundo y al siguiente, actúas como si ya estuviéramos condenados. Todavía no hemos perdido, así que vas a tener que aceptar el hecho de que es muy posible que tengas que quedarte conmigo después de que termine esto. No te voy a dejar. No voy a salir corriendo. Y, por primera vez en mi vida, no tengo miedo. ¿Quieres saber la razón?

Jude inhaló bruscamente y no estaba segura de si se atrevería a exhalar.

—Estoy harta de que todo se haya decidido sin tomarme en cuenta, solo porque Raina cayó de los cielos y perdimos la luz. Hemos pasado la vida sometidos bajo la amenaza de la muerte y no se puede seguir así. Aún no termino con esta vida y tampoco con tu melancólico trasero, de eso estoy segura.

Jude torció los labios; solo una de sus comisuras se levantó, pero verlo fue como tomar un sorbo de cerveza en una noche nevada y sentir que el calor se desliza por tu estómago y una deliciosa confusión va invadiendo tu cabeza.

—Sabes que te culpo por esto. —Nos señaló y yo fruncí el ceño—. Tú me diste una probada de esperanza y ahora estoy hecho un loco por la idea de perderla. Por todos los dioses,

Isiah se reiría si me viera ahora mismo, hablando de mis emociones.

—Estaría encantado —respondí con una sonrisa—. Según lo que me contaste, siempre te decía que disfrutaras un poco de la vida. Que te soltaras. Vi el amor que irradiaba cuando te veía.

Isiah. La verdadera y única familia de Jude; muerto en la Niebla.

Sentí que el corazón se me retorcía de dolor ante el recuerdo de sus últimos momentos: Isiah cubierto de sangre y cerrando los ojos para siempre. En ese entonces, me estaba enamorando de Jude, a tal grado que habría dado lo que fuera por devolverle a su amigo. Aún lo haría.

Jude pasó saliva con tristeza.

—Sí, Isiah hubiera estado feliz, pero no habría dejado de burlarse de mí por toda la eternidad. —Me jaló para acercarme a él hasta que mi cabeza reposó sobre su corazón, que latía de manera errática—. Me di cuenta de que le simpatizabas a Isiah; incluso después de que me dijo que me alejara lo más posible de ti. Sabía que eras problemática.

Me quejé con falsa indignación.

—Retiro todo lo bueno que dije de él.

Una risita dudosa le agitó el pecho y yo suspiré, disfrutando la manera en que me abrazaba ahora que ambos necesitábamos el contacto. Me pregunté si cualquier otra persona se había atrevido a abrazarlo así alguna vez.

—Gracias, Kiara —exclamó, rompiendo el pacífico silencio.

Levanté la cabeza y lo miré confundida.

—¿Por qué?

Sus dedos rozaron mi mentón y me atrajo hacia él para darme un tierno beso en la sien.

—Es solo… Gracias por siempre encontrarme, ya sea que lo quisiera o no. —Su sonrisa torcida era encantadora.

Mis labios flotaron sobre los suyos, todavía sin besarlo, pero lo bastante cerca como para sentir su calidez. La piel me hormigueaba y el calor me cubría el rostro, el cuello y el pecho.

—Nunca más estarás solo en la oscuridad —le susurré. Cerró los ojos y un temblor recorrió todo su cuerpo—. Pero si alguna vez llegas a tropezar y caer, estaré justo detrás de ti.

Decir esas palabras en voz alta reafirmó mi fe y aunque eso me asustaba muchísimo, disfruté la sensación de pertenencia. Me odié por haber pensado alguna vez que mis sentimientos por Jude se debían a nuestro poder compartido, pero nunca volvería a dudar de nosotros.

Deslicé mi mano por su cuello y la coloqué en su mejilla, rozando con los dedos su áspera barba incipiente. Se inclinó hacia mí al mismo tiempo que cerraba los ojos y un suspiro salía de sus labios.

—Prométeme que no harás ninguna tontería si fallamos. —«Como robarte la asesina de dioses de su funda y sacarte las piezas faltantes para que yo las acepte». También lo haría sin dudarlo.

Jude parpadeó sorprendido y el brillo dorado que le cubría los ojos se apagó, regresando a aquellos que había conocido y amado. Uno café y con manchas doradas, y el otro caótico y lleno de misterio. Aunque adoraba la luz dorada que irradiaba a veces, lo prefería así. Totalmente él.

—No puedo prometerte eso —susurró y el alma se me fue a los pies—. Pero lo que sí puedo prometer es hacer todo lo que esté en mi poder para encontrar primero otra forma de lograrlo. Daría cualquier cosa por despertar a tu lado, por mirar los rayos del amanecer deslizándose por tu rostro para darte la bienvenida a un nuevo día. Ese sería mi final preferido, si pudiera elegir.

Imaginar despertarme junto a Jude, con los brazos y piernas entrelazados bajo las sedosas sábanas y las primeras luces del sol iluminando su pecho desnudo, aceleró mi pulso a niveles peligrosos.

—Tampoco puedo imaginar un mejor final —respondí en voz baja y ronca. Quería maldecir su capacidad para reducirme a nada más que una chica a la que le habían robado el corazón—. Ahora, será mejor que me beses antes...

Sus labios me silenciaron y me envolvió como si fuera algo frágil, con sus dedos entre mi pelo y su abrazo que era firme y suave al mismo tiempo. Cada caricia de su lengua me provocaba un escalofrío que recorría mi columna y cada una de mis exhalaciones las capturaba para sí mismo.

—Si no nos queda mucho tiempo —Jude se alejó, jadeante—, entonces será mejor que te muestre las muchas, pero muchas, formas traviesas en que me has arruinado por completo.

Mi boca se entreabrió cuando sus labios se soltaron de los míos y fueron bajando sin prisa por mi mandíbula y a lo largo de mi cuello. Una bocanada de placer salió de mis labios cuando llegó a mi pecho, dejando a su paso besos ligeros como plumas.

Con cada caricia, con cada roce lleno de reverencia, Jude me habló de su adoración, su devoción. Con avidez me desabotoné la túnica, deseando más; siempre más de él.

Cuando me liberé de mi harapienta túnica, el dorado de sus ojos eclipsó todo lo demás. Emitió un profundo sonido ronco antes de venerar mi cuerpo, de saborearme a medida que llegaba a la cintura de mis pantalones. Cuando se detuvo en el botón, sonrió y su único hoyuelo parecía increíblemente pícaro.

—Kiara Frey, ¿quieres que te muestre otro lugar que he estado muriendo por besarte?

Carajo. Si seguía diciendo palabras así, mi corazón no lo resistiría. Asentí con la cabeza con tal fuerza que me torcí un músculo.

—Entonces, recuéstate. —Jude me desabotonó los pantalones con languidez, pero sus manos callosas eran ágiles cuando me los bajó más allá de mis caderas. Sus ojos nunca se desviaron de los míos—. Déjame adorarte como es debido.

Hice lo que me pidió y no dije nada cuando su boca tocó mi piel sensible, aunque tuve que morderme un labio para no gritar su nombre con tal fuerza que mi voz alcanzaría el mundo mortal y todas las estrellas que brillaban sobre nosotros.

CAPÍTULO TREINTA Y SEIS

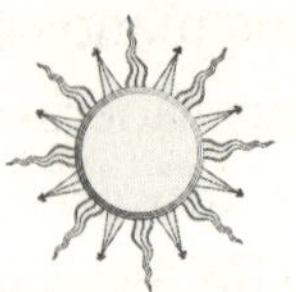

Jude

El chico es una piedra en mi zapato y..., sin embargo, no puedo evitar más que respetarlo. A menudo lo comparo con un hermano menor, aunque la mayoría de las veces nuestra relación es tensa. Quiero que tenga éxito. Maddox es un alma valiosa, si tan solo él también se diera cuenta de ello.

Carta no enviada desde la capital de Sciona a un destinatario desconocido, año desconocido

Ya habían pasado varias horas del día siguiente cuando llegamos a un callejón sin salida. Este túnel en particular era diferente a todos los demás, lleno de palancas que sobresalían y extraños ganchos, además de que era considerablemente más estrecho que los anteriores.

Los muros estaban veteados de rojo; líneas brillantes manchaban el mármol blanco. Osamentas destrozadas estaban dispersas por todas partes; eran el único rastro de los exploradores que se habían logrado llegar hasta aquí y habían fracasado. Mientras más lejos avanzábamos, menos restos encontrábamos.

Esa no era buena señal.

—Opino que mandemos a Ki y a sus sombras primero —aportó Jake, aunque eso le ganó una mirada enfurecida de Liam.

—Qué amable de tu parte, Jake —respondió Kiara con un suspiro—. Me gusta tanto que me usen de ariete.

Interrumpí antes de que Jake pudiera abrir la boca y condenarse aún más:

—Hay algo raro en este pasillo. —Sentí calor en las entrañas, lo cual parecía confirmar mis dudas—. Tengo... la sensación de que las sombras no van a ser suficiente.

—¿Puede ser un acertijo? —Liam observó fijamente la ruta con profundo interés.

—Tú y tus acertijos. —Kiara le sacudió el pelo a su hermano y Liam le dio unos manotazos—. Pero no, creo que esta es la última sección antes de llegar al palacio y dudo de que el dios de la luna juegue limpio y nos dé las reglas.

Según mis observaciones, la posición de las palancas no tenía ton ni son. No había fisuras evidentes en la piedra y toda la superficie era lisa.

—Quedarnos parados aquí es perder tiempo que no tenemos. —Kiara avanzó al frente y dio tres pasos antes de que Emelia resoplara y la siguiera.

Se formó una fila en la que todos pusimos los pies exactamente donde había pisado Kiara, cuidándonos de cualquier crujido o cambio en el aire; ni siquiera se sentía una ráfaga.

La oscuridad de Kiara flotaba hasta adelante, acariciando las piedras y oprimiendo las palancas con cuidado. Nada salió disparado hacia ella ni le cortó la cabeza, pero eso no significaba que yo no estuviera rechinando los dientes y apretando los puños.

«Puede manejarlo por sí misma», me recordé, pero requirió un esfuerzo considerable impedir que las protestas salieran de mi boca. Preocuparme por alguien me costaría la vida; ni los dioses, ni la magia, ni templos siniestros, sino una chica que me tenía hechizado. Vaya forma de morir.

A mitad del camino, Kiara volteó y nos sonrió como si le hubieran dado una taza de café recién hecho. Agitó las manos en el aire y dijo:

—¿Ven? No ha pasado…

El suelo cambió de posición; se movió.

Se elevó.

Liam lanzó un chillido cuando el trozo de suelo sobre el que estaba parado salió volando por los aíres, más veloz que un halcón en pleno vuelo. Sus gritos hicieron eco a medida que el panel de piedra de noventa centímetros fue subiendo cada vez más y el chico se sacudía, haciendo todo lo posible para conservar el equilibrio, intentando no caerse de la precaria tarima.

Desde la retaguardia de nuestro grupo, solo pude ver cuando Kiara corrió hacia su hermano. Grité su nombre un segundo antes de que el piso frente a ella colapsara.

El tiempo se detuvo cuando el mármol se fracturó y una nube de polvo blanco se me metió a los pulmones, ahogándome. Kiara se lanzó hacia la derecha y se aferró a la pared lisa, evitando apenas por un instante caer en la creciente fisura.

Un sofocante temor se instaló en medio de mi cálida magia. Eso había estado demasiado cerca y de inmediato lamenté permitir que nos condujera, por insolente que eso me hiciera parecer.

Todos mis músculos ansiaban moverse; hacer cualquier cosa menos quedarme quieto, mirando como un inútil.

«Observa y luego actúa».

Eso fue lo que Isiah me había enseñado, pero, maldita sea, quería abalanzarme hacia Kiara sin importar las consecuencias. Tuve que recordarme que no le serviría de nada si activaba otra trampa y caía hacia una muerte segura.

A medida que avanzaba centímetro a centímetro hacia Kiara, la tierra debajo de Finn y Emelia retumbó. Dimitri rodeó a ambos con los brazos, sosteniéndolos firmemente a medida que la losa en que estaban parados se elevó, poniéndolos más arriba de la plataforma en la que estaba Liam.

—¡Quédense donde están! —grité, buscando una forma de salir de este lío. De nuevo, no podía distinguir ninguna ranura o unión en el piso y las paredes.

«Espera».

Detecté orificios casi imperceptibles, no más grandes que un chícharo, y, por supuesto, cada miembro de nuestro grupo estaba estacionado frente a uno.

—¿Descubriste algo? —Emelia vociferó desde las alturas. Se aferraba con todas sus fuerzas al pecho de Finn y Dimitri era prácticamente una banda de acero humana que los rodeaba.

Tenían alrededor de noventa centímetros de espacio y Finn era un hombre robusto. No pasaría mucho tiempo antes de que alguno de ellos cayera por uno de los lados.

—Hay sensores en la pared —dije con calma, más de la que en realidad sentía. Me coloqué en el papel con el que estaba familiarizado, haciendo a un lado el pánico que amenazaba con abrumarme.

Mientras revisaba con todo cuidado las ranuras, buscando señales de detonantes ocultos, me fui arrastrando cautelosamente hacia delante.

—No estoy seguro de cómo funcionan, pero no parecen activarse por las sombras de Kiara.

—Eso no es muy útil —se quejó Jake—. ¿Tienes alguna buena noticia, comandante, o solo estamos improvisando? Porque, aunque soy alguien que por lo regular disfruta improvisar, puedo decir con toda confianza que preferiría no hacerlo en este momento.

—¡Estoy de acuerdo con eso! —gritó Liam.

Kiara se había quedado estática, pero sus ojos... estaban muy abiertos y se movían en todas direcciones.

Reconocí esa mirada que me emocionaba y aterrorizaba al mismo tiempo.

—Tengo una idea —gritó y una chispa de ingenio se encendió en su mirada.

—¡Apresúrate! —rezongó Liam—. Sabes que odio las alturas.

Kiara le lanzó una mirada socarrona.

—Estás a menos de dos metros de altura del suelo…

—Ese no es el punto.

Analizó el resto del corredor a medida que las sobras brotaban de sus hombros en ondas negras. Su magia se adelantó, deteniéndose frente a cada sensor y ocupándose de activar la siguiente trampa. Cuando no sucedió nada, cerró los ojos con fuerza para concentrarse y arrugó la nariz. Miré orgulloso cuando las sombras se vieron envueltas en un brillo dorado. Un suave calor invadió al espacio y reconocí el don de Raina trabajando en conjunto con su oscuridad.

Mirándola cautivado, noté que su respiración se volvía errática, al mismo tiempo que su pulso se aceleraba sin control.

Sonó un clic ominoso y el suelo bajo su magia extendida colapsó, dejando un abismo enorme de al menos metro y medio de ancho que bloqueaba el camino al templo.

—Creo que lo activa el calor… ¡La temperatura corporal! —Sonrió y el color dorado entrelazado con sus sombras resplandeció triunfante.

«Dioses, mi chica es brillante».

—Bravo —exclamó Jake, que temblaba contra el muro en el cual se apoyaba. Me acerqué a él con lentitud y me asomé a la fisura. No parecía tener fondo… por lo menos no uno que pudiera distinguir.

La magia combinada de Kiara avanzó hacia el frente y cruzó el pasillo, con cada zarcillo encendido meciéndose de un lado al otro mientras se concentraba en utilizar el fuego desconocido de una diosa. Le temblaban los brazos por el esfuerzo y toda su atención estaba puesta en dominar sus recién adquiridas habilidades. De verdad era algo digno de verse; la cicatriz que cruzaba mi pecho flameó con una sensación agradable.

Una flecha silbó por los aires, atravesando sus nubes negras y doradas hasta chocar contra la piedra con un sonoro chasquido metálico. Tres flechas más salieron volando y se estrellaron contra el muro opuesto sin causar daño. El siguiente sensor que activó sacudió toda la caverna y me di cuenta demasiado tarde de lo que sucedía.

—¡No! —gritó Kiara y giró la cabeza hacia mí.

Los muros se estaban cerrando y nos iban a aplastar. No tendríamos tiempo para activar todos los sensores en forma segura; no teníamos tiempo para ser cautelosos.

Teníamos que seguir ahora mismo.

Sin dudar un segundo más, corrí hacia la plataforma bamboleante de Liam y le ofrecí una mano. Con todo cuidado, Jake se despegó de la pared sobre la que se reclinaba y corrió hacia Emelia y sus hombres con movimientos erráticos y llenos de pánico.

Juntos trabajamos como una unidad, comunicándonos solo con la mirada. El temor nos había unido, pero no nos llevaría hacia la derrota.

Abrí los brazos tanto como pude y dejé que mi magia destructora asumiera el control; lo hice con gran entusiasmo.

Una luz resplandeciente brotó de mi piel y todo mi cuerpo brilló como si mi mente se agudizara con un doloroso enfoque. Todos mis músculos parecieron arder cuando la energía corrió a través de mí y mientras más saturaba mi sangre, más radiante se veía el pasaje por la luz que emanaba como una estrella en el cielo nocturno.

Sin importar lo que fuera que enfrentaríamos pronto, yo estaría preparado.

Los ojos de Jake se desviaron hacia mí y el azul de su mirada resplandeció bajo la cortina de mi poder. Se entreabrieron sus labios, pero sus manos no titubearon mientras ayudaba a Emelia a apoyarse cuando la bajó de la plataforma. Finn bajó después, seguido de Dimitri, que necesitó de la insistencia de los otros tres para tomarles las manos y dar el salto.

Era un caos: las paredes de mármol se fracturaban a medida que se iban cerrando, robándonos del valioso espacio que necesitábamos para llegar al siguiente pasillo y ponernos a salvo. Según lo que podía ver, esos muros estaban sólidamente en su sitio y solo este corredor era una trampa.

Con Kiara al otro lado de la brecha, yo era el más cercano a Liam y su única oportunidad de sobrevivir. Me ardieron los músculos a medida que corría hacia él. Le ofrecí mi mano cuando estuve lo suficientemente cerca, ignorando lo mucho que me irritaba su indecisión.

—¡Tómala! —le ordené, esforzándome por atrapar su mano temblorosa. Su plataforma no dejaba de temblar y se mecía inestable de un lado a otro, haciéndole imposible encontrar un punto de apoyo sólido.

—¡No puedo! —Apretó los ojos como si su voluntad fuera capaz de apagar el mundo—. Me voy a caer. Me…

—¡Te morirás si no te mueves! —le grité bruscamente. Mi cuerpo pulsaba al ritmo de mi corazón y el tiempo transcurría de manera peligrosa.

La fuerza me invadió; una descarga de adrenalina que usé para empujar la pared más cercana. Se detuvo e incluso retrocedió un par de centímetros más o menos.

Mientras apretaba los dientes le dije:

—Salta o deja que te aplasten. Pero decide ahora.

De inmediato, Liam se reclinó sobre sus débiles rodillas. Yo solté el muro y me arriesgué, saltando para tomarlo de la muñeca. Con un fuerte tirón lo bajé y antes de que chocara contra la piedra, giré mi cuerpo para yo llevarme la peor parte del impacto de la caída mientras lo recibía entre mis brazos. Liam aterrizó sobre mi pecho con un gemido amortiguado.

—¡Los muros se están cerrando! —insistió Kiara mientras sus sombras giraban en espiral desde su espalda y el rostro se le deformaba por la angustia. Se quedó parada al otro lado de la roca fragmentada, haciéndonos señas con las manos y gritándonos que corriéramos.

El pasadizo se hacía más estrecho, cerrándose a un ritmo mucho más rápido y dejándonos solo unos cuantos centímetros a cada lado. Escuché las pisadas a mis espaldas cuando los otros corrieron para alcanzarnos. Con la mano de Liam agarrada a la mía, me abrí camino entre las trampas que ya se habían activado.

Al ver el abismo ante nosotros, obligué a Liam a detenerse. Incluso con la luz adicional que emanaba de mí, no podía alcanzaba a ver el fondo.

—Será mejor que esta vez saltes conmigo —lo amenacé y Liam hizo un ruido angustiado de protesta.

Apreté su mano sudorosa con la mía y di el salto, forzándolo a seguirme. El eco de su alarido casi me rompe los tímpanos y se aferraba a mí con tal fuerza que era doloroso.

Aterrizamos torpemente del otro lado y ambos rodamos, buscando dónde aferrarnos. Lo levanté de un tirón cuando los muros rugieron, burlándose de nosotros con esos milímetros finales de vida. Se habían perdido otros treinta centímetros.

Con gran agilidad, Emelia saltó la brecha, seguida por Dimitri y Finn, aunque Dimitri perdió el equilibrio y salió dando tropezones hacia Jake. Escuché un crujido distante.

—¡Síganme! —Kiara empezó a correr con sus sombras frente a ella a solo unos sesenta centímetros de distancia. Más flechas volaron a medida que nos acercábamos al final. Casi estábamos a salvo; casi nos habíamos librado...

Una flecha tras otra salía disparada frente a Kiara, cada punta reluciente giraba a centímetros de su cara y cada una me hizo sentir como si fuera a morirme. Lo único que podía hacer era aferrarme a Liam. Luchaba a mi lado, superando su miedo con valentía y peleando por alcanzar a su hermana a medida que se acercaba al corredor, sin embargo, no fue lo suficientemente rápido.

Cuando se tropezó, me agaché y le encajé el hombro en el estómago. Lo levanté y lo puse sobre mi espalda y para seguir nuestra carrera contra el tiempo.

Nos quedaban noventa centímetros de la habitación y los muros aceleraron su marcha de nuevo. Después de lanzarme hacia el corredor contiguo, bajé con cuidado a Liam y volteé. Mi luz iluminó a Emelia cuando se abalanzó para quedar a salvo.

Las paredes rasparon los amplios hombros de Finn mientras se contoneaba para pasar al otro lado; las mangas de su camisa estaban manchadas de sangre oscura con un potente olor metálico.

—¡Dimitri! —lo llamó Finn desde la seguridad del túnel contiguo y empezó a gritarle a la oscuridad—. ¿Dónde estás, compañero?

Ya debería haber llegado. ¿Se tropezó? ¿Una flecha perdida lo hirió?

Con mi visión de fuego iluminando el túnel, alcancé a detectar una figura delgada que cojeaba entre una nube de polvo.

«Mierda». Un minuto antes creí haber oído el sonido de un hueso quebrándose.

—Dimitri está lesionado —dije aturdido y corrí hacia los muros que se cerraban, intentando abrirlos como cuando empujé la pared mientras intentaba rescatar a Liam, sin embargo, esta vez mi magia decayó; su poder se agotaba. El sudor me corría por la frente mientras jadeaba por el esfuerzo, pero la piedra se negaba a detenerse. Si acaso, parecía moverse más rápido.

Sin advertencia, Dimitri se detuvo. Dejó de correr y... se quedó allí, mirando al frente directamente hacia mí, al tiempo que los restos de mi magia arrojaban una luz escalofriante sobre su rostro demacrado. Un escalofrío me recorrió la espalda cuando empezó a silbar una tonada familiar; el sonido era entrecortado. Dos lágrimas rodaron por sus mejillas barbudas; dos lágrimas por dos almas perdidas.

No se estaba dando por vencido. Estaba aceptando su destino. Dimitri no hubiera logrado llegar aunque lo intentara.

Kiara gritó cuando las paredes aplastaron a Dimitri, que seguía viendo hacia arriba y sus labios formaban dos nombres que no pude escuchar, pero que conocía. Sus huesos crujieron y vimos el rocío de la sangre; un rojo estallido macabro que pintaría esos muros por el resto de la eternidad. Nunca bajó la cabeza.

Con un golpe seco que me partió el corazón, el pasadizo se cerró, sellándose sin dejar una grieta.

Zorro cayó de rodillas y un suave lamento brotó de su pecho. Finn puso una mano sobre su hombro con los ojos húmedos.

Recé porque hubiera regresado con su familia perdida. Recé porque era lo único que podía hacer.

El templo finalmente se había cobrado una vida y no pude evitar más que percibir que estaba hambriento de más.

CAPÍTULO TREINTA Y SIETE

Kiara

Vivimos dos vidas: una en la que estamos hechos de carne y hueso, y otra en la que estamos hechos de recuerdos.

PROVERBIO ASIDIANO

Me incorporé con piernas temblorosas, incapaz de ver a Jude a los ojos. Me abracé a mí misma con mucha fuerza y me esforcé por encontrar mi centro, de anclarme ahora que me sentía como si estuviera parada en el borde de un precipicio en medio de una tormenta.

Ninguno de nosotros tenía el valor para hablar.

Había presenciado la muerte durante el corto tiempo que estuve con los caballeros, pero la muerte de Dimitri… Dioses. Solo pensar en ello hacía que me subiera la bilis.

Aunque no lo había tratado por mucho tiempo, sentí el dolor de su pérdida. Su ausencia como una espada faltante en mi arsenal, aunque mi dolor no era nada en comparación con el de Finn o el de Emelia.

Finn se frotó la cara; sus ojos estaban vidriosos y enrojecidos, y el rastro de las lágrimas ensuciaba sus mejillas. Él y Dimitri habían sido cercanos.

La mirada de Jude se fijó en él y su cuerpo se mecía al tiempo que alzaba una mano, debatiéndose en silencio de si debía acercarse a Finn. Me pregunté si pensó en Isiah en ese momento. La manera en que perdió a su amigo de un modo igualmente horrible.

Antes de que Jude pudiera actuar según sus impulsos, Emelia se envolvió entre los brazos de Finn con las manos aferradas a su camisa.

—Está con ellas —dijo sombría y la voz se le quebró—. Está de nuevo con su familia.

Finn tragó saliva.

—Pero nosotros también fuimos su familia —soltó entre sollozos y una lágrima bajó por su mejilla—. Yo... Él simplemente se detuvo. ¿Por qué se detuvo? Pudo haber...

—No. —Emelia lo tomó de la barbilla—. No lo habría logrado y lo sabía. Dimitri entendía los riesgos cuando aceptó la misión. Eligió venir. —Suspiró y descansó la cabeza en el pecho de Finn, quien la estrechó con fuerza, con ambos brazos rodeando su cintura como una banda. Su cuerpo se sacudió por los sollozos.

Jake y Liam bajaron la cabeza y mi hermano dijo una suave oración. Yo, sin embargo, me quedé mirando fijamente al espacio donde había estado el túnel, con la furia brotándome por los poros.

No era justo. No es que esperara que el mundo fuera amable; eso no estaba en su naturaleza. Lo que me hizo pedazos fue la manera en que el mundo parecía seguir derribando a aquellos que habían sufrido más del dolor que les correspondía en esta vida.

Jude se aclaró la garganta y su mirada se endureció al momento en que el comandante en su interior asumió el control.

—Tenemos que seguir adelante —indicó e hizo una mueca ante la crueldad de las palabras. Debería haber más tiempo para lamentarnos por su muerte, pero esa no era nuestra realidad; el tiempo no estaba de nuestra parte.

Tensó la mandíbula y miró furioso al muro, cerrando los puños. Intentó detenerlas, intentó impedir que las paredes se cerraran, pero al final fracasó.

Supe que una parte él se culpaba a sí mismo.

—Vamos, Finn —lo persuadió Emelia, manteniendo un brazo alrededor de su pecho. Este asintió bruscamente, casi de manera mecánica. Se secó las lágrimas, aunque sus mejillas seguían húmedas. A pesar de que el rostro de Emelia no delataba nada, comprendí que ella necesitaba de su apoyo tanto como él necesitaba el de ella.

Asentí para dar a entender que estaba de acuerdo y, aún aturdida, avancé al frente. Mi furia seguía ardiendo como una llama eterna.

Jake guio a Liam detrás de mí, volteando de vez en cuando hacia Jude para asegurarse de que no se quedara atrás.

El resplandor anterior de Jude estaba disminuyendo y solo quedaba la luz de sus ojos. Su poder había brotado, convirtiéndose en algo brillante y feroz..., pero sin la tercera pieza de la divinidad, no podía mantener su fuerza. Parecía estar más que agotado.

Se me cerró la garganta y me ardieron los ojos. Antes de que cayera una lágrima, radiantes hilos de ónix se agitaron a mi alrededor; eran mis sombras que me rozaban, acariciándome las mejillas y el pelo. Eran gentiles, casi tímidas, en su esfuerzo por aliviar la tensión que tensaba cada uno de mis músculos. Necesitaba cada gramo de confianza para lo que vendría después.

—Manténganse alerta —les advertí con voz severa—. No hay ningún símbolo que pueda ver. —Mis pasos eran enérgicos y cada impacto enviaba fuertes vibraciones por mis piernas.

No podía quebrarme ahora. Tenía que seguir siendo fuerte por los demás. Tenía que fingir que la muerte de Dimitri no me estaba destrozando desde adentro.

Cuando llegamos a la última curva y dimos vuelta al siguiente pasillo, todo el aire de mis pulmones salió de golpe. No pude detener el ligero temblor que agitaba mi cuerpo.

El palacio.

Logramos llegar a las rejas.

CAPÍTULO TREINTA Y OCHO

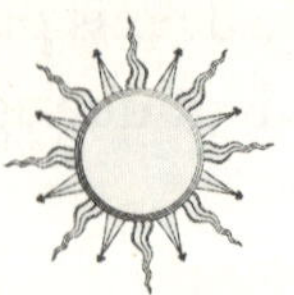

Jude

He pasado toda mi vida buscando artefactos y tesoros invaluables, con la esperanza de llenar un hueco que nunca podrá llenarse y terminé arruinando la única cosa que en realidad me importaba.

NOTA ENCONTRADA EN EL ESCRITORIO DE LA TRISTEMENTE CÉLEBRE ZORRO, CIUDAD DE FORTUNA

Más allá de las amenazantes rejas, había un conjunto de puertas dobles del tamaño de diez hombres.

Los lados lisos y plateados estaban adornados con diamantes, cada uno de ellos perfecto en su corte y claridad. Una luna de cobre forjado colgaba sobre el ápice donde las puertas se unían, los diminutos surcos y hendiduras dejados por los golpes del martillo recordaban a un pergamino arrugado que había vuelto a extenderse.

—¿Quién quiere ir primero? —preguntó Jake, quien evidentemente no se ofrecía a hacerlo.

Cubiertos de sangre y rasguños, todos estábamos andrajosos y exhaustos, y sin ningún ánimo de abrir unas puertas que garantizaban conducirnos a más infortunios; no me sorprendió que nadie alzara la mano con entusiasmo.

El talismán que necesitábamos debía estar oculto en alguna parte dentro del palacio. La clave de nuestra salvación parecía burlona por sentirse tan próxima. Invocaríamos al dios y terminaríamos con este asunto, sin importar cómo resultara al final.

No tenía caso demorar nuestro destino, así que abrí las puertas con la bota.

Un polvo blanco y brillante descendió de las alturas como nieve y unas campanas sonaron en algún lugar en las profundidades del corazón del palacio; al mismo tiempo empezaron a sonar un arpa y un laúd, formando los tres una melodía inquietante.

Tomé la muñeca de Kiara con fuerza cuando dio un paso para entrar y negué con la cabeza. Después de que fracasé en salvar a Dimitri, no había dudas de que yo iría primero. Aún así, sentí su mirada penetrante quemar un lado de mi rostro.

El polvo luminoso seguía cayendo y cubrió todo mi cuerpo cuando entré.

No vi nada en absoluto durante unos aterradores segundos y mis extremidades se paralizaron cuando una voz susurrante danzó por mi mente. Era muy pequeña y atenuada, pero me sonaba extrañamente familiar.

Cuando el polvo se asentó, la voz también calló.

Había entrado a un grandioso vestíbulo, más grande aún que el del palacio de Sciona. Divanes cubiertos de terciopelo y finas sillas estaban esparcidos sin ningún orden, colocados al lado de mesas cubiertas con baratijas y platos repletos de pastelillos hojaldrados. Las copas de cristal estaban llenas de un líquido ambarino en el que las burbujas subían hasta el tope con un suave siseo.

Levanté la cabeza para mirar las paredes labradas que exhibían estrellas y constelaciones grabadas por la mano de un artista. No había ni un centímetro que no estuviera adornado. Sin embargo, incluso los muros no podían competir con el punto focal de la habitación: una enorme escalinata de mármol.

Retorcidas enredaderas de metal formaban un delicado barandal que terminaba en el rellano del segundo piso. No podía distinguir gran cosa, ya que una espesa niebla giraba traviesa en lo alto de los escalones, ocultando de mi vista lo que había ahí.

La luz de la luna tocó mi piel y me impulsó a mirar más allá de la grandeza del vestíbulo. No había techo que ocultara el cielo abierto; el firmamento claro y brillante estaba colmado de estrellas.

Aunque era deslumbrante, un aire casi perceptible de temor apagaba su belleza. Podía sentirlo en la punta de la lengua; su amargura era una advertencia oculta.

Busqué la daga en mi costado y… noté que mi ropa no era la que llevaba antes.

Unas luminosas botas negras subían por mis pantorrillas y mis pantalones estaban hilados con la tela negra más suave. Un cinturón plateado me rodeaba la cintura y una camisa blanca y fresca con botones de madreperla subía hasta mi garganta. Mis armas, junto con todo lo que había traído conmigo al templo, seguían en mi persona, pero la vaina donde cargaba mi espada era de cuero fino.

Se escucharon unas pisadas; el sonido de los demás entrando al palacio generó inquietantes ecos que llenaban el espacio cavernoso.

Me di vuelta y vi que, al igual que había ocurrido conmigo, la vestimenta harapienta de mis compañeros había sido reemplazada y sus rostros estaban limpios toda suciedad. No obstante, solo me pude enfocar en Kiara. Todos los demás se difuminaron con el entorno.

Su reluciente pelo escarlata brillaba y estaba peinado en unas complejas trenzas que coronaban su cabeza. Sus ojos estaban delineados con kohl, lo cual resaltaba su tono ambarino, y sus labios estaban pintados de un profundo color ciruela.

Me quedé con la boca entreabierta cuando miré su ropa. Unos pantalones de seda colgaban de su cadera, mostrando a la perfección cada una de sus curvas. Su blusa estaba ajustada como un corsé sin costuras y con un escote en pico. Atado a su cuello llevaba un listón negro que aseguraba una capa que flotaba detrás de ella mientras el suave viento levantaba sus extremos. Su funda se había desplazado a su pantorrilla, mostrando orgullosa la daga asesina de dioses.

Por tan solo un segundo, olvidé nuestra misión, olvidé lo que había hecho estas últimas semanas y fracasé incluso en recordar incluso mi propio nombre.

—Dioses —susurré embelesado—. Te ves…

—Ridícula —resopló con el rostro contraído por la molestia.

Caminé hacia ella y presioné con el dedo la punta de su nariz arrugada.

—No, pareces como una decepción amorosa esperando suceder.

Dibujé su labio inferior con el pulgar, incapaz de apartar mis ojos de su profundo color ciruela. Entreabrió los labios y la calidez de su aliento me provocó un cosquilleo en la piel. Pasó saliva y mi mirada cayó en la delicada columna de su cuello.

—¡Creo que también yo me veo encantador!

Me estremecí al escuchar el sonido de la voz de Jake, que se interpuso entre nosotros mostrando su chaqueta plateada bordada con hilos blancos que lujosamente cubrían los bordes. Su cabello negro estaba peinado hacia atrás y un toque de kohl delineaba sus párpados inferiores, haciendo más brillante el azul de sus ojos.

—Solo tú estarías saltando por allí y admirando tu ropa en un momento como este —lo regañó Kiara, aunque dejó escapar una risa gentil.

Liam avanzó al centro de la habitación y se paró incómodo al lado de su hermana, inquieto por el tieso material de su vestimenta. Llevaba algo similar a lo que traía Jake, aunque los botones superiores de su camisa estaban abiertos y sus rizos naturalmente enmarañados rozaban la parte trasera del cuello de su chaqueta. Le daban un toque de picardía que Jake pareció apreciar, pues apenas podía desviar la mirada. Kiara se quejó y lo empujó hacia su hermano; este no opuso resistencia.

—Si insistes —anunció Jake por encima del hombro.

Emelia y Finn fueron los últimos en llegar. Mi madre vestía unos pantalones holgados y una túnica blanca; su pelo corto parecía húmedo, peinado de tal manera que dejaba al descubierto sus facciones afiladas.

—Como si esto no pudiera ser peor —murmuró, sacudiéndose la nueva ropa con una mueca irritada. La mueca se tornó más molesta mientras observaba el lujoso vestíbulo y apretó los labios pintados. Se aferró a su bolsa, ahora era del color de la medianoche y estaba hecha de una tela de seda que hacía juego con su vestimenta. La abrió con brusquedad y escarbó en el interior, pero se relajó cuando descubrió que todas sus posesiones seguían adentro.

—¿Qué es eso? —Kiara pasó junto a nosotros dando zancadas largas, dirigiéndose hacia una mesita lateral de cristal situada junto a un elaborado diván que era lo suficientemente grande como para que cupieran tres personas. Tomó un trozo de pergamino doblado.

—«Llegaste hasta aquí. Come y bebe antes de que cambiemos al mundo» —leyó en voz alta—. ¿Qué significa eso?

En ese momento preciso, la música que había escuchado al entrar comenzó a sonar; era una melodía demasiado etérea e irreal como para ser interpretada por simples mortales. Los melancólicos acordes del arpa descendieron desde el segundo piso y de inmediato se les unió un laúd; en conjunto, crearon una melodía que me recordaba la sensación de ir en caída libre.

Qué bonito. Una fiesta de bienvenida a nuestro propio funeral.

—Es obviamente una trampa —comentó secamente Liam—. He leído suficientes libros como para reconocer una trampa cuando la veo. Aunque esa música inquietante es un bonito detalle.

Kiara le hizo una mueca.

—Pensé que te concentrabas en leer textos de ciencia y matemáticas.

Liam frunció el ceño.

—Hubiera creído que ya habrías descubierto mi reserva de libros de aventura y romance. Me decepcionas.

La música creció, atrayéndonos a las escaleras y a todos los misterios que buscábamos. El corazón me golpeteaba en el pecho y los pies me invitaban a moverme, a ceder y sentir las vibraciones de la música.

—Dejamos un mundo de pesadilla por otro de hermosas mentiras. —Emelia sacudió la cabeza. Sus ojos estaban enturbiados, al igual que los de los otros—. No veo más opción que seguir adelante, pero debemos mantenernos en guardia. Este sitio tiene que estar encantado. —Frunció el ceño mirando su ropa elegante—. Bueno, es obvio que está encantado, pero más que eso, es...

—Me hace querer bailar —comentó Kiara con una mueca—, y beber y comer y... sonreír. —Se estremeció.

La expresión de Jake se volvió seria.

—Entonces, definitivamente no es bueno.

Kiara se deslizó hacia las escaleras; la capa de gasa ondeaba y se movía con cada uno de sus pasos. Puso la mano en el barandal de plata y sus manos se encendieron con magia; con una luz que fue subiendo hasta rozar sus cicatrices de ónix y azul marino. Volteó sobre el hombro y nos preguntó:

—Bueno, ¿vienen?

CAPÍTULO TREINTA Y NUEVE

Kiara

No se sabe mucho acerca del dios de la luna, pero es famoso por su amor hacia los sueños, donde los mortales pueden experimentar solo una probada del poder de un dios.

Fragmento de *Tradiciones de Asidia: un cuento de los dioses*

Este no era un templo ni un palacio: era un sueño.

Casi floté por los escalones a medida que la música me atraía más cerca, instándome a apresurar el paso.

Mientras más se escuchaba la música etérea, más ingrávida me volvía. Me vi a mí misma avanzar como si levitara por encima de mi propio cuerpo. Mis pantalones de seda resplandecían bajo el fulgor de la luna demasiado brillante. Era tan luminosa y acogedora que demandaba mi devoción…

Alguien enlazó su brazo con el mío, jalándome hacia un pecho sólido. Percibí un familiar aroma a tierra que invadió mi mente y me transportó hacia un recuerdo; un sueño de un recuerdo atrapado en una capa de neblina.

—¿Kiara? —Volteé y me encontré con el rostro de Jude, que estaba contraído por la preocupación—. ¿Qué te pasa?

—Nada —respondí con demasiada prisa. «Solo que me está seduciendo la maldita luna».

Supe que no me creía.

La mano de Jude regresó a mi cintura y su firme agarre —su mano estabilizadora— me ancló a la realidad. No me soltó cuando dejé que Emelia tomara mi lugar al frente, guiándonos por la majestuosa escalinata.

Todo se sentía raro. Yo me sentía rara. Y la peor parte era saber que las cosas iban a empeorar.

Cuanto más subíamos, más se aceleraba el pulso en mi garganta, justo debajo del delicado listón atado allí. Un sudor frío me cubría la frente y pasé un dedo por debajo del satén para jalarlo con fuerza. Esa maldita cosa me estaba ahorcando, obligándome a concentrar mi atención en cada vez que tragaba saliva nerviosamente.

Jude se detuvo cuando notó que luchaba por liberarme. Sacó su daga y, con cuidado, la deslizó por debajo de la tela. La punta afilada la cortó y la capa de gasa y el listón negro cayeron de mis hombros y se deslizaron por los escalones, ondeando como el agua.

Exhalé y tragué con dificultad mientras me apretaba la garganta desnuda.

—Listo —murmuró al mismo tiempo que envainaba la daga—. Ahora no tendrás obstáculo cuando te lances a una matanza indiscriminada. —Las comisuras de sus labios se levantaron y esa pesada sensación en mi vientre aminoró. Estaba fingiendo valor por mí y se lo agradecí.

—¡Hay algo acá arriba! —gritó Emelia, que estaba un nivel por encima de nosotros.

Corrimos escaleras arriba tras ella, solo para detenernos en seco cuando nuestras botas chocaron con el rellano del séptimo piso. Había sido demolido y las escaleras estaban bloqueadas; los escombros estaban combinados con brillantes amatistas del tamaño de mi cabeza. La ladrona se inclinó y pasó un dedo sobre una de ellas.

—Esto fue reciente —reflexionó—. Todavía no se asienta todo el polvo.

—Sabe que estamos aquí; es posible que nos esté observando. —Teníamos que encontrar el talismán y atrapar al dios. Si tan solo supiéramos qué aspecto tenía ese objeto.

Incapaces de seguir adelante por los escombros, no nos quedó otra opción que volver al sexto piso.

Los sonidos de nuestras botas hacían eco en la torre circular; ya nadie hacía el esfuerzo por ser sigiloso. El tiempo avanzaba más rápido que los granos en un reloj de arena. Con un demonio, era más semejante a agua en un reloj de arena.

Irrumpimos más allá del rellano del sexto piso y entramos en una antecámara cubierta de reluciente cobre; este conformaba los muros, las decoraciones y el piso. La luz de la luna no llegaba hasta esta habitación y había candeleros encendidos distribuidos por todo el espacio, aunque apenas arrojaban un resplandor constante. El espacio estaba decorado con muebles oscuros que a diferencia de los que habíamos visto en el primer piso, no estaban pulidos; su brillo estaba oculto bajo una capa de polvo. Estudié la habitación y me estremecí cuando noté docenas de retratos que mostraban a un hombre que portaba diferentes rostros, pero que poseía los mismos ojos.

Iris grises tan claros y penetrantes que me hicieron estremecerme.

Algunas de las representaciones lo mostraban bajo una luz diurna sombría, mientras que otras lo situaban bajo el resplandor de la luna. Su rostro era una obra maestra de dicha y perfección inalcanzable.

Noté que su sonrisa se iba ampliando más con cada retrato, como si tuviera un secreto que al fin se preparaba para compartir con el mundo.

Jude se detuvo frente a uno: una representación del dios encapuchado del que solo se veían los ojos. Levantó el dedo y delineó los ojos grises con el ceño fruncido.

No dijo nada cuando le tomé la mano y lo induje a seguir, aunque volteó por encima del hombro para mirar el cuadro una vez más. Me pregunté qué había visto que lo hizo detenerse. Sin embargo, además de la respiración entrecortada de Liam, todo estaba en silencio mientras recorríamos la galería y yo estaba demasiado nerviosa como para romperlo.

Me sentía observada. Cada retrato que pasábamos parecía seguirnos con los ojos; la apariencia del sujeto atrapado dentro de los marcos era inquietantemente realista.

Me cubrió una sensación de alivio cuando dimos vuelta y llegamos a un nuevo salón que por fortuna estaba desprovisto de los retratos desconcertantes. A cada lado había numerosas puertas cerradas, todas adornadas con una luna creciente de plata como picaporte. El metal brillaba con diamantes incrustados, cuyo fulgor claro contrastaba con la profunda calidez de las paredes de cobre.

La voz de advertencia que a menudo ignoraba me insistió a que no abriera ninguna, sin importar lo mucho que me lo rogara mi curiosidad. Se sentían… sagradas. Y peligrosas.

Mi magia oscura se elevaba en mi pecho cada vez que pasábamos al lado de una, como si ansiara lo que fuera que estuviera del otro lado. Esa fue otra de las razones para contenerme.

Sentí que un frío helado me recorría la columna vertebral y me estremecí. Volteé, casi esperando que alguien estuviera parado detrás de mí, pero no había nadie.

Jude me dio un suave empujón con una pregunta en los ojos.

—Ten cuidado —le advertí y me sacudí la sensación de ese toque glacial—. Siento como si hubiera algo aquí con nosotros, vigilándonos. —Mis palabras fueron apenas más que un suspiro, pero Jude asintió y apretó sus dedos alrededor de los míos.

En el extremo del gran salón había una puerta y esta vez no tuve la fortaleza suficiente como para ignorar su influencia; me atraía con la promesa de un nuevo mañana.

El picaporte era similar a una luna llena; diminutos trozos de ópalo salpicaban la piedra blanca sobrenatural. La superficie misma resplandecía desde dentro y las gemas desgastadas irradiaban diminutas chispas de luz que bañaban las paredes y que me recordaron cientos de estrellas titilantes.

Mi cuerpo vibraba con energía pura; estábamos tan cerca del corazón del santuario que casi podía saborear el poder antiguo de su magia que saturaba el aire.

Sin duda era una trampa, pero no me importaba. Habíamos llegado demasiado lejos y no había otro camino más que seguir adelante.

Jude se colocó frente a mí con actitud protectora y eso le ganó una mirada de desaprobación de mi parte, aunque no la pudo ver. Su cuerpo estaba rígido y, aun a través de su delgada chaqueta, pude percibir cómo se tensaban sus músculos.

—Quédate atrás —dijo, aunque ignoré por completo su consejo.

Colocó la mano sobre el picaporte y giró la muñeca. Poco a poco, la puerta se abrió con un crujido, un chirrido ominoso que hizo que los vellos de mis brazos se erizaran.

No sucedió nada. Ningún demonio ni monstruo salió para atraparnos, ni dientes afilados apuntaron a nuestras gargantas; solo había un silencio escalofriante.

Jalé a Jude de la mano, pero el necio se resistió, intentando poner su cuerpo frente al mío sin éxito. Soltó un gruñido de frustración cuando me deslicé a su lado. Supo que había perdido.

Transcurrieron cien latidos hasta que decidimos entrar.

Una luz púrpura del color de las más tenues flores de medianoche bañaba el recinto, saliendo de todas partes y de ninguna al mismo tiempo. No había luna ni estrellas arriba, un domo de lustroso acero bloqueaba la vista.

En lugar de divanes y elegantes mesas y sillas, había una gran pila de monedas de plata. Entre las riquezas mortales había armas, libros y figurillas.

Casi oculto entre un montón de exuberantes pieles, vi un arco y un carcaj de flechas con el escudo de Maliah. El astil de las flechas estaba enmarcado por un círculo del rojo más suntuoso. Las pieles en sí mismas no tenían símbolos, aunque no pude evitar más que sentir una cualidad divina en ellas. Con cada parpadeo el voluptuoso color café se transformaba en castaño rojizo y de regreso.

El sello de Arlo estaba en algunos de los libros cercanos: tres espigas que brotaban de la base de una *V* profunda. Podía imaginar su furia si los descubriera aquí. Arlo siempre había sido protector de sus armas, y los libros eran armas en sí mismos.

El dios de la luna... se había robado las herramientas sagradas de sus compañeros dioses. ¿Por qué?

Di media vuelta para expresar mis sospechas a mis compañeros justo en el instante en que la puerta se cerró de golpe detrás de nosotros... y se desvaneció por completo dentro de la piedra lisa como si nunca hubiera estado allí.

«Mierda».

—¡No se queden parados! —gritó Emelia, que se puso en acción de inmediato—. ¡Busquen otra forma de salir! —Hizo a un lado tesoros de valor incalculable como si no valieran nada; incluso Finn hizo una mueca cuando Zorro derribó una escultura de cristal que se hubiera vendido por una buena cantidad de dinero—. ¡Ayúdenme! —exclamó furiosa y nunca vi que Liam se moviera con tanta rapidez como cuando ella volteó a verlo con mirada cortante.

Un zumbido que sonaba como el golpeteo de la lluvia ahogó el sonido de mi corazón acelerado.

—Es arena — exclamó Jake mientras señalaba una estatua de Silas, el dios del agua, cuyo rostro arrugado y cuerpo musculoso estaba enmarcado entre olas de piedra. Detrás de él, brotaba arena de un tubo oculto y su color era inusual por sus tonos cambiantes que iban del gris al azul y luego al lila. Una palanca chasqueó en algún sitio que no podíamos ver y más arena salió a chorros hacia el espacio del otro lado, derribando en el proceso un montón de los libros de Arlo.

—Necesitamos subir —dije con calma, aunque la calma estaba muy lejos de lo que sentía. Arlo me enseñó que demostrar temor podía provocarlo en los demás y que, a veces, un buen líder tiene que ser fuerte por los hombres que conduce; incluso si me parecía endemoniadamente imposible de lograr.

A unos seis metros de distancia, una pila de monedas formaba una enorme montaña de riquezas. Les di indicaciones a los demás hacia esa dirección, gritándoles que la escalaran. Podíamos encontrar una forma de salir de aquí, pero no si primero nos sofocaba un mar de arena.

Los ojos de Jake sobresalieron de sus cuencas y casi tuve que arrastrarlo, e incluso después de un empujón brusco hacia el montón de monedas, siguió dudando en subirse.

Jude me agarró la mano y me obligó a ascender, en tanto que su otra mano se aferraba a Liam. Cada vez que mi hermano tropezaba y las monedas se deslizaban debajo de sus botas, Jude lo detenía y lo volvía a subir con un cuidado que habría entibiado mi corazón si no hubiera estado latiendo de manera tan errática.

—Hay algo aquí arriba.

Incliné la cabeza y descubrí que Emelia se había adelantado a todos nosotros. Caray, por supuesto era rápida. Estaba a punto de alcanzar la cima de la montaña y apuntaba en forma desenfrenada hacia el techo. Enfoqué mi atención hacia donde señalaba y me encontré con algo que me sorprendió.

Había una manija con forma de estrella torcida en el centro del domo sobre nuestras cabezas. Alrededor de ella había uniones nítidas cuyas líneas formaban una figura rectangular.

Era una puerta.

Emelia saltó, tratando de alcanzar sin éxito la manija para abrir la puerta de un tirón. Jadeaba cada vez que fallaba en su intento y cuando aterrizaba, salían volando las monedas y un par de ellas me golpearon en la cara.

Más abajo, la arena había cubierto por completo el suelo de la habitación y crecía a ritmo constante, ascendiendo. A la velocidad con la que llenaba en el salón, no nos quedaba mucho tiempo antes de que nos enterrara por completo.

Jude y yo llegamos a la cima justo cuando Finn tomaba impulso; le costaba trabajo mantenerse estable debido a su peso y al movimiento cambiante de las monedas. Saltó para tomar la manija y como era cuarenta y cinco centímetro más alto que Emelia, logró abrir la puerta al tercer intento. Luego la puso sobre sus hombros y ella se aferró a los bordes del marco; del otro lado solo había una completa oscuridad.

Con un resoplido, se impulsó y pasó por la puerta, en tanto que yo sostenía el aliento, aterrorizada de que hubiéramos cometido un error y que la entrada no llevara a ninguna parte, o a algo todavía peor.

Una mano descendió por la abertura.

—¡Vamos! —nos gritó Emelia, agitando el brazo de un lado a otro—. ¡Alguien agárrese!

Los muros se agitaron con violencia y el suelo empezó a mecerse de un lado a otro. Se formaron grietas y las piedras se desplomaron; el cuarto entero parecía a punto de estallar.

Aliviada, vi que Emelia tomó la mano de mi hermano; Jake lo sostenía con firmeza mientras ambos lo ayudaban a subir. Dejé de contener la respiración cuando desapareció y un segundo después le gritó a Jake.

Finn sostuvo el peso de Jake y lo guio hacia los otros, pero sus musculosos brazos temblaban con evidente agotamiento.

—Tú sigues, Kiara —me ordenó Jude. Su piel emanaba calor a medida que su magia despertaba.

—Más te vale que subas de inmediato detrás de mí.

—Siempre —respondió con voz ronca y ojos resplandecientes como el fuego.

El guardaespaldas giró hacia mí; su piel castaño oscuro estaba bañada en sudor. Estiró la mano, esperando que la tomara. Eché un vistazo hacia Jude, dudosa, pues no confiaba en que no hiciera algo heroico —y también que estúpido— si yo subía antes que él.

—No te voy a dejar —afirmó Jude con una voz llena de seguridad. Sus fosas nasales se dilataron cuando sus palabras aplacaron mis dudas—. Terminamos esto juntos.

Habría sonreído si no hubiéramos estado —de nuevo— en otra situación de vida o muerte. Tal vez, después de todo había logrado convencer a ese chico terco.

Finn tomó mi mano estirada justo cuando el cuarto lanzó un quejido semejante a un lamento, y se escuchó un crujido ominoso. Mientras me elevaban en el aire, oí otro crujido seguido de un zumbido. Debe haberse abierto otro tubo.

—¡Con un demonio, apúrate niña! —chilló Emelia, que seguía agitando el brazo de un lado a otro. No tuve más opción que cerrar la brecha entre las dos y prenderme de su mano. Sus delgados dedos se cerraron alrededor de los míos y con una fuerza sorprendente, me arrastró al otro lado.

Caí en una habitación circular y mi visión divina me concedió poder verla, pero no me quedé observando el nuevo cuarto ni la puerta extraña en su centro. Giré para alistarme a ayudar a Jude. Emelia le extendía la mano y el comandante volteó apresuradamente entre las dos.

La arena iba subiendo en forma gradual y ahora estaba a unos cuantos centímetros de rozar las botas de Finn y Jude. El comandante apretó los dientes y se lanzó sin ayuda de Finn para tomar las manos de ambas, aferrándose con fuerza. Liam me tomó de la cintura para ayudarme a sostenerme y Jake hizo lo mismo por Emelia.

—¡Te tengo! —le aseguró Emelia a su hijo. Podía ver cómo sus músculos se tensaban bajo su ropa de seda, pero un fuego que no tenía nada que ver con la magia resplandeció en sus ojos. Lanzó un alarido al momento de impulsarse hacia atrás.

Jude cayó al suelo a mi lado y su poder emergió, iluminando el espacio que nos rodeaba con un tono dorado cálido. Sin embargo, no estábamos a salvo. Todavía no.

—¡Finn! —Zorro se asomaba por la puerta abierta y Jude tomó mi lugar para ofrecerle la mano al guardaespaldas. Finn sudaba profusamente y tenía la respiración agitada. La arena estaba a menos de treinta centímetros de él y se elevaba con gran rapidez.

—¡Vamos, tonto, salta! —Emelia jadeaba y sus ojos estaban rodeados de sudor—. Hemos pasado por cosas peores y no puedo perder... —se interrumpió allí y se mordió el labio. En lugar de continuar, gritó—: ¡Toma mi mano!

Finn soltó un quejido mientras extendía la mano intentando llegar a ella, pero sus dedos fallaron por menos de un centímetro al intentar alcanzar los de ella, que se agitaban desesperadamente.

Intentó de nuevo y luego una vez más. Al tercer intento hizo contacto. Jude lo tomó de la otra muñeca y yo me aferré a su antebrazo. Jude asumió la mayor carga del peso de Finn, pero su madre se negaba a soltarlo.

Juntos, lo fueron subiendo poco a poco y en un momento el estaría…

La arena tocó la suela de sus botas.

En las últimas semanas había visto un montón de cosas espeluznantes, pero nunca antes vi el pie de un hombre desmoronarse hasta solo quedar polvo.

El alarido de Finn llegó hasta lo más profundo de mi alma y su agarre de Emelia y Jude se aflojó cuando su rostro adquirió un enfermizo tono grisáceo. A medida que subía la arena, iba devorando su talón y disolviendo la lustrosa piel de su bota.

No había sangre; ningún goteo carmesí que delatara la ausencia de su pie. Era como si la arena cauterizara la herida al tiempo que consumía su cuerpo con voracidad.

—¡No! —Emelia se lanzó hacia atrás, logrando subirlo unos cuantos centímetros más. La arena había pasado de su tobillo y Finn cerró los ojos. Sus lamentos guturales parecían salidos de una pesadilla—. ¡Tú no! —clamó Emelia y las lágrimas corrieron libremente por sus afiladas mejillas—. ¡No puedo perderte también a ti!

Los ojos de Finn siguieron cerrados, probablemente porque se había desmayado por el dolor.

—¡Madre! ¡Necesito que lo sueltes! —le gritó Jude. Nunca la había llamado madre con tal sinceridad y si ella escuchó la ternura de su voz, no lo demostró. No podía desviar la vista de Finn y su mano se negaba a soltarlo. Su amor por él era tangible y eso reafirmó mi fortaleza, incitando a mis sombras a desplegarse mientras me colocaba entre Jude y Emelia. La noche se deslizó desde mis hombros y brotó desde las palmas de mis manos, envolviendo por completo a Finn.

Entre todo el caos, recordé algo que me dijo Arlo hacía años, cuando fingía ser mi tío: «El pánico es una debilidad que no puedes permitirte. La única forma de superar tus dudas es centrarte. Si tu mente esta desequilibrada, tu cuerpo también lo estará».

Puede que sintiera enojo hacia el dios de la tierra por su engaño, pero sus lecciones me enseñaron cómo ser fuerte y ahora lo sería.

En el momento en que mi magia rodeó a Finn y sostuvo su pesado cuerpo, apagué los gritos de Emelia y el murmullo de la arena ponzoñosa. Imaginé aquel claro que nos pertenecía a mí y a mi melancólico comandante. En ese preciso lugar había expuesto mi yo más profundo y encontrado una paz que no había creído posible.

Desde algún lugar en el fondo, Jude susurró mi nombre. Incluso con la mente concentrada en dominar mi magia y sacar a Finn, podía sentir el aliento cálido de Jude sobre mi mejilla.

Un fuerte tirón me hizo irme hacia adelante, pero unas manos que otra vez me rodeaban la cintura me mantuvieron en mi lugar. Sin duda era mi hermano.

—¡Kiara!

Abrí los ojos, y una ráfaga de viento y noche me lanzó volando hacia atrás. El claro desapareció de mis pensamientos y caí sobre mis manos y rodillas, esforzándome por levantar la vista con la esperanza de no haberle fallado a otra persona.

El grito de Emelia llegó a mis oídos.

Finn yacía en sus brazos, inconsciente y quieto, excepto por el sutil movimiento de su pecho. Con un gruñido, Liam empujó la puerta para cerrarla y pude darme cuenta de que respiraba con gran dificultad.

—Está vivo —sollozó Emelia, que sostenía la cabeza de Finn sobre su corazón—. Está... Está respirando.

Jude se inclinó sobre su madre, observándola mientras ella se aferraba a Finn. Una expresión indiscernible atravesó sus facciones antes de que su atención se desviara hacia mí.

Lo había logrado. Usé mis sombras y las sometí a mi voluntad.

Mi oscuridad no se había cobrado una vida; la había salvado.

CAPÍTULO CUARENTA

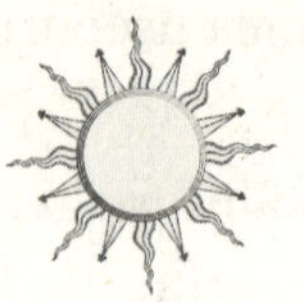

Jude

Dejé mi corazón en un portal de Mena hace diecinueve años. Lo extraño con cada día que pasa y desearía haber tenido el suficiente valor para darme cuenta de que pude ser suficiente para ti.

Carta no enviada de Zorro, año 45 de la maldición

Mi madre lloraba. Me pareció una imagen tan peculiar que no reaccioné de inmediato, aunque Kiara sí lo hizo.

Abrazó a Emelia —que seguía sin soltar a Finn— y se apretó contra el pecho de mi madre mientras que la seda de su corsé absorbía las rebosantes lágrimas. Estas corrían desenfrenadas, derramándose de sus ojos manchados de kohl. Kiara le susurraba al oído y pasaba su mano llena de cicatrices de un lado a otro de la mejilla de mi madre.

No me había movido desde que cerré la puerta con cerrojo, como tampoco lo habían hecho Jake y Liam, que inclinaban la cabeza, incapaces de mirar al guardaespaldas herido.

Mientras observaba a la madre a la que nunca había conocido llorar por el hombre que amaba, otro pensamiento llegó de pronto: había dado tanto por esta misión, preparada para perderlo todo. Emelia había convocado a sus más cercanos, sabiendo lo traicionera que sería esta empresa.

Y lo hizo por mí.

En ese crudo momento en que las manchas de dolor y alivio humedecían sus rojizas mejillas, la vi verdaderamente por primera vez. Destrozada. Con defectos. Humana.

En algún punto del camino —ya fuera antes de que Raina le revelara la verdad o después—, mi madre había estado hecha pedazos.

Con un demonio, yo estuve destrozado, pero tuve el apoyo de Isiah y ahora, de Kiara. Finn era su apoyo. Me había equivocado al suponer que mi madre era una ramera sin sentimientos. Una mujer sin remordimientos.

Me dejó porque tenía miedo y sospechaba que ser la hija de una diosa caída no había sido fácil. Ir de pueblo en pueblo para evitar sospechas, sin saber nunca quién o qué eras; con una madre que probablemente creía que distanciarse protegería a su hija.

Debe haber sido increíblemente solitario.

No me di cuenta de que me había movido hasta que estuve frente a ella.

Vacilante, estiré la mano para rodear la cintura de Emelia, levantándola hasta mi pecho al mismo tiempo que mis manos deambulaban hacia su espalda. Debe haber sentido que era yo, porque se desmoronó en mis brazos y sus manos se aferraron a la tela de mi camisa. Susurró mi nombre, y repitió una y otra vez las mismas palabras hasta que hizo eco como un mantra cargado de dolor.

«Lo siento».

Ni Jake ni Liam interrumpieron y se hundieron más profundamente en los resquicios del cuarto tenuemente iluminado. No detecté ningún peligro inminente, así que me dejé ir, permitiéndome abrazar a la mujer que me dio la vida, en tanto que Finn empezaba a despertarse recostado entre nosotros.

Emelia siguió repitiendo esas palabras solitarias y la última vez que las murmuró, le respondí:

—Te… Te entiendo —suspiré, lo decía en serio. No la perdoné, todavía no. No era ningún santo, pero sí la entendía—. Está bien —le susurré con voz tranquilizadora como lo había hecho Kiara y ella sollozó todavía más con mi confesión.

Uno tras otro, los minutos pasaron y el tiempo se volvió algo distante, carente de solidez. Solo cuando Emelia sollozó y se separó de mí dejé que mis brazos cayeran. Su calidez fue reemplazada por frialdad y el niño perdido en mí quiso correr de nuevo a su abrazo.

Emelia levantó la mirada enrojecida hacia mí y el sutil brillo de mis ojos arrojó luz sobre cada una de las lágrimas derramadas y extinguidas.

No nos dijimos más. Nada trillado ni sentimental, y eso fue lo correcto. En lugar de ello, tomó una de mis manos entre las suyas y la apretó. Era un gesto muy simple; sin embargo, con él los años de odio, incriminación y enojo desaparecieron de mí como suspiros abandonados.

—Parece ser que la arena cauterizó la herida de Finn —nos indicó Kiara, que apareció frente a nosotros. Sus luminosos mechones reflejaban los rayos dorados de los residuos de magia que brotaba de mi piel. Sus trenzas casi se habían deshecho, los mechones sueltos caían sobre sus ojos y las puntas se deslizaban hacia abajo, rozando su túnica manchada. Imaginé que la prístina tela pronto estaría marcada con sangre.

—Jude, quizá tú y Emelia puedan transportarlo —sugirió Kiara. Luego exploró la pequeña habitación y la duda la indujo a morderse el labio inferior—. No sé qué más nos aguarda si nos quedamos aquí.

Jake tomó la bolsa que Finn había tirado y sacó una cajita de cerillos. Caminó hacia un par de candeleros sujetos a la pared y encendió un cerillo, sosteniéndolo hasta que el fuego encendió la mecha. La tenue luz se reflejó en la puerta de metal cubierta de sombras.

La siguiente puerta y, con suerte, la última habitación.

—Ayudaré a cargarlo —dijo Emelia con frialdad y volvió a disfrazar sus emociones como era habitual. No hubiera sabido que estuvo llorando si no fuera por sus ojos enrojecidos y la humedad que seguía secándose en sus mejillas sonrosadas. Apretó la mandíbula e inclinó la cabeza hacia la puerta.

Kiara retrocedió cuando moví al gimiente Finn para levantarlo de los brazos de mi madre. Estaba pesado y apenas consciente, pero con Emelia del otro lado, logramos cargarlo con mayor facilidad.

Mi chica se había desviado hacia el área más ensombrecida lejos de las llamas de las velas.

—Esta puerta se siente diferente —afirmó, pero el temor ensombrecía sus palabras.

Dirigí la mirada al frente y la sutil luz que emitía permitió que los otros pudieran examinar los detalles más finos. En la inmaculada superficie plateada se habían labrado varias lunas y diminutas gemas incrustadas de color azul y púrpura fulguraban como estrellas vibrantes. El metal se iluminó con luz brillante.

Kiara dio un grito ahogado por el asombro.

—¿Qué pasa? —pregunté y mi adrenalina se disparó. Entre mis brazos, Finn se sacudió y su pulso se sintió más fuerte.

—Está... protegida. Casi puedo saborear la magia que sale de ella —explicó. Yo fruncí el ceño porque no sentía el encantamiento del que hablaba y eso me preocupó.

Liam se puso en cuclillas junto a su hermana y ambos trabajaron juntos, cada uno con la mano en la barbilla, concentrados. Tenían gestos semejantes e incluso vi que los orificios nasales de Liam dilatarse al mismo tiempo que los de ella.

—Mmm. —Liam se inclinó más cerca para inspeccionar una gema de mayor tamaño. Levantó la mano y la dirigió a la piedra que titilaba…

Un resplandor brillante brotó en el instante en que su dedo la tocó y eso nos obligó a cubrirnos los ojos contra el asalto de la luz cegadora.

Las sombras de Kiara brotaron de sus hombros y envolvieron a su hermano, y la luz se desvaneció con tanta rapidez como había aparecido.

Finn se quejó como si algo le doliera y, de inmediato, Emelia le susurró al oído, tranquilizándolo mientras sus ojos se entreabrían.

—¿Qué demonios fue eso? —gritó Kiara al mismo tiempo que tomaba la mano de su hermano y éste hizo una mueca de dolor—. Mierda, tu dedo está azul, Liam.

En efecto, el dedo que Liam usó para tocar la puerta estaba azul e hizo un gesto cuando ella le dio vuelta para examinar la inusual herida. Me recordó una quemadura por congelación. Unos cuantos de mis soldados perdieron dedos de las manos y los pies cuando, años atrás, viajamos hasta el lejano norte durante el Invierno Oscuro con la esperanza de aplastar un levantamiento de los rebeldes.

—También me duele, por cierto —exclamó Liam con una sonrisa tensa. Trató de alejar la mano, pero su hermana no se lo permitió.

—Emelia, ¿tienes algo que pueda usar para vendarlo? —le preguntó con una firmeza que hacía evidente la preocupación que se filtraba en sus palabras. Antes de que Zorro pudiera responder, Jake se puso en acción y buscó dentro de la bolsa, de la que sacó un rollo de tela limpia.

Kiara se movía de un lado a otro como mamá gallina cuando Jake tomó el control y solo le dio espacio cuando él la regañó.

—Dime si está demasiado apretado —dijo Jake gentilmente; era un tono que nunca le había escuchado antes. Con cuidado, envolvió la tela alrededor del dedo de Liam, haciendo su mayor esfuerzo por no lastimarlo. Cuando terminó, me dejó azorado cuando lo vi inclinarse para darle un beso al dedo herido de Liam. Se quedó con él mucho después de que su labor hubo terminado.

Jake se había encariñado y su arrogancia habitual no estaba presente cuando Liam se encontraba en peligro. Me pregunté si esa intensa preocupación era algo nuevo para él.

—Yo me ocupo, Ki. Sigue con lo tuyo. —Jake le señaló la puerta. Ella se quedó un momento más con su hermano, pero se separó de ellos finalmente, ya que sabía que su hermano estaría a salvo en los brazos de Jake.

Se quedó mirando fijamente la superficie de la puerta por un tiempo que me pareció incómodamente largo antes de dar media vuelta.

—Carajo —maldijo con dureza, la frustración era evidente en su mirada.

—¿Un buen carajo o uno malo? —le preguntó Jake al mismo tiempo que lanzaba otra mirada furtiva a Liam.

—Adivina —murmuró cuando cruzamos miradas—. Soy la única que puede entrar.

De ninguna manera.

—¿Y eso por qué? —exclamé molesto y mis músculos se tensaron al instante. Antes de que pudiera responder, el aullido de una ráfaga de viento atravesó el espacio, sacudiéndonos el pelo y agitando nuestras delgadas ropas. Venía de todas partes y de ninguna al mismo tiempo, y los labios de Kiara se entreabrieron por el sobresalto.

—¿Pueden oírlos? —Kiara inclinó la cabeza y se movió peligrosamente cerca de la puerta—. Son tantas…

—¿Tantas qué?

—Suenan como... oraciones —reflexionó y parpadeó con rapidez como si estuviera en trance—. No todas pertenecen a este sitio. Algunas son plegarias a Lorian o a Silas; a los otros dioses y diosas.

Eso no tenía sentido. Estábamos en el templo del dios de la luna y solo se deberían escuchar las oraciones a él.

—Maliah... —soltó Jake en voz baja con las cejas fruncidas—. Cuando nos topamos con ella en el Bosque de Pastoria, nos dijo que no tenía el mismo poder que antes, las mismas habilidades. Me pregunto si...

—Está robándose las oraciones. —Todos voltearon hacia Kiara—. El dios de la luna se las ha estado robando para debilitar a los demás. Las oraciones representan poder y sin ellas... —No concluyó la idea, pues no necesitaba hacerlo. Todos entendimos.

Si el dios de la luna les estaba robando las oraciones a las otras deidades, eso lo haría imparable y explicaría por qué no se habían unido para destruirlo.

Emelia, que había estado callada hasta ese momento, espetó:

—Ese bastardo farsante. —Sacudió la cabeza con repugnancia—. Los rezos dirigidos a los otros dioses no han obtenido respuesta en años. Cuando menos, no he escuchado de milagros como solía hacerlo. Por eso es que la mayoría de la gente dirige sus oraciones al dios de la luna, porque sienten que el resto de los inmortales los abandonaron.

Kiara asintió.

—Y la puerta... está encantada. Sellada para que solo el dios de la luna o sus... creaciones puedan ingresar. —Se mordió la cara interna de la mejilla—. Me recuerda al bosque cuando era pequeña; a la...

—La bestia de las sombras —terminó Liam. Su hermana cerró los ojos como respuesta. Ya había encarado su mayor temor y entendí cuánto la había destrozado, pero tenía razón y por más que despreciara la situación, la lesión de Liam era la prueba.

—Es por eso que tienes que ser tú —declaré, aunque odié cada una de esas palabras.

Sus ojos se humedecieron por las lágrimas y, al voltear hacia mí, lo sentí como si fuera terminante. Me sostuvo la mirada.

—Si cualquiera de ustedes entra, morirá.

CAPÍTULO CUARENTA Y UNO

Kiara

Los tesoros de los dioses se disfrazan de objetos cotidianos. Contienen un inmenso poder, infundidos de la magia conferida por las deidades mismas. Aunque impresionantes, ninguno es tan notable como los espejos de Arlo, que fueron creados durante el nacimiento del mundo. Reflejan los mayores temores de sus dueños y también sus deseos más ambiciosos. Muy tarde descubren que solo se vieron expuestos a mentiras.

FRAGMENTO DE *TRADICIONES DE ASIDIA: UN CUENTO DE LOS DIOSES*

La mirada flamígera de Jude me devoró.

Volteé a todas partes, menos hacia él. La verdad era que mirarlo en este momento, sabiendo lo que sucedería…

Estaba aterrada por la idea de que entraría por esa puerta para nunca más volver. Que aquí —en esta tumba maldita— y ahora sería la última vez que vería su rostro inquietantemente hermoso.

Liam discutía conmigo; su voz se convirtió en nada más que ruido de fondo. Solo los latidos de mi corazón resonaban con claridad, golpeteando en mis oídos y crispando mis nervios ya de por sí destrozados.

Jake se unió a los gritos, pero mi atención se mantuvo en la puerta cerrada que me conduciría a la salvación o me condenaría al inframundo.

Yo era una criatura de luz y oscuridad…, y solo yo podía hacer esto.

A pesar del torbellino de emociones, las punzadas de mi cicatriz siguieron constantes, recordándome que Jude estaba justo allí, a mi lado, esperando.

«Míralo», me reprendí. «Esta podría ser la última vez».

Por más que no quisiera pensar así, tenía que hacerlo. Si llegaba a morir, entonces ¿qué sucedería con el fragmento de poder en mi interior?

Los sonidos regresaron impetuosos a medida que la realidad se instalaba en mí como una comezón insoportable.

La daga.

Bajé la mano y deslicé los dedos alrededor de su mango para sacar la única arma que podía matar a un dios.

Miré a Jude.

Apenas mostraba alguna emoción en su rostro y su brillo etéreo disminuyó hasta que solo pude vislumbrar rastros dorados en su iris marrón. Incluso su ojo izquierdo había regresado a ese color neblina azul blanquecina.

El dolor que torcía sus facciones me dejó helada.

El siguiente paso era más importante que nosotros: estábamos al borde de la salvación. La luz finalmente sería devuelta a nuestro reino. Los niños podrían llenar sus estómagos y los campos prosperarían con cosechas abundantes.

Si no lo lograba…, Jude necesitaba la asesina de dioses. No descansaría hasta derribar a nuestros enemigos. Encontraría una manera de salvar a nuestro pueblo de los dioses vengativos.

Nuestras miradas se encontraron cuando le ofrecí la daga que mantuve a salvo a lo largo de nuestro breve viaje y sentí que el negro metal vibraba. Él dudó, como supe que lo haría, y torció la boca. Entendió por qué le ofrecía el arma maldita en ese momento.

Solté un suspiro de alivio cuando Jude tomó el mango y metió el arma en su chaqueta, con sus ojos fijos en los míos.

Nunca esperé encontrar a Jude el día del Llamado. Nunca esperé viajar con él a la Niebla y enamorarme del hombre sensible y cariñoso detrás de la máscara de la muerte.

¿Cómo podría no haberlo hecho?

Miré sus viejas cicatrices, las mismas que había recibido antes de que despertara su magia. Odiaba esas tajadas rojas que le asestó su padre. Era apenas un niño cuando lo hirieron y todos los días había tenido que mirarlas en el espejo, recordándole al hombre que lo llamó inútil.

En tanto que Jude contemplaba a un monstruo, yo veía a un hombre que se levantó por encima del dolor y el salvajismo, que dio un paso hacia las llamas y luchó para pasar al otro lado. Es posible que creyera que su trauma lo marcaba, pero yo solo podía ver su fortaleza; su belleza.

—¿Confías en mí? —le pregunté mientras me levantaba sobre las puntas de los dedos para tocar su sien con la mía. Sus brazos me rodearon por instinto.

—Siempre —respondió con voz quebrada.

—Cuando regrese con lo que necesitamos, terminaremos juntos con esto —afirmé—. Averiguaremos una forma de salvarnos a los dos y entonces tendremos ese final que tanto anhelas.

Sentí que sus labios se torcían en una sonrisa y eso me derritió y cerré los ojos.

Una sensación cálida se encendió en mi pecho y en mi mente, nos vi solo a los dos y al sol naciente, con todas las posibilidades puestas frente a nosotros, a nuestro alcance.

En ese sueño, yo llevaba una armadura que relucía dorada y Jude... estaba radiante en una túnica marfil con hilos de oro. Una guerrera y un dios.

Me permití visualizar el futuro que tanto deseaba y, a cambio, mi cicatriz ardió brillante y sin arrepentimiento. No me dolía, pero me abrumaba de una manera que me recordó al sentimiento de amor.

Jude se separó de mí y llevó un dedo a mi barbilla para mantenerme cautiva de su aguda mirada.

—Confió en ti, de verdad; pero Kiara, juro por todos los dioses que si no regresas por esa puerta, arrasaré por completo con todo este reino.

—Qué mandón.

Jude sacudió la cabeza y unos mechones de su cabello oscuro cayeron sobre sus sienes.

—Te amo, Kiara Frey —me susurró, apenas lo bastante alto como para que yo lo oyera—. Todavía te quedan muchos años para echarme a perder.

No era tanto una exigencia como un ruego y eso derribó el último muro que rodeaba mi corazón.

—Te..., te amo, Jude Maddox —respondí, liberando por fin las palabras que estaban atrapadas. Debería haberlas dicho en voz alta cientos de veces y, sin embargo, siempre era incapaz de formarlas en mi boca, incluso cuando mis acciones transmitían lo que mi voz no podía decir.

Quizá no me había considerado digna o, tal vez, había tenido demasiado miedo de lo que pasaría si lo convertía en algo real. Me aterrorizaba que me lo quitaran en el instante en que lanzara mi amor al universo. Pero ahora decía esas dos palabras y un gran alivio atravesó como un susurro por toda mi alma. Mi corazón se sintió ligero.

Su rostro se relajó y un suspiro brotó de sus pulmones. Vi un alivio similar cruzando por su dura expresión y sus ojos se abrieron llenos de anhelo, con una felicidad que seguramente desaparecería en el momento en que le diera la espalda.

Antes de que Jude pudiera formular una respuesta, corté el contacto y miré a los demás, que nos observaban en silencio. Liam pasó saliva con dificultad e hizo su mejor esfuerzo por sonreír. Jake, que sostenía a mi hermano entre sus brazos, tenía los ojos brillantes por las lágrimas no derramadas. Y Zorro, que sostenía a Finn con firmeza, asintió en señal de aliento.

Mi cuerpo se sentía demasiado caliente; el bochorno repentino hizo que las manos me temblaran. Me dije a mí misma que eran nervios, aunque en lo profundo de mi mente sabía que eso era una mentira.

Algo había cambiado cuando le dije a Jude que lo amaba y aunque la maldición no se rompió y el mundo no se cubrió de luz —pero no era como si pudiéramos ver eso desde el interior del templo—, se sintió como el inicio de un gran cambio.

Nada de eso importaba. De todos modos, tenía que terminar esto por mí misma, así que respiré hondo y presioné contra la manija de la puerta para luego atravesarla.

CAPÍTULO CUARENTA Y DOS

Kiara

La luna es vista como un faro de esperanza; no obstante, sale en un momento dedicado a las pesadillas y a las monstruosas verdades. Por su parte, el sol, aunque proporciona una sensación de seguridad, ilumina a los humanos en sus momentos más crueles.

FRAGMENTO DE *TRADICIONES DE ASIDIA: UN CUENTO DE LOS DIOSES*

El mundo era blanco, desprovisto de todo color. La niebla se contoneaba alrededor de mis botas, de mis pantalones de seda. Di un paso más y estudié el suelo, intentando descifrar en dónde estaba parada, aunque bien podría estar caminando en una nube.

No podía ver nada más que el resplandor blanco que me rodeaba y los únicos sonidos eran el susurro de las oraciones; las palabras eran demasiado ligeras y etéreas como para discernirlas.

Di cinco pasos más y vi una escalera. Los peldaños subían, más alto de lo que podía ver, tan empinados que bien podrían haber sido una escalera de mano. El viento silbaba en mis oídos y la rítmica melodía era una versión burlona de la canción de cuna de Dimitri. Empecé a subir y me sentí a la deriva y entumecida.

Fuera lo que fuera este lugar me robaba la claridad mental.

Ascendí cada vez más alto hacia la nada. Tenía que llegar al tope, al final de esta escalinata, para encontrar la posibilidad de salvarnos a Jude y a mí misma.

«Kiara». Una voz susurró mi nombre en una empalagosa brisa floral que se alzaba más allá de los gentiles rezos en los que miles de voces se convertían en un sólo canto hechizante.

Poco a poco, la densa niebla se aclaró y vi un rellano abierto hacia un muro de piedras moradas, todas trituradas y destellantes; centelleando como si fueran vívidas llamas. La imagen era imponente, sobrenatural, pero mi atención se posó en algo que colgaba frente a mí.

Un elaborado espejo plateado fijo a una pared reflejaba mi asombro. Unas delgadas enredaderas y espinas rodeaban su marco, todas retorcidas entre sí como un interminable círculo continuo sin principio ni final.

Se me detuvo la respiración cuando vi que parecía... diferente; no era yo misma.

Aunque manchado, el corsé de tela estaba hecho específicamente para mi figura. Mi rostro pertenecía a una desconocida, todo maquillado y nebuloso, casi seductor. La chica del espejo sonrió, aparentemente porque le gustaba lo que estaba viendo.

Aún así, sabía que frucía el ceño; pude sentir como se torcían mis labios.

«Está encantado», pensé. Tenía que estar embrujado y no confiaba en nada más que en mi propia magia.

En ambos lados del espejo ovalado colgaban dos réplicas de menor tamaño. La que estaba a la izquierda parecía más vieja; el material estaba deteriorado y la superficie manchada. A la derecha, el espejo brillaba demasiado como para poder ver con claridad. Mis ojos se esforzaban más mientras más tiempo lo miraba; tuve que desviar la vista por temor a quedarme ciega.

Mi nombre sonó de nuevo y di media vuelta. No había nadie, solo la niebla.

Como si me jalara un hilo invisible, me acerqué hacia el espejo de la izquierda, anhelando mirar en su superficie desgastada; queriendo asomarme más allá de la plata empañada para descubrir las verdades que ocultaba.

Ante mis ojos se presentó una escena: volutas de humo reptaban alrededor de una solitaria figura encapuchada durante la noche. Desde lo alto de un precipicio, un hombre, que me daba la espalda, miraba una modesta aldea.

La luna era su única compañera, ya que incluso las estrellas no se dignaban a salir a jugar. No pude evitar un sentimiento de melancolía al mirarlo, inalterable en su vigilancia, como si su objetivo fuera proteger a la gente que dormía profundamente a sus pies.

La imagen tembló y se desvaneció, siendo remplazada por una nueva en la que aparecía el mismo individuo de hombros amplios. Debe haber esperado hasta el amanecer, pues cuando el orbe que yo conocía como el sol se elevó en el cielo, encorvó los hombros y la cabeza, alejándose de la aldea.

Un remolino de rostros sonrientes apareció por un instante, dejando atrás al hombre y su vigilia solitaria. Fui testigo de cómo los ojos de la gente de toda Asidia brillaban al pronunciar el nombre de Raina. Amaban al sol y se sentían a salvo bajo su presencia acogedora.

La siguiente escena mostró de nuevo al hombre, con sus rasgos aún ocultos, mientras la noche cubría el reino y lo sumergía en la oscuridad. Cerró los puños y reconocí el poder que emanaba de él; las sombras se enroscaban a lo largo de su espalda. Formaron las más hermosas alas que hubiera visto alguna vez: eran de un color negro reluciente que se estremecía y oscilaba con un brillo metálico que les daba una cualidad onírica.

De su figura brotaba una luz plateada y purpúrea que se desparramó hacia el pueblo dormido, penetrando por las ventanas y por las grietas de las puertas. En lugar de rostros brillantes, vi figuras durmientes, con sonrisas suaves en los labios cada vez que una chispa del poder del hombre los favorecía y bañaba su piel.

Sueños; les estaba concediendo sueños.

La noche se transformó en día y el sol apareció. La gente fue descartando los sueños y levantándose para alabar al orbe una vez más. Se inclinaban ante las efigies de Raina, orándole a ella y otorgándole su devoción.

Este ciclo se repitió y se sintió como si hubieran pasado años antes de que el hombre regresara; su figura ahora envuelta en el desconsuelo y sus alas caídas y opacas.

En la profundidad de mis propios huesos pude sentir su pena, su soledad. No se le reconocía el consuelo que otorgaba; los sueños que concedía. Lo pasaban por alto todas las noches y, aún así, buscaba traer paz a la gente cuando cerraba los ojos.

La imagen en la superficie del espejo se desvaneció y ahora solo mi rostro me devolvía la mirada.

El dios de la luna era incomprendido. Según lo que había visto, le importaba profundamente la gente, pero no recibía nada a cambio. A lo largo de los siglos se había llenado de amargura y una parte de mí no podía culparlo.

Fui al espejo de la extrema derecha, pero ninguna imagen se reprodujo como antes y el resplandor que emanaba de él era demasiado brillante, tanto así que me obligó a regresar al espejo del centro.

Espirales de sombras negras flotaban en círculo detrás de mí y mi rostro se convirtió en algo borroso y distorsionado.

Entrecerré los ojos y di otro paso para acercarme hasta casi chocar contra el espejo. Algo tomaba forma a mi lado…, o más bien *alguien.*

Salté hacia atrás y el hombre encapuchado me reemplazó; su imponente figura ocupaba todo el marco del espejo. Llevaba una túnica de satín con suaves hilos azules alrededor de la bastilla. Ansiaba mirar su rostro pero nunca volteó, dedicándose solo a mirar al creciente mar de noche y, aunque percibí la sensación de triunfo que brotaba por sus poros, también había una sensación de temor. Con el cuello inclinado hacia atrás, miraba los cielos, aunque no era la luna lo que buscaba…

Susurros pertenecientes a mil voces —casi idénticas a las que inundaban ahora el templo— resonaron al mismo tiempo y el hombre elevó los brazos en alto, abrazándolas todas. Las capturó —incluso aquellas que pronunciaban los nombres de los otros dioses— y el brillo incandescente que irradiaba se fue volviendo cada vez más potente.

—Se está robando las oraciones —murmuré, confirmando lo que ya sabía, aunque verlo ante mis propios ojos era otra cosa totalmente distinta.

Y, sin embargo, no sentí que fuera malvado. No en la forma en que Patrick lo fue al revelar su verdadero yo.

Este espejo encantado transmitía emociones, no solo imágenes, y este dios enigmático emanaba un verdadero sentido de propósito y amor.

Desvié mi atención del espejo. El dios de la luna no estaba empeñado en dañarnos. Pensó que iba a salvarnos a todos y que, en el proceso, al fin sería amado.

Un destello apareció casi fuera de mi campo de visión.

Una sola gema negra. Resaltaba entre todas las piedras purpúreas y el vidrio incrustados en la pared. Sin pensarlo, mis dedos acariciaron sus facetas lisas y un escalofrío me recorrió el cuerpo, haciendo que el pelo de la nuca se me erizara.

Las cicatrices que corrían como una telaraña por mis manos y brazos hacían juego con la joya mística y con las puntas ennegrecidas de mis dedos destellaron con un tono iridiscente cuando encajé las uñas alrededor de los bordes para tratar de sacar esa joya de su prisión de roca.

Un polvo fino salió volando y lo inhalé profundamente, pero seguí intentando hasta que la arranqué maldiciendo. Sostuve la peculiar gema que me llamaba de la manera más aterradora.

—Me preguntaba cuándo te ibas a aparecer.

Metí la piedra en mi bolsillo y di me la vuelta; una descarga de adrenalina me congeló la sangre.

El rey de Asidia estaba a metro y medio de distancia, con su ropaje de seda blanco que le otorgaba un aire de falsa pureza. La infame máscara de plata se curvaba alrededor de su rostro, dejando al descubierto solo su barbilla puntiaguda y sus delgados labios, además de sus ojos opacos.

Ahogué un gemido de sorpresa y sentí que el pulso me palpitaba en la garganta.

Puede que Cirian fuera un peón del dios de la luna, pero no esperaba que estuviera aquí, en una de las cámaras más privadas del dios, a cientos de metros debajo del templo.

—Rey Cirian —mascullé, sintiendo que su nombre era como veneno—. ¿Qué está haciendo aquí?

Su presencia agudizó mis pensamientos y recordé mi verdadera misión. Este hombre venía a matarme; a eliminar la esperanza de Asidia.

El rey dio un paso lánguido hacia mí y sus ojos entrecerrados se desviaron al bolsillo donde estaba oculta la gema negra. Emitió un chasquido burlón.

—Eso no te pertenece —declaró con una voz más fría que el acero—. Y yo que creí que habrías muerto mucho antes de llegar a este punto. Una pena, en verdad.

Avancé con mi daga desenvainada y llegué hasta su garganta en un parpadeo.

Una sonrisa retorcida se formó en sus labios.

—Tan propensa al enojo —me reprendió. Ahora su voz sonaba amortiguada, como si hablara desde la distancia—. ¿Qué diría tu querida abuela si te viera ahora? Creo que se llamaba Aurora. Una verdadera traidora y embustera. Si tan solo la hubiera atrapado antes de que la muerte se la llevara.

Me estremecí, pero mi mano no vaciló. Mi abuela me había ocultado muchas cosas, pero tenía que creer que lo hizo por una razón y que luchaba para el bando correcto.

—¿Qué eres? —no necesitaba aclarar, ya que ambos sabíamos a qué me refería. Podría tratar de distraerme con el nombre de mi abuela, pero no era tan ingenua.

—¿Me preguntas si soy *él*? —Cirian inclinó la cabeza y su oscuro cabello se desparramó sobre la plata de su máscara—. Pensé que ya sabías la verdad.

Su arrogancia me hizo desear arrancarle la laringe.

—Entonces, dime la verdad —exclamé furiosa cuando mi rabia aumentó. Mis sombras se deslizaron por mis manos, enredándose en mis dedos y llevando el cuchillo a su garganta.

Sin importar quién fuera, este hombre había torturado y atormentado a Jude y, solo por eso, merecía una muerte agonizantemente lenta.

Yo se la daría, pero después de obtener respuestas.

—Soy todos y nadie a la vez —respondió—. Soy el producto de un sueño.

Cuando su carcajada atravesó el aire, perdí el poco control que me quedaba. Mi daga se deslizó de mi mano y penetró la frágil capa superior de la piel, aunque no pareció importarle. Tampoco sangró.

—No hables en acertijos —espeté al mismo tiempo que miraba donde la sangre debía estar brotando—. Ya no estamos para andarnos con jueguitos.

Cirian emitió un sonido reflexivo, un murmullo profundo en su garganta. Mi cuchillo se hundió más, pero seguía sin aparecer la sangre.

—Sabes que es mejor así —respondió, volteando a mirar la habitación como si buscara un público invisible—. El sí escucha las oraciones y ha respondido más que cualquier otro inmortal. Desde la caída de Raina aceptó esa responsabilidad, aunque apenas se reconoce su arduo esfuerzo. Espero que con el tiempo, la gente acepte la noche como debió haberlo hecho hace muchísimo tiempo. Verán toda su belleza y la paz que puede brindar.

—¿Paz? —le pregunté y mi mano empezó a temblar. La sensación de que algo estaba mal se apoderó de cada uno de mis músculos a medida que sus palabras se asentaban en mi mente. Cirian admitió mis temores: él era un peón, igual que yo.

Por alguna ridícula razón, combatir con él parecía más seguro; mucho más fácil que hacerlo con un desconocido oculto entre las sombras.

—No ha habido una sola guerra en décadas —prosiguió Cirian—. Desde que él asumió el control, la gente se ha tranquilizado. El sol le traía delirios de poder a los humanos, en tanto que él les trae la calma.

Qué absoluta locura.

—Ha habido paz porque todos hemos estado luchando por traer de regreso al sol.

Cirian suspiró.

—Si eso es lo que deseas creer.

Encajé la hoja todavía más profundo y la piel empezó a despellejarse en los bordes de la incisión. Presioné hasta que brotó una podredumbre negra; el líquido viscoso se desparramó de la cortada trayendo consigo el olor de la muerte.

Los recuerdos traumáticos de la Niebla y de los enmascarados llenaron mi mente y sentí que se me doblaban las rodillas.

—L-levántate la máscara. —Mi orden hizo eco…, al igual que su risotada—. ¡Te dije que te levantaras la maldita máscara!

Cuando la amarga risa de Cirian se volvió estridente, tomé la decisión por él y le arranqué la despreciable máscara.

De mi garganta brotó un grito cuando mis pesadillas se convirtieron en realidad. No tenía rostro alguno.

Un vacío negro de cenizas giraba en un torbellino donde la máscara había estado y el resto de su piel se resquebrajó y fracturó. Era como una vasija de arcilla en un horno a una temperatura demasiado alta. Aun así, seguía riendo mientras trocitos de sí mismo caían al piso, desmoronándose en pedazos más pequeños.

—Solo soy el principio —me advirtió con voz hueca.

Volvió a reír mientras su pecho se partía por la mitad; uno de los lados se deslizó a la derecha. La negra podredumbre goteó hacia el piso y un ruido de chapoteo llenó el aire a medida que sus brazos se desprendían desde los codos. Sus delgados dedos crujieron al caerse uno tras otro y los asquerosos chasquidos me provocaron náuseas.

Era como si la máscara estuviera encantada para mantener viva la ilusión de un hombre real y ahora que se la había quitado, se había roto el siniestro hechizo que lo mantenía en una pieza.

Asqueada miré como se desintegraba el rey de Asidia en una nube de polvo y huesos quebradizos. Solo era el hediondo líquido negro desparramándose por el suelo, cubriendo las grises astillas de hueso con una sangre tan pestilente y acre como la de los hombres enmascarados de la Niebla.

Un estallido de luz abrasadora se encendió detrás de mí y cuando me di la vuelta esperando encontrar a otro enemigo, solo me topé con mi propio reflejo. Miré al espejo más grande y vi que mis facciones se estiraban horrorizadas. Las ropas de seda que se adherían a mi cuerpo estaban bañadas de sangre negra. Esta se derramaba por mis mejillas, salía de mis ojos, de mis oídos y por las comisuras de mi boca.

Un grito silencioso abrió mis labios. La chica que llevaba mi rostro era una pesadilla.

«No es real», pensé. «No es real».

El ámbar de mis ojos se volvió plateado y la sangre brotaba de las esquinas de cada ojo en riachuelos negros que se derramaban por mis mejillas.

«Todo está en tu imaginación. No eres esa cosa».

No podía desviar la mirada. Mis extremidades estaban congeladas y mi mirada se mantenía fija, incapaz de abandonar la superficie pulida y liberarme.

Los rezos que había escuchado antes regresaron como una avalancha nauseabunda y la cacofonía de voces me impulsó a subir las manos a mis oídos, de donde fluía la sangre viscosa. Mientras más fuertes se volvían las voces, más me temblaba el cuerpo y caí, desplomándome cuando un grito ensordecedor penetró el aire.

Me ahogué en una abrumadora oleada de oraciones y al poco tiempo, no podía distinguir una voz de otra. Me sofoqué en las miles de plegarias enviadas a dioses que no podían escucharlos aunque quisieran..., porque se habían enviado aquí, al templo del dios de la luna.

La gente no se daba cuenta de lo valiosa que podía ser una simple oración. Las palabras no enunciadas que se lanzaban hacia los cielos en momentos de necesidad nacían de una emoción humana pura y cruda. Venían de una parte del alma de una persona y de esa manera, obtenían vida propia.

Justo entonces, al mirar a ese espejo, sentí como si me estuviera asomando a una parte de mi alma que me provocaba terror y, sin embargo, era incapaz de reunir las fuerzas para formar una oración yo misma.

Un dolor sordo palpitaba en mis costillas, en mi pecho y subía hasta mis hombros. La noche lo cubría todo y al poco tiempo, me encontré cayendo en las profundidades del abismo donde mis sombras vivían y respiraban.

CAPÍTULO CUARENTA Y TRES

Jude

Tengo mis sospechas sobre quién es el dios de la luna...
No puedo verte en persona porque me vigila de cerca.
Por favor, ándate con cuidado y mantén a salvo a la niña.
Carta de un remitente desconocido a Aurora Adair,
año 49 de la maldición

Mis entrañas estaban hechas pedazos por el arma del miedo, por no saber. Cada respiración era como un corte a través de mi pecho, producido por una daga fantasmal que me sangraba hasta que dejarme vacío.

«Te amo, Jude Maddox».

Nunca nade me había dicho esas palabras en voz alta y ella lo hizo segundos antes de abandonarme, tal vez para siempre.

—Se está tardando mucho —murmuró Emelia entrecerrando los ojos. Se pasó una mano por su lacio cabello negro y sus dedos tenían un leve temblor; empezó a caminar de un lado a otro.

—No pensé que te importara —replicó Jake cuando su ansiedad encendió su mal genio—. Solo estás aquí por *él.* —Me miró de una forma que no era amable, aunque tampoco maliciosa—. No actúes como si te importara una mierda cualquier otra persona.

Mi madre volteó hacia mí y sus ojos marrones resplandecieron.

—A mi hijo le importa, eso es más que obvio, y, por lo tanto, también me importa a mí.

Era una afirmación muy simple, pero había sido expresada por la infame Zorro; supe que significaba más de lo que la mayoría podría entender. Ahogado por la pena y la inquietud, lo único que pude hacer fue asentir.

Después de todo, era posible que en esta monstruosa situación finalmente formaría el vínculo con mi madre que tanto había buscado. La ironía de ese hecho no pasaba desapercibida.

Emelia dejó de caminar para posar una mano ligera como una pluma sobre mi hombro y luego la deslizó hacia abajo antes de retirarla. Una especie de aceptación tranquilizadora me llegó al corazón, arrancando los años de odio que sentí por ella.

Era un principio.

—Jake, puedes verificar el tiempo…

Un frío diferente a otro que hubiera sentido en mi vida se extendió por la parte superior de mi cuerpo, curvándose sobre mi cintura. Mi cicatriz pulsó y un indicio de luz dorada brilló a través de mi camisa.

Con el ceño fruncido, me abrí los primeros botones con la esperanza de ver las conocidas líneas de las enredaderas negras y azuladas, pero estas ya no eran negras ni azules. Estaban plateadas y… latían.

La preocupación se coló en mi pecho y las señales de alarma sonaron en mis oídos. Más de esa sensación helada se desparramó desde la coronilla hasta estancarse en mi columna vertebral como los esqueléticos dedos de la muerte.

—Algo está mal —espeté, ansioso por ir hacia la puerta. Había lastimado a Liam con solo tocarla… y Kiara insistió en que era la única capaz de entrar debido a su contacto con una de las bestias del dios de la luna, pero… también yo lo había tenido.

La marca de Kiara. Esa que ella me dejó.

—Voy a entrar —declaré, mi tono no dejaba espacio para la discusión. Mi madre me tomó del brazo con mucha fuerza.

—¡No puedes! —protestó y me jaló hacia atrás—. ¡Viste lo que le pasó a su hermano!

Una aguda sensación punzante latió en mi cicatriz y el hielo de mi sangre se fue calentando poco a poco. No tenía tiempo para discutir. Esta era una señal de peligro. Era la manera en que Kiara me llamaba y le prometí que siempre estaría allí para atraparla si caía.

Me arranqué la delgada chaqueta y la lancé volando al piso. Luego me bajé el cuello de la camisa para mostrarle a Emelia las cicatrices que se asemejaban a enredaderas retorcidas.

—Kiara dejó un trozo de sí misma conmigo, sea que se haya dado cuenta o no. Seré capaz de entrar.

Ignorando las protestas de Jake y Liam y después de zafar mi brazo del agarre de Emelia, levanté la mano y presioné sobre la fría superficie de la puerta.

Un resplandor de luz blanca me cegó y el aire de mis pulmones se congeló, pero duró solo un instante.

Entré a una nube; a un reino de sueños y de niebla insensibilizadora.

—¡Kiara! —grité y comencé a correr, incapaz de ver dónde ponía los pies, pero no me importó—. ¿Dónde estás?

Corrí hasta una escalera empinada que subía hacia las nubes. El terror era mi fiel compañero mientras subía a toda velocidad por los escalones, cada vez más alto hacia la nada, perdiéndome en la magia del dios de la luna.

Mi respiración era irregular cuando llegué a la cima, donde un muro de amatista triturada y piedra blanca exhibía tres espejos complejos. No tuve tiempo de estudiarlos, pues debajo de sus imponentes superficies yacía una figura en posición fetal sobre el suelo.

Kiara.

Al pronunciar su nombre me dejé caer al piso y le agarré el hombro. Tenía los ojos ambarinos abiertos y vidriosos; estaba inconsciente.

Alejé la mano y maldije, al tiempo que volteaba rápidamente alrededor. Mi pánico volvía nebuloso el entorno y un murmullo zumbaba en mis oídos.

Exploré el espacio hasta que lo vi.

«Allí». A metro y medio de distancia de donde ella se había desmayado estaba tirado un objeto que conocía más que bien.

Me lancé hacia la máscara del rey de Asidia y mis dedos rodearon el metal denso y frío. ¿Cómo demonios había llegado allí? La volteé de un lado a otro sin encontrar ningún rastro de sangre, solo una extraña mancha de suciedad negra. No había un cadáver.

—Esa estupidez ya no importa —dijo una voz.

Arrojé la máscara y traqueteó en el piso con un discordante sonido metálico que hizo un desagradable eco en el silencio agobiante.

No. No había oído esa voz desde…

Kiara soltó un gemido a mi lado y me arriesgué a asomarme en su dirección. Seguía inmóvil, pero parpadeó y, por una fracción de segundo, juraría que detecté un destello de pánico dentro de sus ojos.

Unos pasos resonaron y escuché las pesadas botas que golpeaban la piedra con cruel propósito.

No podía mirar. Si lo hacía, confirmaría mi peor pesadilla. Me quebraría todavía más y, si perdía a Kiara también…

«Maldición».

—Te extrañé, Jude.

Una sensación helada recorrió mi espalda mientras volteaba a ver al hombre al que alguna vez consideré como mi sangre. Mi hermano. Mi familia.

—Isiah. —Su nombre en mis labios era tanto una maldición como un siniestro regalo.

Era imposible; no debería ser así, pero allí estaba: erguido, alto y tan impresionante como siempre, con una sonrisa amplia y casi gentil en los labios. Bajo su manto de seda llevaba una túnica blanca con pantalones a juego; la bastilla estaba tejida con un complejo patrón de un color plata luminoso. Su cabello oscuro, que siempre estaba bien peinado hacia atrás, ahora estaba despeinado y suelto, lo cual le daba un aire de inocencia.

Se parecía a mi amigo y sonaba como mi amigo, y, sin embargo, algo estaba horriblemente mal. No sabía si era la manera en que inclinaba la cabeza de forma más artera que juguetona o el modo en que sus fríos ojos grises se volvían cada vez más brillantes.

Tenía que creer que era un fantasma; un monstruo nacido de la cruel imaginación del templo.

—¿Jude? —me cuestionó y juraría que sonaba herido—. ¿Por qué no quieres hablar conmigo?

—Estás m-muerto. —La daga asesina de dioses cobró vida dentro del bolsillo de mi chaqueta—. Te vi morir.

Parpadeé y ese maldito día regresó a mi mente: su túnica bañada en sangre, sus ojos muy abiertos y suplicantes. Luchó contra los monstruos enmascarados hasta que lo arrancaron de mi lado e incluso entonces, justo antes de cerrar los ojos, sentí su amor por mí en lo profundo de mi alma.

Isiah se pasó una mano por el rostro con un dejo de pesar que tensaba por completo sus facciones.

—Pensaste haberme dado por muerto, completamente solo en la Niebla, desangrándome en la tierra del bosque. —Ahora su dolor era evidente—. Aunque supongo que tuve que fingir para que consiguieras la daga. Las cosas tienen que ocurrir de cierta forma o, de lo contrario, cambia el futuro que pretendes.

Quería gritar, lanzar mi ira hacia ese hombre y sus mentiras, pues este no podía ser mi hermano. Sin embargo..., la forma en que me miraba en estos momentos, con sus ojos llenos de compasión, era exactamente como me veía mi viejo amigo cada vez que regresaba de una misión; cada vez que estaba afligido y solo.

Era Isiah, aunque la verdad me rompiera en pedazos.

Isiah miró hacia el espejo de la derecha; la intensa luz que brillaba de su superficie imposibilitaba mirar el vidrio. Seguí cada uno de sus movimientos mientras se preparaba para hablar e, incluso entonces, me desgarró el sonido de su voz.

—No planeaba revelarme de este modo, pero la chica encontró lo único que podía invocarme; atraparme como a un animal. La primera piedra de luna —terminó con un suspiro—. Esperaba que hubiera perdido su poder sobre mí cuando se ennegreció hace décadas, pero al parecer estaba equivocado. —Su atención se desvió a la figura de Kiara, luego a la pared de los espejos. Sin embargo, no fue en ellos en los que se centró, sino en un ordinario agujero sobre la piedra lisa y pulida. Parecía como si algo hubiera estado incrustado allí...

Alejó la vista de los espejos y miró sus pies mientras su manzana de Adán bajaba y subía por su garganta.

—Tal vez eso me habría convertido en un cobarde, pero las cosas serían mucho más fáciles si no me hubieras visto el rostro. Supongo que no me preparé para este momento.

Recordé cómo se había detenido Kiara junto a su cuerpo cuando estábamos en la Niebla. Había dicho que vio que su pecho moverse y en ese momento, no le creí porque mi pena me nubló el juicio.

—Tú. —Esa fue la única palabra que pude invocar y sentí la garganta más seca que la arena.

Frustrado, Isiah se frotó la barbilla.

—Sí, yo. Siempre debes vigilar a aquellos que son más cercanos a ti. Creo que te lo dije esa vez.

El dios de la luna. Todo este tiempo, Isiah había sido mi único amigo y mi principal enemigo.

—¿Por qué? —Solo parecía capaz de hablar en monosílabos.

—De verdad lamento que haya tenido que ser así. —Cerró los ojos con fuerza—. Me importas y quizá si me dejas explicarte, te darás cuenta de por qué me negué a volver a traer el sol. —Empezó a caminar de un lado a otro, con las manos temblorosas a sus costados. Estaba nervioso y era incapaz de mirarme.

—No quiero escuchar nada de lo que digas. Ya no —exclamé entre dientes; el enojo y la traición me colmaron la sangre que hervía en mis venas.

No me hizo caso, pero a menudo Isiah era terco.

—¡La noche ha traído tantas cosas buenas! ¿No lo ves? —gritó y se le quebró la voz—. Ya no hay guerras, menos muertes. ¡Más *sueños*! Los sueños conllevan tanto poder, Jude; permiten a la gente ver lo que más importa en su vida. Yo se los proporciono mientras la luna los cuida durante su sueño.

Me miró y la sinceridad cubría sus facciones, que estaban contraídas por un evidente arrepentimiento.

—El sol arroja demasiada verdad al mundo y en la inclemente luz del día, los mortales dejaban que sus instintos más bajos los controlaran. Actuaban según sus maquinaciones; sus ambiciones de codicia y corrupción. Mi propósito es detenerlos antes de que se destruyan a sí mismos. Siempre los he cuidado, aun cuando me evitaban, y siempre lo haré.

En verdad creía en lo que estaba diciendo y eso era lo que más asco me provocaba. Me agarré el pecho sin darme cuenta, buscando el calor de mi cicatriz palpitante y necesitando su tibieza como recordatorio de por qué no podía sucumbir a mi dolor.

Nada de eso había sido real. Todo había sido un juego y... yo perdí.

—Los busqué por años —dijo Isiah cuando al fin me miró a los ojos—. Los tres receptáculos que llevaban la magia de Raina. De Patrick supe hace siglos, pero tú llegaste a mi vida de manera inesperada, aunque de todos modos fue una feliz sorpresa. —Los ojos de Isiah brillaron; la tierna sonrisa que cruzaba por sus labios era afectuosa.

La bilis me quemó la garganta.

—Y Kiara —continuó con lentitud, tomándose su tiempo. Fruncí los labios con desdén—. Ella era la última pieza faltante. Cuando los rumores sobre ella se propagaron, supe que el destino estaba de mi lado; una señal del universo de que finalmente había llegado mi momento de reinar.

Volteé hacia la máscara, que estaba tirada como si fuera basura. Sentí que la cabeza me pesaba por todas las preguntas sin respuesta.

—Entonces, ¿eras tú quien estaba detrás de la máscara, controlando con un hechizo al rey no muerto? —pregunté con la respiración entrecortada por la ansiedad. Sabía la respuesta, pero aun así tenía que escuchar las palabras.

Mi viejo amigo rio con ironía.

—Cirian fue mi horripilante creación, pero era necesario. Planeaba deshacerme de él cuando mi misión estuviera completada.

—¿Una creación?

—Es lo que tú conoces como un enmascarado. Una de las criaturas de la Niebla que, debes saber, no son obra mía. Después de la caída de Raina y de que se levantara la Niebla, los mortales que rondaban esas tierras fueron asolados por una maldición que los convirtió en monstruos. Yo solo aprendí cómo entrenarlos y usarlos para mi beneficio. Si la gente sentía demasiado miedo como para aventurarse más allá de las fronteras, no dejaría Asidia. No me dejarían a mí.

En ese momento me vino a la mente una idea atroz y que debería habérseme ocurrido mucho antes: Isiah controlaba al rey. Cirian volvió obligatorio el Llamado y me conocía lo suficientemente bien como para saber que seleccionaría a Kiara, lo cual también significaba…

—Tú fuiste quien me envió a las misiones nocturnas. —La traición me perforaba las entrañas como las pequeñas espinas de una rosa marchita. Y después, como el maldito enfermo que era, Isiah me consolaba, llevándome comida, limpiándome y diciéndome que todo estaría bien. Confiaba en él. Lo amaba.

Isiah desvió la mirada hacia una esquina con las mejillas ruborizadas.

—Seguí los pasos necesarios para volverte fuerte. No habrías sobrevivido en este mundo sin mí y teníamos que esperar a que Kiara se presentara.

Retrocedí trastabillando; su confesión fue como un golpe físico.

—Vete a la mierda —le respondí sin preocuparme por las consecuencias. Quería que sintiera mi ira, que supiera lo mucho que lo despreciaba antes de que lo matara de una vez por todas.

—Sé que estás enojado, pero hice lo que tuve que hacer para asegurarme de que te endurecieras lo suficiente para vivir en este mundo. Para cerciorarme de que fueras el guerrero que necesitaba que fueras. —Las fosas nasales de Isiah se dilataron—. Habrías muerto hace mucho si no hubiera intervenido y cada misión, cada golpe que te asestaron, te permitió vivir mucho más. Lo único que quisiera es que estuvieras aquí al final de todo esto. Que estuvieras a mi lado. De todos los mortales que he conocido, tú, Jude, eres realmente el que más lo merece.

Mi magia se revolcaba dentro de los confines de mi cuerpo. Quería rodearle el cuello y apretarlo. Quemarlo hasta que no quedara nada.

Antes de permitir que mi poder se liberara, el cuerpo de Kiara se movió debajo de mí, apenas un leve estremecimiento. Mi magia se calmó al instante, superada por mi temor.

—¿Qué le hiciste? —No la había matado, todavía no, pero lo haría.

Isiah tensó la mandíbula cuando mi atención se desvió de él.

—Estos espejos muestran el pasado, el presente y el futuro, aunque el último nunca me permitió ver gran cosa. Supongo que se quedó mirando demasiado tiempo a uno de ellos y se perdió en el embate de las oraciones que mantengo adentro. Solo un dios poderoso, uno con plena divinidad, es inmune a su atracción. Es probable que haya quedado atrapada dentro de sí misma y de su propia oscuridad.

Cada uno de mis músculos se trabó en su sitio.

Pensar en que estaba perdida y llena de miedo en la oscuridad encendió una chispa en mi interior que iba más allá de mi magia. Inhalé lentamente, intentando pensar sin dejarme llevar por las emociones; pensar como un comandante.

Tenía que hacerlo por *ella*, aun si eso me hacía pedazos.

Kiara debe haber encontrado la herramienta para convocarlo a este lugar, pero ¿por qué no estaba atrapado? ¿No tuvo oportunidad antes de que la derribara? Exploré rápidamente la habitación sin encontrar nada significativo. Quizá ocultó el talismán en algún sitio de su persona, pero no podía buscar en su ropa y despertar las sospechas de Isiah.

—Isiah —comencé y todo su rostro se iluminó—. No tienes que hacer esto. Nuestro reino está muriendo. Las cosechas están finalmente fracasando por completo y la gente se muere de hambre. Sin el sol, han perdido una parte de sí mismos que no pueden recuperar. Necesita haber un equilibrio.

Levanté a Kiara y deslicé su cabeza contra mi pecho, con su oído puesto contra mi palpitante corazón. Moví la mano hacia su bolsillo; tal vez había metido el talismán allí cuando él apareció.

El suelo tembló cuando Isiah avanzó para cerrar la poca distancia que nos separaba. Retraje la mano y rodeé con ella la cintura de Kiara.

—No tienes idea de lo que se siente ser para siempre el último en el que se piensa; el dios al que la gente maldecía. Soy el fresco manto de la noche, la luna resplandeciente y las estrellas distantes, pero también soy cada sombra y pesadilla que llena de temor los corazones de los mortales. Me hicieron a un lado, considerándome malvado y retorcido. Sin embargo, tú… me entendiste, ¿no es así, Jude? Eras mi amigo y tal vez debí habértelo dicho antes, pero sigo esperanzado de que cambies de opinión ahora.

Mi cicatriz punzó cuando Kiara se retorció en mis brazos. Baje la vista para ver cada línea delicada, cada faceta tersa de sus imponentes facciones. Casi parecía pacífica, pero supe que eso no era verdad.

—Al hacer esto, estás cumpliendo sus expectativas —dije intentando un enfoque diferente—. Ayúdanos a restaurar el sol sin tener que matarnos entre nosotros y serás un héroe. Te alabarán por tu heroísmo.

Había estado solo y esa era la raíz de todo; era una emoción con la que estaba demasiado familiarizado.

Isiah soltó una estruendosa risotada, aunque los ojos se le humedecieron con lágrimas no derramadas.

—De verdad que ella te cambió, ¿no es cierto? Es curioso, porque durante años intenté que fueras menos serio. Parece que lo único que se necesitó fue una cara bonita.

Un profundo gruñido creció en mi pecho. No estaba llegando a ningún lado con él. No iba a cambiar sus planes, ni siquiera por mí.

Las fracturas en mi corazón que *él* había reparado durante años se volvieron a resquebrajar. Los recuerdos de Isiah atendiendo mis heridas pasaron como un parpadeo por mi mente. Las noches que pasó en vela al lado de mi cama y me habló hasta el cansancio, sabiendo que ansiaba el consuelo para poder escapar de mis propios pensamientos. Él había sido mi familia —mi todo— y por tanto tiempo fue lo único que tuve en este mundo.

Con un carajo, no podía ni respirar.

Él fue la causa de tantas de mis penas.

—Lo dije en serio —susurró como si me leyera la mente—. Al principio eras una misión, un medio para llegar a un fin; pero con el paso del tiempo llegué a sentir aprecio por ti. Me veía en ti: un chico abandonado, visto por los demás como alguien débil. Alguien cuyo potencial había sido pasado por alto a causa de la percepción de los ignorantes. Sin embargo, aunque esto será difícil, debes morir. Solo preferiría que te sacrificaras por tu propia voluntad.

—¿Por mi propia voluntad? —respondí con voz áspera, sorprendido—. ¡Dices conocerme, pero no te das cuenta de que jamás te ayudaría con esto!

Las fosas nasales de Isiah se dilataron y me dio la espalda. Su larga capa blanca se levantó con la brisa.

No le permitiría salirse con la suya tan fácilmente. Además, otro pensamiento me torturaba.

—¿Por qué no acabaste con nosotros cuando estuvimos en ese campo? ¿Por qué esperaste hasta ahora?

Nos tuvo exactamente dónde nos quería; no tenía sentido.

Isiah dio la media vuelta con el rostro contraído, sin rastro de calidez.

—Lorian no estaba muy contento con la posibilidad de que matara a un descendiente de Raina. Me distrajo mientras ustedes escapaban.

Esa fue la razón por la que Lorian había desaparecido con tanta rapidez.

Entre mis brazos, Kiara se agitó; sus labios formaban palabras sin sentido. Parpadeó de manera rápida y su rostro se contrajo al tiempo que sus músculos temblaron en un espasmo. Parecía dolerle y me hirvió la sangre mientras un color dorado rojizo se esparcía en mi visión. La cicatriz de mi pecho estaba caliente y la agonía era apenas tolerable gracias a la bestia que asomaba la cabeza debajo de mi carne.

Cuando Kiara soltó otro quejido, apenas un suave sollozo, estuve a punto de perder la razón.

Me volví fuego y furia; no un hombre ni un dios a medias. Era la encarnación de la ira y no podría controlar mis actos aunque lo intentara.

Isiah entreabrió los labios y abrió mucho los ojos…

Toda la habitación estalló con mi furia y los rayos dorados encendieron cada rincón, iluminando el espacio hasta que pude ver cada pequeño detalle en el rostro familiar de mi enemigo.

Horror. Esa es la emoción que atravesaba sus facciones.

Yo sonreí, con mi chica acurrucada en mi brazo mientras mi poder hacía erupción, todo mientras el calor se dispersaba por todo el piso del templo.

—Regresa a mí, Kiara —le susurré y los ojos me ardieron—. No puedo perderte. —«No lo haré».

Isiah alzó la palma, pero mi luz la atravesó, concediéndome apenas el tiempo suficiente.

Con una mano puesta sobre la cicatriz de Kiara, me incorporé y corrí hacia el espejo que se la había llevado. Sin dudarlo, miré a su superficie y dirigí la mano hacia el vidrio.

La destructora noche devoró mi mundo.

CAPÍTULO CUARENTA Y CUATRO

Kiara

Aquellos perdidos no siempre lo estarán,
así como los rotos pueden recomponerse.
Pero aquellos que no han estado perdidos ni rotos
no pueden entender lo que es sanar.
PROVERBIO ASIDIANO

La noche se expandió infinitamente. Estaba rodeada de estrellas; envuelta en la oscuridad por debajo, por arriba, desde adentro.

Era la noche que cubría al reino y la silenciosa paz de la fría nada. Di un paso al frente y mi cuerpo era una sombra, una brizna negra. Las estrellas bajo mis botas resplandecían, titilantes, provocando que un placentero hormigueo me subiera por la espalda.

Olvidé por completo todo lo que había sucedido hasta este momento, incluso quién era. Me sentía ingrávida y libre, completamente embriagada por la belleza que contemplaba.

Debajo, Asidia se extendía como las venas de una hoja con sus grandes ciudades: la fatídica capital de Sciona y las múltiples aldeas desperdigadas por la campiña. Todo era brillante para mí y la luz que emanaba de los pueblos batallaba contra el fulgor de las estrellas y la tímida luna.

Me deslicé, floté y planeé sobre ese paisaje, incapaz de hacer cualquier otra cosa que venerar la oscuridad; la manera en que nos abrazaba a todos, cubriendo como una manta nuestra piel y besando nuestra vista.

Era pacífica. Tan pacífica.

Puede que haya estado volado por horas, días o años —el tiempo no importaba—, pero finalmente, el cielo se onduló y soplaron ráfagas de viento que cosquillearon mis mejillas.

Entrecerré los ojos y observé mientras unas siluetas salían de la enorme grieta en las nubes en aquel momento en que el universo pareció rasgarse. Garras y colmillos brillaron, ojos rojos destellaron y profundos rugidos ahogaron los reconfortantes vientos.

Ante mis ojos, las pesadillas se robaron el foco de atención, cayendo en cascada sobre el reino dormido como si fueran una plaga. La preocupación tensó mis hombros fantasmales y empecé a sentir que el cuerpo me pesaba demasiado, haciéndome incapaz de flotar.

Me hundí. Me desplomé cada vez más y más, cayendo como las pesadillas que abarrotaban los cielos. Durante todo esto, el miedo seguía ausente, como si reconociera que las inquietantes figuras que aleteaban en el cielo no representaban un peligro inminente; al menos no para mí.

Las pesadillas eran el precio de la oscuridad y nada hermoso existía sin consecuencias.

Sin embargo, sabía que estaba pasando por alto algo vital, que estaba olvidando trozos de mí misma. Un recuerdo se balanceaba en el borde de mi inconsciente como burlándose de mí. Un rostro anguloso y coronado de rizos negros como las alas de un cuervo flotaba ante mí, aunque los detalles seguían ocultos.

Seguí cayendo, la tierra estaba lista para devorarme y las copas de los árboles se alzaban para recibirme. El miedo empezó a cosquillear en donde alguna vez estuvo ausente y poco a poco fue llenando los resquicios. A medida que me acercaba al mundo de los hombres, más crecía el temor como una hambrienta hierba mala… o, tal vez, no era simplemente temor, sino una mezcla de anticipación y adrenalina.

Choqué bruscamente contra el suelo, aunque no experimenté dolor ni alguna otra sensación. Y ese rostro… ahora flotaba sobre mí, en una pradera de flores de medianoche y árboles carbonizados.

Todos mis recuerdos perdidos retornaron como una aplastante oleada.

Jude.

Estaba frente a mí, aparentemente sólido y no como una espantosa ilusión enviada para destruirme.

Jude se acercó y su ojo castaño se cubrió de oro, en tanto que el derecho se convirtió en una tempestad de marfil y azul, con dos líneas rojas e irregulares que lo atravesaban. Lo inhalé dentro de mí y mi cuerpo tembló con cada uno de sus pasos.

—Kiara. —Su voz áspera pronunció mi nombre como una plegaria, con un tono tan profundo que me puso la piel de gallina. Estaba a unos metros de distancia, deslizándose hacia mí en una brisa—. Te hundiste muy profundo. Estás perdida dentro de ti. —La frustración hizo que se le quebrara la voz y que sus ojos se llenaran de lágrimas.

—¿Eres real? —tuve que preguntarle; quería estar segura de ello. Levanté una mano temblorosa, demasiado temerosa de rozar su piel.

—Ahora puedes sentirme, ¿no es cierto, Kiara? Sabes que soy real. Que te seguí hacia la oscuridad para atraparte si llegabas a caer. —Jude bajó la mano hacia su pecho y tocó su cicatriz. La luz irradió bajo su palma.

Me llevé una mano al pecho, justo arriba del corazón, y sus latidos se emparejaron con el pulsante brillo de Jude.

Para cuando volví a respirar, él ya estaba a unos centímetros y sus manos se enlazaron alrededor de mi cintura; la solidez de su contacto me afianzó en este reino de sombras y pesadillas.

—Aquí estoy —murmuró casi para sí mismo—, y me niego a dejarte caer sola.

Sentí que me cubría una sensación de alivio y temor, cuya combinación hizo que cedieran mis rodillas. Jude afianzó su agarre y me levantó.

—¿Cómo...? ¿Cómo llegaste aquí?

—Shhh. —Jude ahuecó la mano para rodear mi mejilla y su pulgar secó la humedad que corría por mi rostro.

—Te perdiste. Igual que nos ha pasado a todos antes.

Me encontró, pero la duda era: ¿dónde?

Levanté la cabeza y me asomé a mirar alrededor del oscuro bosque en que estábamos parados. No reconocí nada y el pánico hizo que mi pecho se expandiera y contrajera de manera irregular. Había estado... en un vacío de niebla, donde una luz blanca y brillante destacaba tres espejos. Cirian apareció y su máscara cayó, y luego vi mi reflejo en un espejo rodeado de enredaderas y espinas plateadas.

—Pero, ¿dónde estamos? —pregunté finalmente, reuniendo la fuerza suficiente para enunciar las palabras. Cada una me quemaba la garganta. No estábamos en la tierra, no realmente, y tuve la sospecha de que el hecho de que Jude hubiera podido seguirme a este lugar era casi milagroso.

—No deberías haber mirado al último espejo, Kiara. Es demasiado poderoso para cualquier otro ser que no sea un dios. —Jude bajó la cabeza y su frente tocó la mía—. Te hechizó y te hizo caer dentro de ti misma; dentro de tu oscuridad.

Mi oscuridad era la oscuridad de Asidia; su pérdida de fe.

Volteé a mirar alrededor, observando la tierra que había conocido toda mi vida. Era un sitio tanto de miseria como de esperanza desesperada. Sin embargo, era mi hogar y no podía deshacerme del deseo de protegerla; de protegerme a mí misma, sin importar la oscuridad que pudiera haber dentro de mí.

Jude me tomó de la barbilla, forzando mis ojos hacia los suyos.

—No tenemos demasiado tiempo. Aturdí a Isiah con mi magia para seguirte a través del espejo, pero podría estar preparándose para cortarnos el cuello justo en este momento.

—Espera… —Lo empujé del pecho y me le quedé mirando alarmada—. ¿Dijiste que Isiah estaba allí? —Eso no era posible; lo vi morir.

Pero entonces me quedé quieta.

Vi que su cuerpo se agitaba con una respiración antes de dejarlo en la Niebla, pero había asumido que el cansancio había sido la causa de mi visión esperanzadora. Sin embargo…

Jude apretó los ojos y un ruido atormentado retumbó en su pecho.

—Sí, lo vi, aunque ya no sé qué es real en este momento. Si es el dios de la luna u otra ilusión retorcida. No lo creí posible, pero… —Levanté las manos como señalando nuestro entorno—. Ya nada es imposible, ¿cierto?

Estábamos varados en un mundo intermedio donde nada se sentía sólido y en el que no había certeza de que algo fuera real. Nuestros cuerpos físicos estaban en otra parte, probablemente debajo del templo y bajo la mirada vigilante de su engañoso hermano.

—Tenemos que irnos —dije con rapidez y mi magia estalló en mi pecho. No estaba segura de cómo funcionaba el tiempo en este lugar, si se volvía más lento o se paralizaba por completo, pero Isiah no dudaría en matarnos si estábamos tirados frente a él, indefensos en su templo.

Jude asintió y abrió la boca para responder, pero yo me elevé sobre las puntas de los pies y lo callé con un dulce beso. En ese instante en que nuestros labios se tocaron experimenté toda una vida de sueños que nunca llegarían a suceder: nosotros despertando cada mañana, abrazados y con el sol resplandeciente a través de las cortinas. Jude y yo a caballo, viajando por el continente —incluso más lejos— para descubrir nuevas tierras, pueblos y aventuras; nosotros en el momento de descansar cada noche, sentados cómodamente frente a una fogata y disfrutando nuestros silencios, saboreando esos preciosos momentos intermedios que la mayoría de la gente pasa por alto; viendo, sintiendo y adorando las verdades del otro con simples roces y abrazos. Sonrisas y risas. Todo a sabiendas de que ambos habíamos encontrado un hogar.

Me di cuenta de que mi magia se estaba fortaleciendo; su potencia era tal que no pdía contenerla bajo la piel.

Con Jude en mis brazos y su sabor en mi lengua, mi amor por él fluyó por mi cuerpo, rivalizando con el poder del dios de la luna y la oscura bestia dentro de mí. No; era incluso más potente.

Estábamos conectados alma con alma.

Había una forma de salir…, pero solo para uno de nosotros.

Mi poder podía utilizarse para viajar; lo comprobé cuando me transformé en sombras y me adentré en la celda de Jude o cuando surqué los mismos cielos en el bosque. Quizá había suficiente magia oscura dentro de mí como para dársela a Jude; para que lograra salir del templo, lejos de Isiah.

Si pudiera darle ambos poderes —el oscuro y la luz faltante de Raina—, Jude podría escapar; tener la suficiente fuerza como para salvar al reino y a todos los que alguna vez quisimos. Podía hacerlo: rendirme ante él para darle «todo» de mí.

Después de todo, un guerrero nace para morir.

Me alejé un poco, mis labios se encontraban apenas a un centímetro de los suyos.

—Te amo, Jude Maddox. Con todo mi ser y todo lo que alguna vez pude aspirar a convertirme.

Fue diferente a cuando lo dije antes. Esta vez no había duda alguna; ninguna barrera física ni temor alguno.

El cielo estalló y un extraño cosquilleo me hizo sentir cada vez más pesada; demasiado pesada. Sin embargo, Jude… oscilaba frente a mí, más ligero que el aire; tan ingrávido como las sombras que yo dominaba.

Las sacerdotisas del sol y su profecía tenían razón: el sol regresaría a los cielos cuando la oscuridad cayera rendida ante la luz. Jude cayó hacia la oscuridad para salvarme; para amarme. El verdadero amor no era otra cosa que sacrificio y yo acababa sacrificar todo mi ser.

Jude no tuvo tiempo de protestar, aunque el temor en sus ojos me transmitió que entendía exactamente lo que acababa de hacer.

La profecía se había cumplido, pero no habría un final feliz parta mí.

En algún lugar lejano escuché un espejo romperse en pedazos; la abrumadora divinidad rompía los antiguos estanques de plata encantada. Las oraciones escaparon y sus frenéticas plegarias salieron volando por todo el mundo, finalmente libres.

No obstante, en medio del caos, alcancé reunir la energía suficiente para susurrar esas dos palabras una última vez antes de que Jude desapareciera por completo, antes de perderse en la tenue luz y llevarse consigo el centelleante trozo del poder divino que yo contenía…, junto con toda mi oscuridad.

CAPÍTULO CUARENTA Y CINCO

Jude

Puede ser que Cerys, dios del amor, no se presente con frecuencia, pero allí está, utilizando su magia y cambiando destinos en todo el reino. Lo único que pide a cambio es que atesores el regalo que te da, ya que puede tener la potencia suficiente para alterar el curso de la historia.

FRAGMENTO DE *TRADICIONES DE ASIDIA: UN CUENTO DE LOS DIOSES*

Desperté con un grito ahogado, jadeante y buscando enloquecidamente a la mujer que había estado en mis brazos unos segundos antes, pero estos estaban vacíos.

Sin embargo, mis dedos… Cicatrices venosas marcaban cada yema y se extendían hasta mis codos. Un jadeo tembloroso brotó de mí.

Eran sus cicatrices; las marcas de la bestia de las sombras que la había atacado diez años antes. ¿Cómo era posible que ahora decoraran mi piel?

Cuando me tocó en ese reino intermedio, ¿había…

«No. Imposible».

—¡Kiara! —Grité y mi visión se fue aclarando gradualmente mientras que la luz dorada se disipaba. Di media vuelta y me descubrí frente a un bosquecillo.

Estaba en la superficie.

Yo no podía viajar como Kiara usando sus sombras. Además, estaba solo; no había ni un alma ni edificio a la vista. Busqué el agradable calor de mi poder y le permití fluir por mis extremidades y brotar libre desde mi piel. Una luz amarillenta resplandeció en mi cuerpo y arrojó un brillo ominoso sobre los bosques oscuros.

No tenía ni la menor idea de qué sucedería cuando decidí mirar al espejo, pero no creí que despertaría…, no cuando era probable que Isiah aprovechara la oportunidad para matarnos a ambos.

A menos que Kiara hubiera hecho lo que temía que había hecho.

Se había entregado a mí cuando nuestras almas estuvieron conectadas. Me ofreció su corazón, su magia, su vida misma. Me las entregó a mí —a Asidia— de manera voluntaria; todo ello mientras la adoración iluminaba su rostro. Sin temor ni arrepentimiento.

«Se restablecerá el día cuando la oscuridad caiga rendida ante la luz».

Kiara me había otorgado el último fragmento de divinidad sin necesidad de la asesina de dioses. Me dio sus poderes y, con ellos, me dotó con la capacidad para viajar… lejos del templo.

Dejándola indefensa.

«Podía estar…».

No era capaz de pensar en aquella palabra.

Todo parecía colapsar sobre mí y el cielo nocturno —que se había iluminado apenas un poco— parecía más como un techo a punto de desplomarse. Fallé, no solo a mí mismo, no solo a Asidia y a mis hermanos, sino a la persona que más me importaba y que luchó a mi lado hasta el final.

Dioses, incluso con todas las piezas de la luz de Raina unidas, seguía sintiéndose como el final.

Gruñí entre dientes cuando el poder inundó mi sistema y me hizo tambalearme bajo su inmenso peso. Mi cuerpo ardió como si se hubiera encendido un cerrillo y mis llamas se dispersaran fuera de control, incapaces de ser extinguidas.

Salí disparado, navegando a través del bosque mientras cada hoja y rama se iluminaba con el poder de la magia de Raina. De mi magia.

Una magia que posiblemente me costaría el alma.

Estaba completo.

Era un dios.

Y estaba a punto de incinerar al mundo antes de que el nuevo sol tuviera siquiera la oportunidad de salir.

CAPÍTULO CUARENTA Y SEIS

Kiara

Los ha estado engañando a todos con sonrisas falsas. Finjo ignorancia, pero conforme pasan los años, me doy cuenta de que conoce mi treta. No tengo duda alguna de que pronto vendrá por mí. Ya tiene al chico comiendo de su mano.

Carta del Teniente Harlow a Aurora Adair,
año 48 de la maldición

Solo había tenido la energía suficiente para lograr que Jude y su cuerpo físico llegaran a un sitio seguro. Fuera del templo. Lejos de Isiah.

En este momento, el dios de la luna estaba frente a mí, con las manos sobre el rostro como si bloqueara un ataque. Bajó los brazos con lentitud y parpadeó rápidamente para explorar la habitación mientras se mecía.

Me encogí donde estaba tirada en el piso. Su hermoso rostro era casi irreconocible y aunque Jude me había contado la verdad de su traición, igualmente se me hundió el corazón ante la frialdad que aparentaba.

No había forma de negarlo ahora. Nos había engañado a todos.

Isiah volteó hacia donde estuvieron los tres espejos encantados y no encontró más que fragmentos de vidrio. Maldijo y exploró la habitación antes de bajar sus helados ojos a mi figura encorvada. En las profundidades insondables de su mirada era evidente su confusión.

—Se fue —dijo entre dientes—. ¿Cómo? Hace apenas unos segundos, simplemente… —Isiah se detuvo y sus labios se cerraron cuando la molestia le oscureció los ojos.

Al parecer, el tiempo había jugado a nuestro favor por una vez en la vida.

Le sonreí al dios y sentí que el corazón se me aligeraba. Jude debería estar lo bastante lejos y con ello ser capaz de asegurar una ubicación ventajosa para atacar de nuevo. Haberlo mandado lejos le dio tiempo suficiente para asimilar la traición del que consideró su hermano y, aunque el cuerpo me dolía y sentía como si un rayo me atravesara las sienes, nunca me había sentido mejor.

Jude viviría; lo suficiente para asegurar una batalla justa.

—¿A dónde se fue? —Isiah se asomó al espejo fracturado y el enojo le encendió las mejillas.

Los tres espejos —pasado, presente y futuro— estaban rotos como si alguien los hubiera golpeado con un mazo para liberar todas las oraciones robadas.

«Qué bien», pensé. No podría usarlas nunca más. No podría robarse lo que no le pertenecía genuinamente.

Mi sonrisa se hizo más amplia, aunque me dolían las costillas y cada inhalación me provocaba una aguda punzada. No quedaba rastro de magia dentro de mí y el sutil ronroneo al que me había ido acostumbrando había desaparecido. Solo me sentí vacía… y triunfante. Isiah no tenía a Jude en sus garras y eso quería decir que había ganado.

—Tiene la daga —dije con voz ronca y sonreí maliciosa—, y la siguiente vez que te encuentre, te matará.

Isiah se lanzó hacía mí, me tomó del cuello y me levantó

hasta que empecé a patalear en el aire. Me resistí, sacudiéndome violentamente cuando acercó su rostro al mío.

—Si me mata, ¿quién regirá la luna y a todos bajo su protección? Sin mí, no existe el descanso, ni las estrellas, ni las mareas. No habría sueños. Yo gobierno las horas de oscuridad y pronto encontraré a Jude, aunque tenga tus poderes robados. —La mirada de Isiah se enterneció un poco—. Debería haber entendido. Si alguien lo pudo haber hecho, era él. Lo corrompiste de alguna manera. Arruinaste al hombre que estaba destinado a ser. —Desvió la mirada y perdió el enfoque; sus ojos estaban vidriosos.

Isiah me culpaba y eso me pareció bien. Podía retorcerme el cuello y moriría con una sonrisa. Valía la pena verlo perder la batalla, aunque no fuera a estar en este mundo para verlo perder la guerra.

Con un gruñido, Isiah me soltó y me desmoroné en el suelo.

Siguió caminando de un lado a otro, hablando en voz alta para sí mismo. Imaginé que no estaba acostumbrado a que las cosas no salieran como las había planeado. Hasta ahora, había jugado magníficamente —usándonos a todos nosotros como peones—, pero llegué yo y le tiré el tablero.

Me incorporé sobre los codos y el cuarto comenzó a dar vueltas. En mi estado actual, no tenía la capacidad de vencerlo, incluso si tuviera en mis manos la daga asesina de dioses. Lo que sea que había hecho en las profundidades del espejo —el sitio donde chocaron mi alma y la realidad— me había costado muy caro.

Pero, con un carajo, lo logré.

Estaba viva… y la parte más imposible de todo eso era que le había dado a Jude el último trozo de la divinidad de Raina. Me encontró en las profundidades de mí misma y yo le ofrecí con ansias todo lo que yo era en aquel sitio donde nuestras almas podían tocarse.

Una violenta tos me sacudió los pulmones obligándome a girar hacia un lado y quedar apoyada sobre manos y rodillas. Isiah continuó murmurando en voz baja y las sombras apenas visibles que se deslizaban a sus pies ondeaban llenas de energía. Un sabor metálico me vino a la boca y escupí sobre el inmaculado suelo blanco.

Rojo.

Debí haber sabido que las consecuencias de mis actos llegarían en algún momento.

—Es una tragedia que haya llegado a esto —exclamó Isiah y una lágrima rodó por su mejilla. Se quedó inmóvil, aunque sus sombras persistían, vibraban y se elevaban cada vez más alto por su cuerpo como si fueran humo—. Después de todo, Jude no es el hombre que creí que era.

Un remolino negro lo envolvió y destellos plateados titilaron cuando desapareció.

Su magia lo llevó a algún sitio al que yo no podría llegar, dejándome sola para morir en una habitación de infinita niebla blanca y vidrios rotos.

Ahora era una mortal que había irrumpido en tierra sagrada y la huella de la oscuridad del dios de la luna ya no estaba dentro de mí. Se sintió como si me hubieran hecho trizas desde dentro.

Mi visión se volvió borrosa. No solo era yo la que se quedaba aquí para pudrirse en este lugar. Emelia, Finn, Jake y Liam estaban atrapados al otro lado de la puerta en el palacio.

Me consolaba poco pensar que morirían juntos, mientras que yo moriría sola, en un charco de mi propia sangre.

Rodé sobre un costado y miré al espejo de en medio, al vórtice negro que giraba donde alguna vez estuvo el cristal. Por lo menos había hecho algo útil: liberar las oraciones del reino. Quizá con el tiempo fortalecerían lo suficiente al resto de los dioses para combatir contra Isiah si Jude llegaba a fallar.

Que más le valía no hacerlo.

Otra tos espantosa me hizo vomitar y la sangre caliente me subió a la garganta, quemándome por dentro. Qué no daría por una mano que me levantara en este momento. Había escuchado historias de cómo la inminencia de la muerte podía hacer que una persona anhelara el consuelo, aunque fuera de un enemigo. Con un demonio, me daría por bien servida, aunque fuera la mano de Arlo.

«Espero que ahora puedas oírme, viejo desgraciado», me burlé mientras observaba el marco del espejo más grande y la ominosa vaciedad de su centro. «Quisiera que pudieras ayudarme. La muerte no es agradable. Aunque si estuvieras aquí, probablemente me regañarías por dejar que me mataran en primer lugar».

Pensarlo me dio risa o quizá solo imaginé que reía. Me gritaría por ceder la posición de poder. De verdad que Arlo era todo un personaje…, pero lo extrañaba.

No podemos elegir a nuestra familia en esta vida y a pesar de que estaba lejos de ser perfecto, Arlo se había quedado a mi lado. Me protegió de la única forma que un dios implacable conocía. Se preocupó por mí.

Mi cuerpo se puso frío, más helado de lo que debería, y no faltaba mucho para que diera mi último suspiro. Intenté pensar en Jude y en mis amigos. Si no podía abrazarlos, quería que sus rostros me rodearan en mis últimos momentos. Eso era todo lo que tenía, pero mi mente se negaba a conservar sus imágenes y sus rostros se fueron destiñendo, esfumándose antes de que pudiera levantar la mano para asirlos.

Hasta el momento, morir no era una experiencia que pudiera recomendar.

Se escuchó un gran estruendo proveniente de arriba. Una salpicadura de arenilla cayó sobre mis párpados cerrados, que me pesaban demasiado como para abrirlos, y la suciedad se deslizó por mis labios entreabiertos. No pude toser y el aire polvoriento se metió en mis pulmones, asfixiándome.

Lo que fuera que viniera hacia mí no podía hacerme más daño de todas formas.

CAPÍTULO CUARENTA Y SIETE

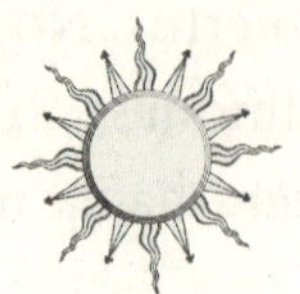

Jude

No se conoce una cura para las bestias de las sombras, aunque algunos creen que se les puede salvar cuando están en su forma humanoide. Estos académicos afirman que, dado que viven y respiran al igual que los mortales, poseen un alma. Y las almas, según afirman, pueden sanarse como cualquier otra dolencia.

FRAGMENTO DE *TRADICIONES DE ASIDIA: LEYENDAS Y MITOS DEL REINO*

Con los brazos extendidos, unas alas resplandecientes brotaron de mis espaldas como armas gemelas de cruel belleza.

La magia salió a raudales y la luz dorada me brotó por los poros, los ojos y la boca abierta. En ese momento no era humano, ni siquiera un poco. Me sentí como un dios. Uno vengativo.

Una sensación parecida a un zumbido me sacudió las costillas y un calor ancestral me hizo hervir la sangre. Cada exhalación era una llama abrasadora y cada trago era inclemente. A pesar de haberme convertido en un infierno arrasador, no había incomodidad; solo la ingravidez que me hizo volar entre las escuálidas ramas. Mis brazos hacían a un lado las hojas ennegrecidas y los escombros, acelerando el paso de regreso al templo donde todo esto terminaría.

Me impulsaban Kiara, por nuestros amigos. Ella me había concedió este don y no dejaría que su sacrificio fuera en vano. Oré por que siguiera respirando; tenía que creer que lo hacía. Mi mayor temor era que ella estaba bajo tierra, en el templo del dios de la luna, con Isiah. Indefensa y esperando ser asesinada.

«El traidor. Mi engañoso hermano».

Si mi ataque inicial no lo había herido, la mataría; si no es que ya lo había hecho para ese momento.

Se pudo haber salvado, pero esa chica insufrible me salvó a mí… otra vez.

Un rugido brotó de mi garganta cuando obligué a mis músculos a esforzarse al grado de provocarme dolor. No había señales de vida en el bosque y donde fuera que Kiara me había enviado, estaba a una buena distancia del templo, lo cual quería decir que cada segundo contaba.

¿Por qué elegía salvarme a mí por encima de ella misma, una y otra vez?

Difícilmente era digno de la vida a la que me habían destinado. Era egoísta e irritable, y despreciaba a la mayoría de la gente y las cosas. Además, había estado conforme con esa realidad la mayor parte de mi vida.

Kiara lo cambió todo.

Pronto saldría el sol; sentí la cercanía de su llegada. Cuando llegara ese momento, planeaba estar parado sobre los restos de Isiah. Aunque si la tocaba —si la lastimaba de cualquier manera—, prolongaría su tortura. Me tomaría mi tiempo con él y me deleitaría con su agonía. Las horripilantes imágenes habrían asqueado a cualquier otro, pero me había criado la mano guía del mal y temía lo que sería capaz de hacer si Kiara estuviera muerta.

Arrasé un bosque cuando fui incapaz de tocarla y los dioses sabían el tipo de atrocidades que cometería si me quitaban a Kiara.

A medida que el templo se fue acercando, el calor en mi interior empezó a mutar, a retorcerse y reformarse en algo nuevo; algo completo. Las tres piezas se estaban reuniendo, fundiéndose entre sí.

La prueba estaba en el modo en que mi marcha se aceleró y cómo el agotamiento abandonó mi cuerpo como una capa mal sujetada llevada por el viento. Los tres orbes parecieron resonar al fusionarse en una sola entidad.

También había otra cosa que flotaba en el centro de mi poder: una oscura esquirla de magia. Era la oscuridad de Kiara y sin sus sombras o sus cicatrices, solo era humana, incapaz de viajar y no apta para entrar al sanctasanctórum del dios de la luna.

Cerré los ojos y me enfoqué en su rostro, intentando con desesperación viajar como lo había hecho segundos antes, pero la magia de Raina era demasiado intensa y se sobreponía sobre todo lo demás. Solo gracias a la guía de Kiara había logrado librarme del peligro. No había nada que pudiera hacer para dominar las sombras, por lo menos no al mismo grado.

Gruñí por la frustración y el ruido salvaje sacudió los árboles. Estos se mecieron cuando pasé a gran velocidad a su lado y sus ramas muertas se curvaron como en una reverencia. Todo el bosque temblaba y el suelo que pisaban mis botas se suavizaba como si cobrara vida luego de un largo y despiadado invierno.

Adelante alcancé a ver el techo puntiagudo del templo; alto y orgulloso como la prisión de mentiras que era. Anhelaba asaltar sus puertas y destrozarlo pedazo a pedazo. Acabar con el templo de Isiah antes de acabar con él, atravesando su corazón con la asesina de dioses.

Sin embargo, por mucho que odiara admitirlo, ese último pensamiento se sentía vacío; se sentía menos como un triunfo y más como una derrota.

Mi relación con Isiah nunca fue real desde un inicio y haría lo que fuera necesario para defenderme a mí mismo y a los demás; a la gente a la que yo le importaba.

Mi bota aterrizó en el primer escalón del templo cuando una serie de aullidos escalofriantes atravesaron el aire. Diminuto y agudo, el sonido me recordó a los hombres enmascarados, pero eso no podía ser posible. Las fronteras estaban lejos de aquí y...

—Vienen para acá. Los convoqué porque te niegas a escuchar y ahora que estás... completo, no puedo arriesgarme.

Una espiral de sombras se abrió e Isiah apareció parado en toda su gloria junto a su templo maldito. Caminó resuelto y las flores de medianoche crujieron bajo sus botas. El resto de flores que rodeaba el templo empezó a marchitarse, tornándose negras lentamente.

El fuego ardía en las puntas de mis dedos, ansioso de ser liberado. Mis ojos resplandecieron y la escena frente a mí quedó iluminada con tintes rojos, amarillos y anaranjados. El poder de la diosa del sol ansiaba una matanza.

—¿Qué hiciste? —exclamé furioso al tiempo que nuevos gritos y alaridos salían de los árboles. Sin embargo, mi atención no estaba puesta en los muertos vivientes que se aproximaban para ayudar a Isiah—. ¿Qué le hiciste a Kiara?

—Le dejé en el templo —respondió con absoluta tranquilidad—. Se liberó del don que le concedió la bestia de las sombras y ahora es completamente mortal. —Levantó una ceja desdeñosa al mirar mis manos: las cicatrices de Kiara me cubrían los dedos, las manos y los brazos; su último regalo.

Llamas ardientes brotaron de mi frente como una despiadada corona. Iba a acabar con él y me tomaría mi maldito tiempo tanto como quisiera; lo gozaría.

Unos pasos golpearon la tierra y me di cuenta de que lo que fuera que Isiah había liberado estaba a punto de llegar.

—Los enmascarados responden a mis órdenes y dado que te niegas a salvar a tu reino, los invité con la esperanza de que puedan… persuadirte de entregar la daga. Jude, tú dificultaste las cosas, no yo. —Isiah apretó los puños y cuando miró mis llamas, sus ojos se pusieron vidriosos—. Fuiste lo más cercano a un amigo que he tenido. Qué decepción resultaste ser. —La última frase la dijo como un susurro y dudé de que hubiera querido decir aquellas palabras en voz alta.

—Tú sí fuiste mi amigo —respondí y los ojos me ardieron por las lágrimas—, ¡pero los amigos no se manipulan por años! ¡No fingen que les importas cuando planean sacrificarte!

—¡Es por todos nosotros! —argumentó Isiah—. Es por toda la gente que puedes salvar. El reino entero. Tu adorada Kiara. Sé que siempre quisiste ser un héroe, uno de verdad, y ahora te estoy dando la oportunidad.

No podía creer que este fuera el mismo hombre que me abrazó aquella noche cuando tuve que matar por primera vez en nombre del rey; que me susurró tranquilizador al oído y me trajo un té; que me frotó la espalda hasta que los parpados me pesaron y el sueño me llevó en sus brazos.

—¿Todo fue mentira? —lo cuestioné, pero más para mí mismo—. Tuvo que ser o quizá ni siquiera eres él.

Tal vez se había robado el rostro. No era posible que nadie mantuviera esa farsa por años. El dios de la luna tenía la fama de cambiar de apariencia con tanta frecuencia como le convenía…

—Soy el que siempre he sido y, sin importar cómo termine esto, siempre te querré. Sin embargo, esta es otra muestra de lo lejos que estoy dispuesto a llegar para salvar a los mortales de su propia destrucción. Sacrificaría a la persona más importante de mi vida; a mi hermano.

Una punzada me laceró el pecho y la cicatriz de Kiara despertó. Contra toda esperanza, recé porque eso significara que seguía viva. Resistí el impulso de tocarla en mi pecho, a sabiendas de que Isiah podría verlo.

—No eres mi hermano —respondí y la amargura tiñó cada sílaba.

Unas sombras se enroscaron desde los hombros y cuello de Isiah, elevándose en el aire y formando alas. Eran parecidas a las que le habían crecido a Kiara y, sin embargo, en tanto que las de ella brillaban con tono plateado, estas eran de un tamaño tan horripilante que paralizaba el corazón, irregulares y desprovistas de cualquier luminosidad.

Mis propias llamas zumbaron desde mi espalda, elevándose en las alturas y emitiendo un brillo que cubrió de oro el lugar. Incluso mientras la luna brillaba sobre nosotros —en reacción a la magia de Isiah—, mi poder me tranquilizó al ser un recordatorio físico de que no era el mismo niño indefenso que Isiah había manipulado por años.

Estábamos uno frente al otro, fuego y oscuridad puros, y el corazón se me partió en dos. Isiah había sido la única fuente de luz en mi vida por tanto tiempo. Sin él, me habría quebrado hace mucho. No pude pasar por alto lo irónico de la situación.

—Mi querido hermano, veo tu renuencia, tus dudas, y eso enternece mi alma. —Las sombras de Isiah se asentaron, retorciéndose alrededor de su cuello como si no fueran más que una serpiente mascota—. Si tan solo no tuvieras que morir; sin embargo, te prometo que lo haré con rapidez si me lo permites. Inmortalizaré tu nombre y vivirás en mi corazón mucho después de que tu cuerpo haya desaparecido. Esa es mi promesa.

Atacó con tanta rapidez y de manera tan repentina que no tuve tiempo para reaccionar. La negrura brotó de sus manos y el estallido me lanzó volando al otro lado del claro. Azoté con fuerza contra el suelo, aterrizando sobre mi brazo derecho. Tosí, lanzando vapor y escupiendo un líquido negro y viscoso que brotó de mis labios y cayó al suelo, convirtiendo en hollín todo lo que tocaba.

Debí haber atacado cuando tuve la oportunidad, pero dudé como un tonto sentimental.

—Vamos, Jude. ¡Puedes hacer algo mejor! ¡Yo no te enseñé eso! Si no estás dispuesto a aceptar tu destino, por lo menos intenta luchar contra mí.

Cerré los ojos y saqué de mi mente sus palabras. En su lugar, me enfoqué en un encantador rostro enmarcado en oro. La cicatriz me dolió cuando la imagen etérea de Kiara se volvió más clara: sus suaves aunque feroces facciones; sus labios, que probé y besé, torcidos en una sonrisa coqueta y taimada; sus ojos que siempre me recordaron al sol de mis sueños.

Mientras colocaba la mano sobre mi cicatriz doliente, me levanté. El impulso de luchar no me había abandonado todavía.

Antes de que Isiah pudiera pensar en algún estúpido comentario sarcástico, lancé mi poder avivado no solo por el dolor o la ira, sino por lo que Kiara me inspiraba. Una emoción que amaba y deseaba llevar en mi corazón hasta mi último aliento.

El fuego lamió la tierra en dirección al dios de la luna.

Mis llamas avanzaron y lo golpearon con la suficiente fuerza como para tirarlo de espaldas. Sin darle oportunidad de recuperarse, lo rodearon, atrapándolo en un anillo de calor impío que agitó su capa blanca alrededor de su figura alta y musculosa.

La sonrisa que esbozó posteriormente me hizo detenerme y un segundo después me di cuenta de la razón de esta. Los gritos de los muertos vivientes se filtraron entre los árboles que rodeaban el templo. Ojos brillantes como el acero se centraron en mí, la presa que buscaban.

—Llegaron —dijo Isiah y apuntó con la barbilla en dirección de los monstruos.

CAPÍTULO CUARENTA Y OCHO

Kiara

Arlo es un ser enigmático. Si bien le entregó la asesina de dioses al amante de Raina, después de que esta cayó se dice que viajó hacia el templo vacío de la diosa. Una vez allí, supuestamente se dejó caer de rodillas y pidió perdón. Su envidia había traido la devastación, pero yo sostengo que anhela resolver los errores de su pasado. Incluso los dioses son notablemente humanos en ocasiones y eso me da esperanza.

Encontrado en el diario de Juniper Marchant, sacerdotisa del Sol, año 5 de la maldición

Unos brazos de acero me rodearon, apretándome con tal fuerza que me costó respirar.

En mi aturdimiento, reconocí el aroma a bosque abierto y ese perfume trajo a mi memoria el choque de espadas y el chocolate caliente; la lluvia abundante y el sudor; los estándares que nunca pude satisfacer y el elogio que buscaba con tanta desesperación.

—Hola Kiara —la voz de Arlo murmuró en mi oído—. No te preocupes. Te gritaré en cuanto te haya salvado.

«Arlo».

Mis plegarias desesperadas llegaron a él.

Me le quedé mirando fijamente por unos valiosos segundos que sabía que no tenía. Contemplé su rostro arrugado y mi corazón se llenó de alegría al ver la preocupación que desfiguraba su frente. Vino por mí. Me sacó de la tierra y me abrazaba, sosteniendo contra su pecho mi cuerpo malherido con toda la dulzura de la que era capaz.

Los ojos se me llenaron de ardientes lágrimas que hicieron que su figura se hiciera aún más borrosa. Su agarre se hizo más fuerte cuando me vio en ese estado.

Teníamos que estar en algún lugar exterior porque el aire era fresco y escuché el ruido de las hojas que se agitaban cerca de nosotros. La tierra suave se filtró a través de mis manos abiertas cuando me sujeté para incorporarme, aunque no pude hacerlo.

—Mis amigos —dije con voz áspera y me rendí en los brazos de Arlo—. Están atrapados.

Arlo chasqueó la lengua.

—Por una vez en la vida, ¿puedes pensar en ti misma? Dudo que se estén desangrando en este momento—. Movió mi cabeza para acomodarla contra su pecho—. ¿Ya olvidaste todo lo que te enseñé? Sálvate a ti misma antes de intentar ayudar a los demás.

—Sí, sí —respondí y vomité otro chorro de sangre de los pulmones—. No le sirves de nada a nadie si estás muerto. —Usé un tono de voz más profundo para burlarme del suyo. Estando al borde de la muerte, probablemente alucinando al que pensé que era mi tío, elegía el sarcasmo como mi arma predilecta. Encajaba con la situación.

Se enojó.

—Y pensar que te extrañaba.

—Ese fue tu primer error —exclamé provocadora, aunque su confesión hizo que mi corazón se acelerara. Yo también lo extrañaba, añoraba su presencia mandona y su ceño fruncido. Su voz gruñona y la forma en que me regañaba cuando sabía que podía hacer mejor las cosas. Curiosamente, me sentía segura con él y supuse que verlo en mi estado actual no fue lo peor que me podía pasar esta noche.

Arlo se tranquilizó y soltó un profundo suspiro que agitó mis huesos.

—Te estás muriendo, niña —susurró y sus facciones se volvieron más borrosas—. Cuando te abandonaron tus sombras, el templo te rechazó y envenenó tu sangre. No falta mucho para que ese veneno llegue a tu corazón mortal.

Puede que estuviera delirando por la pérdida de sangre, pero casi podía jurar que sus manos heladas acariciaron mi mejilla en un momento de ternura.

—Todos tenemos que morir en algún momento —respondí con voz tenue. Además, ¡qué manera de morir! Habría sonreído si tuviera la energía suficiente.

—Sí. Siempre estuviste destinada a morir —murmuró Arlo en voz baja y suave. Me meció en sus brazos—. Pero entonces, ¿por qué es que me cuesta tanto dejarte ir?

Me quedé inmóvil ante su confesión. El hombre al que conocí como Micah nunca demostró tales emociones; nunca me meció en sus brazos ni frotó mis mejillas, intentando llevar la vida a mis facciones. En este momento se sentía más como un desconocido que cuando descubrí su verdadera identidad.

—¿Te estás ablandando, vejete? —sonreí con los dientes probablemente llenos de sangre. El sabor a metal era lo único que tenía en la boca.

Las personas al borde de la muerte nunca eran capaces de narrar por completo su experiencia. Ahora que me encontraba en esa situación, me resultaba sorprendentemente pacífica. Mis extremidades estaban adormecidas, mi cuerpo estaba frío y se apoderó de mí un extraño sentimiento de aceptación.

Dejaría esta vida después de haber ayudado a quienes amaba y una pequeña parte de mí viviría por siempre en el corazón de Jude. De manera egoísta oré porque me sintiera dentro de él en el instante en que derrotara a Isiah y devolviera el sol a los cielos. Esperaba que viera ese primer atardecer y sonriera, recordándome.

—No. —La dureza en el tono de Arlo me sacó de mis ensoñaciones—. Siento que te estás yendo y… no lo voy a permitir. Invertí demasiado; sería un desperdicio que murieras tan joven después de todo mi entrenamiento y esfuerzo.

Traté de reír, pero no salió nada. No sentía el rostro.

—Quizá no comprendas la importancia de esto, Kiara Frey, pero debes saber que lo que estoy a punto de hacer no debería tomarse a la ligera. Un acto así solo puede hacerse una vez y, contrario a lo que sucedió con Raina, tengo fe en que no me clavarás un cuchillo en el corazón.

¿De qué hablaba? Los párpados se me cerraban y el peso del acogedor vacío me llamaba de regreso a casa.

—Cuando Raina volvió inmortal a su amante, ató su corazón al suyo. Cuando él se lo rompió, nunca volvió a amar de la misma manera; era físicamente incapaz de hacerlo. —La voz de Arlo sonaba amortiguada y me esforcé para oírlo. Pensamientos sobre Emelia llegaron a mi mente: lo difícil que debe haber sido crecer con una madre incapaz de sentir amor, sin importar cuánto añorara esa emoción—. Pero como no tengo un verdadero amor que ofrecerte, ni un corazón que lata en sincronía con el tuyo, te ofreceré la siguiente opción que me queda. Espero que no hagas que me arrepienta.

Por supuesto que tenía que agregar esa última oración. Arlo no era del tipo que usa expresiones sentimentales.

—¿C-cómo?

—Calla —me ordenó con firmeza—. Puedo atar tu fuerza vital para que estemos conectados. Tú y yo somos testarudos y aunque he sido duro contigo por muchos años, debes saber que estoy… orgulloso de ti. Estás hecha de la misma determinación que yo y al parecer, nuestras almas están conectadas de otras maneras.

Sentí que me levantaban para colocarme sobre la tierra dura, pero no me importó; podría estar acostada en una cama de clavos y no sentiría nada. El profundo timbre de Arlo era una melodía, una canción de cuna como la de Dimitri que aliviaba mis dolores y me hacía sentir en paz.

—Recuerda estas bonitas palabras porque es la única vez en que las escucharás de mí boca. Es probable que de todos modos las olvides, lo cual sería preferible. No quisiera que se te meta en la cabeza ninguna estúpida idea sentimental.

Antes de perder la conciencia, alcancé a ver unos tallos que brotaban del suelo y rodeaban mis extremidades, sosteniéndome. Incapaz de luchar, me quedé tirada allí, sin importarme lo que le sucediera a mi cuerpo mortal. De todos modos, mi mente empezó a dejarse llevar.

—Ahora bien… —Arlo se frotó la barba encanecida y sus ojos acerados se entrecerraron—. Esto podría dolerte un poco.

Me desmayé en el instante en que sus manos me oprimieron el corazón.

CAPÍTULO CUARENTA Y NUEVE

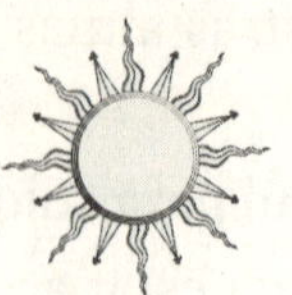

Jude

Debajo de la falsa bravuconería, veo lo sola que se siente Kiara en realidad; cuánto ansía la aceptación. Sin embargo, algunas personas no nacieron para encajar en este mundo, sino para romperlo.

ANOTACIÓN EN EL DIARIO DE AURORA ADAIR, AÑO 42 DE LA MALDICIÓN

El ataque vino de todos los flancos.

Gente que había dado su último suspiro largo tiempo atrás invadía ahora el terreno. La mayoría llevaba telas envueltas alrededor de sus rostros corrompidos y la podredumbre se asomaba a través de los lienzos mugrientos. Sin embargo, otros no las llevaban; no parecía importarles la ausencia de trozos de sí mismos o que éstos colgaran de un delgado tendón a punto de romperse.

Levantaron en alto sus armas oxidadas a medida que descendían corriendo por la ladera, escapando del refugio que les proporcionaban el bosque. Sus ojos estaban muy abiertos y eran inhumanos: pozos sin fondo que brillaban cada vez que sus miradas se posaban en mí.

Mi magia y mi alma eran una sola y, juntas, reaccionaron antes de que mi mente estuviera al tanto de ello.

Las llamas detonaron de mi cuerpo, cubriendo cada centímetro de mi piel hasta que me convertí solo en calor y fuego. Un zumbido placentero me hizo estremecer; un ronroneo que expresaba la divinidad que había en mi sangre.

Era una fuerza, no Jude Maddox: el simple mortal. Me convertí en algo mucho mayor que la carne y la sangre.

Arrojé mis llamas hacia la horda de atacantes, prendiéndoles fuego de un solo golpe. Sus gritos agudos perforaron la noche y aquellos sin lenguas o labios se sacudían sin control antes de sucumbir a su muerte final.

«No están vivos», me recordé. Debería haber sido fácil ver como esos monstruos caían, pero alguna vez habían sido personas que tuvieron el infortunio de caer víctimas de la maldición.

La risa de Isiah me persiguió mientras daba zancadas a lo largo del terreno con llamas que brotaban de mi pecho, mis ojos y mis manos. Chocaban contra algunos de los muertos vivientes, pero eran demasiados como para acabar con ellos por completo.

Aquellos que escaparon de mi fuego atacaron con rapidez. Uno de los desgraciados levantó su espada al mismo tiempo que yo destruía a algunos de sus abominables compañeros y dirigió su hoja desafilada hacia mi corazón. Antes de que pudiera esquivar, su arma hizo contacto.

El acero se hundió en mi pecho y un dolor ardiente brotó de la herida, oscureciendo por un momento mi visión mientras unas manchas negras danzaban en la periferia de mi ojo derecho. La sangre brotó, pero en cuanto saqué la hoja de mi cuerpo, mi dolor se transformó en un hormigueo tolerable; había experimentado cosas peores a manos de Isiah. Miré sorprendido cuando la carne se entretejió y la herida quedó cerrada.

El muerto viviente se detuvo e inclinó la cabeza; no tenía oportunidad alguna frente a mí.

Un rugido salió de mi garganta y dirigí mi ataque a su pecho, justo donde me había hundido su arma. La criatura lanzó un alarido al mismo tiempo que trastabillaba hacia atrás para después explotar y sus huesos y carne grisácea llovieron del cielo. Cuando terminé con él, no quedaron ni siquiera cenizas.

Me apreté el pecho, triunfante, y sentí la mirada de Isiah puesta en mí.

En su mente, yo estaba destinado a morir, ya fuera que se preocupara por mí o no. Sin embargo, no importaba que enviara a todos los hombres enmascarados que quisiera... Solo la asesina de dioses podía darme muerte y yo poseía dicha arma.

Tal vez Isiah había estado demasiado pasmado por mi desaparición de las profundidades de su templo como para recordar que yo tenía el arma. O quizá simplemente no me consideraba una amenaza y planeaba recuperarla después de que sus bestias me debilitaran.

Su soberbia sería la causa de su derrota.

Vería el amanecer y salvaría a mi chica. Yo decidiría mi propio destino: yo lo valía.

La Niebla se arrastró desde la maleza, envolviendo las botas de mis enemigos y subiendo por sus piernas y torsos. Estaban hambrientos; estiraban sus cuellos en ángulos imposibles y sus ojos opacos buscaban su presa.

Liberé una oleada de fuego a través del campo ennegrecido y sentí que mi magia fluía fácilmente de mí. El fuego rodeó los cuerpos de los muertos vivientes, carbonizándolos y llenando el aire con un humo fétido.

Pero entonces escuché gritos en la distancia, gritos humanos. Probablemente aquellos seres habían descendido como una plaga sobre las casas y aldeas cercanas para devorar a los habitantes y provocar el caos.

—¡Dejas que asesinen a la misma gente que dices proteger! —le grité por encima del hombro al percibir la mirada penetrante de Isiah. Sin aliento, acabé con una de las criaturas que se aproximaba blandiendo un mazo oxidado; la mandíbula le colgaba y la podredumbre y el moho crecían sobre su nariz y labios.

—Sé que es doloroso, Jude, pero a veces el mundo tiene que arder para poder volver a nacer —respondió sombrío—. Todos renaceremos de las cenizas, unidos y más fuertes. Además, lo considero como un pequeño incentivo para que aceptes tu destino. Date por vencido.

El amigo al que tanto había querido había muerto en la Niebla y me negaba a creer que el monstruo a mis espaldas compartía su corazón. Su rostro seguía impasible, carente de toda emoción, y eso me heló hasta la médula.

Un aullido sacudió las ramas de los árboles y el vello de mis brazos se erizó. Volteé hacia los bosques lentamente. Unos ojos azules brillaron y unos lamentos inquietantes precedieron al sonido de patas golpeando contra la tierra. Venía algo. Muchos algos.

«¿Qué demonios está pasando?».

Una figura adquirió forma a las orillas del claro. Su estatura era pequeña y su cuerpo delgado, y largos mechones de pelo flotaban detrás de ella. Los feroces ojos azules resplandecieron al acercarse y me preparaba para lanzar otro estallido de fuego cuando pude distinguir finalmente el rostro de la recién llegada.

—Ah. Veo que empezaste la fiesta sin mí. —Maliah se ajustó el cinturón lleno de dagas. Docenas de armas adornaban su grácil figura, su piel cobriza brillaba bajo las estrellas y sus ojos verdes como esmeraldas eran sorprendentes, incluso a esa distancia—. Y yo que pensé que llegaba temprano.

Después de todo, no nos había abandonado. La euforia floreció dentro de mí y alimentó mi magia.

La diosa de la venganza no le tenía miedo a ensuciarse las manos.

Por otro lado, Isiah estaba lejos de sentirse complacido. Se pasó una mano por el cabello oscuro y frunció el ceño.

—No te metas en esto, Maliah, y quizá te deje vivir.

Ella siguió adelante con una sonrisa de falsa modestia mientras arrojaba dagas sin siquiera apuntar hacia los muertos vivientes que salían en desbandada. Cada hoja dio en el blanco y la sangre negra empezó a brotar del centro de sus frentes. Maliah no les prestó atención.

A su lado merodeaba Brax, junto con otros de los jaguares de Lorian. Debían ser más de diez bestias gigantes que corrían en varias direcciones con intención de arrancarles el cuello a sus enemigos.

Maliah era como una visión sagrada: una guerrera que luchaba por su pueblo.

—Es posible que haya estado demasiado débil como para enfrentarte —señaló, engañosamente tranquila—. Pero afortunadamente, ya no estoy sola.

Mi pulso dio un salto y tuve una sospecha.

—Incluso con Jude a tu lado, te derrotaré. —Isiah atacó, dirigiendo sus sombras a la deidad.

Ella rio antes de tomar un escudo desgastado que llevaba en la espalda y lo clavarlo en el suelo, arrodillándose detrás de él. Las sombras chillaron al chocar contra el metal, escabulléndose como si les doliera.

—Tú tampoco puedes matarme —replicó—. Además, nunca fue nuestro propósito matarte. Ese es su trabajo. —Inclinó la cabeza hacia mí.

—Ya lo habría hecho si eso quisiera —argumentó Isiah con voz quebrada. Todavía trataba de convencerse.

Maliah bajó la voz.

—¿Imagino que encontraste la piedra de luna? —Yo asentí, pero sentí que el temor se asentaba en mi estómago. Kiara fue la última que tuvo en sus manos el talismán—. Bien. —Volteó hacia Isiah, más confiada que antes, si es que eso era posible.

»Isiah, deberías saber que el dios de las bestias está absolutamente furioso contigo por robarle sus poderes e intentar acabar con los descendientes de Raina. Yo que tú me prepararía, porque no tiende a perdonar.

Mientras Isiah entreabría los labios y buscaba ansioso entre los árboles, la risa de Maliah sonó como campanas. Esto era para lo que ella vivía, para la batalla, para el juego. Su sonrisa se volvió más amplia.

—Lorian siempre ha sido del tipo sentimental, aunque frecuentemente demuestra su cariño por medios... menos afectuosos.

Justo en ese momento, Lorian salió de los matorrales, aunque sin la misma teatralidad de su antecesora.

El gigantesco hombre corrió a la izquierda de Maliah, tenía una piel de lobo cubriendo sus amplios hombros y llevaba el cabello blanco como la nieve atado con correas de cuero. No habló, pero su mirada quedó fija en mí por un instante y asintió de manera tan sutil que lo habría pasado por alto si no hubiera estado tan concentrado en su estoico rostro.

—Ahora sí —Maliah aplaudió—, vamos a poder divertirnos de verdad.

CAPÍTULO CINCUENTA

Kiara

Algunas de las sacerdotisas de la tierra y el suelo dicen que Arlo se dirige al oeste. De ser cierto, seguramente va en camino a verlas a ti y a la niña. Más le vale entrenarla como es debido o intentaré matarlo con mis propias manos, tenga o no una daga embrujada.

Carta del Teniente Harlow a Aurora Adair,
año 40 de la maldición

El dolor finalmente cesó.

En cuanto Arlo puso las manos sobre mi pecho, el agradable entumecimiento de la muerte desapareció de golpe; sus dedos emitían destellos de energía pura y sin restricciones.

Me quedé tirada allí, incapaz de hacer otra cosa que aceptar ese implacable dolor. No quemaba como el contacto de Jude y su poder tampoco era helado como el de mis sombras. La magia de Arlo era devastadora; su fuerza parecía desgarrarme la carne como manos escarbando en mis entrañas.

—Aguántate —me ordenó Arlo desde algún sitio encima de mí—. Nuestras sesiones de entrenamiento fueron más dolorosas que esto.

—I-imbécil —respondí con voz quebrada y mi visión fue aclarándose de manera gradual. El dios me observó con los ojos entrecerrados y los labios torcidos en una mueca.

—Seré un imbécil, pero soy el imbécil que te ha ayudado a mantenerte con vida todo este tiempo. —Me rodeó con ambas manos y me levantó en el aire. Apenas recuperé el equilibrio antes de que me pusiera en el suelo. Cuando me tambaleé, me lanzó una mirada de advertencia.

Poco a poco empecé a sentir las puntas de los dedos y un hormigueo punzante asaltó mis piernas. Me había transformado de un modo que no puedo describir. Todavía era humana, pero energizada por un poder que zumbaba a través de mis huesos.

—H-había olvidado lo e-empático que puedes ser, *tío*. —Mi sarcasmo no tuvo el impacto deseado gracias mi voz temblorosa, así que en su lugar, traté de poner mi mejor mirada de desdén—. ¿Qué m-me hiciste? ¿Me r-retorciste las tripas?

Tuvo la audacia de reírse.

—Qué dramática. Solo te salvé la vida, muchacha desagradecida. —La mano de Arlo se mantuvo en el aire detrás de mi hombro, preparándose para sostenerme en caso de perder el equilibrio—. El dolor no sirve de nada si no se obtiene nada.

Gemí.

—Siempre filosofando.

—Siempre tengo razón —me corrigió, finalmente retrocediendo unos centímetros. Tosió incómodo y luego exploró con la mirada los bosques por encima de mi hombro, evitando mis ojos.

Estiré los brazos al frente y flexioné los dedos de mis manos y pies. Tenía un dolor persistente en las extremidades, pero fue disminuyendo con cada movimiento tenso.

Bajé la mirada para examinarme; esperaba ser diferente de alguna manera después de haberme vinculado a un dios…, pero seguía siendo yo. Aparentemente nada había cambiado. Mi ropa estaba manchada, mis pantalones desgarrados y mi corsé lleno de sangre. Parecía medio muerta con la cantidad de sangre que manchaba la seda; sin embargo, el don de Arlo me concedió energía. La voluntad de luchar.

Todo estaba en su sitio, excepto…

Excepto… por mis cicatrices. Mis manos ya no tenían esas enredaderas retorcidas y mi piel estaba tersa donde las cicatrices habían crecido hasta rozar mis codos.

—Eso pasó cuando le presentaste tu alma al chico —exclamó sin ocultar una mirada despectiva.

—Yo… —No sabía qué sentir. Una parte de mí estaba desnuda y de alguna manera, las extrañaba.

Arlo se rio burlón cuando bajé los brazos. De todos modos, él no lo entendería.

—Hiciste lo correcto, pero ahora tendrás que depender solo de ti misma, lo cual debería bastar en vista de todo el tiempo que invertí en ti. Seguramente «debería» ser así —refunfuñó. Luego volteó súbitamente hacia un lado, hacia donde mis oídos, que todavía zumbaban, detectaron ecos de gritos.

«Jude».

Una oleada de pánico me devoró.

—¿Dónde está Jude? —pregunté mientras buscaba la asesina de dioses en mi persona. Por supuesto, se la había dado a él. Todavía tenía mi propia daga en la funda sobre la cadera, aunque era mediocre en comparación.

Si la marca de la bestia de las sombras desapareció, eso también significaba… Me llevé la mano a la cicatriz del pecho que me ataba a Jude y suspiré aliviada cuando mis dedos rozaron la piel irregular y gruesa a un par de centímetros por debajo de mi latiente corazón. Seguía allí.

De alguna manera, contra todas las probabilidades y a pesar de haber sido salvada y renacida, seguía conservando la única cicatriz de la que nunca querría separarme. Supongo que algunos vínculos no podrían romperse.

Arlo me tomó de los hombros para obligarme a mirar sus fríos ojos.

—La gente cree que el poder viene de la magia, pero eso está muy lejos de la verdad. Por mucho que me atribuya el mérito de tu habilidad —sus fosas nasales de abrieron mientras hacía una pausa—, fuiste tú quien se esforzó por adquirir tal fortaleza; por lograr esa capacidad. Y lo hiciste sin la ayuda de una sola chispa de influencia divina.

Me quedé inmóvil.

—¿Eso es un elogio?

Arlo me empujó como si tuviera la peste.

—Ten —gruñó mientras tanteaba la funda de su cadera para sacar una espada que me dejó babeando. Liso e imponente, el acero pulido acogía una empuñadura verde esmeralda. Gemas ambarinas estaban incrustadas en el metal, envueltas en enredaderas de latón y afiladas espinas rodeaban la magnífica empuñadura—. Tómala antes de que cambie de opinión. —Arlo me la ofreció, aún sin mirarme, y noté que su mano temblaba ligeramente.

Este no era un simple regalo.

Me quedé boquiabierta, pero de todos modos levanté la mano, incapaz de evitarlo. Sentía más necesidad de tener una pieza de artesanía tan sorprendente en las manos que de respirar otra vez.

—Apresúrate. Tu comandante te necesita —me recordó.

Tomé la poderosa arma y mis extremidades zumbaron cuando se elevó mi adrenalina. Se acercaba el momento de pelear, pero me faltaba hacer una cosa antes de entrar en batalla.

—Mis amigos —dije con voz débil, pensando en el lugar donde seguían prisioneros—. ¿Puedes ayudarme a llegar a ellos? Están atrapados justo afuera del portal que lleva a la habitación de los espejos.

Arlo volvió a refunfuñar. Era más un oso que un hombre y quizá era el más adecuado para el puesto de Lorian.

—Niña, pides demasiado de un dios debilitado. En especial después de que rompiste mis espejos.

—El dios de la luna te los robó primero —murmuré, pero él ya estaba alejándose, obligándome a seguirlo. A unos nueve metros de donde me había salvado, un enorme abismo se abría en la tierra. Debe haberme sacado de allí.

Me asomé y detecté un indicio de humo blanco subiendo a la superficie.

Arlo siguió caminando, adentrándose en el bosque. Un minuto después, se puso en cuclillas y colocó las manos en el suelo al mismo tiempo que cerraba los ojos. Cuando la tierra se sacudió con el primer temblor lo sentí en las suelas de mis botas. Las vibraciones subieron por mis pantorrillas a medida que este aumentaba de fuerza y me tambaleé hacia un lado para luego caer derribada de espaldas.

Arlo estaba rodeado de una suave luz azul mientras trabajaba y sus párpados se agitaban por la concentración. Unos gritos asesinos se escucharon más allá de los árboles.

La pelea estaba en plena marcha, pero tenía que salvar a mis compañeros; tenía que resistir la tentación de encontrar primero a Jude. Si él creía que era el causante de mi muerte, haría algo odiosamente heroico.

Otro violento movimiento fracturó la tierra y el suelo se partió mientras el abismo se extendía.

—¿Qué estás…?

Me arrastré hacia atrás antes de caer en el foso y escuché más voces que venían de abajo y que no pertenecían a la batalla que se estaba desarrollando.

—Puede que no sea capaz de ingresar a la cámara interior del templo sin todo mi poder —susurró Arlo entre dientes y con el ceño fruncido—, pero yo gobierno la tierra en la que está erigido este y sigo teniendo algunos seguidores devotos que todavía no me abandonan,

—Entonces, ¿todo este tiempo pudiste ayudarnos a salir de la bóveda principal? —dije casi gritando. Perdimos una vida en este viaje y Finn perdió in pie. Increíble.

—No tenía el poder para ayudar hasta que se liberaron las oraciones. Así que te agradecería si dejas de quejarte y aceptas la ayuda que te puedo ofrecer ahora.

Sacudí la cabeza. Podía ocultarse detrás de su fachada de idiota insensible todo lo que quisiera, pero ya había mostrado su verdadera naturaleza. Le importaban más las cosas de lo que demostraba.

La luz de Arlo se deslizó por la tierra fracturada y las voces que había escuchado se convirtieron en alaridos.

—Tus amigos se resisten —añadió disgustado.

Era probable que Jake estuviera dándole puñetazos a la magia de Arlo.

El sudor resbalaba por la frente del dios y la energía que brotaba de él era de un pálido tono blanco. Soltó un gemido de agotamiento; había gastado demasiadas fuerzas salvándome la vida.

Un minuto después, cuatro figuras se elevaron de las profundidades del abismo, todas agitándose salvajemente y lanzando maldiciones —principalmente Jake—. Arlo las depositó a mi lado; una tenue luz azul resplandecía alrededor de sus pechos y esta parpadeó con suavidad antes de retraerse con premura dentro del cuerpo del dios.

Arlo se tambaleó y se limpió las manos con sus vestiduras.

—Ya hice suficiente —dijo sin dirigirse a nadie en particular, aunque examinó con cuidado a mis amigos que apenas se estaban levantando con la mirada puesta en él, inseguros de si debían agradecerle o no. Luego volteó hacia mí—. Estoy exhausto y debo recuperarme, lo cual quiere decir que debes ir a hacer por ti misma aquello para lo que te entrené. Y no te atrevas a decepcionarme.

Se vio un resplandor de luz azul y Arlo desapareció en el aire como si no me acabara de salvar la vida, concederme la inmortalidad y salvar a mis amigos. Claro que sabía cómo retirarse con elegancia.

—¿Están todos bien? —pregunté rápidamente mientras los miraba con atención.

Emelia tenía a Finn apoyado entre ella y Jake. El guardaespaldas tenía la cabeza baja y su rostro mostraba una mueca permanente. En cuanto a Jake… bueno, el desgraciado me sonreía como si no estuviéramos luchando por nuestras vidas.

—No puedo decir que agradezco la sorpresa de ser arrancado de la tierra por un dios, pero me encanta la espada nueva, Ki. —Silbó con admiración al mirar al arma que cargaba en los brazos—. Pero ¿qué tal si la usas? Esos gritos no suenan divertidos.

«Y que lo digas».

—¿En verdad era Micah? ¿O, mejor dicho, Arlo? —jadeó Liam, entrecerrando los ojos hacia donde el dios había desaparecido. Asentí como respuesta—. No le creí a Jude cuando me contó, pero verlo….

Verlo en toda su divina gloria era una historia completamente diferente.

Volteé hacia Emelia, que tenía los ojos hinchados y rojos y temblaba visiblemente bajo el peso de Finn, a pesar de la ayuda de Jake.

—¿Puedes cuidar de ellos mientras ayudo a Jude? —le pregunté.

Es posible que no tuviera ningún poder, pero Arlo tenía razón: nunca lo necesité.

Zorro asintió con actitud severa, aunque añadió:

—Nos quedaremos donde no nos puedan ver, pero cerca. No me voy a quedar de brazos cruzados mientras mi hijo se muere si soy capaz de hacer algo al respecto.

—Emelia —Finn carraspeó con voz tensa—. Déjame aquí y lucha tú misma por él. Sé lo mucho que odias perderte un buen baño de sangre. —Rodeó su mejilla con la mano y ella cerró los ojos, inclinándose hacia él. Al abrirlos, él asintió comprensivo.

Zorro había tomado su decisión.

—Está decidido —afirmó Jake—. Finn y Liam se quedarán atrás. Emelia, Ki y yo iremos a ayudar. —Iba a protestar, pero me lo impidió—. Ni una vez te he abandonado y no planeo hacerlo ahora. —Jake me miró con fiereza y sus ojos chispearon intensamente con ese tono azul que brillaba con claridad, incluso bajo la tenue luz de la luna.

No podría disuadirlo.

—Está bien, pero déjame ocuparme de lo más difícil —acepté y él murmuró algunas groserías ininteligibles en respuesta.

Empecé a caminar hacia los sonidos de la batalla cuando Liam me tomó del brazo. Tuve dificultades para mirarlo a los ojos.

—Necesito a mi hermana —dijo con la mandíbula tensa y el ceño fruncido por la preocupación—. Regresa a mí.

Pasé saliva con dificultad y me obligué a asentir, pero a Liam no le bastó. Me rodeó con los brazos y me apretó con tal fuerza que casi me exprime la vida de los mismos huesos.

—Ve allá y no seas nada más que Kiara Frey —susurró en mi oído—. Siempre has sido lo suficientemente buena.

—Te amo, Liam. —Me limpié una lágrima errante que se me había escapado y retrocedí.

Un relincho furioso y el golpeteo de cascos rompió nuestra conexión. Reconocería ese glorioso sonido en cualquier parte y mi corazón saltó esperanzado: «Estrella»; vino por mí.

Jake y yo marchamos dentro del bosque hacia los relinchos furiosos de Estrella, como dos mortales sin un gramo de poder y con todas las probabilidades en contra. Sin embargo, una cosa sí era segura...

No nos pondrían de rodillas; no nos rendiríamos y si llegábamos a caer, lo haríamos luchando...; llevándonos con nosotros a tantos monstruos como fuéramos capaces.

CAPÍTULO CINCUENTA Y UNO

Jude

Lorian es un ermitaño que se digna a servir desde la distancia a las bestias que aprecia. Se dice que solo un ser es dueño de su corazón, aunque ella se niega a aceptar que él también es dueño del suyo.

FRAGMENTO DE *TRADICIONES DE ASIDIA:*

UN CUENTO DE LOS DIOSES

Los jaguares de Lorian eran tan mortíferos como afirmaban las leyendas. Uno de esos desgraciados saltó y capturó con sus gigantescas fauces la garganta de uno de los muertos vivientes. Lo último que se escuchó fue un crujido nauseabundo.

Lorian seguía a Maliah, siempre refunfuñando y mirándola de reojo. Cuando su vista se posaba en ella por demasiado tiempo, sus facciones se suavizaban un poco. Casi pensé que era motivo de preocupación, pero luego su atención se dirigió de nuevo hacia Isiah y su rostro se endureció una vez más.

Con un grito salvaje, Isiah lanzó un estallido de sombras y su magia atrapó a un jaguar, arrojándolo por los aires. Cuando lo obligó a caer, el animal gimió y el espantoso tronido de huesos precedió al silencio. El jaguar quedó inmóvil.

—¡Maldito desgraciado! —le gritó Maliah al mismo tiempo que le lanzaba una daga. Las sombras del dios la hicieron un lado sin más esfuerzo que un movimiento de la muñeca.

Lorian le tomó la mano a Maliah antes de que pudiera lanzar otra arma inútil hacia Isiah. La expresión de la diosa pasó del enojo a la pena y otra vez a la furia, pero bajó el brazo y miró por un instante a su compañero.

Más jaguares saltaron al claro, lanzando tarascadas a nuestros enemigos y sus gruñidos retumbaron en mis oídos. La rabia asesina brillaba en sus ojos.

Isiah se plantó en guardia frente a los dioses que se le aproximaban, pero su actitud era tan tranquila que causaba temor. Incluso juntos, no los consideraba una amenaza y, ¿por qué habría de hacerlo? Les había robado sus poderes —sus oraciones— y de verdad tenía la certeza de que sería el único inmortal que saldría vivo de este campo de batalla.

El momento en que desvió la atención debería haber sido la oportunidad perfecta para que pusiera a prueba mis nuevas fortalezas. Sin embargo, cuando giré hacia él con toda la intención de arrojarle una descarga de fuego, dudé.

«Eres como el hermanito impertinente que nunca tuve», me dijo Isiah alguna vez, justo después de que terminamos de entrenar en el patio. Ese día, Harlow había sido más exigente que nunca y su humor era amargo. Isiah me sacudió el pelo y yo le di un golpe en el brazo. Poco sabía él que esa simple declaración me levantó el ánimo por semanas.

La mera idea de una familia hacía que me doliera el pecho y en ese entonces habría dado lo que fuera para hacer de cuenta que sí éramos hermanos. Perdido en el recuerdo de una mentira, no me percaté de las sombras que se acercaban hasta que fue demasiado tarde. La descarga que me lanzó Isiah me tiró de espaldas y jadeé en busca de aire. El delgado humo negro salía como una nube de mi boca abierta y me estaba asfixiando.

—¡Levántate! —me ordenó una voz que venía de atrás de mí, brusca y desbordante de fuego—. ¡Jude!

Luché con todas mis fuerzas y mis llamas interiores brotaron hacia la garganta, combatiendo las ácidas sombras, que estaban tan frías que quemaban.

A pesar de que mi cuerpo había recibido una golpiza, escuché su voz diciendo mi nombre y eso fue lo único necesario para que se reavivara mi magia, para que se volviera a encender ante la posibilidad de un mañana totalmente nuevo…; un mañana con la mujer que seguía gritándome desde la distancia.

Mi chica estaba viva.

Las sombras de Isiah sisearon mientras se retraían. Tosí violentamente, esforzándome por sacar la oscuridad que metió en mis pulmones.

Maliah disparó una flecha flamígera que trazó un arco en el cielo nocturno y cuya punta se alojó en el hombro de Isiah, donde las llamas rojas ardieron. El dios mostró los dientes y su atención regresó a Maliah y a su impecable puntería, en tanto que Lorian desenfundaba su propia espada.

Con Isiah acorralado y distraído, me di la vuelta y vi que Kiara venía montando a Estrella, con Jake detrás de ella rodeándole la cintura con los brazos.

En ese momento era más que una guerrera: era un símbolo; un mito convertido en carne. Sobre su corcel avanzaba hacia una batalla que conmocionaría al mundo.

No podría amarla más.

La musculatura de Estrella ondulaba bajo su brillante pelaje caoba y sus ojos resplandecían con una luz dorada. Kiara le palmeó el costado antes de tirar de las riendas y lanzarse al suelo. Salió corriendo, con los ojos puestos solamente en mí.

Cuando chocamos, saltó sobre mi cuerpo y me rodeó la cintura con las piernas. Kiara se retrajo ante la sensación de mi piel ardiente y sus dedos recorrieron cada centímetro de lo que estaba al alcance de sus manos. Puso las manos en mi pelo y se asomó a mis ojos, con la mirada llena de preciosa adoración.

Jake soltó una risita a unos pasos, pero mi atención le pertenecía a ella, incluso al Maliah profería maldiciones y sus interminables dagas surcaban el aire. La diosa reía, manteniendo su posición mientras hacía que su enemigo sangrara, con Lorian como una sombra detrás de ella. No perdí la oportunidad.

—Estás vivo —Kiara susurró justo cuando se escuchó un chillido.

Uno de los jaguares cayó antes de tener la posibilidad de arrancarle la garganta a Isiah, quien dirigió sus ataques hacia Lorian, pero este lo esquivó agachándose hacia la derecha a una velocidad que no debería haber sido posible.

—Lo diste todo. —Tomé una de sus manos. Sus dedos estaban descubiertos ya que ahora los míos estaban decorados con los negros diseños veteados que habían adornado los suyos la mayor parte de su vida.

Kiara negó con la cabeza.

—¿Por decidir entre un poder que nunca quise ni necesité y tú? —rio burlona—. No lo lamento en absoluto. Además, era la única manera de sacarte de allí y todavía no termino de atormentarte.

Quería besarla y estrangularla al mismo tiempo.

—Y yo que creía que era un héroe abnegado.

Posó su frente contra la mía.

—Eres la única cosa de valor que pudiera haber perdido.

Le di un casto beso en los labios y metí los dedos en su pelo, apretando con fuerza. La sostuve contra mí cuerpo, sabiendo que sentía nuestro vínculo tan claramente como yo.

Kiara era el hogar de mi alma, el sitio donde habitaba mi esperanza. Donde yo realmente vivía.

Se alejó demasiado pronto y bajó las piernas. Mientras se recomponía, noté la magnífica espada que debió haber tirado al suelo y que yacía junto a nosotros en la tierra.

—Tiraste tu arma por mí. —Las palabras salieron en un susurro incrédulo y ella se burló con una sonrisa sombría que curvó las comisuras de sus labios.

—Para que te des cuenta cuánto me importas, querido comandante. —Se levantó sobre las puntas de los pies y entrelazó sus dedos en mi pelo para jalarme y darme otro beso. Me soltó con la misma rapidez y, aunque yo poseía todo el poder de un inmortal, un mareo repentino me hizo tambalearme.

El pulso de mi corazón rugía en mis oídos. Estaba tan perdidamente enamorado de esa mujer.

—Entonces —dijo Kiara al agacharse para tomar el arma del piso. La alzó frente a ella y asintió hacia Jake, quien gentilmente había desviado la mirada y le daba palmaditas a Estrella, que golpeaba la tierra con las patas—. Vamos a matar a los muertos.

Antes de que pudiera salir disparada, la tomé del brazo.

—Espera. —Busqué en el bolsillo de mi chaqueta y saqué la daga asesina de dioses, que rápidamente puse en sus manos—. Toma esto, por si acaso. —Intentó rechazarla, pero sacudí la cabeza con mirada severa—. Confía en mí. ¿Tienes la piedra de luna?

Se palmeó el bolsillo donde llevaba la gema mientras luchaba consigo misma y se le oscurecieron los ojos mientras se preparaba para discutir conmigo.

—No me hagas arrepentirme de esto —susurró y arrancó su vieja arma de su funda para reemplazarla con la daga de ónix.

Bueno. Por lo menos me hizo caso, aunque fuera una vez.

—Está bien. —Kiara se quedó mirándome por un preciado instante antes de salir corriendo y saltar sobre el lomo de Estrella. Jaló las riendas y ella y Jake salieron disparados hacia la multitud de cadáveres grises. Avanzaba con el arma desenvainada; lista para marcarla con la sangre de los muertos vivientes.

Sonreí contra mi voluntad. Ella tenía ese efecto en mí, incluso cuando estaba rodeado de enemigos y con la mano de la muerte apretándome el hombro. A pesar de todo, ella había sobrevivido y en ese momento todo estaba bien.

Lorian se plantó en el centro del campo, luchando todavía para mantener a raya la tormenta en la que Isiah se había convertido. Maliah lo auxiliaba con sus jaguares y flechas que hacían pequeños cortes en las vestiduras de seda de Isiah que estaban llenas de manchas de sangre.

A pesar de estar superado en número, el dios de la luna les sonreía como si ya hubiera ganado. La magia brotó de sus hombros, preparándose para desatar otra embestida de terror cuando entré en acción.

El fuego se enroscó alrededor de mi cuerpo con un siseo y luego salió disparado hacia el corazón de Isiah.

Se tambaleó cuando mis llamas lo golpearon por la espalda. Lorian aprovecho la oportunidad para estirar sus brazos y su gigantesco cuerpo se agitó como si estuviera hecho de agua, todo él era una grácil entidad fluida y poderosa. Miré con asombro cómo el dios de las bestias hizo una mueca y el sudor le cubrió la frente.

Estaba tratando de cambiar de forma… pero falló.

Las leyendas afirmaban que podía transformarse en una de las criaturas que comandaba, pero parecía como si los años de oraciones robadas obstaculizaran esa capacidad. Bajó los brazos con una furiosa mueca de desdén y solo emitió un silbido agudo.

Isiah se alistó para terminar el trabajo cuando una jauría de lobos saltó hacia el claro, respondiendo al llamado de su amo. Eran las bestias contra las que peleamos cuando Patrick nos engañó; se sentía como si hubiera pasado una vida desde que eso había ocurrido.

—Los viejos trucos de siempre —musitó Isiah al mismo tiempo que lanzaba oleada tras oleada de oscuridad centelleante hacia Lorian. Este evadió cada ataque, aunque su ritmo fue disminuyendo poco a poco.

Mientras tanto, Jake y Kiara se mantenían espalda contra espalda, lidiando con la manada de muertos vivientes que se lanzaban contra ellos. Estrella, que no podía quedarse atrás, corrió hacia la horda y empezó a pisotear los frágiles cuerpos bajo sus cascos. La yegua atacaba a cualquiera que se acercara a Kiara y aquellos que lograban evadirla, caían fácilmente bajo la nueva espada de Kiara.

Un calor diferente me llenó al verla rebanar limpiamente torsos y arrancar extremidades con el arma bañada de sangre negra. Su ropa estaba empapada y ahora solo quedaba la ocasional mancha blanca. Con el cabello trenzado en una corona sobre su cabeza, era la diosa guerrera de mis sueños.

Mientras Kiara se mantenía firme por sí misma, caminé a zancadas hacia el centro de la batalla.

Isiah se enfrentaba con Lorian cuando Maliah, que tenía el rostro arrugado por la rabia, le lanzó una flecha con punta de plata. La manera en que veía a Lorian no era la mirada que un soldado le dirigía a otro.

Era más que eso.

Antes de que la flecha se encajara entre sus ojos, Isiah levantó la mano y la detuvo a unos centímetros de su cráneo, luego partió la flecha a la mitad.

—Me aburres —afirmó Isiah hacia Lorian—. Siempre tan arrogante; aunque te apuesto que no te sientes tan poderoso ahora que tengo el poder que codiciabas no hace mucho. ¡Un poder que malgastaste por tus fines egoístas!

Esta vez, cuando Isiah extendió las manos, sus sombras dieron en el blanco. La niebla negra y plateada rodeó a Lorian, atrapándolo en una prisión de ardiente noche.

—¡Lorian! —aulló Maliah en la oscuridad mientras lanzaba sus dagas con tanta velocidad que las hojas plateadas parecieron formar una sola línea.

Isiah las evitó todas, excepto una, cuyo mango sobresalía de su estómago. Mostró los dientes y se la arrancó. Maliah estaba tan llena de ira que casi no reaccionó a tiempo para salvarse.

—¡C-corre! —le gritó Lorian y la voz se le quebró.

Maliah saltó para alejarse de la magia de Isiah en el último segundo posible y salió corriendo hacia el caos de los muertos vivientes. Pronto quedó oculta por la masa gris de hombres enmascarados y Lorian se desplomó con evidente alivio.

Mientras la magia de Isiah tenía cautivo al dios de las bestias y las presas, mi antiguo amigo avanzó tranquilamente hacia mí; cada paso que daba estaba lleno de arrogancia y rogué para que esa fuera su perdición.

—¡No me he olvidado de ti, Jude! —exclamó, y mi magia hirvió al instante—. Sé que tienes la daga. Buena suerte para impedir que te la quite.

—Entonces ven por ella.

Kiara la tenía y sería ella quien le quitaría la vida a Isiah.

Exploré el campo de batalla, prestando especial atención al lugar donde la vi luchar por última vez junto a Jake, pero había desaparecido. No tuve tiempo para seguir buscandola; los lobos que Lorian había convocado estaban a punto de unirse a la pelea.

Isiah inclinó la cabeza en su dirección y lanzó una oleada de magia que se extendió como una nube sobre todo el campo. Su magia oscura se llevó a la jauría de lobos y Lorian soltó un rugido ensordecedor.

Se escucharon huesos quebrarse y columnas vertebrales partirse. Los lobos gimieron mientras Isiah los mataba frente a Lorian, quien gritó hasta quedarse ronco. Uno tras otro, los magníficos animales fueron cayendo al suelo; su espeso pelaje quedó inmóvil.

—¿Ves lo que pasa cuando me enojo? —me preguntó Isiah sin emoción alguna—. De verdad quería darte una muerte rápida porque sí me importabas, pero ahora lograste enfurecerme.

Su sonrisa era retorcida, malévola en un sentido que me hizo temblar, incluso mientras las llamas brotaban de mi pecho e iluminaban la noche.

Por instinto, levanté el brazo con las cicatrices recién adquiridas en el momento en que la magia brotó de su cuerpo como una flecha. El calor flotó sobre mi piel cuando las llamas cobraron vida. La magia de Isiah chocó contra la mía, llena de luz y oscuridad y ambas bailaron al unísono por el más breve de los instantes... Mi oscuridad; la oscuridad de Kiara.

Isiah protestó cuando sus sombras no supieron qué hacer cuando el poder que me había regalado Kiara atacó junto con mi fuego. Unos cuantos bucles de magia se retrajeron, en tanto que otros se detuvieron, aparentemente al percibir su semejanza y no poder reconocer al enemigo.

Lo ataqué una y otra vez. Arremetí contra mi antiguo amigo con todo lo que tenía y todo lo que no sabía que yo podía ser. Luchamos mientras Isiah hacía su mejor esfuerzo por bloquear mi asalto, que se había transformado en algo alimentado por la ira y la tristeza; una tristeza que él engendró.

Justo cuando pensé que lo tenía y el dios se encogió bajo mi fuerza, enroscándose en su propio cuerpo, Isiah desapareció.

Un momento después, escuché el grito de mi madre.

CAPÍTULO CINCUENTA Y DOS

Kiara

La magia en sí no equivale al poder. El poder proviene de conocer tu propio corazón y no temer lo que encuentres allí.

Así lo proclamó Cerys, dios del amor, el día en que se unieron los primeros dos corazones

Dejé que Jake se encargara de los muertos vivientes mientras yo atravesaba el campo a toda velocidad hacia donde Isiah y Jude se enfrentaban. La asesina de dioses zumbaba en su funda, lista para usarse. Lo único que tenía que hacer era apuntar y…

Una figura salió disparada detrás del dios de la luna. Era Emelia; su figura ágil y vestida toda de negro al punto que era casi invisible en la noche. Blandía su propia arma: una inútil daga de acero con una simple empuñadura del mismo material. No lograría más que enfurecer a Isiah con ella, pero no parecía importarle…

Detrás de la ladrona, a las orillas del bosque, reapareció Maliah cuando, por fortuna, la atención de Isiah estaba puesta en otro lado. Cubierta de sangre negra, elevó su arco y lanzó una flecha que voló por los aires en dirección a… ¿Emelia?

Maliah no fallaba, así que deduje que era un tiro de advertencia; la punta atravesó limpiamente las piernas del pantalón de la mujer.

Emelia ni siquiera se detuvo.

Maliah protestó reprobadoramente, apuntando ahora hacia nuestro enemigo común. Creí que había huido cuando Lorian quedó atrapado en las sombras de Isiah, pero al parecer todavía no nos abandonaba, aunque incluso sus poderes combinados con los de Jude no parecían bastar.

Su flecha voló al otro lado del campo; su precisión era impecable y su porte, magistral. Esta habría acabado con cualquier mortal, pero las sombras de Isiah la hicieron a un lado como si fuera una mosca. No obstante, su siguiente tiro atravesó la palma de la mano del dios, clavándose profundamente en su carne inmortal. Maliah sonrió triunfante mientras que él se arrancaba la flecha y se limpiaba la mano contra las vestiduras, manchándolas de rojo carmesí a medida que su piel se volvía a cerrar.

Mientras Maliah distraía a Isiah, las llamas de Jude crecieron y se dispersaron sobre sus hombros hasta elevarse por encima de su cabeza, formando dos ardientes alas luminosas.

Jude le lanzó una mirada fulminante al dios de la luna con los ojos encendidos y abrió los brazos…

Isiah se arrojó a un lado cuando el fuego avanzó como un cañonazo hacia él. Las llamas de Jude chocaron contra los árboles detrás del dios de la luna y las ramas y hojas estallaron en una esfera anaranjada y amarilla. Jude gruñó frustrado y miró a la orilla del claro.

—Ten cuidado. —Isiah gritó furioso y se dio la vuelta justo cuando Emelia llegó a su espalda con la daga levantada y lista para hundírsela en la carne. Cuando el dios le apretó la muñeca, ella lanzó un grito agudo. La fuerza de su agarre era implacable; la mano de Zorro quedó flácida y soltó el arma, que cayó al pasto.

La atención de Jude se dirigió a su madre, que arañaba los brazos de Isiah. El dios no le prestó atención alguna, como si fuera un gato doméstico que acabara de descubrir que tenía garras.

Distinguí un grito estruendoso que llamaba a Emelia desde los bosques: Finn. Tenía que ser Finn, que se quedó sin poder moverse donde Emelia lo dejó. Me dolió el corazón por él.

Isiah llevó una mano hacia el cuello de Zorro y ella soltó una cadena de insultos antes de que la niebla negra le rodeara la garganta, privándola de todo el aire. El dios levantó la mirada hacia Jude con una expresión sombría que tensaba sus facciones.

—Basta de juegos —exclamó mostrando los dientes—. Dame la daga y acabemos con esto. Incluso dejaré vivir a tu madre, aunque no merece tal misericordia después de todo lo que te hizo pasar.

Isiah apretó su agarre en el cuello de Emelia. Jude dudó y los músculos de su mandíbula se tensaron. Las manos le temblaban y la luz que emitía fue disminuyendo con cada exhalación agitada. No podía hacerlo… era físicamente incapaz de atacarlo, incluso cuando el destino del mundo pendía de un hilo.

Emelia lo había abandonado en el portón de la casa de su padre cuando era un bebé. Sin embargo, Jude, el hombre que afirmaba no tener corazón, tenía en su interior uno lo suficientemente grande como para perdonarla.

Ambos fueron privados de algo; ambos fueron engañados. De aquella tragedia surgía la rara posibilidad de una nueva vida. Un nuevo aliento.

La magia de Isiah apretó más y Emelia empezó a jadear; no aguantaría mucho.

—¡Dámela! —ordenó el dios una vez más y su fachada tranquila se esfumó por completo.

—Suéltala y lo haré —respondió Jude, aunque su voz carecía de convicción. Su mirada se desvió por un instante hacia mí, pero en esa fracción de segundos me transmitió mucha información.

Yo tenía el arma, no él. A juzgar por su sutil asentimiento con la cabeza, sabía que no había otra opción más que yo actuara.

Era una decisión que perseguiría a Jude Maddox por el resto de sus días. Incluso si ganáramos, perdería un trozo de su alma.

—M-mátalo —balbuceó Emelia, aferrándose con las uñas a los brazos de Isiah. Una lágrima rodó de los ojos de Jude y negó suavemente con la cabeza.

—Te perdono —le susurró a su madre con un nudo en la garganta. Las lágrimas cubrían el dorado de sus ojos, apagando su glorioso brillo—. Y lo lamento mucho.

Emelia forzó una leve sonrisa en sus labios, que rápidamente iban adquiriendo un horrible color azul.

—T-te amo —resopló mientras las lágrimas corrían por su rostro más allá de su tensa sonrisa—. Ahora, haz que me sienta orgullosa.

Isiah, que me creía impotente, débil y mortal, no me consideró una amenaza mientras me iba acercando. Sin embargo, nunca necesité los poderes de una sombra: había entrenado toda la vida como Kiara Frey; recibí la instrucción de un inmortal; fui repudiada por mi aldea y había blandido todas las armas conocidas por el hombre y las había dominado a través trabajo duro y esfuerzo. Era una guerrera y los guerreros salvan a sus reinos, sin importar si el costo acababa conmigo.

La asesina de dioses vibró en mi mano y cuando la lancé por los aires, silbó con un gorjeo de aparente regocijo. Mientras Isiah entrecerraba los ojos y la conciencia de lo que estaba a punto de suceder le hacía entreabrir los labios, Emelia le dio un codazo en las costillas y se movió a un lado. Isiah intentó colocarla enfrente, como un escudo humano, pero ya era demasiado tarde.

La daga dio en el blanco y todo el claro pareció contener la respiración cuando la sangre comenzó a acumularse en el pecho del dios, manchando sus vestiduras de por sí macabras. Emitió un sonido entre un grito de asombro y un sollozo, y bajó la mirada hacia donde la empuñadura de la daga sobresalía de su corazón.

El tiempo pareció detenerse y los segundos parecieron horas. Isiah escupió y tosió, tambaleándose hasta que cayó de rodillas. Zorro se deslizó de sus brazos flácidos y rodó sobre la tierra. Se llevó las manos al cuello lastimado y jadeó, buscando aire fresco.

Una luz plateada irradió del pecho del dios de la luna y un zumbido sobrenatural me obligó a acercarme. Una sola entidad de luz salió de él, dividiéndose gradualmente en tres delicadas piezas.

Isiah movía los labios, pero no salían palabras, y el horror estaba pintado por todas sus facciones. Miró indefenso cuando los orbes flotaron lejos… convirtiéndolo un mortal.

De mi bolsillo brotó un murmullo, un gemido agudo. Mientras más me arriesgaba a acercarme a Isiah, más potente era el zumbido que salía de mi bolsillo.

Tomé al dios por los hombros. Sus ojos estaban puestos en Jude, y un parpadeo de emoción le oscureció la mirada. A su manera retorcida, Isiah se había preocupado por él y aunque había sido yo la que asestó el golpe de gracia, este creía que la traición de Jude era la única culpable de la situación.

El primer orbe salió de su cuerpo como un resplandeciente círculo de divinidad que iluminó el campo lleno de cadáveres y ceniza, expulsando el manto de la oscuridad. Las vibraciones en mi bolsillo se volvieron implacables y saqué el objeto que causaba tal agitación…

Era la piedra que me robé del templo.

Su superficie negra centelleó y la primera de las esferas del dios de la luna parpadeó cuando levanté la piedra frente a mí. La gema invocó a Isiah, pero yo no había terminado el trabajo para atraparlo.

El primer orbe titiló antes de chocar dentro de la piedra y la fuerza del impacto me hizo dar un paso atrás. Isiah se encogió y cayó de espaldas.

Parada junto a su cuerpo, me preparé para la colisión del segundo orbe, manteniéndome firme cuando la piedra lo encerró. Me temblaron las manos y requerí de cada gramo de energía para permanecer firme, sin dejar de apretar la gema que ahora contenía dos piezas del dios.

La tercera y última pieza escapó. Una luz resplandeciente brotó del pecho de Isiah y se dirigió a la gema, provocando que me tambaleara cuando la piedra atrapó su esencia. Caí de espaldas, manteniendo las tres piezas dentro de la piedra, cuyas facetas negras brillaban ahora como el cielo nocturno.

—Los a-acabas de condenar a todos —dijo Isiah con un gemido ahogado y vi que la sangre escurría de su labio inferior—. Tú...

El fuego golpeó contra su pecho, impidiendo que brotaran más de sus crueles palabras. Jude caminó tranquilamente hacia él, al mismo tiempo que su magia lo quemaba desde el interior. El dios de la luna se convirtió en mortal, igual que Raina, y eso quería decir que ahora se le podía matar.

—Tú eres el único que tiene la culpa —masculló Jude con la mandíbula apretada y los ojos cubiertos de lágrimas. Su fuego se extendió al pecho de Isiah, envolviéndolo y viajando hacia sus piernas. Quemó su hermoso rostro y devoró sus ojos grises como la pizarra hasta privarlo de la vista. Jude no cedió y tampoco lo hizo su magia.

De espaldas y retorciéndose por la agonía, Isiah estaba en silencio y al poco tiempo dejó de respirar.

El pecho de Jude se agitó mientras veía furioso el cuerpo calcinado. No apartó los ojos mientras la carne y los huesos restantes ardían hasta convertirse en cenizas. Lo observó hasta que solo quedó un polvo gris que manchaba el césped y sus ojos se fueron apagando, atenuando el feroz color dorado. Las lágrimas contenidas brotaron libremente y cayeron en la pila de cenizas que crepitaron y soltaron vapor. Jude se limpió los ojos y dejó caer los hombros cuando la tensión disminuyó.

Todo había terminado.

Isiah había sido derrotado.

Sentí que se me apretaba el pecho cuando la brisa se llevó lejos lo que quedaba de él, pero mi dolor solo le pertenecía a Jude y a todo lo que había perdido.

—Kiara.

Debo haber cerrado los ojos porque al abrirlos, Jude estaba en cuclillas a mi lado con una de sus manos en mi hombro. Estaba tan pasmada que ni siquiera lo oí acercarse. El contacto de su mano era demasiado caliente, pero ansiaba esa leve sensación quemante. Me hizo centrarme.

No podía creer que lo hubiéramos logrado.

—Mírame —insistió Jude y me rodeó con los brazos. Descansó la barbilla sobre mi cabeza con una respiración irregular mientras se aferraba a mí con todas sus fuerzas. Me volteé hacia él y me aferré a su cuerpo con igual ferocidad.

Él era lo único que me parecía real y temía que si lo soltaba despertaría y todo habría sido un sueño. Que en realidad había fracasado y que había muerto dentro del templo, perdiéndolo de nuevo.

Algo cambió en el aire. Quizá tan solo fueron los vientos que cambiaron de dirección o tal vez era algo mucho más grande de lo que podía percibir.

Aún acurrucada contra su camisa, la luz brilló a través de mis párpados cerrados, llevándose la noche y volviéndose más fuerte con cada segundo que pasaba. Eché la cabeza hacia atrás y unos tranquilizantes rayos sonrosados y amarillos se deslizaron sobre las copas de los árboles, pintando los bosques con un tinte de amanecer. Jude soltó un gemido de sorpresa y me apretó más la cintura. La luz era pura y suave, casi incierta, como si luchara por no apagarse por completo.

Supe lo que le faltaba: Jude.

Emelia trajo a Finn de entre los árboles para que fuera testigo y aunque cojeaba y el rostro se le contorsionaba por el dolor causado por haber perdido el pie, sus ojos se dirigían al cielo. Se inclinó para susurrarle algo a Emelia y ella alejó la cabeza para mirarlo con una sonrisa llena de esperanza recién encontrada.

El amanecer. Nunca pensé que lo vería con mis propios ojos.

Casi reí a carcajadas cuando Jake soltó un grito de alegría y luego procedió a tomarle la mano a Liam. Lo jaló hacia él para besarlo y metió sus dedos entre los rizos de mi hermano. Estaban ajenos a todos nosotros y aunque no miré por mucho tiempo a Liam y a mi amigo, noté las enormes sonrisas que se extendieron en sus rostros cuando se separaron para poder respirar.

Sabía que era inevitable; no habían sido muy discretos que digamos.

—Lo lograste —declaró Maliah y sus ojos se desviaron al trozo de tierra quemada donde la vida de Isiah se había apagado.

Lorian, que se había liberado de la jaula de sombras cuando murió Isiah, se acercó hacia nosotros. Levantó su rostro serio hacia donde la débil luz parpadeaba en el cielo y se mantuvo cerca de Maliah como su protector silencioso.

Rodeada de amigos, familia y dioses, volteé hacia Jude, quien tomó mis mejillas entre sus manos mientras una sola lágrima brotaba de sus brillantes ojos desiguales. Luego me acercó todavía más hacia su pecho hasta que estuvimos corazón con corazón.

—Qué bueno que tienes un tino excepcional, recluta.

Solté una exhalación de agotamiento y le di un golpecito en la nariz. Una sensación de euforia burbujeaba por todo mi cuerpo.

—No es momento para bromas —lo regañé, sorprendida de que nuestros papeles se hubieran invertido. Él tan solo me sonrió como si fuera el cabrón más afortunado del reino, y quizá lo era. Todos lo éramos—. ¿Te das cuenta de que el sol intenta salir mientras hablamos —le susurré y las lágrimas corrieron por mis mejillas, deslizándose entre mis labios y dejando un sabor salado en mi lengua. Había tristeza y esperanza y toda clase de posibilidades desarrollándose a nuestro alrededor, pero solo teníamos ojos el uno para el otro.

Jude me besó la nariz y sus manos se dirigieron hacia mi rostro para acaríciame las sucias mejillas con sus pulgares.

—Prefiero mirarte a ti.

—¿Te estás poniendo sentimental, comandante? —le pregunté al mismo tiempo que sentía la velocidad con la que latía su corazón junto al mío. Ambos tocaban su propia música, celebrando del futuro que habíamos soñado.

—¿Por ti, Kiara? Siempre.

No me atreví a desviar mi atención de él. Solo deseaba mirar al chico que me robó el corazón; ese corazón que le entregaría una y otra vez sin pensarlo.

—Lo hiciste bien, niña.

Jude cambió de posición y me soltó cuando se acercó Arlo. El dios de la tierra y el suelo se acercó hacia nosotros y una luz azul emanaba de su figura. El color había vuelto a sus mejillas. La muerte de Isiah lo había dotado de nueva vida; había dotado de nueva vida a todos los dioses.

Cuando su atención se enfocó en mi bolsillo, me quedé muy quieta y el entender la razón detrás de su mirada provocó que me diera vueltas la cabeza.

La piedra.

—Debes tomar una decisión, Kiara —me dijo Arlo con voz solemne—. Eres digna de este don, pero solo tú puedes elegirlo. Aceptar el poder de la noche o...

O quedarme en la tierra, atada todavía a la vida de Arlo; inmortal, pero sin poderes.

Volteé hacia Jude, Jake, Liam, Emelia y Finn, y sostuve sus miradas.

Todo un mundo inexplorado me llamaba y siempre había deseado viajar por él, blandir mi espada por el bien, ser la protectora de aquellos que no podían defenderse.

Si fuera una diosa y utilizara mi poder como era debido, estaría dedicada a los cielos, obligada a deambular solo cuando reinara la noche.

Raina cometió el error de descuidar sus deberes por su amante —pasando sus días y noches en la tierra—, pero yo sabía que tal cosa no podía repetirse.

El mundo merecía algo mejor. Y yo también.

Contemplé a Jude y las arrugas en sus ojos me dijeron que sabía mi respuesta antes de que saliera de mi boca; me entendía. Una cariñosa sonrisa apareció en sus labios.

—Tu destino era estar aquí, Kiara —susurró y se inclinó para rozar sus labios contra mi oreja. Me estremecí—. Naciste para ser la salvadora de este reino —murmuró y su voz se quebró levemente—. Hay tantísimas cosas más para ti allá afuera y si eliges vivir como diosa, estarías cediendo trozos de ti misma.

—Decide, niña —me recordó Arlo con voz firme. Siempre tan firme.

—Entonces, no. No quiero aceptar ese don —respondí con igual firmeza.

Me elevé sobre las puntas de los pies y besé a Jude con ternura, disfrutando la manera en que su boca se fundía con la mía. Dos piezas que formaban un todo. En ese momento, todo mi cuerpo ardió, casi demasiado.

Un repentino estallido helado recorrió todo mi cuerpo hasta las puntas de mis dedos que estaban entrelazados en su cabello. Con mucha lentitud di un paso atrás y me llevé las manos a la cara. Mis cicatrices habían vuelto.

Miré fijamente a Jude con los labios entreabiertos y el corazón latiendo con fuerza.

—¿Cómo? —pregunté, maravillada por las vetas azul y negro que alguna vez desprecié. Eran más claras y brillaban con tonos iridiscentes de oro y plata cada vez que giraba la muñeca.

Jude sonrió de una forma tan cálida y adorable que me derritió. Me acomodó un mechón suelto detrás de la oreja y se inclinó para susurrarme de modo que solo yo pudiera oírlo.

—Nunca me pertenecieron, Kiara. Tan solo te estoy devolviendo lo que me dejaste tomar prestado.

—Pero, ¿qué pasa si lastimo…?

—Haber sido tocada por la oscuridad no te vuelve oscura. Usaste los poderes que te dieron para ayudar a otros y no seré la causa por la que cedas otra parte de ti misma.

No podría amar más a este hombre. Veía más allá de las mentiras que yo contaba para ocultarme y adoraba esa alma hermosamente imperfecta que por siempre estaría atada a la suya.

—Te amo, Jude Maddox. Desde ahora hasta mi último amanecer.

Jude me dio otro beso en la sien y permaneció allí. Luego sus labios que murmuraron contra mi frente:

—A cambio, pasaré cada una de mis noches amándote.

Olí las flores en el aire; una fragancia con la que no estaba familiarizada. Era dulce y tranquilizadora, y se instaló en mis pulmones. La brisa que la transportaba formó un torbellino que nos rodeó y sentí su cosquilleo en mi piel desnuda. En el momento en que cerré los ojos y me apoyé contra Jude, se volvió más intensa.

Lo agarré con más fuerza, intentando aferrarme a él por toda la eternidad; sin embargo, el aire frío reemplazó su calor y, al abrir los ojos, el chico que se había convertido en un dios ya no estaba entre mis brazos.

Me tambaleé hacia atrás y miré a mi alrededor buscándolo. Jude… se había ido.

—Tiene que recibir al nuevo día —me explicó Arlo y su mano se posó reconfortante en mi hombro—. Después de todo, eso es para lo que nació.

Me sequé las lágrimas, que habían empezado a fluir otra vez sin importarme quién las viera. Por vez primera, Arlo no me reprendió. Cuando me envolvió entre sus brazos, también lo estrujé entre los míos.

—No te preocupes, niña. Todo día concluye con la noche.

Arlo se hizo hacia atrás y se aclaró la garganta como si nunca hubiera dado un abrazo. Tal vez no lo había hecho.

Lo vería de nuevo cuando terminara el día. Lo sabía en mis huesos. En el centro de mi cuerpo. En mi alma.

Dudosa, hice la pregunta que estaba en mi mente desde el instante en que rechacé el don de la divinidad.

—¿Qué sucederá con la piedra?

—Tendremos que buscar a alguien digno de portar tal poder —respondió—. Hasta que se localice a alguien, cuidaré de la piedra y los orbes que contiene. Me aseguraré de que la noche y el día estén en equilibrio, pero ningún soberano reinará hasta que se encuentre un recipiente. Mi sugerencia es que lo encontremos lo más pronto posible.

Asentí.

—Entonces ofreceré mis servicios para encontrar a ese recipiente. —Nuestras miradas se encontraron y el rostro de mi mentor se dulcificó hasta volverse irreconocible.

—Y yo los aceptaré.

—¡Óyeme! —Jake corrió hacia nosotros—. Más te vale que no me dejes después de todo lo que hemos pasado. —Liam venía pisándole los talones y me dirigió una amplia sonrisa antes de inclinar la cabeza hacia mí.

Arlo soltó un gruñido de frustración que brotó de las profundidades de su garganta.

—Acepto toda la ayuda que puedas darme, Kiara Frey, Portadora de Luz, Guerrera de Asidia. —Volteó al cielo, donde la luz se volvía más intensa; su palpitante resplandor adquiría mayor claridad, mayor brillantez. La esfera era tanto el sol como un chico bendecido por el destino que finalmente ascendía.

Cerré los ojos y me deleité en el cosquilleo cálido que se extendía por mi cuerpo. Imaginé a mi abuela sonriendo desde cualquiera que fuera el lugar donde descansaba su alma.

Sentí una mano que se deslizaba en la mía y abrí los ojos. Otra me sujetó la mano que me quedaba libre. Jake y Liam estaban a mis costados y el corazón se me llenó de emoción.

—Sabía que serías toda una aventura —me susurró Jake al oído y yo le di un empujón con el hombro.

—Cállate, Jake, y observa el maldito amanecer conmigo.

Puede que la luz cubriera de oro al mundo, pero no podía esperar hasta que el manto de la oscuridad me cubriera:

Tenía un dios al cual encontrar.

El mundo de Asidia recibió la bendición de su primer amanecer en más de cinco decenios.

La gente salió a trompicones hacia las calles, donde los rayos dorados entibiaron sus rostros dirigidos al cielo. Había una sensación de esperanza silenciosa que se volvió más estruendosa a medida que el sol ascendía más alto.

Pasarían los días y una historia —que algún día se convertiría en leyenda— sobre una chica manchada por las sombras y un chico mortal que se convirtió en dios, empezaría a propagarse por todo el reino.

Mientras que el joven protegía la luz, la chica se convirtió en un símbolo del futuro que el pueblo con tanta desesperación necesitaba.

La llamaron la Campeona del Amanecer.

FRAGMENTO DE *TRADICIONES DE ASIDIA:*
LA LEYENDA DE LA CAMPEONA DEL AMANECER

EPÍLOGO

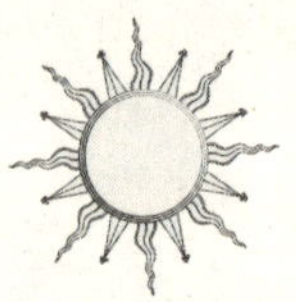

Jude

Seis meses después

Hace mucho tiempo soñé con el sol.

Era este orbe intocable en el cielo. Algo distante que traía luz y calor, pero no mucho más. Viví por tanto tiempo en la oscuridad que la posibilidad de que significara cualquier otra cosa era inconcebible.

Luego el sol y lo que representaba cambiaron un fatídico día en un pueblo llamado Cila.

Vi a una joven defender a su hermano en la plaza de la aldea y un torrente de vida me calentó la sangre. En ese momento sentí esperanza; la posibilidad de un nuevo comienzo.

Eso era el sol; lo que representaba. Era el don de un comienzo.

Había cumplido con mis obligaciones del día y estaba agotado, pese a ser un inmortal; sin embargo, sabía que no tendría descanso esa noche.

Mi madre estaba por casarse en una pequeña ceremonia en un lugar con vista a las ciénagas del sur. Al parecer, después de estar cerca de la muerte, al fin aceptó la propuesta de Finn. Una propuesta que le hizo cinco años atrás.

Incluso Arlo fue invitado.

El dios cascarrabias se convirtió en una presencia permanente en mi vida. Durante los primeros días de mi ascensión, estuvo a mi lado para guiarme, facilitando la transformación. No me ofreció sonrisas ni palabras amables, pero estuvo allí cuando lo necesité, incluso si en ocasiones ponía a prueba mi mal carácter. Arlo era muchas cosas, pero «cordial» no era una de ellas.

El día que lo invité a ir a la boda de mi madre, refunfuñó algo acerca de perder el tiempo en actividades frívolas. Sin embargo, al día siguiente preguntó si Emelia prefería las flores blancas o las rojas. Como era de suponerse, ella eligió las rojas.

Con cada nuevo amanecer, me elevaba hacia los cielos y guiaba al sol hacia su sitio correcto, y cuando me fueron otorgados los deseos de quienes oraban, respondí de la mejor forma que pude. Me tomó meses aprender a enfocar la energía solar en las áreas que requerían la ayuda más urgente: las tierras que necesitaban de sus rayos para producir alimentos y llenar los estómagos vacíos.

El sol obedecía con entusiasmo mis órdenes; su esencia vital estaba conectada a la mía. Lo único que se necesitaba era un pensamiento compartido y se me concedía su fuerza.

A veces, hacía salir al sol de entre las nubes por simple capricho ante el deseo de un niño. En otras, ascendía sobre la tierra para observar a la gente que ahora prosperaba bajo la luz diurna, con los rostros marcados por sonrisas y la fe restaurada en sus almas.

Eso era lo hermoso de la luz: otorgaba esperanza a la gente.

La noche podía ser impresionante por sí misma, pero, ¿el sol? Descubrí que, simplemente con su calor, podía sanar partes de mí que no sabía que debía de reparar.

Después de arrastrar al sol para que descansara, mi corazón requería de un tipo diferente de calidez que solo ella podía darme.

Me deslicé hacia la tierra sobre una blanca nube ligera y aterricé sobre una colina en Montemore.

La región se encontraba en las ciénagas y era hogar de personas en extrema necesidad de ayuda. Una vez que se declaró la muerte de Cirian, el reino se sumió en el caos, ya que ninguna región sabía cómo gobernar eficientemente y algunas luchaban por tener la supremacía. Sin embargo, ese era un problema para otro día.

Mis ojos se fijaron en su figura de inmediato. Kiara Frey, líder de la 7ª. Legión de Asidia —o, como les nombraba la gente, los Cazadores del Amanecer—, miraba por encima de los acantilados y unas hebras de pelo rojizo flotaban alrededor de su trenza suelta.

Exhibía con orgullo sus cicatrices, sin guantes a la vista, y con Eco, su espada, colgada en diagonal sobre su espalda, lista para acabar con cualquiera que se atreviera a amenazarla a ella o a sus seres queridos.

Por supuesto, su fiel corcel estaba en guardia. Estrella había luchado a nuestro lado en aquel campo de batalla y desde entonces se había convertido en la devota compañera de Kiara.

Aunque no debería seguir llamándole Estrella, ya que su verdadero nombre era Thea, el corcel legendario de Raina. Cuando pronunciamos su nombre por primera vez en voz alta, la yegua levantó los cascos en el aire y relinchó tan fuerte que los lobos aullaron a la distancia. Nos miró como diciendo «al fin».

—Se tomó su tiempo, comandante —masculló Kiara in voltear. Sonreí. Siempre podía sentir mi presencia tan claramente como yo podía percatarme de la suya.

Ocupé mi sitio a su lado y le busqué la mano para darle un beso en los nudillos. Sus cicatrices resplandecieron de oro brillante antes de adquirir un luminoso color negro plateado.

—Qué impaciente. —Chasqueé la lengua en son de burla. Posé la mirada en las manchas de sangre que le marcaban la piel y me quedé helado—. ¿Estás bien?

Me rodeó la cintura con el brazo y me jaló hacia ella. Con la cabeza contra mi pecho, escuchó los latidos del corazón encerrado en su interior.

—Estoy bien —admitió con un suspiro—. La sangre pertenece a un enemigo. Los señores que luchan por el trono están enviando cada vez más soldados... y son implacables.

Me relajé, aunque me sentí culpable de alegrarme por la muerte de otro.

—Cada día hay una batalla que ganar. —Levantó la cabeza y floreció una sonrisa dudosa en su rostro. Al instante mi piel se calentó y un sutil brillo se extendió por cada centímetro de mi cuerpo. Kiara simplemente sacudió la cabeza—. Veo que me extrañaste. Incluso estás brillando.

—Vaya ego que tienes —me burlé y le besé la frente. Ella me dio un golpecito en la nariz.

—Como si tú no lo tuvieras también, señor dios omnipotente —respondió y levantó una ceja—. Vi lo brillante que ardiste hoy; te has vuelto muy presuntuoso.

—Trataba de impresionarte. —Me encogí de hombros—. Y parece que funcionó.

Se hizo el silencio; una dichosa quietud. La abracé y ella hizo lo mismo. Las noches eran nuestras, la oscuridad era nuestra; hacía mucho que la habíamos reclamado como nuestra.

Por más que siempre ansiara tener a Kiara a mi lado todo el tiempo, la entendía lo suficiente como para darme cuenta de que nunca sería feliz si se la alejaba del reino al que quería proteger. Para la gente ya era una leyenda viviente y, para la mayoría, era un símbolo de renacimiento.

No me importaba compartirla en ese sentido, pero una vez que salía la luna, era mía.

Excepto por esta noche. Contuve un quejido; me había vuelto codicioso. Hoy, al dar las nueve de la noche, todos debíamos reunirnos para ser testigos de la boda de mi madre con Finn. Esa hora se acercaba velozmente, pero teníamos unos cuantos minutos de sobra y planeaba aprovecharlos.

—¿Hay noticias del nuevo portador? —le pregunté y recorrí un costado de su brazo con los dedos. A su paso fueron dejándole la piel de gallina.

—Sí, de hecho —respondió y se sentó más derecha. Me quejé cuando se alejó de mí, pero mis protestas se desvanecieron cuando observé el brillo de la emoción en sus ojos—. Hay una chica a unas cuantas aldeas de distancia que Arlo considera prometedora. Deberíamos encontrarla pronto. Liam ha estado utilizando sus contactos preparando la ruta a seguir.

Liam asumió con entusiasmo el puesto de asesor de Kiara y aunque no participaba en las batallas, su rol al lado de su hermana era igualmente vital, además de que había descubierto que tenía facilidad para la diplomacia, un área en la que a veces Kiara tenía carencias. Como era de esperarse, Jake prefería la espada a la pluma de Liam.

—¿Qué pasa? —me preguntó Kiara cuando me quedé en silencio, feliz de perderme en ella.

—Solo pensaba en lo absolutamente despampanante que te ves esta noche. —Le di un beso en sus generosos labios y una mordidita en el inferior. No pasaba ni un segundo en que no estuviera agradecido por ser suyo, que me eligiera.

Elecciones. ¿Cuántas me habían sido robadas? Sin embargo, ahora otras tantas estaban puestas a mis pies. A nuestros pies.

Kiara rodeó el contorno de mi rostro y me sostuvo firme mientras sus labios recorrían mi quijada, mis mejillas y mi nariz. Apoyó su frente contra la mía.

—Cuando te conocí, nunca pensé que en el fondo fueras un romántico —murmuró y su cálido aliento cosquilleó mi piel ya de por sí caliente, que resplandeció con mayor intensidad; mi reacción hacia ella no era algo que pudiera ni quisiera ocultar.

—Cuando te digo que me arruinaste por completo, lo digo en serio.

Kiara esbozó una sonrisa traviesa y una mueca de satisfacción.

—Bueno, Jude Maddox, prepárate para que te arruine cada noche por el resto de nuestras vidas inmortales.

Mis entrañas ardieron y la cicatriz de mi pecho me dio una punzada. Seguía conservando su marca, sus enredaderas evocadoramente hermosas, y cada vez que la extrañaba, solo tenía que mirarlas. Había ciertos vínculos que ni siquiera la magia era capaz de borrar.

Los labios de Kiara estaban de nuevo en los míos y los acantilados se iluminaron con mi brillo sobrenatural alimentado por alegría pura.

En mi vida había llevado una multitud de rostros, pero ninguno era tan verdadero como el que le mostraba a ella, la mujer cuyo fulgor interior era una llama vacilante en un mar de oscuridad nocturna. Tenía la firme creencia de que la oscuridad misma no podía evitar enamorarse de la forma en que su resplandor hacía que bailaran las sombras.

Nos dejamos caer en el césped fresco en una maraña de manos, brazos, piernas y labios.

Nuestro tiempo compartido era un regalo y pasaría cada noche besando con egoísmo a la mujer que hizo añicos los cielos y trajo de vuelta la luz a un reino que apenas estaba volviendo a aprender la magia de la esperanza.

Las flores rojas bordeaban la entrada de la caverna decorada con frondosas enredaderas verdes. Arlo de verdad había superado toda expectativa; ese dios malhumorado sentado con aire arrogante en una esquina. No hizo ningún esfuerzo por hablar con nadie, excepto con Harlow.

El viejo caballero regresó a nosotros luego de la batalla y no nos ha dejado desde entonces. Afirmó que Kiara necesitaba alguien que la orientara..., especialmente después de haberlo considerado a él, de entre todos, un posible enemigo.

Ahora formaba parte de su legión, con unos cuantos guerreros adicionales que se integraron a sus filas en los meses posteriores a la caída de Isiah. Jake fungía como su segundo al mando para gran decepción de Harlow; los dos discutían todo el tiempo.

En este momento, el antiguo teniente imitaba la pose de Arlo, ambos reclinados contra los árboles cercanos y susurrando entre sí, probablemente quejándose.

—¡Ki! —Jake, con el rostro encendido por los efectos del vino que estaban sirviendo, le puso un brazo sobre el hombro y la jaló para darle un exuberante abrazo. Liam llegó detrás de él y sacudió la cabeza hacia su novio. Aparentemente, era cierto eso de que los opuestos se atraen.

Antes de que Jake pudiera despeinar a Kiara como acostumbraba, ella regresó conmigo y se aferró a la refinada chaqueta roja que elegí para esa noche y que tenía un estilo que me recordaba a la vieja chaqueta de Dimitri.

Kiara se vio obligada a dejar la armadura por órdenes de la misma novia. Zorro nos asombró a todos al imponer los detalles de la celebración como si comandara a un ejército. ¿Quién hubiera pensado que tenía un lado romántico? Aunque violento.

Detrás de Jake aparecieron los padres de Kiara. Su padre la alejó de mi lado; la jaló hacia su fornido pecho y la envolvió entre sus brazos como si fuera a salir volando. Las lágrimas rodaban por sus mejillas y era evidente su orgullo. Cuando al fin la soltó, la madre de Kiara avanzó hacia ella con su largo cabello castaño que flotaba en la suave brisa. Puso las manos en los hombros de su hija y la miró, con un resplandor en sus oscuros ojos. Se reunieron después de que escapamos y aunque tenían una larga y tensa historia que resolver, supe que estaban haciendo el esfuerzo.

Mientras sus padres tomaban asiento al otro lado del pasillo, volteé hacia Kiara. Mis dedos rozaron su cadera y la tomaron con un gesto firme y posesivo. Después de que le había arruinado la ropa en los acantilados apenas minutos antes de nuestra llegada, se puso un vestido dorado que le llegaba a los pies. Complejas cuerdas cruzaban sobre sus pechos y subían hasta el cuello, donde estaban atadas en un nudo. Era simple, pero era una prenda por la que Emelia no podría regañarla.

En ese preciso momento empezó a sonar un arpa y obligué a Kiara a seguirme hasta nuestros asientos frente al altar.

Jake y Liam se sentaron a nuestro lado con las manos entrelazadas. Liam perdió la mitad de uno de sus dedos luego de escapar del templo, pero Jake le aseguró que eso solo lo hacía verse devastadoramente pícaro. Liam reclinó la cabeza en el hombro de Jake, lo cual lo indujo a acariciarle los rizos con gran cariño.

Después de todo, Jake se había equivocado cuando declaró que no quería sentar cabeza y me pregunté si Kiara y yo éramos igual de asquerosamente afectuosos, pero sospeché que éramos mucho peores y ese pensamiento me hizo sonreír.

—¿De qué te ríes? —me preguntó Kiara al inclinarse para susurrarme al oído.

—Estoy… feliz —respondí. Era algo tan tonto, pero ¿decirlo y realmente sentirlo? Me di cuenta de lo raro que eso era.

La música aumentó de volumen cuando se integró un laúd y supe que mi madre caminaría hacia el altar en cualquier momento. Finn se colocó en su sitio con ayuda de una muleta con elegantes grabados; Emelia misma había mandado a hacer la pieza e incluso le añadió representaciones de zorros a lo largo de esta.

Finn sacó de su bolsillo un pañuelo de color naranja brillante; ya se estaba secando las lágrimas los ojos. El color era del mismo tono que la chaqueta de Dimitri y supe que este de seguro estaba sonriendo desde el más allá al ver a su viejo amigo.

Kiara me obligó a voltear la cabeza hacia ella y nuestros labios quedaron a un par de centímetros de distancia.

—Este es solo el principio —declaró y sentí que el estómago se me hacía nudo. Con frecuencia, su cercanía me hacía perder la razón en el mejor de los sentidos. Sin embargo, estaba en lo cierto: este solo era el principio para todos nosotros.

Cerré la distancia entre ambos y la besé en los labios, saboreándola por solo un segundo antes de que Jake tuviera la oportunidad de darme un codazo.

«No es el momento ni el lugar», tuve que recordarme. «Después».

Me alejé de ella para devolver mi atención al pasillo, justo a tiempo para ver salir a Emelia. Eligió hacer la ceremonia de noche para que yo pudiera asistir. De inmediato, nuestros ojos se encontraron. Una mirada de alivio adornó su rígido semblante.

Las sombras de Kiara brotaron y se enroscaron por el pasillo para bailar a los pies de la ladrona, con relucientes volutas que acariciaban el borde de su vestido azul. Mi madre le dirigió una mirada reprobatoria a Kiara, pero sonrió de todos modos. Su poder resaltaba la dicha de Emelia, cuyo rostro resplandecía de un modo que no había visto antes.

Contemplé a Finn, que ahora lloraba sin ocultarlo, aunque no era el único con el brillo de las lágrimas en los ojos. Liam, Jake, e incluso Arlo y el estoico teniente luchaban por controlar sus emociones. Detrás de nosotros estaban los últimos soldados que había reclutado Kiara y, en ellos, vi la determinación para sanar nuestro mundo destruido.

Mañana sería un nuevo día. Una nueva batalla. Un nuevo obstáculo…

Sin embargo, descubrí que, rodeado de todos aquellos a los que amaba y con la mano de Kiara entrelazada con la mía e impulsado por su obstinada fe, podía lograr cualquier cosa. Los dos podíamos lograr cualquier cosa.

Juntos podíamos lograr lo imposible, como prenderle fuego a la noche.

Agradecimientos

Desde que era niña, quedé fascinada con la luna y creía que era lo más cerca que llegaría a estar de la magia en algún momento de mi vida. Incluso empecé a escribir bajo la luz de la luna cuando la vida se volvió cruel, escabulléndome de cualquier sitio en el que estuviera, con cuaderno y pluma en la mano, ansiosa de escapar. Se convirtió en la luz que usaba para fabricar mis sueños y siempre fue para mí un símbolo de perseverancia, de esperanza. Y la esperanza es lo que ruego que se derive de esta historia.

Deseo agradecerles a las personas en mi vida que me levantaron el ánimo cuando apenas podía sostenerme en pie. La gente que me sostuvo la mano cuando me decía a mí misma que no era lo bastante buena, lo bastante fuerte o lo bastante lista como para que alguien me valorara. La fe de mi esposo nunca flaqueó. Es mi mejor amigo, mi confidente, mi propio sol que brilla en toda mi oscuridad y quien se niega a dejar que me oculte. Nunca he amado tanto a ningún alma como a la suya.

A mi madre, quien nunca dejó de creer en mí. A Justine Bylo, quien me ayudó a escribir de nuevo luego de que perdí el camino, y a Jen Bouvier, quien editó tres veces esta monumental novela. A mi amiga Ashley R. King, cuyo apoyo es valiosísimo,